Thomas Meinecke
HELLBLAU
Roman

D1935097

Suhrkamp

Erste Auflage 2001
© Suhrkamp Verlag Frankfurt am Main 2001
Alle Rechte vorbehalten, insbesondere das
der Übersetzung, des öffentlichen Vortrags
sowie der Übertragung durch Rundfunk und Fernsehen,
auch einzelner Teile.
Kein Teil des Werkes darf in irgendeiner Form
(durch Fotografie, Mikrofilm oder andere Verfahren)
ohne schriftliche Genehmigung des Verlages
reproduziert oder unter Verwendung elektronischer Systeme
verarbeitet, vervielfältigt oder verbreitet werden.
Druck und Bindung: Clausen & Bosse, Leck
Printed in Germany

1 2 3 4 5 6 – 06 05 04 03 02 01

SV

HELLBLAU

Im Ernstfall solle ich mich einfach flach auf den Boden werfen. Mein koreanisches Transistorradio vermeldet, in beunruhigender, durch einen schrillen Pfeifton angekündigter Unterbrechung seines Programms, wie ich mich eventuell schon binnen kurzer Zeit zu verhalten hätte. Nicht nur flach auf den Boden werfen, sondern, nach Möglichkeit, zusätzlich unter dem Tisch Deckung suchen. Dann wird das nachmittägliche Musikprogramm mit Musik von Mariah Carey fortgesetzt. Ich stoße das Mückengitter auf, trete auf die Veranda hinaus, versuche auszumachen, wie sich meine Nachbarn verhalten, kann aber in keinem der umliegenden Häuser ein Lebenszeichen erkennen. Ich springe in meinen Mietwagen und rolle im Schrittempo durch das Dorf. Denke an die Fernsehbilder von der letzten Evakuierung. Sehe einige Männer vor dem Gemischtwarenladen stehen und ihre Gesichter zum Himmel recken; erkenne, daß der älteste von ihnen mit den Schultern zuckt. Keinerlei Abreiseaktivitäten vor den Hotels. Ich halte an, drehe die Scheibe hinunter, empfinde die ungewohnte Windstille als unheimlich. Bei der Küstenwache kann ich in Erfahrung bringen, daß von offizieller Seite keine Evakuierungsmaßnahmen eingeleitet worden sind. Ich kehre zu meinem Haus zurück, höre beim Einbiegen in die mit Muscheln gekieste Einfahrt das im Innern noch immer laufende Radio. Am Ende der Wiese hat, früher als sonst, seit ich mich hier eingemietet habe, der Leuchtturm den nächtlichen Betrieb aufgenommen, schickt sein gelbes Licht, über mein Dach hinweg, aufs schwarze Meer hinaus. Ich ziehe mir ein T-Shirt über, öffne eine Dose Bier und mache mich wieder an meine Arbeit.

Der Mann ist an Händen und Füßen gefesselt. Den Mund hat er verklebt bekommen, nachdem er sich gegen seine Abschiebung gewehrt hat. In der Linienmaschine wird er hinter einem Vorhang in der letzten Reihe plaziert. Da er zunächst völlig ruhig bleibt, nehmen die ihn begleitenden Beamten das Pflaster über seinem Mund ab. Daraufhin beginnt der Mann sofort zu schreien, um die anderen Passagiere auf sich aufmerksam zu machen. Bei einer Zwischenlandung in Kamerun reißen daraufhin rund zwanzig Passagiere den Vorhang weg, schlagen und treten auf die Polizisten ein und befreien den jungen Asylbewerber. Die Behörden in Kamerun lassen die Maschine erst weiterfliegen, nachdem die Swissair zugesagt hat, den Kongolesen wieder mit nach Zürich zu nehmen. Ich kopiere mir diese Meldung, frage mich während des zügigen elektronischen Vorgangs kurz, weshalb ich gern wüßte, welcher Herkunft die mutigen Swissair-Passagiere in Kamerun waren, und drehe den Kopf dem Mückengitter zu, worauf sich meine Gedanken vorübergehend verflüchtigen. Eine leichte Brise ist aufgekommen, läßt draußen die hohen Gräser rauschen. Auch die Brandung am Sund wirkt jetzt lauter. Ich betrachte meinen beim Öffnen der Bierdose eingerissenen Fingernagel; ich finde alle meine Fingernägel zu lang. Helle Blitze flackern über das nunmehr grünliche Firmament und lassen meinen Bildschirm zwischenzeitlich erlöschen. Bevor ich den Rechner ausschalte, ist noch ganz schnell, in einer Maschine der Lufthansa, kurz hinter Frankfurt am Main, von wo aus das Flugzeug gestartet war, ein Mann zu Tode gekommen, nachdem ihm, der gleichfalls gefesselt war, Beamte des Bundesgrenzschutzes den Kopf, der sich in einem sogenannten Integralhelm befand, auf die Brust hinunter gedrückt haben. Zwischenlandung in München, Obduktion des sudanesischen Asylbewerbers. Besorgte Miene des verantwortlichen deutschen Innenministers nach Bekanntwerden des Zwischenfalls. Download. Abwahl.

Das Zentrum des Zyklons hat sich, um einiges südlich von meinem Aufenthaltsort, auf das karolinische Festland um die Stadt New Bern zubewegt. Ohne daß der Rundfunk Entwarnung gegeben hätte, finde ich mich unter einem deutlich aufgehellten Wolkenhimmel in der jetzt erst wirklich anbrechenden Abenddämmerung an der Fernsprechsäule vor dem Silbersee wieder, im nur noch tröpfelnden Regen, die Pelikane beobachtend, auf das Signal im Hörer lauschend. Yolanda scheint noch nicht zu Hause zu sein, also spreche ich ihr die folgenden Worte aufs Band: In der israelischen Zeitung Ha'aretz vom 27. November letzten Jahres entdeckte ich heute einen Aufsatz Admiel Kosmans, in dem sich dieser, von Dana Internationals Sieg beim Grand Prix Eurovision de la Chanson 1998, den ich dir letztes Jahr als Video geschickt habe, sowie den damit verbundenen politischen Unruhen in Israel ausgehend, einer Beantwortung der Frage zu nähern versucht, inwiefern ein ehemaliger Junge als Frau den Staat Israel zu repräsentieren berechtigt sei, und zwar im religiösen Sinn, nach Maßgabe der Torah. Schicke ich dir, Yolanda, in den nächsten Tagen zusammen mit Shlomo Katz' Negro and Jew von 1967 zu, das ich inzwischen, mit gemischten Gefühlen, durchgelesen habe. Dieses Jahr übrigens wurde die Bundesrepublik Deutschland bei dem erst kürzlich aus Dana Internationals Heimatstadt Tel Aviv übertragenen Grand Prix von einer Formation vertreten, die aus sozusagen in Deutschland geborenen Türken bestand, die in deutschen Massenmedien als deutsch-türkisch apostrophiert wurden; logischer schiene mir, wenn schon, denn schon, und loosely according to your very own definition of African-American, die Zuschreibung türkisch-deutsch, jedoch ich komme, Yolanda, an diesem Punkt, den ich so gern überhaupt ganz überwunden hätte, momentan sowieso nicht weiter. Was mich auch zur zentralen Frage meines Anrufs, die mich durch widrigste Unwetter zu diesem öffentlichen

Fernsprecher trieb, bringt: Welche Farbe hat Mariah Carey?

Im Bus lese ich, über die Schulter einer älteren Dame hinweg, daß die britische Königin Elisabeth II. afrikanische Vorfahren hat. Eine afrikanische Linie führe über eine deutsche Prinzessin, eine noch zusätzliche andere über den russischen Dichter Alexander Puschkin und Prinz Philip direkt ins Königshaus. Die Frau des von 1760 bis 1820 regierenden Königs Georg III., die deutsche Charlotte von Mecklenburg-Strelitz, stamme direkt vom portugiesischen König Alfonso III. ab, der einen Sprößling mit einer afrikanischen Geliebten namens Madalena Gil gehabt habe. Auch der Ehemann der Königin, Prinz Philip, besitze einen afrikanischen Vorfahren, da er mit Alexander Puschkin verwandt sei. Puschkins Urgroßvater sei Ibrahim Petrowitsch Gannibal gewesen, ein Äthiopier, der Zar Peter dem Großen zum Geschenk gemacht worden sei. Gannibal sei dann in Frankreich ausgebildet und im Anschluß an seine Rückkehr nach Rußland General geworden. Mein Bus passiert die Reihe der gespenstischen Robert Taylor Homes. Abermals habe ich nicht den Jeffrey Express an der Küste entlang genommen, sondern den 55er und State Street Bus durch die South Side. Kinder kommen aus einem der Hauseingänge gelaufen und werfen johlend Steine auf unser Fahrzeug. Den Fahrer läßt dies völlig ungerührt. Die ältere Dame vor mir hingegen faltet ihre Zeitung zusammen, murmelt etwas Unverständliches, zupft an ihrem Haarnetz herum. Im Radio habe ich heute morgen beim Ankleiden gehört, unten in Feuerland sei jetzt im hohen Alter der letzte Indianer gestorben; von nun an gebe es nur noch Mischlinge. Als ich nach Hause komme, ist Tillmann auf dem Anrufbeantworter und fragt mich nach Mariah Careys Hautfarbe.

Mir fällt ein, daß meine Nachbarin Mariah Careys Augenbrauen trägt. Sie hatte sich bei Eyebrowz™ entsprechende, nach der populären Sängerin benannte Schablonen bestellt; mußte zunächst ihre Brauen zurechtstutzen, nämlich in sowohl schmalere als auch kürzere Form bringen, sie blond einfärben, dann die Schablonen anlegen und ein bräunliches Puder auf die freien Flächen Haut und Haar auftragen. Nach Abnehmen der Schablonen besaßen Shanices Augenbrauen exakt die sanft geschwungene Form derjenigen Mariah Careys. Großformatige Fotografien, die Shanice bei sich hatte, als sie an meiner Tür klingelte, bewiesen es. Ob ich die tollen Schablonen nicht auch einmal ausprobieren wolle, fragte sie und kickte übermütig eine ihrer plüschbesetzten Pantoletten in mein Wohnzimmer. Das mitgelieferte Puder verleihe der zunächst ungewohnten Form ein weiches, natürliches Aussehen. Zumal du ein ebenso ovales Gesicht wie Mariah hast, Yolanda. Auch ihre Augenfarbe. Ich aber hatte Mariah Careys Züge noch nie genau studiert. Hatte in ihr, wenn sie im Musikfernsehen auftauchte, immer nur eine weitere landläufig gutaussehende Blondine gesehen. Dann aber sagte Shanice, mit ihren Hochglanzfotos wedelnd, gänzlich unvermittelt: Na, was denkst du, is she or isn't she? Ich wußte gar nicht, worauf meine Nachbarin hinauswollte. Yes, she is, triumphierte Shanice mit einem Luftsprung. Und damit war Mariah Carey schwarz.

RuPaul sagt: Who says black people have to be black? Mariah Carey wurde am 27. März 1970 in Long Island, New York, geboren. Ihr Name entstammt angeblich einer amerikanischen Eingeborenensprache. Jedenfalls wurde sie nach dem Lied They Called the Wind Mariah aus dem Western Musical Paint Your Wagon getauft. Mariahs Mutter war eine weiße irische Opernsängerin, ihr Vater ein schwarzer venezolanischer Flugzeugingenieur. People say:

Wer nicht ganz weiß ist, ist schwarz. Mariah Carey sagt: I am black. Sie bekennt aber auch: Coming from a racially mixed background, I always felt like I didn't really fit in anywhere. Die gesamte Familie hatte unter der rassistischen Intoleranz ihrer Umgebung zu leiden. Als Mariah drei Jahre alt war, ließen sich ihre Eltern scheiden. Schwester Alison hatte von allen drei Geschwistern die dunkelste Haut; also bot sie das häufigste Angriffsziel für explizite Erniedrigungen. Bruder Morgan litt unter Epilepsie. Mariah und Morgan blieben bei der Mutter, Alison ging mit dem Vater. Mariah stürzte sich total in die Musik. Verdiente sich nebenbei etwas Geld als Kellnerin und Garderobiere, kehrte die abgeschnittenen Haare in einem Friseurladen zusammen, hing aber meistens in diversen Studios herum und schrieb schon früh eigene Songtexte. Sie sagt: What I write is all from my imagination. I put myself in other women's shoes. I can feel their pain and joy when I think about it. It's all the same, we're all women. Mit achtzehn Jahren fiel Mariah als Hintergrundsängerin für die Rhythm & Blues-Interpretin Brenda K. Starr positiv auf. Tommy Mottola, Präsident von Columbia Records, nahm sie unter seine Fittiche und heiratete sie. 1990 gewann sie einen weißen Grammy als beste Pop-Sängerin, 1992 einen schwarzen American Music Award als beliebteste R&B-Künstlerin. Seitdem veröffentlicht Mariah Carey ein erfolgreiches Album nach dem anderen. 1995 sang sie ein Duett mit dem Wu-Tang Rapper Ol' Dirty Bastard; das hätte uns eigentlich schon aufhorchen lassen können, Tillmann. Die Leute sagen, Tommy Mottola habe versucht, totale Kontrolle über seine Ehefrau zu erlangen, ihr restlos vorzuschreiben, mit wem sie Umgang haben dürfe, wohin sie gehen dürfe, was sie anzuziehen habe. 1997 trennte sie sich von ihm und arbeitete von nun an in musikalischer Hinsicht immer häufiger auch mit schwarzen Künstlern und Künstlerinnen wie Puffy Combs und Missy Elliott zusammen. Sie sagt: I love a lot more hard-core stuff that people don't think I listen to. In the past, people have been concerned, some songs were too R&B. Everybody would say: Don't do that. People might think there's a rapper on there. Das Haus, in dem Mariah und Tommy gelebt hatten, wurde für 20 Millionen Dollars verkauft. Mariah Carey spendet regelmäßig und großzügig Geld für wohltätige Zwecke, unter anderem für ihre eigene Organisation Camp Mariah, die American Foundation for AIDS Research sowie den United Negro College Fund. Sie sagt: If you see me as just the princess then you misunderstand who I am and what I've been through.

Vielleicht ergibt sich bei genauerer Untersuchung, daß Schwärze und Finsternis in gewissem Grade schon vermöge ihrer natürlichen Wirkungsweise schmerzvoll sind. Cheselden hat uns die sehr merkwürdige Geschichte eines Knaben überliefert, der blind geboren war und bis zum dreizehnten oder vierzehnten Jahre blind blieb; dann wurde ihm der Star gestochen, und durch diese Operation gewann er das Augenlicht. Neben vielen anderen bemerkenswerten Eigentümlichkeiten, die seine ersten Wahrnehmungen und Beurteilungen visueller Objekte begleiten, erzählt uns Cheselden auch, daß dem Jungen das erste schwarze Objekt, das er sah, großes Unbehagen verursachte und daß er einige Zeit später, als er zufällig eine Negerin sah, über diesen Anblick in großen Schrecken geriet. Also schrieb Edmund Burke 1759 in seiner Philosophischen Untersuchung über den Ursprung unserer Ideen vom Erhabenen und Schönen. Ich finde diese bezeichnende Stelle in Paul Gilroys Aufsatz über Cultural Studies und ethnischen Absolutismus in einer Ausgabe der Halbjahresschrift für Politik und Verbrechen, Die Beute, zitiert; wenige Seiten, bevor ich abermals auf mein Drexciya-Motiv stoße, dessen komplizierter Entwicklung halber ich mich nicht zuletzt hierher, an die karolinische Atlantikküste, begeben habe. Atlantik auch wie Atlantis. Platon.

Ende des achtzehnten Jahrhunderts habe sich schätzungsweise ein Viertel der britischen Marine aus Afrikanern zusammengesetzt. Auch in Amerika seien erstaunlich viele Schwarze zur See gefahren. Paul Gilroy spricht von einer Poetik der Schwarzen Atlantischen Welt. Beschreibt Turners Gemälde eines Sklavenschiffs, von dessen Deck aus die Kranken ins Meer geworfen werden, streift Marcus Garvey sowie Langston Hughes und zitiert Peter Linebaughs These, daß das Schiff das wahrscheinlich wichtigste Mittel panafrikanischer Kommunikation vor der Erfindung der Langspielplatte gewesen sei, Meeresschiffe demnach nicht einfach als abstrakte Verkörperungen des Handels, sondern als komplexe Vehikel des politischen Dissenses und einer auf ganz besondere Weise transatlantischen kulturellen Produktion zu begreifen seien. Die Verbindungen zum Kampf um die Abschaffung der Sklaverei seien dabei unübersehbar, schreibt Gilroy, der diese erste internationale Bewegung als Vorläufer einer postmodernen politischen Vernunft einstuft. Paul Gilroys Black Atlantic, in einem kurz vor meiner Abreise aus Chicago erhaltenen Attachment Cordulas, als klasse verwobenes Netzwerk zwischen den USA und Afrika, Lateinamerika und Europa, Großbritannien und der Karibik, an dem entlang Informationen, Menschen und Schallplatten sowie irre Dematerialisierungssysteme schon seit Beginn der transatlantischen Sklaverei, gleichzeitig dem Beginn der Moderne, transportiert, zurückgesandt sowie kreuzweise hin und her verschifft worden seien. Ich vergegenwärtige mir einige Titel der Drexciya-Platten, die ich in Mannheim stehen habe: Deep Sea Dweller. Sea Quake. Nautilus 12. Aquatic Invasion. Aquabahn. Water Walker. Bubble Metropolis. Danger Bay.

Die Bedienung mit dem zierlichen Davidstern an der Halskette fragt mich, ihr Trinkgeld einstreichend, ob ich die im Norden der Insel eingepferchten Wildpferde schon gesehen hätte. Sie selbst, auf dem Festland, nahe Virginias Grenze, am Rand des Great Dismal Swamp aufgewachsen, glaube nicht, was sich die Inselbewohner erzählten, wonach die heute unter Naturschutz stehenden Rösser auf ein hier vor Jahrhunderten gestrandetes Segelschiff aus Arabien zurückzuführen seien. I have no idea, Vermilion, gebe ich zu, da wird die freundliche Kellnerin auch schon in die Küche gerufen. Nach meinem Imbiß im Café Atlantic schlendere ich ein bißchen durch die verschlafenen Straßen von Ocracoke und sehe, vollkommen unvermittelt, die Flagge Großbritanniens durch das schattenspendende Eichenlaub wehen. Wenige Augenblicke später stehe ich wie angewurzelt vor einem Schild, auf dem in antiquierten Lettern British Cemetery geschrieben steht. In modernen darunter: Cared for by the crew of Coast Guard Station Ocracoke. Daneben ein weiß gestrichener Lattenzaun, ein Karree mit vier weißen Grabsteinen einfriedend. Zwischen diesen eine alte Frau mit verzinkter Gießkanne. Sie erklärt mir, daß der Boden unter ihren Füßen der englischen Krone gehört. Erst kürzlich hätten die örtlichen Pfadfinder hier einmal wieder richtig aufgeräumt; die Engländer selbst kümmerten sich kaum um ihren Friedhof. Obwohl die in eine am Friedhofszaun angebrachte Bronzeplakette gravierte Inschrift lautet: If I should die think only this of me that there's some corner of a foreign field that is forever England. Im August 1976, zur Zweihundertjahrfeier der Vereinigten Staaten, habe North Carolina diesen Flecken ehedem kolonialer Erde an das englische Königshaus zurückgegeben; zuvor hatte es der hiesigen Familie Williams gehört. Ein komplizierter bürokratischer Akt, führt die Alte aus, du kannst ja nicht einfach so Land an eine fremde Macht veräußern. Seit 1942 lägen die vier Briten hier begraben. Einer von ihnen, Lieutenant Cunningham, habe einen pechschwarzen Bart gehabt. Deutschland habe sie, alle vier, auf dem Gewissen.

Ich erfahre, daß Deutschland die atlantischen Küstenstreifen der Outer Banks ganz unmittelbar in die Kampfhandlungen des letzten Weltkriegs hatte verwickeln können; Ocracoke war dabei sogar verdunkelt worden. Ein Mister Naisawald habe alles fein säuberlich aufgeschrieben. Etwas ganz anderes: Wo ich denn eigentlich her sei. From Germany, sage ich, und schon ist meine Gesprächspartnerin im Wacholdergebüsch verschwunden. Im Gemischtwarenladen erhalte ich L. Vanloan Naisawalds Broschüre, angestaubt, für 5 Dollars und 95 Cents. Gleichzeitig mit dem Wagen von Federal Express treffe ich vor meiner Hütte ein und halte kurz darauf, vor Neugier fiebernd, einen ganzen Stapel vor wenigen Tagen bestellter, druckfrisch duftender Bücher in den Händen. Am liebsten würde ich alle zugleich durchlesen. Womöglich werde ich Jeffrey Melnicks Untersuchung A Right to Sing the Blues, African Americans, Jews, and American Popular Song untertitelt, gegen Shlomo Katz' Negro and Jew in Stellung bringen können, denke ich und trage den ungeduldig aufgerissenen FedEx-Karton nach drinnen. Ganz wichtig auch die Frage: Wann werde ich nach Nags Head fahren, um mir ein paar Mariah Carey CDs für die Boom Box zu besorgen? Boom Box, auch Ghetto Blaster.

Naisawald schreibt, daß die vier Toten von der HMS Bedfordshire stammen, einem notdürftig zu Zwecken der intensivierten U-Boot-Bekämpfung umgerüsteten britischen Fischdampfer im zeitweiligen, von Churchill nicht zuletzt auch dem Schutz der Commonwealth-Handelsflotte eingeräumten Dienst der US-amerikanischen Kriegsmarine. Als der Zweite Weltkrieg ausbrach, wohnten an den Küsten Virginias und North Carolinas Menschen mit noch immer lebhaften Erinnerungen an brennende Schiffe und angetriebene Wracks als Folge deutscher U-Boot-Aktivitäten von 1918. Hitlers Admiral und Nachfolger Dönitz, der bereits im Ersten Weltkrieg U-Boot-Kommandant gewesen war und 1945 die deutsche Kapitulation vor den Alliierten vollendete, hatte einen kühnen Plan mit Namen Paukenschlag entwickelt, den er ab dem 14. Januar 1942 in die Tat umzusetzen trachtete und der die nordamerikanische Atlantikküste von Halifax bis Hatteras unter eiserne reichsdeutsche Kontrolle bringen sollte. Rudeln grauer Wölfe gleich würden deutsche Unterseeboote, pechschwarze bis hellblaue, die fernen Küstengewässer durchkreuzen und dort die unzähligen Frachtschiffe torpedieren, welche, unter Land von Hafen zu Hafen ziehend, die feindliche Rüstungsindustrie belieferten. Obwohl Dönitz von Hitler, wegen dessen nordeuropäischer und nordafrikanischer Operationen, weitaus weniger U-Boote zur transatlantischen Verfügung gestellt bekam, als er sich erhofft hatte, es sollen zunächst nur sechs bis acht, später um die zehn gewesen sein, sah sich die US-amerikanische Küstenwache auf Anhieb überfordert, dieser ganz unmittelbaren nautischen Bedrohung erfolgreich entgegenzutreten. Dabei ist die See um das Cape Hatteras, wo kalte nordische auf warme Meeresströmungen aus dem Süden treffen, schon von Natur aus besonders tückisch. Mehr als fünfhundert auf dem Meeresboden, der hier Graveyard of the Atlantic genannt wird, liegende Schiffswracks machen die sogenannte Ghost Fleet of the Outer Banks aus, das älteste von 1585, als Sir Walter Raleigh an dieser Küste Land betrat. Fast vierhundert Wracks mit rund fünftausend Toten gehen, nach offiziellen Verlautbarungen Washingtons, auf das Konto der deutschen U-Boot-Angriffe allein vom Januar bis zum Juli 1942. Weshalb in jenem Jahr auch an Ocracokes ausgebaggertem Silver Lake Harbor eine fünfhundert Marinesoldaten beherbergende Basis der U. S. Navy eingerichtet wurde, von der heute nur noch die weiße Zisterne nahe der Küstenwache steht. Bereits der legendäre Seeräuber Blackbeard, Edward Teach bürgerlichen Namens, hatte hier einst die Küstenschiffahrt terrorisiert, Virginias Gouverneur Spotswood daraufhin den Leutnant der königlichen Marine Maynard, mitsamt zwei schwer bewaffneten Schiffen, nach Ocracoke gesandt. Maynard hatte Blackbeard am 22. November 1718 zu Wasser enthaupten können, seinen bärtigen, bluttriefenden Kopf auf den Bugspriet seines Schiffs gespießt und den Torso des Piraten in den heutigen Teach's Hole Channel, jenen Sund und offene See verbindenden Meeresarm, den ich von meinem Haus aus sehen kann, geworfen. Edward Teach soll daraufhin, kopflos, ganz wild noch siebenmal um das siegreiche königlich englische Kriegsschiff herumgeschwommen sein. Dann erst hätten ihn seine Kräfte und Geister verlassen. Der Ortsname Ocracoke, der Sage nach auf Oh crow, cock, einen verzweifelten Ausruf Blackbeards, zurückgehend, sei in Wahrheit indianischen Ursprungs und habe im Lauf der letzten dreihundert Jahre die Schreibweisen Wokokon, Woccocon, Woccocock, Occocock, Ocacoe, Ocacock, Occacock und Ocreecock durchlaufen.

The Great American Hunting Season: Die deutschen U-Boote lauerten ihren Opfern häufig in den Schatten längst gesunkener Wracks auf und waren deshalb von oben kaum auszuloten. Tauchten sie nächtens in kriegerischer Absicht auf, nahmen sie ihre beweglichen Ziele vor den fahrlässig illuminierten Silhouetten der ostamerikanischen Küstenstädte ins Visier. Die Jagdgründe der deutschen Unterwasserkräfte erstreckten sich bis unmittelbar vor die Häfen von Boston, New York und Norfolk. Tote Seeleute wurden regelmäßig an die Strände von Ocracoke Island gespült. Es wurde kolportiert, daß ein Mann aus Swansboro,

North Carolina, verdächtige Ausflüge zur einsam gelegenen Bear Island am Bogue Inlet unternahm, um von dort aus deutsche U-Boote zu kontaktieren und mit Treibstoff beziehungsweise Proviant zu versorgen, daß Ölhändler Öl von karolinischen Häfen hinaus aufs Meer zu den U-Booten schmuggelten, fremdartige Lichtsignale über einem Wasserturm bei Manteo aufblitzten und so weiter. Nachdem die HMS Bedfordshire den weiten Atlantik überquert hatte, wurde sie im Brooklyn Navy Yard erst einmal grau übertüncht; auf Naisawalds Abbildung sieht sie ohnehin wie ein Seelenverkäufer aus. Später, in einem überfüllten Restaurant in Norfolk, Virginia, lernten zwei Männer von den Outer Banks zufällig Lieutenant Cunningham kennen, jenes Besatzungsmitglied der Bedfordshire, dessen Leiche sie wenige Wochen später am Strand von Ocracoke, ihres schwarzen Vollbarts, ihres mit schwarzen Onyx-Initialen bestückten Rings und ihrer nicht minder exzentrischen Armbanduhr halber, identifizieren würden.

Chapter III: The U 558 Against the Bedfordshire. Kapitänleutnant Krech hatte sein U-Boot westlich der Azoren bei einer der dort kreuzenden sogenannten Milchkühe aufgetankt. An Bord sein legendäres seetüchtiges Aquarium; darin Zierfische, die klangvolle Namen im Weltkrieg mit Deutschland befindlicher Premierminister und gekrönter Häupter trugen. Krech hatte, nach Naisawalds Recherchen, wahrscheinlich versehentlich, auf jeden Fall aber gegen Hitlers damals noch bestehendes Verbot, bereits im Oktober 1941 das erste US-amerikanische Kriegsschiff im nördlichen Atlantik torpediert. Nach einigen ereignislosen Tagen vor den Bermudas lenkte Krech sein Angst und Schrecken verbreitendes U-Boot am 4. Mai 1942 in Richtung Outer Banks. Am 11. Mai um 23 Uhr 40 versenkte ein Torpedo der U 558 die HMS Bedfordshire östlich des Cape Lookout. A heavy detonation ripped the night open, and the German skipper saw the little vessel hit square amidships. Her stern rose high out of the water and plunged almost instantly from sight. Gunther Krech pulled down his scope, made the entry in his log, and resumed his southward course. Erst kürzlich habe ich Cordula den Text auf dem rückseitigen Etikett der Drexciya-Schallplatte Aquatic Invasion übersetzt. Ich erhebe mich aus dem Schaukelstuhl, gehe nach drinnen, suche mir die entsprechende Diskette aus dem Karton, schiebe sie in meinen betriebsbereiten Rechner und lese: Am 1. Februar 1995 erhielten die drexciyanischen Seestreitkräfte vom UR-Kampftruppenkommando Befehle bezüglich einer letzten Mission. Die gefürchteten drexciyanischen Bataillone Stachelrochen und Pfeilhecht wurden von den Bermudas aus entsandt, um ihre Aufklärungs- und Zerstörungsmission gegen die Programmiererfestungen zur winterlichen Tagundnachtgleiche von 1995 durchzuführen. Auf ihrer Heimreise in die unsichtbare Stadt werden sie einen finalen Schlag gegen die Programmierer landen können. Aquatisches Wissen denen, die Bescheid wissen. Gezeichnet: Der Unbekannte Verfasser. UR, as you know, für das Detroiter Techno Label Underground Resistance, auf dem Drexciya in erster Linie veröffentlichen. Per E-Mail an Cordula abgesandt am 16. April aus Yolandas Wohnung, Wicker Park, Chicago, Illinois.

Lieber Tillmann, herzlichen Dank für die wertvollen Materialien. Heinrich besuchte im November 1997 eine Veranstaltung in der Volksbühne, zu der auch der englische Publizist Kodwo Eshun eingeladen war. Eshun redete dabei wohl in erster Linie über die afrikanisch-amerikanischen Unterwasserwelten des enigmatischen Duos Drexciya aus Detroit. Heinrich meint, Du solltest mal Kontakt zu ihm aufnehmen; er kenne einen, der Kodwo Eshun kennt. Nachdem ich gestern noch einmal den in diesem

Haushalt einzigen Drexciya-Tonträger, die Doppel-CD The Quest, durchgehört habe, finde ich es absolut irre, wieviel die uns mit ihren abstrakten, wortlosen Kompositionen zu erzählen in der Lage sind. Gerade durch die Abwesenheit konkreter Samples, denke nur an die gräßlichen Kontrabässe in Drum & Bass, stehen ihnen gleichsam alle Formulierungsmöglichkeiten offen. Interessant dabei ist, daß uns Techno, dessen tatsächlich unsichtbare Stadt praktisch gar keine Straßen hat, no street, no street credibility, fernab also auch aller von Rap perpetuierten Mythen einer sozialen Realität existiert, dennoch als radikal dissidentes politisches Medium erscheint. Liegt es an begleitenden Texten wie jenem, den Du mir geschickt hast? An den verschwörerischen poetischen Parolen aus den Mastering Studios, welche in die Zwischenräume der Auslaufrillen von Underground Resistance-Platten geritzt wurden? An den intellektuellen, eleganten, selbst in ausgedienten Militärklamotten angenehm unmännlich wirkenden Typen, die diese Musik produzieren und die uns weißen europäischen Mittelstandskindern irgendwie ganz vertraut erscheinen? Weshalb wir auch in erster Linie zu dieser Musik, die ja ihrerseits auf deutscher Elektronik fußt, tanzen? Was mich nach wie vor nicht losläßt: Afrodiasporische Amerikaner im desolaten postindustriellen Detroit machen sich ihren revolutionären Reim auf die alten Platten der Düsseldorfer Gruppe Kraftwerk. Ist Detroit Techno Black Music? Was will uns Marc Floyd alias Chaos, GI zu Heidelberg, UR Recording Artist, mit seinem sensationellen Titel Afrogermanic sagen?

Heinrich kopierte mir einen Website-Ausdruck, auf dem steht: Resistance to the economic malaise that continues to grip Detroit. Resistance to the seemingly continuous erection of barriers between people without any thought towards the future. Resistance to the oppressive stereotypes that segment cultures that would otherwise unite. UR is about moving beyond the linguistical pitfalls that limit expressive communication by the use of a more natural lexicon based on tones, rhythms, and melodies. UR is techno music. Ziemlich toll auch die alten Platten Kelli Hands auf ihrem eigenen Acacia Label. Yolanda wird sie alle haben. Womöglich auch Du. Wir haben hier leider nur zwei CDs von ihr stehen. Die nach wie vor überfällige Anschaffung eines Plattenspielers in dieser Wohnung. Du bist ja alt genug, ganz selbstverständlich einen besessen zu haben, als House und Techno aufkamen. Ich erinnere mich, wie wir in Deinem ungeheizten Mannheimer Zimmer saßen und unser Urteilsvermögen dahingehend trainierten, bereits nach wenigen Sekunden entscheiden zu können, welche Plattenseite auf 45 und welche auf 33 Umdrehungen pro Minute abzuspielen ist. Auf den ersten Blick zu erkennen, welches Stück von außen nach innen und welches von innen nach außen läuft. Entsprechend zielsicher den Tonarm aufzusetzen. Heinrich ist mal wieder nach Bitburg abgereist; ich treffe mich heute abend mit drei portugiesischen Taucherinnen. Wir wollen diesen Sommer vor den Azoren tauchen. Im Attachment kannst Du, neben Kodwo Eshuns von Christoph Gurk ins Deutsche gebrachtem Text, ein Foto von mir im noch aus Deiner Zeit stammenden hellblauen italienischen Badeanzug öffnen, letzten Sommer von Heinrich aufgenommen an einem von Nazis völlig unbehelligten brandenburgischen Weiher.

Kodwo Eshun: Ähnlich wie Underground Resistance auf dem X-103-Album Atlantis, asphaltieren Drexciya ihr Unterwasserparadies und machen das Bermuda-Dreieck zur Bühne für die permanente Neuaufführung ihres Krieges. Die moderne Wissenschaft besitzt mehr Erkenntnisse über den Roten Planeten als über die Schlachtfelder auf dem Meeresgrund. Deshalb bieten solche unerforschten Abgründe die perfekte Umgebung für Konzepte, die tief im Tracklisting verborgen oder in die unteren Schichten des Vinyl gepreßt sind, für Vorstellungen und Ideen, nach denen du tauchen mußt. George Clinton fällt mir ein, der schon 1978, nach der geglückten Landung seines extraterrestrischen P-Funk-Mutterschiffs, auf einer Parliament LP gesungen hatte: I can do my thing under water. Bestens gelaunt im weißen Cowboy Dress, silbernen Ghetto Blaster geschultert, auf anthrazitfarbenen Delphinen über den Atlantik surfend. Zu Titeln wie You're a Fish and I'm a Water Sign, Aqua Boogie, Liquid Sunshine oder Deep. Parliament auch als jene P-Funk Band, die ihr 1974er Album Chocolate City benannt hatte. Das Kapitol, der Obelisk, Lincolns Denkmal: Komplett mit Schokolade überzogen. Washington als afrikanisch-amerikanische Stadt. Der begleitende Text zur CD-Version von The Quest fragt: Könnte es Menschen möglich sein, unter Wasser zu atmen? Und antwortet: Ein Fötus im Mutterleib lebt ganz gewiß in einer aquatischen Umgebung. Schwangere afrikanische Sklavinnen wurden auf ihrem Weg nach Amerika zu Tausenden über Bord geworfen, weil sie krank und zu einer lästigen Fracht geworden waren. Ist es möglich, daß sie Babys im Meer entbunden haben, die keine Luft brauchen? Bei einem Laborversuch konnte zuletzt ein menschlicher Fötus vor seinem sicheren Tod gerettet werden, indem ihm flüssiger Sauerstoff in die unterentwickelten Lungen gepumpt wurde. Sind die Drexciyaner die unter Wasser mutierten Nachkommen dieser unglücklichen Opfer menschlicher Habsucht?

Mein, neben UR, liebstes Detroit Techno Label: Red Planet. Produced by The Martian. Yolanda sagt, die Menschheit solle sich nicht wundern, wenn diejenigen, die sie in der Fremde zu leben zwang, sich fortan als Fremde definierten. Wenn diejenigen, denen sie Menschenrechte nie zuerkannte, sich zunehmend auf posthumane, extraterrestrische, astronautische bis aquanautische Tugenden beriefen. Siehe auch Atlantis, die Doppel-LP von X-103 aus dem Jahr 1993. Die OBX-A EP von X-102 hatte 1992 noch, den Kreis von Sun Ra bis UR schließend, den Untertitel The Rings of Saturn getragen. Ihre Stücke fanden sich im Vinyl den Ringen des Saturns entsprechend angeordnet. Kodwo Eshun sagt: Drexciya verlegen dieses außerirdische Diskontinuum zurück auf die Erde und, dort angekommen, unter Wasser. Anstatt den Boden der Tatsachen zu berühren, sinkt ihre Sonic Fiction mit der unsichtbaren Kraft eines optischen Magnetrons durch den Asphalt. Der Esoterrorist, der seinen Schrecken mit Hilfe esoterischer Mythensysteme ausübt, infiltriert die Welt, indem er logische Bomben legt, um danach wieder zu verschwinden. Er läßt, mit Kodwo Eshuns Worten, konzeptuellen Sprengstoff detonieren und multipliziert Löcher innerhalb der Wahrnehmung, die das gesamte Universum austrocknen. So berichten die drexciyanischen Hüllen- und Etikettentexte von Begegnungen mit Kiemenmenschen und Sumpfmonstern an der Küste im Südosten der Vereinigten Staaten, die Drexciyas trans- beziehungsweise subatlantische Theorie von den Sklavenverschleppungen erschrekkend logisch klingen lassen. Sind die Drexciyaner vom Golf von Mexiko über den Mississippi an den Lake Michigan gewandert? Wurden sie, fragt Eshun, von Gott verschont, damit sie uns belehren? Oder uns terrorisieren?

In das schwarz glänzende Vinyl im Umfeld der Auslaufrille von UR 37, The Return of Drexciya, 1996, fand ich die Formulierung You don't know what lurks in the fog geritzt und überlegte mir, ob die in Techno Clubs so verbreitete Nebelmaschine, und mit dieser das Trockeneis, das wir einatmen, womöglich als Bindeglied trockener und feuchter Subkulturen betrachtet werden könnte. Der Unbekannte Verfasser schreibt: Wandeln sie unter uns? Sind sie weiter fortgeschritten als wir? Wie und warum machen sie diese merkwürdige Musik? Was ist ihr Streben? Vier Landkarten fand Cordula im Deckel der Jewel Box von The Quest vor. Erstens, den Atlantik sowie die Ränder der ihn begrenzenden Kontinente abbildend: Der Sklavenhandel, 1655 bis 1867, mit schwarzen Punkten, die ein Dreieck zwischen Portugal, Senegal und dem Cape Hatteras markieren. Zweitens, eine Karte der USA: Migration der ländlichen Schwarzen in nördliche Städte, erkennbar dabei Los Angeles, Chicago, Detroit und New York, dreißiger bis vierziger Jahre des zwanzigsten Jahrhunderts. Drittens, mit gleichem Kartenausschnitt: Techno verläßt Detroit, dehnt sich weltweit aus, datiert auf 1988, mit über die Landesgrenzen hinausweisenden Pfeilen in alle Himmelsrichtungen. Viertens, die Karte zeigt jetzt beide Amerikas, den Atlantischen Ozean, Europa und Afrika: Die Heimreise, Zukunft, gebündelte Vektoren ohne Richtungsanzeige zwischen den beiden Amerikas und Westafrika. Alles ziemlich einleuchtend. Wo Kodwo Eshun allerdings danebenzuliegen beginnt, urteilte Yolanda, während ihr Drucker Cordulas Attachment ausspuckte, wo er, ganz Europäer, sagte sie, eventuell über den Rand seiner Londoner Kaffeeschale nicht hinauszublicken vermag, ist, wenn er in seinem Vortrag behauptet, die akustischen Fiktionen der Drexciyaner trieben die Entmenschlichung auf die Spitze, indem sie die Welt mit emotionslosen Halluzinationen bevölkern, die dir den letzten Nerv rauben. Ich fragte: Was hört der wohl zu Hause für Platten? Und führte aus: Für mich sind Drexciyas Einspielungen ebenso tief beseelt wie die von King Oliver's Creole Jazz Band. Für mich auch, befand Yolanda, nach einer teuren Sonnencreme kramend, die sie mir, der ich bereits gepackt hatte, mit nach Ocracoke geben wollte.

Anzeigentext vom Juni 1924: Weird, bohemian and excitingly different. King Oliver's Original Creole Band. Brunswick Recording Artists. Direct from New Orleans. Der Evening American schrieb: A pinch of Greenwich Village and a dash of the Parisian Underworld. The Tribune: Atmospheric as the devil. Joe Oliver war auf die fatale Schließung des New Orleanser Vergnügungsviertels Storyville hin, wie viele seiner Kollegen, nach Chicago gezogen, dessen rasant expandierende und ekstatisch pulsierende South Side unmittelbar nach dem Ersten Weltkrieg das größte Zentrum urbaner afrikanisch-amerikanischer Kultur bildete. Als ich die Gegend letztes Jahr zum ersten Mal aufsuchte, kam der Busfahrer, es mag beim vierten oder fünften Halt gewesen sein, jedenfalls südlich des Illinois Institute of Technology, in dem einst die theoretischen Fundamente für die sogenannte Modernisierung der South Side gelegt wurden, mit deutlich besorgter Miene den Mittelgang seines Fahrzeugs entlang nach hinten gelaufen, um mich, unter den neugierigen Blicken aller anderen, wie ich urplötzlich feststellte, ausschließlich afrikanisch-amerikanischen Fahrgäste, zu befragen, wo ich denn, ja, ich, hinwollte. Ob ich mich nicht in der Linie geirrt hätte. Beziehungsweise in deren Fahrtrichtung. Kurzum: Was mein Streben sei. Ich bemühte mich, unbeirrt freundlich in die Runde zu lächeln, wedelte ein bißchen verlegen mit den drei, vier Schallplatten, die ich mir eben auf dem Flohmarkt gekauft hatte, darunter, erinnere ich ganz genau, DJ Chips EP South Side Cum'n, und stieg schließlich an einer bestimmten Straßenecke aus, die ich, mitreißenden Berichten aus der Jazz- und R&B-Geschichte zufolge, als den vitalen Mittelpunkt so vieler wertvoller kultureller Errungenschaften aus der Windy City, die auch mein Plattenregal zierten, begriffen hatte. Doch weit gefehlt; ich stand, kaum daß sich der Bus aus dem Staub gemacht hatte, nur unter einer einsamen, im Wind quietschenden Straßenlaterne.

Die Grundstücke rundum wie leergefegt. Einige wenige Häuser, verfallen und, falls nicht, vernagelt, trostlos aus dieser posturbanen Ödnis ragend.

Flechten einer Steppe gleich hatten sich Gräser und Gestrüpp das Land zurückerobert. Trampelpfade, hier und dort kreuzend. Wer ging dieser Wege? Weit und breit war niemand zu sehen. Dabei erzählten noch die jüngsten Platten des hiesigen Dance Mania Labels voller Stolz von der lebendigen South Side, die Disko Baller Clique bewarb ihre 12-inches sogar mit dem Slogan: Ghetto Music South Side Worldwide. Ich lehnte mich an den Kotflügel eines Autowracks, beobachtete ein paar räudige Hunde, die um einen Haufen alter Wolldecken streunten. Vor meinen Füßen eine ausgelaufene Batterie. Im Hintergrund die endlose Silhouette der Robert Taylor Homes. Ghetto Style als das Dance Mania am häufigsten verliehene Prädikat. Dann endlich doch noch, auf dem verwaisten, unebenen Bürgersteig, ein menschliches Wesen mit Kapuze, unklar, welchen Geschlechts, womöglich jenseits aller Geschlechtlichkeit, mühselig einen Einkaufswagen voller leerer Getränkedosen vor sich herschiebend. Auf mich zu. An mir vorbei. Desillusioniert schlug ich mich in Richtung Dr. Martin Luther King, Jr. Drive durch und nahm an der 43rd Street zwischen Prairie und Calumet die nächste Hochbahn zurück nach Norden. Keine Seele außer mir auf dem Bahnsteig. Als der Zug einfuhr, saßen sämtliche Passagiere in einem Waggon. Also stieg auch ich in diesen. Damals wußte ich noch nicht, daß inmitten dieser als die desolatesten der gesamten USA apostrophierten Slums der noble Campus von Chicago liegt, westlich, östlich sowie südlich begrenzt durch breite, segregierende Grünanlagen, nach Norden hin durch eine sogenannte integrierte Nachbarschaft namens Hyde Park, in welcher besserverdienende afrikanische und europäische Amerikaner neben- und übereinander wohnen. Die Universität, mit ihren antikisierenden Anwesen im altenglischen Stil, ihren penibel gepflegten Gärten, ihrer ganzen preziösen Idylle, inmitten der offen verzweifelten South Side einen unglaublichen Akzent setzend. The University of Chicago, in deren auf zwei Gebäude verteilter, unterirdischer, anheimelnd verwinkelter Campus-Buchhandlung ich später anregende Funde wie Arnold R. Hirschs Making the Second Ghetto, Untertitel: Race and Housing in Chicago, Frank Kofskys Black Music, White Business oder den Materialienband zu Zora Neale Hurstons Sweat tätigen würde. Nicht zuletzt: Chicagos Universität, in deren Joseph Regenstein Library Yolanda seit vergangenem Jahr an fünf Nachmittagen pro Woche arbeitet.

Charles Ford und Parker Tyler: The Young and Evil, Obelisk Press, Paris 1933. 5. Kapitel: The Party. The next night Julian was expecting people he knew and people he did not know. He had told those he knew to come by for a raid-party and they were prepared to be taken to the station in the Black Maria. He had borrowed a portable victrola from Theodosia. She had records of Duke Ellington's timed primitiveness, King Oliver's trumpets and clarinets and Bennie Moten's natural rhythms. Julian wore a black shirt and light powder-green tie. His dark hair had been washed to a gold brown and fell over his forehead. Karel, as he had promised, came by three hours before the others bringing his box of beauty that included eyelash curlers, mascara, various shades of powder, lip and eyebrow pencils, blue and brown eyeshadow and tweezers for the eyebrows. Julian submitted to his artistry, only drawing the line at his eyebrows being plucked. Karel never did badly by his own face. He put an infinitesimal spot of lip salve in each nostril and almost invisible lines of black running vertically in the center of each eyelid. His eyelashes, as Frederick Spitzberger always predicted, were long enough now to catch in the boughs. His mouth, though not long, was made smaller sometimes by his raising the lower lip and pushing in the upper lip with it. Of course his eyebrows often looked the same as the week before. They could be pencilled into almost any expression: Clara Bow, Joan Crawford, Norma Shearer, etc. He thought he would choose something obvious for tonight. Purity.

Tillmann schickt mir, auf unsere Diskussion über Dana International Bezug nehmend, einen konfusen israelischen Zeitungsartikel über Geschlechtswechsel und jüdische Gesetzgebung sowie, unser gemeinsames Projekt betreffend, ein Taschenbuch namens Negro and Jew: An Encounter in America, in dem sich siebenundzwanzig ausgesuchte US-amerikanische Juden gegen den Antisemitismus der Black Power-Bewegung verwenden. Auf einem Symposion der Theodor Herzl Foundation basierend und wohl erstmals im Dezember 1966 in der Zeitschrift Midstream abgedruckt. Ich habe Tillmann ein Manuskript Orator Cooks aus unserer Handschriftenabteilung kopiert und packe ihm das, mit nassen Haaren, halb angezogen, an meinem Schreibtisch sitzend, vorsichtig ein, verspreche ihm mit einigen wenigen hingekritzelten Zeilen, sobald die Umbauten, das leidige Regenstein Reconfiguration Project, dies zulassen würden, historische Regierungsunterlagen zum atlantischen Sklavenhandel, die wir archiviert und systematisch auf Mikrofilm übertragen haben. Zwischen zwei Pappen klemme ich, aus dem umfangreichen Nachlaß meines Urgroßvaters, als kostbare Dreingabe eine afrikanisch-kubanische Schellack-Platte des Orquestra de Félix González aus dem Jahr 1916 mit dem Titel El Deutschland, der sich, laut Cristóbal Díaz Ayala, auf ein kaiserlich deutsches U-Boot bezieht, das während des Ersten Weltkriegs durch die Karibik kreuzte.

Ich ziehe mir ein Kleid über, treffe unten auf der Damen Avenue zufällig Lee, mit dem ich kurzentschlossen frühstücken gehe. Lee, der eine unmögliche Flokati-Weste trägt, erzählt mir von seiner neuen Band Butterfly, die ausschließlich Songs von Mariah Carey nachspielen wird. Ich schlage ihm meine Nachbarin Shanice als Sängerin vor. Lee sagt: Ich singe selbst. Well, okay, denke ich. Anschließend nehme ich die Blue Line zum Loop, gehe dort ein bißchen bummeln, kaufe mir kostspielige Kosmetika, exotische Zeitschriften aus Europa und nehme die Green Line bis Garfield. Spaziere durch den Washington Park zur Universität hinüber, sehe das Bibliotheksgebäude, dessen Baulärm ich bereits beim Überqueren der Cottage Grove Avenue hören kann, in der seit Monaten obligatorischen Staubwolke liegen. Ich gehe zu Deborah ins Jazz-Archiv und lasse mir Slim Gaillards Lebensdaten heraussuchen. Bulee Slim Gaillard, klassischer Hipster, nach verschiedenen Angaben zwischen 1911 und 1916 als Sohn eines afrikanischen Amerikaners und einer jüdischen Amerikanerin in Detroit geboren, von Kerouac in On the Road besungen, 1991 in London, England, gestorben, wo Tillmann ihn in den Achtzigern noch getroffen und interviewt hat. Ein gigantischer Kerl, so Tillmann, ein sanfter Riese, Negro and Jew, im weißen Anzug, weiße Baskenmütze auf dem Haupt. Slim Gaillard, in Tillmanns Worten, als unser gemeinsames Baby. Dabei ist gar nicht klar, ob Tillmann auch nur im entferntesten jüdischer Abstammung ist. Sein Großvater hatte sich wohl eines Tages im Luftschutzbunker lautstark gegen Hitler geäußert, geäußert im Sinn von geoutet, und daraufhin einen Nachweis seiner arischen Abstammung erbringen müssen. Nach mehreren Generationen sei da ein Leinweber namens Israel aufgetaucht. Aber das heiße eigentlich noch gar nichts, behauptet Tillmann. Sein Großvater mußte jedenfalls für den Rest des Krieges Leichen aus den zerbombten Häusern seines Viertels bergen. Wahrscheinlich gibt es kaum Deutsche, in deren Adern nicht auch jüdisches Blut fließt. Ich denke kurz über die hierzulande weitverbreitete soziale Praxis nach, selbst blasseste Juden nicht als weiß zu klassifizieren. Dann gibt mir Deborah noch einen aktuellen Essay über den von mir hochgeschätzten schwarzen Klarinettisten Don Byron und dessen exzentrisches Faible für Klezmer und jiddischen Jazz mit. Nach wie vor wundere ich mich über Tillmanns Zuversicht, daß uns ein deutscher Verlag das ganze Konvolut abkaufen wird.

Kapitänleutnant Rose in seinem Kriegstagebuch zum offiziellen Besuch des unter seinem Kommando stehenden U-Boots U 53 im Hafen von Newport, Rhode Island, am 7. Oktober 1916: Um 4 Uhr 30 nachmittags kam Admiral Gleaves persönlich mit seinen Damen zur Besichtigung des Bootes. Ich habe ihn, wie auch vorher mehrere jüngere Offiziere, durch das Boot hindurchgeführt. Neidvolle Begeisterung erweckten vor allem die Dieselmaschinen. Es kamen sehr viele Offiziere mit ihren Damen, Zivilisten, Berichterstatter und ein Fotograf an Bord. Die Mannschaften erhielten allerhand kleine Geschenke. 5 Uhr 30 nachmittags Anker gelichtet. Ausgelaufen 6 Uhr 30 nachmittags. Prüfungstauchen, Kurs Nantucket-Feuerschiff, 270 Umdrehungen gleich 9 Seemeilen Fahrt. Admiral Scheer, die folgenden Ereignisse in seinen Kriegserinnerungen zusammenfassend: Nantucket-Feuerschiff wurde am 8. Oktober morgens um 5 Uhr 30 erreicht. Sehr sichtiges, ruhiges Wetter. Der Kommandant beschloß hier, außerhalb der Hoheitsgrenze den Handelsverkehr zu untersuchen und Kreuzerkrieg zu betreiben. An diesem Kreuzungspunkt zahlreicher Verkehrsstraßen konnte das Boot im Laufe des Tages sieben Dampfer anhalten und versenkte, nachdem die Besatzungen durchweg vorher ihre Schiffe verlassen hatten, den britischen Dampfer Strathdene aus Glasgow, den norwegischen Dampfer Chr. Knudsen, mit Gasöl nach London bestimmt, den englischen Dampfer Westpoint, den holländischen Dampfer Blommersdyk, dessen Ladung durchweg aus absoluter oder relativer Konterbande bestand. Roses Kriegstagebuch: Um 10 Uhr 30 abends trat das Boot den Rückmarsch an. So wünschenswert es gewesen wäre, die Wirksamkeit an der amerikanischen Küste möglichst lange auszudehnen, so machte die Rücksicht auf den Brennstoffvorrat jeden weiteren Aufenthalt zu einem den Ausgang des ganzen Unternehmens gefährdenden Entschluß.

Heinrich hat Schallplatten von Hardwax für 400 Mark, zwei Technics-Plattenspieler und ein Mischpult in unsere Wohnung geschleppt, alles sorgfältig verkabelt und ist nun überhaupt nicht mehr ansprechbar; möchte alles mit allem mischen, was ihm aber nicht recht gelingen will. Was hat er nun im Sinn, wenn er auf seinem linken Plattenteller Maurizio laufen hat und, gleichzeitig hörbar, auf dem rechten Albert Ayler? Das läßt sich in Worten eben gar nicht ausdrücken, sagt Heinrich und stellt unsere Anlage, sichtlich verunsichert, auf Kopfhörerbetrieb um. Zu seinen Füßen, neben den Hardwax-Tüten, ein Stapel Langspielplatten, die er kürzlich aus dem Bitburger Elternhaus mitgebracht hat: The Red Crayola komplett, Robert Wyatt und sehr viel Jazz. Ich verlasse die Wohnung, sehe mich in der Stadt nach einem neuen Tauchanzug um. Probiere einige an. Finde alle irgendwie unbequem. Ein Verkäufer attestiert mir die ideale Taucherinnenfigur. Und rollt dabei mit den Augen. Was will er zum Ausdruck bringen? Das Vorhandensein bestimmter Körperformen? Oder deren Abwesenheit? Beides wäre unverschämt. Ich setze mich in ein Straßencafé, lese in der Zeitung, eine Hirnforschergruppe aus Ontario habe jetzt herausgefunden, daß Albert Einsteins Gehirn ungewöhnliche Ausmaße, eine ungewöhnliche Form sowie ungewöhnliche Strukturen besessen habe, die sein Genie endlich erklärbar machten. Ihm habe zum Beispiel eine ganz bestimmte, sonst übliche Furche in der Gehirnregion gefehlt. Demnach läßt sich, denke ich mir, sogenanntes Genie auch aus einem Mangel herleiten, Intelligenz aus Dekadenz; und plötzlich tut mir Albert Einstein leid, der auch auf dem Zeitungsfoto gar nicht wie sonst, irrwitzig erleuchtet und fröhlich, sondern deutlich betrübt dreinblickt. Ein Kranker. Ein am genialen Syndrom erkrankter Jude. Erst vor wenigen Jahren hatten Hirnforscher feierlich verkündet, europäisch-amerikanische Gehirne seien größer, stärker, denkfähiger als afrikanisch-amerikanische. Frauen besäßen sowieso, in allen Völkern, kleinere Gehirne. Die Hirngröße sei also ein primäres Geschlechtsmerkmal.

In einer Bücherkiste vor einem Antiquariat finde ich, für nur eine Mark, einen bemerkenswerten Band aus der Reihe Frauen fremder Völker, 1958 herausgegeben von einem Professor Dr. A. Ch. de Guttenberg: Die Amerikanerin. Im Vorwort gibt sich Guttenberg, der hier die bekannte Funktion des Frauen vermessenden Gynäkologen erfüllt, als Kulturhistoriker aus. Siehe auch: Sittengeschichte, Sittenpolizei. Durch die moderne Entwicklung, schreibt Guttenberg, rückten die Völker einander immer näher. An einem einzigen Tage könne man nach Amerika oder Afrika oder Asien fliegen. Wenn man es darauf anlege, könne man sogar Menschen aller Rassen innerhalb von vierundzwanzig Stunden in ihrem Heimatland aufsuchen. Auf meine S-Bahn wartend, blättere ich Die Amerikanerin auf. Zahlreiche Fotos bebildern das Buch. Titel: Das Call Girl. Striptease. Die erste Verabredung. Das Weekend. Der moderne Wohnwagenanhänger. Das Drive in. Der Swimming-Pool. Ein schwarzes Liebespaar, an irgendeiner überfüllten Strandpromenade, womöglich Coney Island. Er mit einem

Cowboy-Hut aus Stroh, sie in einer weißen Bluse mit aufgemalten Sätzen wie Look But Don't Touch oder Keep Off. Bildunterschrift: Die Rassengegensätze in Amerika sind groß. Doch wenn die schwarze Liebe unter sich bleibt, hat niemand etwas einzuwenden.

Titel: Negermädchen in Harlem. Bildunterschrift: Unbeschreibliches Elend herrscht in den dunklen Straßen des Negerviertels in New York. Ein nächtlicher Spaziergang ist für Weiße nicht ratsam. Titel: Negerhotels. Ein Rasseweib in Satin rekelt sich auf ihrer gemieteten Bettstatt. Bildunterschrift: Negerhotels gibt es in vielen Städten der Vereinigten Staaten. Sie sind ebenso luxuriös eingerichtet wie andere Hotels und verfügen über den gleichen Komfort. Titel: Ekstatische Negerschau. Bildunterschrift: Bekannt für ihre hohe künstlerische Leistung und ihr natürliches Ausdrucksvermögen sind die Negerballetts. Titel, weiße Amerikanerinnen ausstellend: Flirt am Strand. Bildunterschrift: Sei es, um dem Freund oder Verlobten zu gefallen, sei es der Versuch, auf dem Weg über ein Pin-up-Foto zu einer beruflichen Karriere zu gelangen, der Badeanzug ist ein wichtiges Kleidungsstück der Amerikanerin. Und ich habe Tillmann ein Foto von mir im Badeanzug geschickt. Dem mit dem modischen Beinabschluß. Ein besonders vorteilhaftes Foto. Mit welcher Absicht? Welchen Vorteil soll mir mein ehemaliger Liebhaber einräumen? Wer wäre ich, wenn ich nachteilhafte Fotos von mir verschickte? Ob Tillmann sich mein fotografisches Attachment ausgedruckt hat? Attachment: Das Angeheftete. To pin up: Anheften. Auch: Den Saum abstecken. Ein Kleid abstecken. Die Haare aufstecken, die Haare hochstecken. Ich steige in meine S-Bahn. Ein Mann, mir gegenüber sitzend, trägt seinen Pferdeschwanz so hoch am Kopf, wie es sonst nur Frauen tun. Eine auffallend junge Polizistin entfernt ihrem tumb wirkenden, kaum älteren Kollegen eine Wimper von der Wange. Er bläst sie von ihrer manikürten Fingerspitze und darf sich nun etwas wünschen. Etwas Verrücktes. Er behauptet, sich etwas total Verrücktes gewünscht zu haben. Nicht verraten, sagt seine Kollegin und nimmt einen gerade eingestiegenen Ausländer ins Visier. Beide kommen mir vor wie die Hauptdarsteller in einem neuen deutschen Spielfilm. Ich frage mich: Seit wann gibt es eigentlich Polizistinnen? Der Ausländer zeigt seinen Ausweis. Mir fällt ein, wie nachdrücklich ein Bekannter Heinrichs neulich betont hat, auf heutigen Studentendemonstrationen sähen die Polizistinnen besser aus als die weiblichen Demonstrierenden. Das sei zu seiner Zeit absolut andersherum gewesen. Titel: Amerikanische Studentin. Bildunterschrift: In Amerika gibt es fast genauso viel Studentinnen wie Studenten, weil die amerikanische Studentin weniger einen Studienabschluß anstrebt als das Kennenlernen des künftigen Gatten. Als ich nach Hause komme, schallt mir bereits im Treppenhaus The Quest in nie gehörter Tiefe, nie gehörter Wärme und nie gehörtem Volumen entgegen. Save the vinyl. Wie haben wir es nur so lange allein mit unserem CD-Spieler aushalten können?

Henry Orenstein: Dear Mr. President, I am a survivor of five concentration camps. My parents, my brother, and my little sister were brutally murdered by SS stormtroopers. These SS stormtroopers were not just following Hitler's orders. All over Europe, wantonly and willingly, they killed innocent children, old and helpless people, the sick, men and women in the prime of their lives, Gentiles as well as Jews. These SS stormtroopers also massacred in cold blood American prisoners of war. I know about your personal feelings regarding the horrors of the Nazi atrocities. I have watched you speak about them. I saw the tears in your eyes. I came to live in this great country as a free man. I am, and will forever be, grateful to it for opening its gates to me. I voted for you in both elections for President. I admire you for inspiring all of us to believe in ourselves and renew our faith in our country. The news of your planned visit to a German cemetery containing graves of SS stormtroopers came as a shock to me. I was not able to sleep that night. A President of the United States should not be honoring the remains of the butchers of Europe. It would be inconsistent with your record and commitment to freedom. Adding a visit to a former concentration camp site is welcome but does not bear on the visit to the Bitburg cemetery. One cannot memorialize sadistic killers and compensate for it by honoring their victims as well.

Nach einer Meldung der Deutschen Presseagentur ist gestern, am 23. Juni 1999, ein achtundsiebzigjähriger Mann der Beihilfe zum grausamen Mord an Juden für schuldig befunden worden. Von einer Bestrafung habe das Landgericht Braunschweig aber abgesehen. Die Begründung des Urteils durch den Richter: Wir müssen zu seinen Gunsten davon ausgehen, daß der Angeklagte zum Tatzeitpunkt zwanzig Jahre alt war, und deshalb das Jugendstrafrecht anwenden. Yolanda schreibt mir, daß Slim Gaillard von seinem Vater, der als Steward auf einem Ozeandampfer arbeitete, aus Versehen einmal sechs Monate lang auf Kreta ausgesetzt wurde. Gaillards Flat Foot Floogie sei auf der New Yorker Weltausstellung 1939 in eine Zeitkapsel geschweißt worden, damit spätere Epochen einmal einen Begriff davon bekämen, wie die damalige Musik geklungen habe. Slim in London zu mir, eine verkleinerte Reproduktion der ursprünglichen Notation aus seinem Portemonnaie fingernd: In Wirklichkeit heißt es ja Flat Foot Floozy. Plattfußflittchen. Plattfußschickse. Schickse: Jiddisch für nichtjüdisches Mädchen, Christenmagd. Aus orthodoxer Sicht: Schickse für unfromme Jüdin. Yiddish as a Germanic language; Yolanda hatte das auf Anhieb gar nicht glauben wollen. Robert Wiener am 5. März 1999: Ich habe aus zuverlässiger Quelle erfahren, daß, neben Cab Calloway, einige afrikanisch-amerikanische Musiker, die in Nachbarschaften aufgewachsen sind, in denen viel Jiddisch gesprochen wurde, selbst ein bißchen Jiddisch sprechen konnten. Das sollte nicht weiter verwundern. Wiener nennt Willie the Lion Smith, Dinah Washington und Slim Gaillard. Und fragt abschließend an, ob ihm jemand in dieser Sache weiterhelfen könne.

Ingemar Johansson am 11. März 1999: Ich habe irgendwo gelesen, daß auch der Sänger und Schlagzeuger Leo Watson sich manchmal im Jiddischen hervortat. Klingt plausibel, da er sich in denselben Zirkeln wie Slim Gaillard bewegte. Und wäre einmal eine nähere Betrachtung wert. Hat hier etwa Ingemar Johansson, der schwedische Boxweltmeister im Schwergewicht, geschrieben? Der seinen Titel 1959 dem afrikanischen Amerikaner Floyd Patterson abrang? Von dem er ihm aber 1960 wieder abgeknöpft wurde? Und den, woher ich, der ich mich für den Boxsport nicht interessiere, diesen Fall überhaupt gegenwärtig habe, Eldridge Cleaver, damals Informationsminister der Black Panthers, in seinem Buch Seele auf Eis, Kapitel Weiße Frau, schwarzer Mann, im Zusammenhang des Sieges von Joe Louis, Sklave, Körper, schwarz, über Max Schmeling, Herr, Hirn, weiß, erwähnt? Max Schmeling besiegte Joe Louis 1936, Joe Louis Max Schmeling 1938. Eldridge Cleaver schrieb dreißig Jahre danach: Und als Cassius Clay, der großmäulige Clown, sich von seinem Image als Körper befreite und zu Muhammad Ali, dem Gehirn, wurde, konnten die Scheißweißen ihre Dreckschnauzen nicht halten. Sieh mal, Junge, wir haben noch eine kleine abschließende Berichtigung vorzunehmen. Ich werde weiter das Gehirn sein, und du bleibst weiterhin der Körper. Du arbeitest, und ich ficke. Das Gehirn muß den Körper kontrollieren. Um meine Allgewalt zu beweisen, muß ich dich zum Hahnrei machen und deine Bulleneier zügeln. Ich habe mir dazu etwas überlegt. Ich werde sexuelle Freiheit haben. Ich werde Umgang mit der weißen Frau haben, und ich werde Umgang mit der schwarzen Frau haben. Die schwarze Frau wird Umgang mit dir haben, aber sie wird auch Umgang mit mir haben. Ich verbiete dir den Umgang mit der weißen Frau. Die weiße Frau wird Umgang mit mir, dem Allmächtigen Administrator, haben, aber ich verweigere ihr den Umgang mit dir, dem Supermaskulinen Knecht. Indem du deine Männlichkeit der Kontrolle meines Wissens unterwirfst, werde ich dich in der Hand haben. Im Nachwort: Eldridge Cleavers verzweifelte Maxime, möglichst viele weiße Frauen zu vergewaltigen. Cleavers grüne Augen als die des Teufels. Aus heutiger Sicht: Muhammad Alis tragische Erkrankung. Alis Parkinsonsche Krankheit. Robert Cohen am 11. März 1999: Slim Gaillard nahm auch eine wunderbare, ganz reizende Jump Blues-Nummer namens Matzo Balls auf. Matzo balls, gefilte fish, best ol' dish I ever, ever had. Meine Quelle verrät mir aber auch, daß er einen Song mit dem Titel Dunkin Bagel aufgenommen hat. Leo Watson nahm Ot Azoi auf und buchstabierte es Utt Da Zay. Ingemar Johansson am 11. März 1999: Danke, Robert. In einem früheren Schreiben habe ich den Mishugana Mambo erwähnt, von dem ich annahm, daß er einige jiddische Untertöne besitzt. Stimmt aber gar nicht. Bleibt also die Frage, ob Slim Gaillard wirklich Jiddisch sprechen konnte. Womit ich nicht sagen will, daß Slim überhaupt keine Ahnung vom Jiddischen gehabt hätte.

The Jewish Internet Consortium dokumentiert diese Debatte leider nicht über den 11. März hinaus. Ist niemandem mehr etwas zu dem Thema eingefallen? Per Suchmaschine lande ich auf der Homepage eines schwedischen Fotografen namens Ingemar Johansson. Ich klappe meinen Rechner zu, springe in den Wagen und hole Vermilion von ihrer Arbeit ab. Sie sieht super aus; ich freue mich, sie neben mir sitzen zu haben. Ihr T-Shirt besitzt keinen Aufdruck; Vermilion trägt einfach nur ein weißes T-Shirt. Und einen zinnoberroten Wickelrock. Dazu schwarze Kunststoffsandaletten mit Klettverschlüssen. Zinnoberrote Zehennägel. Ich schaue an mir herunter, versuche mir vorzustellen, was für einen Eindruck ich auf meine Beifahrerin mache. Mein luftiges, hellblaues Hemd flattert im Fahrtwind. Wir passieren den Air Strip. Vermilion behauptet, daß sie fliegen kann. Ihr Großonkel habe, am Rand des Great Dismal Swamp, die Äcker beflogen, nachts auch die Ortschaften, um die Mücken zu exterminieren, und habe sie, Vermilion, dabei öfter mal auch an den Steuerknüppel gelassen. Fliegen sei eigentlich ganz leicht. Sie habe in Lynchburg noch eine Schwester namens Magenta. Ihre Mutter, die auf den Namen Rosa getauft sei, rede ihren Vater, der in Wirklichkeit Rod heiße, mit Red an. Ihre Familie sei total anglo. Jiddisch habe sie erst an der Uni gelernt. Ob sie auch einmal Jiddisch mit mir reden dürfe. Bisher hätten wir fast ausschließlich Englisch miteinander gesprochen. Okay, sage ich, nur zu, doch ich befürchte, daß ich nicht alles verstehen werde. Und schon legt Vermilion los; etwas offenbar Lustiges, ein pointierter Witz womöglich, mit Luftmensch als zentralem Terminus. I'm sorry, I didn't get it. Von meinem Hochdeutsch bekommt Vermilion hingegen fast alles mit. Sie verspricht mir gelegentlichen Einblick in ihre Brooklyn-Papiere. Wo die Insel ganz schmal wird und von der Straße aus sowohl der Sund als auch die offene See zu sehen sind, halten wir an und gehen auf der Atlantikseite schwimmen. Als wir wieder Land betreten wollen, reißt uns eine Welle um, und wir liegen, für einen kurzen, aber eindringlichen Moment, einander wie ein Liebespaar umschlingend, in der Brandung.

Wow, that was fun, lacht Vermilion und frottiert sich, mit schräg geneigtem Kopf, die Haare. Ihr Davidstern glitzert im Sonnenlicht. Wow, sage auch ich, nachdem ich meine nasse Badehose mit den trockenen Bermudas vertauscht habe. An meinem rechten Oberschenkel erkenne ich eine leichte Verletzung; spüre das Salz des Meeres in ihr brennen. Die Küste der Outer Banks steht unter Naturschutz. Gleichzeitig wandert sie, von Wind und Flut bewegt, nach Westen. Der alte Leuchtturm am Cape Hatteras will deshalb gleich ins Wasser fallen. Woanders hätten sie die Küste befestigt, damit so ein Leuchtturm nicht ins Wasser kippt. Eine Küste zu befestigen sei eigentlich ganz einfach, sagen die Leute im Café Atlantic. Doch da ist hier nun mal der Umweltschutz dagegen, sagt Vermilion, mit der ich am nördlichen Ende der Insel stehe und auf die Autofähre nach Hatteras warte.

Vermilion fragt vorsichtig, ob vielleicht sie mir die Schramme am Oberschenkel, etwa mit ihren Fingernägeln, beigebracht haben könnte. Der Gedanke scheint ihr zu gefallen. Amerikanerinnen lassen ihre Fingernägel ja länger wachsen als europäische Frauen. Womöglich war es auch, antworte ich, während der Fährhafen von Hatteras vor uns auftaucht, eine Muschel, ein Glassplitter, eine Schraube aus einem gesunkenen, einem versenkten Schiff. Vermilion kann mir die irre Geschichte von einem Laden für Tauchausrüstungen am Festland erzählen, der sein gesamtes Schaufenster mit den Knochen reichsdeutscher U-Boot-Matrosen dekoriert hatte. Ein paar von den Amerikanern für immer versenkte deutsche U-Boote lägen da draußen auch auf Grund. Und seien natürlich bevorzugte Ausflugsziele der hiesigen Taucher. Vermilion nimmt eine Strähne nassen Haares zwischen ihre Lippen. Das bundesdeutsche Auswärtige Amt höchstselbst hätte schließlich interveniert und die Gouverneure der Carolinas massiv darauf hingewiesen, daß auf dem Meeresboden liegende Kriegsschiffe, sofern sie ihre Mannschaft, und wenn auch nur Teile derselben, mit in die Tiefe gerissen hätten, als Soldatengräber zu betrachten seien; die ewige Ruhe der Gefallenen also nicht gestört werden dürfe. Woraufhin der in diplomatische Verwicklungen geratene Dive Shop die ganzen Knochen aus dem Schaufenster wieder entfernen mußte.

Später halten wir am Cape Hatteras, wo die kalte Strömung aus Labrador auf den warmen Golfstrom trifft, nehmen, in Richtung Norden, die völlig andersartige, fast karge Vegetation der hier wie ein Bumerang abgeknickten Insel wahr, glauben, zunächst oberhalb, dann unterhalb des Kaps barfuß in der Brandung stehend, feststellen zu können, wie tatsächlich spürbar der Temperaturunterschied der beiden gegenläufigen atlantischen Meeresströmungen selbst in Ufernähe ist, spazieren dann zu dem alten Leuchtturm, der sich, 62 Meter hoch, 4800 Tonnen schwer, mitsamt seinem monumentalen Fundament auf einer gewaltigen Schienenkonstruktion seit dem 17. Juni mit maximal 30 Zentimetern pro Minute landeinwärts bewegt. Noch drei Wochen, sagt Vermilion, dann ist er da, wo sie ihn haben wollen. Wir sind nicht die einzigen Schaulustigen an diesem Sonntagnachmittag. Angeblich hat die beauftragte Firma einmal ein komplettes Theater von einem Ort zu einem anderen befördert. Wir Europäer lesen andauernd in unseren Zeitungen, daß ihr Amerikaner komplette Gebäude irgendwohin befördert. Trotzdem bin ich natürlich beeindruckt und beobachte bereitwillig, während Vermilion ihren Arm um meine Hüfte legt, wie der gewaltige, dieses lebensgefährliche Kap seit hundertachtundzwanzig Jahren markierende Turm von der einschneidend erodierten Küste fortbewegt wird.

Afrogermanic. Altbayerische Werkswoche, Nummer 4, 22. Januar 1938: Alle, die einmal unter deutscher Herrschaft lebten, haben Deutschland nicht vergessen. Sie alle blicken hinüber nach Deutschland, das ihnen Heimat geworden ist, ohne daß sie es kannten, und ihnen allen schwebt die Frage auf den Lippen, die ein deutscher Askari aus Ostafrika in einem Brief an seinen Bwana aussprach: Wird uns Bwana Hitler wieder deutsch machen? Cordula schickte mir aus Berlin, mit einliegender, unbeschriebener, auf einem Flohmarkt gefundener Postkarte des Bismarck-Denkmals am Kap Nachtigal, Kamerun, Amadou Booker Sadjis Buch Das Bild des Negro-Afrikaners in der Deutschen Kolonialliteratur von 1884 bis 1945. Der Autor 1935 in Thies, Senegal, geboren. Studium der Germanistik in Paris und Leipzig. Promotion 1963 in Leipzig. Tätigkeit als Lehrer an senegalesischen Gymnasien, dann an der Universität Dakar. Habilitation 1982 in Frankfurt am Main. Leitet 1985, zur Zeit der Veröffentlichung des vorliegenden Buches, das Germanistische Institut der Universität Dakar. Widmung: Meinem Vater, der mich über die klassische Musik zur Germanistik brachte. Drei ausgesprochen harte Techno-Platten brachte die World Power Alliance in den frühen neunziger Jahren des zwanzigsten Jahrhunderts auf Underground Resistance Records heraus: Kamikaze, The Seawolf und Belgian Resistance. Mich interessiert besonders die Etikettbeschriftung von The Seawolf. Ich übersetze: Irgendwo in den Tiefen unserer gewaltigen Meere lauert des Seemanns gefürchtetster Alptraum, der Seewolf. Ein deutsches U-Boot, Zerstörung und Chaos über all jene bringend, die es wagen, seinen Pfad zu kreuzen. Underground Resistance warnt dich vor dem Seewolf. Auf dem Etikett von Folge 1 vor einem letzten Kamikaze-Flieger. Auf Folge 3 vor einer unbekannten belgischen Untergrundlegion. Die 12-Zoll-Schallplatten der World Power Alliance sind nur auf einer

Seite mit Musik bespielt; in das Vinyl der jeweils anderen Seite sind, wie Shake Shakir es einst zwischen zwei Umdrehungen einer Auslaufrille faßte, for the groove readers, handschriftlich umfangreiche Botschaften geritzt.

Die World Power Alliance formierte sich irgendwo in Detroit, Michigan, USA, am 22. Mai 1992 um 16 Uhr 28 aus verschiedenen Elementen weltweit verstreuter Untergrundlegionen. Wobei Somewhere in Detroit, Yolanda war schon dort, auch der Name eines legendären Schallplattenladens ist. Yolanda sagt: Somewhere in Detroit ist die Keimzelle von Underground Resistance. Ich übersetze fort: Die Allianz widmet sich der Weiterentwicklung der menschlichen Art durch Experimente mit Schall. Die World Power Alliance wurde konzipiert, um die Geister, die hellen Köpfe der Welt zusammenzubringen, damit sie die mittelmäßigen Hör- und Sehprogramme, mit denen die Bewohner der Erde gefüttert werden, bekämpfen. Diese Programme haben den Verstand der Leute zum Stillstand gebracht, haben eine Mauer zwischen den Rassen errichtet und den Weltfrieden blockiert. Diese Mauer muß zerstört werden. Und sie wird fallen. Durch den Gebrauch bislang unerschlossener Energiepotentiale des Klanglichen wird die WPA diese Mauer zerbersten lassen, ganz so wie bestimmte Frequenzen Glas zerspringen lassen. Brüder des Untergrunds, sendet eure Töne und Frequenzen von allen Orten dieser Welt aus und richtet verheerenden Schaden bei den Programmierern an. Nur Brüder hier, stelle ich, meinen elektronischen Eintrag unterbrechend, fest. Keine Schwestern. Vermilion seit einer Stunde bereits wieder im Dienst. Yolandas Zweifel an unserem Projekt. Cordulas sexy Attachment. Merkwürdige Propaganda, immer wieder: Brüder nur als Brüder von Männern. Schwestern nur als Schwestern von Frauen. Weiter im schwarzen Vinyl: Dies ist ein Krieg. Lang lebe der Untergrund. Ich resümiere: World Power als Erbe der ehemaligen Black Power, lehne mich zurück und lasse meinen Blick vom Bildschirm ab, lasse ihn über den von Papieren und Büchern überquellenden Tapetentisch schweifen, über mein offenes Hemd, meine rötlich schimmernde Schramme, meinen bleichen, in Vermilions Augen unmännlichen Körper, die achtlos auf den Sisal geworfenen Autoschlüssel, die sandfarbenen Bermudas, deren ich mich der Schwüle halber schon auf der Schwelle entledigt habe, und schicke mein Augenmerk durch das große Fenster hinaus, über die Veranda, zum Leuchtturm hinüber. Power hier weniger mit Macht, sondern mit Kraft, Stärke, Vermögen, und wenn mit Gewalt, dann allenfalls mit revolutionärer Gewalt, zu übersetzen. In meinem Gepäck, seiner Lektüre harrend: Richard Wrights Black Power von 1954 in der zwei Jahre später erschienenen, an einem Bücherstand vor der Frankfurter Universität antiquarisch erstandenen deutschen Ausgabe, die den Titel allerdings, in durchaus einleuchtender Perspektive, mit Schwarze Macht übersetzt. Untertitel: Zur afrikanischen Revolution.

Tillmann schreibt, daß er unter der Hitze leidet, mit nichts als einem offenen Hemd bekleidet an seinem Rechner sitzt, das Net House meist erst gegen Abend verläßt und auch nur selten baden geht; selbst meiner kostbaren Sonnencreme scheint er nicht vertrauen zu wollen. Das Net House heißt Net House, weil Fischer darin zu früheren Zeiten ihre Netze aufbewahrt haben. Tillmann trifft sich mit einer Frau namens Vermilion, die in einem Seafood Restaurant arbeitet und an der Duke University über die chassidischen Juden von Williamsburg, Crown Heights und Borough Park promoviert. Ich vergegenwärtige mir, wie ich voriges Jahr, kurz vor Pfingsten, zu Fuß vom Brooklyn Navy Yard, der Arbeitsstätte meines Onkels Horatio, kommend, zufällig und völlig unvermittelt in das geheimnisvolle Viertel der Satmarer Chassidim geraten war. Ich wollte an der Marcy Avenue, Ecke Broadway, in die Hochbahn einsteigen, um über die Williamsburg Bridge zurück nach Manhattan zu gelangen, wo ich bei einer befreundeten Choreographin logierte. An der Bedford Avenue fand ich mich urplötzlich von blassen, durchgeistigten Männern mit wäßrigen blauen Augen, duftigen Schläfenlocken, weich fallenden Bärten, tiefschwarzen Mänteln und Hüten umgeben. Von spielenden Kindern, feingliedrig, mit hauchzarten bis honigsüßen Zügen, die sich Silben zuriefen, die mir wie mittelalterliches Deutsch vorkamen. Alle taten, als wäre ich Luft. Passierte ich sie, richteten sie ihre Blicke auf den Boden oder in die Ferne. Mein Haar war zu unzähligen Zöpfchen geflochten. Mein Minirock bedeckte meine Knie nicht. Auf der belebten Lee Avenue mischte ich mich unter die einkaufenden Hausfrauen, allesamt bildhübsch, sah sie die bunten, zeitlos geschnittenen Kleider begutachten, welche die fliegenden Händler an zwischen Laternenmasten und Häuserwänden gespannte Leinen gehängt hatten. Hörte die fliegenden Händler ausrufen: Die schönsten billigen Sachen. Konnte mit einemmal auch einzelne Gesprächsfetzen der Frauen verstehen. Vermochte mir zunächst ihre Schaufensterpuppenhaftigkeit, ihre verwirrend unprätentiöse Künstlichkeit nicht zu erklären. Wunderte mich etwa über die betont dicken Nähte ihrer hautfarbenen Nylonstrümpfe. Rätselte über das Unschuld mit Unzucht vermählende Wesen ihrer Kleidung. Versuchte, hinter das Geheimnis ihrer adrett coiffierten, gleichförmig schulterlangen Frisuren zu kommen. Erkannte schlagartig, daß die überwältigende Mehrheit der Frauen auf der Lee Avenue Perücken trug. Wie ich später erfuhr: Auf kahlrasierten Schädeln.

RuPaul sagt: I am black, I am gay, and I am a man, and I love being all these things. RuPaul als genetisch maskulines Ultrafemininum. RuPauls wasserstoffblonde Perücke auf seinem rasierten Schädel. RuPaul als schwarze Blondine. RuPauls Back to My Roots Video, in dem er den landläufigen rassistischen Blick irritierende, blonde Afro-Frisuren vorführt. RuPaul sagt: When I put on a blond wig, I am not selling out my blackness. Wearing a blond wig is not going to make me white. Blond hair on brown skin is a visual blitz. RuPauls Marsch auf Washington in einem knappen, aus der US-amerikanischen Flagge geschneiderten Badeanzug. RuPaul als gigantische Sexbombe. Als selbsterklärtes Supermodel of the World. First drag queen to ever become a spokesmodel for a major cosmetics company. Mit längeren Beinen als Mariah Carey. Mit, wie ich kürzlich im Radio hörte, nicht endenwollenden Beinen. In Klammern: Wo hat RuPaul bloß seinen Schwanz gelassen? Wird Lee auch seine Lieder singen? Er kommt jedenfalls, mit ein paar verschweißten CDs von RuPaul in der Jackentasche, betont lasziv aus dem Drugstore geschlendert und schlägt vor, daß wir noch irgendwohin gehen sollten. Später sitzen wir im berstend vollen Double Door und hören uns eine in studentischen Kreisen vieldiskutierte Rock Band aus New York City an. Schon wieder jüdische Jungen, die den Blues singen, sage ich zu Lee, der auf dem Barhocker neben mir lungert, in seinem viel zu kurzen verwaschenen Liz Phair-T-Shirt, an Wicker Parks längstem Tresen, der hier, ungelogen, von der Damen bis zur Milwaukee Avenue reicht. In der großen bunten Papiertüte zu meinen Füßen: Ein sorgfältig gefaltetes, hauchdünnes Gewand aus einer afrozentrischen Boutique, das Lee, der ungefähr Tillmanns Größe hat, noch heute abend, in meiner oder seiner Wohnung, anprobieren soll. Ich trage noch immer mein konservatives Kostüm aus der Regenstein Library, vor der mich Lee am frühen Abend, nachdem er sich vergeblich um einen Hilfsjob beim Umbau der Landkartenabteilung bemüht hatte, regelrecht abgefangen hat.

Während auf der Bühne die Anlage abgebaut wird, betrachtet Lee seine gespaltenen Haarspitzen. Merkt an, er müsse ganz dringend etwas gegen den gebrochenen Glanz seines Haupthaars unternehmen. Der Barmann reicht uns zwei letzte Cocktails und eine neue Schachtel Zigaretten über den Tresen. Als Lee mir Feuer gibt, überrascht er mich mit der Frage, ob ich mir die Haare bräunlich getönt habe.

Der Informationsminister der Black Panther Party gibt aus dem Gefängnis bekannt: Schwäche, Gebrechlichkeit, Feigheit und Verweichlichung sind Attribute, die mit dem Gehirn assoziiert werden. Stärke, Gewalt, Männlichkeit und physische Schönheit werden mit dem Körper assoziiert. Daher werden die oberen Klassen oder Allmächtigen Administratoren beständig mit physischer Schwäche, Verfall, unterentwickelten Körpern, Verweichlichung, sexueller Impotenz und Frigidität assoziiert. Männlichkeit, Stärke und Kraft werden den unteren Klassen, den Supermaskulinen Knechten, zugeschrieben. Das Image des Allmächtigen Administrators, seine deutliche Verweichlichung und Gebrechlichkeit durch ausdrückliche Verwerfung seines Körpers zugunsten des Gehirns, ist entscheidend für das Image der Frau in den elitären Klassen. Obwohl ihr Mann verweichlicht ist, wird von ihr die Ausstrahlung eines Images erwartet, das zu dem seinen in scharfem Gegensatz steht, also stärker feminin ist als sein Image, so daß das weichliche Image ihres Mannes dank der kontrastierenden Stufen an Femininem noch immer als maskulin empfunden werden kann. Die Frau der Elite wird folglich ultrafeminin, während die untergeordnete Frau subfeminin wird. Da er seine eigene Körperschwäche verachtet, hat der Allmächtige Administrator gegen die Frauen seiner eigenen Klasse, die sich zum Ausgleich seines Feminismus selbst ultrafeminin entwickelten, eine versteckte und unbewußte Abneigung. Er stellt sie als Heiligtum auf einen

Sockel und geht fort, um die Bestätigung seines unsicheren Maskulinums anderswo zu suchen. Aber in seiner Suche nach Bestätigung des Maskulinums, einer Suche, die er gewöhnlich als ein Verlangen nach sexueller Befriedigung und neuen Eroberungen versteht, wird seine Aufmerksamkeit zu den potenten Körpern der Klassen unter ihm gezogen.

Ich stelle fest, daß ich Soul on Ice wie ein Kulturkuriosum lese. Yolanda aber findet, daß wir unbedingt auch Eldridge Cleaver abdecken müssen. Cleavers Paranoia. Cleavers Entführung Timothy Learys in die Berge Algeriens. Eldridge Cleavers Eintritt in Ronald Reagans Republikanische Partei. Tatsächlich würde ich lieber in Jeffrey Melnicks A Right to Sing the Blues weiterlesen oder die Lektüre von Howard Brotz' The Black Jews of Harlem beginnen. Vermilion will von alldem gar nichts wissen; sie sei zum schnöden Geldverdienen hier, wissenschaftlich gearbeitet werde erst wieder ab dem Herbst, auf dem Festland. Während meiner Studien im Net House trage ich seit einigen Tagen das leichte westafrikanische Gewand, das mir Yolanda vorige Woche geschickt hat. Es fühlt sich angenehm kühl auf der Haut an und sitzt ungewöhnlich bequem. Yolanda wünschte sich ein Polaroid von mir darin, und Vermilion kam gestern nach Feierabend vorbei, um ein paar Fotos zu schießen. Sie sah mich zum ersten Mal in dem neuen Stück und blieb augenblicklich, während ich unverhohlen auf sie zu trat, in der Tür zur Veranda stehen, hielt sich sogar für einen kurzen Moment, sichtlich erschrocken, die Hand vor den Mund. Dann sagte sie, fast zärtlich: That dress suits you well, Tillmann. Und: You look very seductive in it. Vermilion befand allen Ernstes, ich hätte ein jungfräulich weißes, verführerisch transparentes Kleid an, durch das sie meine Brustwarzen schimmern sehen könne. Ob ich damit auch auf die Veranda hinausginge. Na klar, gab ich amüsiert zurück, was du siehst, ist nichts als ein afrikanisches Männergewand, und drehte mich einmal, wie zum Beweis, im Kreis. It's a dress, widersprach mir Vermilion und stampfte energisch mit ihrer Sandalette auf. Selbst auf den nach Chicago abgeschickten Polaroids absolut unübersehbar: Meine Brustwarzen.

Underground Resistance Nummer 42, The Turning Point, 1997. Seite D: First Galactic Baptist Church. Gerade Bass Drum, funky Licks, eindringlicher Prediger, vielstimmiger Kirchenchor. Detroit Techno als Roots Techno. The Unknown Writer schreibt auf dem Etikett der B-Seite: Rhythms and music is our only surviving link to what we are and the only voice of our ancestors. For the groove readers, am Beginn der Auslaufrille von Seite D: Soul, you can't buy it. And we pity those who try. Grandioses Doppelalbum jedenfalls. Durchtanzte Nächte in Mannheim mit Cordula und Heinrich. Albert B. Cleage, Jr., Priester am Schrein der Schwarzen Madonna in Detroit, schreibt: Die Religion des Schwarzen Mannes baut vor allem auf der Vorstellung von der Nation Israel auf, dem erwählten Volk Gottes im Alten Testament; außerdem auf unserem Wissen, daß die Probleme der Israeliten, die schwarz waren, dieselben sind wie unsere. Wenn wir das Alte Testament lesen, können wir uns mit einem schwarzen Volk identifizieren, das von Gott geführt und geliebt wurde. Wir wissen, daß Israel eine schwarze Nation war. Die Bibel wurde von schwarzen Juden geschrieben. Das Alte Testament ist die Geschichte der schwarzen Juden. Jesus war ein Schwarzer Messias. Ich wünschte, ich hätte UR 42 hier. Wünschte, Cordula tanzte vor meinen Augen. Vor meiner Bettstatt. Vermilion hört überhaupt keine Techno Music. Techno gibt es in den USA gar nicht, sagt sie. Wenn ich mir in Chapel Hill neue Levi's kaufen gehe, werde ich in der Umkleidekabine garantiert mit Rock Music beschallt.

Alternative Rock. Der Jonathan Spencer Blues Explosion zum Beispiel. Das Lebensgefühl junger Amerikaner und Amerikanerinnen wird durch Techno nicht repräsentiert, sagt Vermilion. Du könntest dich trotzdem dafür interessieren, gebe ich zu bedenken.

Eldridge Cleaver schreibt: Die grundlegende Bewegung der Frauen der Elite ist die Flucht vor ihren Körpern. Die Schwäche des weiblichen Körpers ist im Kontrast zur Stärke des männlichen Körpers ein offensichtliches Attribut der Weiblichkeit, wie es sich in der sozialen Bildersprache manifestiert. Da der Akt des Koitus ein ebenso körperlicher wie geistiger Vorgang ist, liegt für sie auf dem Gebiet des Sex der grundlegende Widerspruch darin, daß sie körperlich unzulänglich, geistig aber unersättlich ist. Ihre grundsätzliche Furcht gilt der Frigidität, dem Stadium, in dem ihr rasantes Streben nach Ultrafemininum mit einem eisigen Tod der Seele zusammentrifft, wo das Feuer ihres Körpers vom Eis ihres Verstandes ausgelöscht wird. Der seelische Kern ihrer Sinnlichkeit, der das Männliche suchende Pol in ihrem weiblichen Prinzip, der Auslöser des Mechanismus ihres Orgasmus, bewegt sich über die Grenze oder Größe der feministischen Klitoris ihres Mannes hinaus. Frigid, kalt, eisig, Eis. Arktisch. Antarktisch. Am Ende ihrer Flucht vor ihrem Körper ist eine himmelhohe Wand aus Eis. Wenn eine Lesbierin irgend etwas ist, so ist sie eine frigide Frau, ein gefrorenes Loch mit einem Spalt in der Wand ihres Eises. Ermüdet lasse ich Cleavers Buch in meinen Schoß sinken und meinen Oberkörper rücklings auf das zerwühlte Bett kippen.

Cordula und Heinrich haben es gut: The Aztec Mystic in ihrer Stadt. The Suburban Knight in ihrer Stadt. Shake in ihrer Stadt. Carl Craig in ihrer Stadt. Jeff Mills in ihrer Stadt. Blake Baxter in ihrer Stadt. In meinen Ohren: Das

Rauschen der Wellen am Sund. Vermilion, die ihren freien Tag hat, sitzt an meinem Rechner und schaut sich aktuelle Bilder vom Cape Hatteras Lighthouse, dem Lighthouse Relocation Project, an. Über zwei fest installierte Kameras sendet WITN alle paar Minuten neue Standfotos aus. Nach dem Frühstück haben wir einen Spaziergang zum Postamt gemacht und die Polaroids nach Chicago aufgegeben. Eines, auf dem ich mir gefalle, und ein zweites, auf dem ich Vermilion gefalle. Vermilion bietet mir ihre Rückenansicht. Etwas unvermittelt, doch auf die Anziehungskraft der Materie vertrauend, versuche ich sie mit Wissenswertem über die Schwarze Marine Marcus Garveys von meinem Monitor abzulenken. Komme alsdann auf die legendären Krankenschwestern des Schwarzen Kreuzes zu sprechen. Vermilion, die ihren Davidstern zwischen die Lippen genommen hat, vermeint, eine venezolanische Kollegin aus Howard's Pub & Raw Bar, dem Nachbarlokal des Café Atlantic, auf dem abermals aktualisierten Standbild zu erkennen. 365 Tage im Jahr geöffnet. Warmes Essen bis 2 Uhr nachts. Live Entertainment and Big Screen TV. Ich richte mich halbwegs auf dem Futon auf. Schlage einen Bogen zu der gescheiterten Idee des Völkerbundes, ein ehemaliges deutsches Überseegebiet für das Repatriieren afrikanischer Amerikaner zur Verfügung zu stellen. Vermilions einzige Reaktion: Sie rückt die Träger ihres Kleids zurecht. Nachdem der Leuchtturm um 13 Uhr 23 endlich seine endgültige Position erreicht hat, gelingt es mir doch noch, die Aufmerksamkeit meiner Besucherin zu fesseln, und zwar an das Orchester der Universal Negro Improvement Association unter Rabbiner Arnold Ford. Vermilion wählt das Internet ab, wendet sich um, wirft ihre Haare über die Schulter und erzählt auffallend aufgekratzt von einem Kommilitonen, der fest daran glaubt, daß der äthiopische Kaiser Haile Selassie ein direkter Nachkomme Salomos gewesen ist: König der Könige, Herr der Herren,

Siegreicher Löwe vom Stamme Juda, Erwählter Gottes, Licht der Welt. Der Kommilitone habe seine Haare zunehmend verfilzen lassen und sei schließlich aus dem protestantischen Elternhaus hinausgeflogen. Ich berichte Vermilion von den fünfzehnhundert US-amerikanischen Kleinbetrieben, die sich während der zwanziger Jahre des zwanzigsten Jahrhunderts in afrikanisch-amerikanischen Händen befanden und von denen die Hälfte Mittel zum Glätten der Haare sowie zum Bleichen der Haut herstellten. Vermilion beugt sich zu mir herunter, nimmt mir Cleavers Seele auf Eis aus der Hand. Sagt: Zeig mal her. Liest dort weiter, wo ich eben noch meinen Daumen hatte.

Liest laut vor: Die Ultrafeminine Frau findet in ihrem Verlangen nach sexueller Befriedigung im Bett des Allmächtigen Administrators nur körperliche Erschöpfung. Ihr seelischer Bräutigam ist der Supermaskuline Knecht. Obwohl sie vielleicht niemals eine sexuelle Begegnung mit einem Supermaskulinen Knecht gehabt haben mag, ist sie absolut davon überzeugt, daß er ihre körperlichen Bedürfnisse befriedigen kann. Das wäre auch keine große Sache für ihn, denn mit seinem kräftigen Körper, seinen harten Muskeln, mit seiner Stärke und Glut, der treibenden Kraft seines Rückgrats, dem Schwung seiner Hüften und dem glühenden Stahl seines Gliedes wird er auch mit den Amazonen seiner eigenen unteren Klasse fertig. Aber was den Saft der Ultrafemininen Frau ins Laufen bringt, ist die Verlockung und Qual des Geheimnisses, das intuitive Wissen, daß er, ihr seelischer Bräutigam, die Wand ihres Eises sprengen, ihre psychischen Tiefen ergründen, ihre heiße Leidenschaft wecken, den Eisberg ihres Gehirns auftauen, ihr innerstes Heiligtum berühren, die Bombe ihres Orgasmus auslösen und ihr süße Erlösung bringen kann. Die seelische Braut des Supermaskulinen Knechts ist die Ultrafeminine Frau. Sie ist sein Traummädchen. Sobald er sie einmal mit seiner eigenen Frau, der starken, selbstbewußten Amazone, vergleicht, brennt das Verlangen nach ihr in seinem Gehirn. Die Anbetung und der Respekt, den der Allmächtige Administrator und der Supermaskuline Knecht auf das Image der Ultrafemininen Frau verschwenden, ist für die Amazone eine Quelle tiefen Schmerzes. Sie beneidet die verwöhnte Puderdosenexistenz der Ultrafemininen Frau, und sie sehnt sich danach, diese Elemente in ihr eigenes Leben aufzunehmen. Der Amazone fällt es schwer, den Supermaskulinen Knecht zu respektieren. Da er keine Souveränität über sich selbst besitzt, hat er auch nicht die Souveränität, die er nach unserem traditionell patriarchalischen Mythos ihr gegenüber haben sollte. Indem der Allmächtige Administrator sich des Gehirns des Supermaskulinen Knechts bemächtigte, riß er alle Souveränität an sich; und durch ebendieses Monopol der Souveränität ist er der seelische Bräutigam der Amazone, die sich auch zum Körper des Supermaskulinen Knechts hingezogen fühlt und zwischen zwei Welten verloren ist. Der Abgrund zwischen Geist und Körper scheint mit dem Abgrund zwischen den beiden Rassen übereinzustimmen. Vermilion, deren Finger den Saum meines Gewands umspielen, sagt, bei den Nazis habe aber doch der Supermaskuline Knecht regiert; bei den Nazis habe, ganz klar, der Körper über den Geist regiert.

Walter Ruby: Looking over Bergen-Belsen from the vantage point of the reviewing stand, it was hard to conceive that this had once been one of Europe's most horrific killing grounds. The prisoner's barracks and the rest of the buildings from the 1940's had long since been demolished, leaving only a grassy plain, with gentle rolling hillocks to mark the location of the mass graves. The overall impression of Bergen-Belsen was one of silent desolation, of blankness. Rather than bringing grief and anger to the fore, the place had a rather tranquilizing, numbing effect. One felt moved to profound melancholy, but not to action or revelation. Reagan's speech seemed to echo the emptiness around him. Speaking in an expressionless monotone that was often difficult to hear, Reagan appeared like a wax figure, devoid of his usual Hollywood radiance. He avoided any mention of the roiling Bitburg controversy which had forced him to change his earlier decision not to go to a concentration camp. Under other circumstances, Reagan's speech, with its explicit recognition that the victims of Bergen-Belsen died solely because they were Jews, might have had resonance in the Jewish Community. In this situation, with the SS graves of Bitburg the next stop on the presidential itinerary, the speech at Bergen-Belsen seemed a vain and morally vacuous attempt to rhetorically square a circle.

Ob ich eigentlich wüßte, daß zwischen dem 8. Mai 1945 und dem 5. Mai 1985 über zehntausend amerikanische Kinder in Bitburg zur Welt gekommen sind. Ob ich von den circa sechstausend Eheschließungen zwischen auf den beiden Bitburger Luftwaffenstützpunkten stationierten US-Amerikanern und bundesdeutschen Frauen gehört hätte. Heinrich überlegt, ob sich Ronald Reagan wohl überhaupt noch an Bitburg erinnern kann. Reagans Alzheimersche Krankheit. Sein Bitburger Bekenntnis: I promise you, we will never forget. I am a Berliner, I am a Jew in a world still threatened by anti-Semitism, I am an Afghan, and I am a prisoner of the Gulag, I am a refugee in a crowded boat foundering off the coast of Vietnam, I am a Laotian, a Cambodian, a Cuban, a Miskito Indian in Nicaragua. Reagan und Kohl als Heinrichs Thema Nummer eins. Seit ich ihn kenne, ihn vor drei Jahren als Tillmanns Mitbewohner kennengelernt habe, redet mein Freund von kaum etwas anderem als von Bitburg 1985. Heinrich als

Magister Artium der Mannheimer Universität. Kistenweise habe ich seine umfangreichen Materialien in diese Wohnung hochgeschleppt. Habe immer wieder meinen Respekt gegenüber Heinrichs Fleißarbeit bekundet. Glaube auch daran, daß er mit dem ganzen Zeug eines Tages groß herauskommen wird. Ich als Zweitsemester an der Humboldt-Universität. Mein erfolgreich absolviertes Einführungsseminar in das Werk Frantz Fanons. Mein demnächst anstehendes Referat über Mumia Abu-Jamal im Todestrakt. Die drei Portugiesinnen hören uns artig zu, sitzen aber bereits auf Kohlen, denn sie wollen hinunter zur Love Parade, der größten Love Parade aller Zeiten. Sie hören die tiefen Frequenzen der Bass Drums in unser weit geöffnetes Fenster hinaufwehen, ihre Fußspitzen wippen auf die Eins und die Drei. Sie haben ausgefallene Sachen aus meiner Kleiderkiste hervorgekramt und sich damit aufgetakelt. Haben die Stücke in einer Weise kombiniert, wie ich sie nie kombiniert hätte. Posen vor dem Spiegel eingenommen, die ich nie einnehmen würde. Sie finden sich sexy und mich eine Langweilerin, weil ich nicht mit auf die Straße gehen möchte. Ich kann ihre angemalten Brustwarzen überhaupt nicht sexy finden. Heinrich, an seinem Schreibtisch, vor seinem Berg von Zeitungen, wirkt ein bißchen gekränkt, daß sie ihn gar nicht erst gefragt haben, ob er mitkommen wolle. Ich versichere ihnen auf dem Treppenabsatz, daß er sowieso nicht mitgegangen wäre. Heinrich und ich werden erst am späteren Abend zu einer ganz bestimmten Party stoßen. Daß wir deren Adresse den Portugiesinnen, intuitiv, nicht verraten haben, gibt mir Anlaß, ernsthaft zu überdenken, ob ich überhaupt mit ihnen nach Madeira fliegen soll. Eigentlich sind die Portugiesinnen ja alle drei total nett, finden wir. Vielleicht sind sie uns nur zu sehr auf die Haut gerückt. Vielleicht hätten wir sie nicht aus der Jugendherberge ausziehen und in unser drittes Zimmer einziehen lassen sollen. Ihnen unser drittes Zimmer jedenfalls nicht gleich untervermieten sollen. Womöglich war es leichtfertig, daß Heinrich seinen Job als Verkehrszähler aufgegeben hat.

Die elektronischen Briefe Tillmanns haben mich auf die Atlantikküste North Carolinas neugierig gemacht. Haben mich auf die Outer Banks eingeschworen. Mich meinen neuen Tauchanzug anprobieren lassen. Mich Posen einnehmen lassen. Posen einnehmen lassen vor Heinrichs Schreibtisch. Heinrich anschauend. Heinrich musternd. Heinrich fixierend. Durch Heinrich hindurch schauend. Hat Heinrich womöglich durchschaut, daß ich in meinem neuen Tauchanzug, meinem, wie der anzügliche Verkäufer mehrfach betont hat, Taucherinnenanzug, durch ihn hindurch schaute? Nördlich des Cape Hatteras macht die Labradorströmung das Tragen eines Tauchanzugs auch in geringen Tiefen notwendig. Südlich des Kaps umhüllt der Golfstrom die Schiffswracks mit einer überaus üppigen, buntschillernden karibischen Flora und Fauna. Dort könnte ich auch einfach nur in meinen abgeschnittenen Levi's und einem Bikini-Oberteil tauchen gehen. Wobei die Verletzungsgefahr, schreibt Tillmann, an den häufig sehr spitz zerborstenen und schartig überwucherten Wracks nicht unterschätzt werden sollte. Tillmann hat sich mit Tauchern aus Ocracoke unterhalten. Die gesamte Nahrungskette der nautischen Welt lasse sich an diesen bizarren, mannigfaltige menschliche Tragödien offenbarenden, gleichzeitig im betörendsten Licht liegenden tropischen Unterwasseroasen studieren. Auch deutsche U-Boote lägen da draußen auf Grund. In erster Linie aber von diesen torpedierte alliierte Schiffe. Taucherinnen und Taucher berichten von bezaubernden Korallenarrangements, anmutigen Schwämmen sowie prachtvollen Anemonen, dem atlantischen Spatenfisch, dem Pfeilhecht, dem blauen Engelfisch, dem Schmetterlingsfisch, dem Triggerfish, dem Amberjack und Manta

Ray, von freundlichen Haien und Tümmlern, Aalen und Hummern, Pfeilkrebsen, Seeschildkröten, Seeigeln, Seegurken, Seesternen und einer überhaupt unglaublichen aquatischen Vielfalt.

Als sich der Greifer an Bord des Forschungsschiffs Sonne öffnete, kam mehr als ein Zentner Methanhydrat zum Vorschein, die größte Menge, die bis dahin aus dem Meer geholt worden war. Aus dem dunklen Schlamm leuchtete schneeweiß eine Substanz, die wie Brausepulver schäumte und dabei schmolz. Vereinzelt gelang es, Eiswürfel anzuzünden. Sie brannten mit rötlich-violetter Flamme. Zurück blieb Wasser. Heinrich bittet mich um seine Papierschere. Ich weiß auch nicht, wie die auf meinen Schreibtisch gekommen ist. Akribisch schneidet er einen Leitartikel über die Ambivalenz des deutschen Philosemitismus aus einer um etwa ein Jahr zurückliegenden Ausgabe der Allgemeinen Jüdischen Wochenzeitung. Seine Zunge reicht dabei bis fast an seine Nasenspitze. Schlagzeile: Wenn Christen zu sehr lieben. Bildunterschrift: Jesuskindlein, Chanukkia, Kruzifix und Davidstern einträchtig beieinander. So wie in diesem Jerusalemer Andenkenladen sieht es auch in den Köpfen mancher Philosemiten aus. Heinrich und seine merkwürdigen Ausschnitte. Tatsächlich basieren fast alle seine Untersuchungen auf Zeitungsausschnitten. Ich setze meine eigene, keinem bestimmten Zweck dienliche Zeitungslektüre fort und erfahre: Methanhydrate, brennbare Formen von Eis im Meeresboden, sind seit Jahren Gegenstand blühender Spekulationen. Geowissenschaftler in aller Welt versuchen das Geheimnis dieser rätselhaften Gasvorkommen zu lüften, stehen aber noch ganz am Anfang. Neuerdings werden Methanhydrat-Vorkommen auch als riesige Energiequellen gehandelt. Sie speichern vermutlich doppelt soviel Energie wie alle bekannten Kohle-, Erdöl- und Erdgaslagerstätten. Sie sollen Naturkatastrophen ausgelöst haben und der Grund für die Gefahren im legendären Bermuda-Dreieck sein. Meeresspiegel- und Temperaturschwankungen könnten den Zerfall der Hydrate verursacht haben. Nach Ansicht von Professor Suess, dem Direktor des Kieler Forschungszentrums Geomar, hat zerfallendes Methanhydrat unterseeische Gebirgshänge zum Abrutschen gebracht. Was wahrscheinlich zu großen Flutwellen in Küstengebieten geführt hat. Und womöglich auch zum Untergang von Atlantis. Andere Forscher verweisen auf das unerklärliche Verschwinden von Schiffen im Bermuda-Dreieck. Das Meerwasser sei durch aufsteigende Gasblasen zu dünn geworden und habe die Frachter nicht mehr tragen können. Heinrich, dem ich die letzten Sätze vorgelesen habe, fragt: Und was ist mit all den Flugzeugen, die das Bermuda-Dreieck verschluckt hat?

Cordula schrieb mir prompt zurück, fragt mich ziemlich direkt, wie viele Zimmer das Net House eigentlich habe. Mir fällt ein, daß Cordula, in ihren Mannheimer Jahren, wiederholt befunden hatte, ich sei für sie zu klein gebaut. Das Net House ist mit einem Futon in Queen Size ausgerüstet. Küchenbereich und Wohnzimmer gehen ineinander über. An der Decke hängt ein Propeller. In der Wand steckt eine Klimaanlage, die ich nur selten eingeschaltet habe. Es gibt eine Heizung, ein kleines Badezimmer, eine Warm- und Kaltwasserdusche vor der Tür. Einen durch Mückengitter geschützten Sitz im Freien, eine großzügige Veranda mit zwei Schaukelstühlen und eine Bank, um darauf Fische zu putzen. Eine Mikrowelle, einen Grill, einen Picknicktisch. Einen irreparablen Telefonapparat an einer allerdings einwandfrei funktionierenden Buchse, die mir ständigen Zugang zum weltweiten Netz erlaubt. Ich darf keine Tiere halten. Es dürfen nicht mehr als zwei Erwachsene im Net House übernachten. Die Leintücher mußte ich zunächst mieten, da ich keine eigenen bei mir hatte. Es gibt keinen Fernseher. Boom Box und Transistorradio habe ich aus Chicago mitgebracht, den Tapetentisch vor einer Garage in Avon erstanden. Mir fällt ein, wie sich Vermilion ganz sicher gewesen war, ich sei Jude, ein deutscher Jude. Ich vergegenwärtige mir ihr Erstaunen, ihren kurzen, spitzen Schrei, als sie mein unbeschnittenes Glied unter dem Kleid erblickte.

Heinrich beschäftige sich neuerdings mit dem Unterschied zwischen Philosemitismus und Judäophilie, schreibt Cordula. Philosemitismus sei möglicherweise nichts weiter als Gegnerschaft gegen die Antisemiten. Und die sei ideologisch, nicht aber affektiv begründet. Ich komme mit dieser Unterscheidung nicht zurecht. Verstehe sie irgendwie nicht. Ich habe ja nichts gegen Ideologisches einzuwenden, bloß weil es ideologisch ist. Wäre affektive Judäophilie nicht lediglich das unselige Ergänzungsstück zum nicht weniger affektiven Antisemitismus? Welcher Fortschritt der Menschheit soll sich denn je, in Abwesenheit einer Ideologie, allein aus dem Affekt gespeist haben? Ich hätte verstehen können, wenn Heinrich die strukturelle Problematik bezeichnet wissen wollte, die in jeder emphatischen Haltung gegenüber einer einzelnen Bevölkerungsgruppe liegt, fast egal, ob in einer befürwortenden oder einer ablehnenden, indem sie ihr Besonderes betont und sie damit, ließe sich folgern, angreifbar, gleichsam verletzlich macht. Mit Vermilion würde ich gern über die fatalen Parallelen zwischen Antisemitismus und Antifeminismus reden. Aber Vermilion befindet sich diesbezüglich in absoluter Ferienstimmung. Heute morgen erst hat sie ihren Ferienjob abermals verlängert. Cordula und Heinrich müßten sich schon eine eigene Hütte mieten. Hat Cordula womöglich vor, alleine anzureisen?

Vermilion kommt, auffallend gut gelaunt, von der öffentlichen Toilette zurück. Nach wie vor irre: Kein Mensch in den USA spricht je von seiner Notdurft. Alle waschen sich immerzu nur ihre Hände. Seit drei Tagen schon wird John F. Kennedy, Jr. vermißt. Einzelne Wrackteile seines Privatflugzeugs sowie das Gepäck einer seiner beiden Begleiterinnen sind vor Martha's Vineyard aus dem Atlantik gefischt worden; von dem Präsidentensohn selbst, seiner Frau und seiner Schwägerin fehlt jede Spur. Die Medienleute halten bereits Nekrologe auf den Verschollenen. Afrikanische Amerikaner, auf dem Friedhof in Arlington, Virginia, bekundend, daß die Kennedys immer für die Gleichheit der Rassen eingetreten seien. Kaukasische Nachbarn aus TriBeCa, unter Tränen von einem alten Fluch redend, welcher auf der katholischen Familie laste. John F. Kennedy, Jr. als Dreijähriger, vor dem Sarg seines ermordeten Vaters salutierend. Die Kennedys als die Royal Family der USA. Das alles auf dem Bildschirm eines an der Wand angebrachten Fernsehers in einem der zahlreichen Schnellrestaurants von Kill Devil Hills, nach einer ausgedehnten abendlichen Einkaufstour mit Vermilion durch Kitty Hawk, Kill Devil Hills und Nags Head. Vermilion schildert mir Kill Devil Hills als die historische Stätte des ersten bemannten Motorflugs der Geschichte. Genau zwölf Sekunden habe die Luftreise der Gebrüder Wright am 17. Dezember 1903 gedauert. Die Uniform der um uns herum wirbelnden, mit geradezu unglaublicher Freundlichkeit auftretenden Kellnerinnen besteht aus tief ausgeschnittenen, rückwärtig geschnürten und kürzer gar nicht vorstellbaren Minikleidchen. Vermilion ist froh, in Ruth und Bob Toths Café Atlantic tragen zu können, was sie möchte. Lange Wickelröcke, zum Beispiel. Oder auch mal keinen BH unter dem T-Shirt. In Ocracoke gingen die Uhren überhaupt anders. Ob mir aufgefallen sei, wie wenige Fernsehantennen auf Ocracokes Dächern prangten. Und wie viele Leute in aller Öffentlichkeit Bücher läsen. Auf ihren Veranden. Am Strand. Am Silbersee. In den Cafés. Klar, sage ich und greife nach einer frischen Serviette. Mein Hamburger ist medium durchgebraten und schmeckt köstlich. French Fries und Cole Slaw sind wie von Mutter gemacht, sagt Vermilion.

Unser Blick durchs Fenster auf Roanoke Island, historisch belegte Stätte der ersten englischen Ansiedlung in der Neuen Welt, 1585. Der heutige Stand der Wissenschaft, daß vor Kolumbus nicht nur die Wikinger, sondern auch Afrikaner bereits in Amerika gelandet sind; und zwar aus freien Stücken, wie mir Yolanda versichert. Die archäologisch wie serologisch erwiesene Vermischung von Afrikanern mit Eingeborenen Mittelamerikas zwischen 800 vor Christus und dem Anbruch der Neuzeit. Die bereits aus dem sechzehnten Jahrhundert stammende These, die amerikanischen Indianer seien Nachkommen der verlorenen Stämme Israels. Hugo Grotius verbreitete 1642 seine Ansicht, die nordamerikanischen Indianer stammten von den Norwegern ab, die Maya von den Äthiopiern und die Peruaner von den Chinesen. Der mexikanische Jesuit Francesco Saverio Clavijero bemerkte in seiner um 1780 erschienenen Geschichte Mexikos, das alte mexikanische Jahr habe am 26. Februar begonnen, einem Tag, der in der Ära Nabonassars gefeiert worden sei und den die Ägypter um mehr als siebenhundert Jahre vor Christus festgelegt hätten; selbst die Symbole für die einzelnen Monate entsprächen sich in Mexiko und Ägypten. Siehe auch des heutigen senegalesischen Cheikh Anta Diops bezeichnendes Buch über den afrikanischen Ursprung der Zivilisation, das Yolanda in einer englischen Übersetzung von 1974 vorliegt. Die Bauherren der großen Pyramiden Ägyptens demnach, vollkommen logisch, als Schwarze. Ich erzähle Vermilion von den schwarzen Vinylplatten Sun Ras auf seinem eigenen Saturn Label. Von seinen legendären Gastspielen im schwarzen Ägypten. Sun Ras unbestreitbare Geburt auf dem Saturn. Seine irdische Ankunftszone im Süden der USA. Und wie er in dem Spielfilm Space Is the Place ein Büro der Black Panthers betritt und dort von mißtrauischen Frauen befragt wird, ob er und sein ganzer pseudoägyptischer Hofstaat, das Arkestra, denn eigentlich echt, for real, seien. Seine Antwort, daß Schwarze in den USA grundsätzlich nicht for real seien. Sie hätten keine Macht und auch nicht das Wort: Sie seien ein Mythos. Mein Interview mit Sun Ra im Dezember 1983. Sein weicher, warmer und trockener Händedruck; seine leise, sanfte Stimme. Detroit Techno wie Free Jazz anhören, Vermilion. Drexciyas Schallplatten anhören wie die Schallplatten des Sun Ra Arkestra. Peter Michels schrieb in seinem kürzlich erschienenen Buch Black Perspectives, die Vorstellung von einem gleichsam weißen Ägypten basiere auf dem biblischen Mythos des Fluches Noahs gegen einen der Söhne Hams, wobei der verfluchte Canaan für die schwarze Rasse stehe, der nicht vom Fluch getroffene Bruder Mizraim aber für den Zweig der kaukasoiden Hamiten, welcher Afrika dann die Hochkultur gebracht haben soll. Der biblische Mythos habe also den Rassismus, der das Geschichtsbild der folgenden Jahrtausende so fatal verzerren würde, begründet.

Wir reden über den unfreiwilligen Seeweg nach Amerika. Über Meeresströmungen als nautische Einbahnstraßen. Die Kolonie der Anfang des sechzehnten Jahrhunderts in Ecuador gestrandeten Afrikaner. Vermilion hat noch nie von der stolzen Flotte des Mandingo-Königs Abubakari II. gehört. Wir befinden uns wieder auf der Heimfahrt, haben den Trubel des touristischen Ballungsgebiets von Kitty Hawk, Kill Devil Hills und Nags Head hinter uns gelassen und soeben die Ortschaft Avon auf Hatteras Island passiert. Vermilion in freudiger Erwartung des nun wieder fest positionierten Leuchtturms, an dem ich auf dem Hinweg achtlos vorbeigefahren bin. 1311 entschwand Abubakari vom Senegal aus über den Atlantik, ließ sich von der Kanarischen Strömung nach Westen treiben, in die auf diesem Weg überhaupt nicht verfehlbare Neue Welt. Abubakari II. kam nie zurück; bereits 1312 übernahm sein Bruder das Königsamt. Michels berichtet von überwältigend vielen archäologisch gesicherten kulturellen Gemeinsamkeiten zwischen dem alten Afrika und dem alten Amerika, darunter einem berühmten Mandingo-Kopf aus dem vierzehnten Jahrhundert, der, in Mexiko gefunden, als Beweis dafür gilt, daß die Mandingos unter Abubakari Amerika tatsächlich erreicht haben. Wenn Abubakari II. 1311 in Zentralamerika gelandet ist, muß er den dortigen Einheimischen als der wiedergekehrte Quetzalcoatl erschienen sein, denn es waren genau sechs Zyklen von zweiundfünfzig Jahren vergangen, seitdem Quetzalcoatl die Stadt Tula mit dem Versprechen verlassen hatte, über die See wiederzukommen. Rein äußerlich habe Abubakari den Erwartungen der Amerikaner gewiß entsprochen. Seine dunkle Haut konnten sie als Zeichen einer transatlantischen Herkunft aus dem Land des Sonnengottes Ra deuten. Weitere vier Zyklen später, 1519, empfing der Azteken-Herrscher Moctezuma II. den finsteren Konquistadoren Hernán Cortés in dem fatalen Irrglauben, es handele sich bei ihm um den abermals wiedergekehrten Quetzalcoatl. Mit der verheerenden Folge, daß Moctezuma von den spanischen Eroberern in seinem eigenen Palast festgesetzt und später von seinen eigenen Untertanen gesteinigt wurde. Die Spanier nahmen auch Moctezumas Nachfolger gefangen und metzelten die einheimische Bevölkerung bestialisch nieder. Das alte Mexiko war unwiederbringlich verloren. Vermilion und ich erreichen das Cape Hatteras in vollendeter Dunkelheit. Einhundertvierzigtausend Backsteine in unseren Scheinwerferkegeln warten darauf, des Leuchtturms neues Fundament zu bilden; binnen acht Wochen sollen alle diesbezüglichen Arbeiten abgeschlossen sein. Wenige Minuten nach Mitternacht verpassen wir am Hafen von Hatteras die letzte Fähre in Richtung Ocracoke Island und müssen im Hatteras Harbor Motel übernachten.

Prairie Avenue. Das wuchtige sechzehnstöckige Gebäude, vor dem der Soziologe Camilo José Vergara sein Auto parkt. Die im Eingangsbereich herumlungernden Drogenhändler. Der brave Hausmeister im Erdgeschoß, seinem Besucher ein zwischen zwei Weißbrotscheiben steckendes Schweinsohr in brauner Soße anbietend. An der Wand des Büros das Portrait eines anmutigen Mädchens im einfachen, weißen Kleid: The West Indian Girl. Vergara beschreibt ihr Kleid als Vision von Unschuld und Versprechen. Verabredeter Rundgang. Herumliegender Abfall, sich türmend. Geheimnisvolle Graffiti: A-Dog, D-Dog, Nike-Dog. Rußige Spuren zurückliegender Zimmerbrände. Die Trostlosigkeit der vergitterten Außenkorridore. Des Soziologen schwindelerregender Blick von der Dachkante hinunter auf die kargen Rasenflächen. Sein flüchtiger Blick hinüber zur Goldküste. Auf die gläsernen Bürotürme der Innenstadt. Die saturierten Wohnviertel hinter dem segregierenden Dan Ryan Expressway. Davor State Street, an der sich, schier endlos und in ihrer ganzen Tristesse, die Robert Taylor Homes aufreihen, achtundzwanzig einförmige, von öffentlicher Hand errichtete, bei sämtlichen Bevölkerungsschichten der Stadt längst in Verruf stehende Wohnblöcke, die der Hausmeister ironisch Congo Hiltons nennt. Wer immer hier wohnen muß, wohnt hier nach Möglichkeit nur kurz. Und doch bleiben viele für immer. Häufig werden die oberen Stockwerke versiegelt, verbliebene Bewohner in die unteren Etagen umquartiert, wo sie eine Art humanen Bodensatz bilden. Der Soziologe nimmt grobe Durchbrüche in den Wänden zwischen leerstehenden Wohnungen wahr, angeblich von Banden geschaffen, um bei Bedarf möglichst schnell und unerkannt fortzukommen. Sperrholz, das zu Bruch gegangene Fensterscheiben ersetzt. Wasser, das aus der Decke tropft und auf dem Estrich Pfützen bildet. Zurückgelassenes Mobiliar, demoliert. Wertlose Gegenstände. Camilo José Vergara bangt um seine wertvolle Fotoausrüstung. Alles eine Frage des Benehmens, wendet der Hausmeister ein. Vor anderthalb Jahrzehnten habe hier ein arroganter weißer Klempner gearbeitet, der keine Schwarzen mochte; sie Nigger nannte. Eines Tages sei er in den Keller verschleppt worden. Die Augen seien ihm aus dem Kopf getreten worden. Nach seiner Entlassung aus dem Krankenhaus habe er sich in einem Wald erschossen. Andere weiße Handwerker hätten hier jahrzehntelang ohne geringste Probleme gearbeitet. Einer sei dafür bekannt gewesen, Boiler selbst mitten in der Nacht zu reparieren; ein weiterer sei bei hellichtem Tag Hand in Hand mit einem schwarzen Mädchen über den Parkplatz spaziert. Vergara beobachtet einen Jungen, der komplizierte Seemannsknoten in ein schwarzes Verlängerungskabel flicht, das er sich dann als Krone auf den Kopf setzt.

In den Empfangshallen dieser Gebäude riecht es nach Fäulnis. Sämtliche Briefkästen sind zerstört. Auf einen Aufzug müssen der Soziologe und sein Hausmeister lange warten. Die wenigen funktionstüchtigen Aufzüge bewegen sich mit kaum zu ertragender Langsamkeit. Die in ihnen angebrachten Glühbirnen werden mit Regelmäßigkeit zerschlagen. Rund zwei Drittel fahren ganz ohne Licht. Bei heißem Wetter ist es in den stickigen Wohnungen kaum auszuhalten. Dann werden die zugigen Einstiege zu den Aufzügen Treffpunkte der zurückgelassenen Kinder. Manche stehen auch ganz allein im Flur und warten viele Stunden lang, Aufzug für Aufzug, darauf, daß sich die Tore öffnen, um eines ihrer Familienmitglieder zu entlassen, das von seiner Arbeitsuche oder einer anderen erniedrigenden Erledigung zurückkehrt. Camilo José Vergara beobachtet, wie Erwachsene die überwiegend im Vorschulalter befindlichen, neugierig ins dunkle Innere des Aufzugs starrenden Kinder zur Seite stoßen. Ältere Kinder fahren den ganzen Tag eigenhändig mit allen Aufzügen auf und ab, so daß sich diese in ständigem Einsatz befinden. In einem Gebäude sieht der Soziologe einen älteren Mann mit drei Kindern als die einzigen verbliebenen Bewohner des vierzehnten Stockwerks aussteigen, sieht sie durch den langen, finsteren Flur zu ihrer Wohnung trotten, zunächst ein Eisengitter aufschließen, dann die Wohnungstür, schließlich in der kahlen Küche ein unwirklich helles Licht entzünden. Im Erdgeschoß erscheint, an der Seite einer zierlichen älteren Frau, die ein Leck in ihrer Wasserleitung melden will, ein wütender Mann namens Nathaniel, der ausruft: Sie wollen, daß wir Krankheiten kriegen. Sie wollen, daß wir aussterben. Eine aufgebrachte Angestellte der Chicago Housing Authority dagegen beschwert sich lautstark darüber, daß andauernd gebrauchte Windeln und blutige Binden aus den Fenstern geworfen würden; von den vierköpfigen Reinigungstrupps, die um die Häuser gingen, könnten immer nur drei Arbeitskräfte gleichzeitig arbeiten, die vierte müsse ständig hinaufschauen, um die anderen rechtzeitig vor dem zu warnen, was gerade aus den Fenstern geworfen werde. Die Leute seien letzten Endes selbst schuld, wie es hier aussehe.

Wenn ich niemanden kenne, der in den Robert Taylor Homes lebt, kann ich sie auch nicht betreten. Ich darf die Robert Taylor Homes allein in Begleitung eines hier Lebenden betreten, und auch dann nur, nachdem ich mich in der Empfangshalle ins Gästebuch eingetragen habe. Über Nacht darf ich lediglich bleiben, wenn ich mich zuvor von einer Sicherheitskraft habe durchsuchen lassen. Merksatz: Erst wenn die Gebäude wirklich gesichert sind, werden sie neu gestrichen, werden sie renoviert. Ich kenne niemanden, der in den Robert Taylor Homes wohnt. Ich erhebe mich von meinem Arbeitsplatz und sortiere Vergaras Buch erneut in die Regenstein Library ein. Nach Feierabend bin ich mit Wanda im Dunkin Donuts, 3132 West Devon, verabredet. Wanda verspricht sich von mir wertvolle Materialien über die Parallelen zwischen Chicago House Music und Chicago Polka Music. Tillmann, der vor wenigen Minuten anrief, erzählte von einem Kölner Musiker, der angibt, seit Jahren an ebendieser Schnittstelle zu arbeiten. Auf sämtlichen Fernsehkanälen patriotische Berichterstattungen über die Bestattung John F. Kennedy, Jr.'s, dessen Asche gestern, im engsten Familienkreis, nahe der ermittelten Absturzstelle seiner Maschine, von einem Zerstörer der Marine aus in den Atlantik, die Labradorströmung, gestreut wurde. Heute haben sich die Zurückgebliebenen in einer Kirche Manhattans versammelt, in der schon Jackie Kennedy regelmäßig zu beten pflegte. Soeben kommt ein gewaltiger Flugzeugträger ins Bild; die vor der Küste Virginias manövrierende John F. Kennedy. Ihre Besatzung legt, bei was für einer wohl kaum wortreichen Tätigkeit sie auch immer gerade gewesen sein mag, eine Schweigeminute ein.

Vermilion findet menschliche Körper, die wenig behaart sind, anziehend. Regelmäßig rasiert sie sich ihre Achselhöhlen und, seit Feinstrumpfhosen aus der Mode gekommen sind, auch den kaum wahrnehmbaren Flaum von ihren Beinen. Ich dagegen rasiere mir täglich mein Gesicht. Einen Bart habe ich mir nie stehen lassen. Den einzigen, zehn Jahre zurückliegenden, Versuch, mir Koteletten wachsen zu lassen, mußte ich erfolglos abbrechen. Mein Körper ist, für einen Mann, wenig behaart. Vermilion hat in Modezeitschriften Männer gesehen, die sich ihre Körper glattrasieren, weil sie, beziehungsweise ihre Partner, das schöner finden. Sie reicht mir ihren Naßrasierer und überredet mich dazu, mir die Brusthaare abzurasieren. Danach ist sie besonders zärtlich zu mir, streichelt meine Brust, spielt mit meiner Vorhaut, läßt meinen Penis in ihrer Hand verschwinden. Es ist Vormittag, und ich habe Vermilion versprochen, sie zur Arbeit zu fahren. Vorher wollen wir beide noch in den Atlantik springen. Für den Strand ziehe ich meine sandfarbenen Bermudas und ein zinnoberrotes, unbedrucktes T-Shirt aus Chapel Hill an. Instinktiv würde ich das T-Shirt am liebsten auch im Wasser übergezogen behalten. Vermilion aber, die ihren hellblauen, einteiligen, den neuen Badeanzug aus Kill Devil Hills trägt, wendet ein, ich solle natürlich topless, also oben ohne, mit entblößter Brust, entblößten Brüsten, sagt sie, schwimmen gehen: Dies ist kein Wet T-Shirt Contest, Tillmann. Nach meiner Rückkehr ins Net House scheue ich augenblicklich davor zurück, wieder in Yolandas afrikanisches Kleid zu schlüpfen. Das eigentümliche Verhältnis der Geschlechter im Judentum jedenfalls, soviel steht fest, als Kern und Brennpunkt von Vermilions Promotion. Ihre auffallende, andauernde Weigerung, mit mir über ihre Arbeit zu reden. Ihr hintergründiges, sprachloses Interesse an meiner Vorhaut.

Endlich gefunden: Ralph Johnson Bunche, geboren in Detroit 1904, gestorben in New York 1971, Friedensnobelpreis 1950. Ich finde es eine ausführliche Notiz wert, daß sich der erste afrikanisch-amerikanische Friedensnobelpreisträger um den Frieden zwischen Israelis und Arabern verdient gemacht hat, stehe kurzzeitig von meinem Rechner auf und hake das im Wind klappernde Mückengitter zu. Nachdem ich einige Stichworte über Bunche niedergeschrieben habe, frage ich mich, wie deutlich sich wohl einzelne, womöglich wiederkehrende jüdische Idiome aus den

Rap-Texten der Beastie Boys herausarbeiten ließen. Yolanda erzählte mir vorgestern am Telefon, ihr Freund Lee glaube, die Sortimente der jüdischen Textilgeschäfte auf der schwarzen, wahrscheinlich ehedem jüdischen Beale Street, in denen sich Elvis Presley seine das weiße angelsächsische protestantische Amerika provozierenden Klamotten kaufte, hätten die Mode der afrikanischen Amerikaner geprägt, während sie eher gedacht hatte, es sei umgekehrt gewesen. Siehe auch: Die kurze Ehe des einstigen Motown-Kinderstars Michael Jackson mit Presleys Tochter Lisa Marie. White Negroes nach Nelson George: Norman Mailer, der den berühmten Aufsatz gleichen Namens verfaßte, natürlich Elvis Aaron Presley, Jerry Leiber und Mike Stoller, Johnny Otis, Ahmet Ertegun, die Gebrüder Chess. E-Mail an Yolanda: Warum brach der Musikjournalist Ed Ward seine jahrelangen Nachforschungen über das historische R&B Label der Chess Brothers ab? Chess Records, mit seinen späteren Sublabels Checker, Cadet und Argo, wie es die ganze Welt von einem kleinen Straßenladen in der South Side Chicagos aus eroberte, mit einem, was nie zuvor gehörte Hallräume, innovative Übersteuerungen sowie die generelle Elektrifizierung des Blues betraf, geradezu unglaublich rumorenden Sound, den die beiden polnischen Juden mit Hilfe legendärer Experimente erzielten; etwa einem von der Decke ihres improvisierten Hinterzimmer-Studios baumelnden Abflußrohr oder einem in die enge Toilettenkabine gehängten Mikrophon.

Bereits um die Mitte der neunzehnhundertvierziger Jahre hatten Leonard und Phil Chess, als Ableger ihres populären, vergleichsweise noblen South Side Jazz Clubs The Macomba, Ecke 39th Street und Cottage Grove, eine eher unbedeutende Plattenfirma namens Aristocrat betrieben. Die Katalognummer ihrer ersten Veröffentlichung lautete 1425, nach 1425 South Karlov Street, der Hausnummer ihres Wohnsitzes in Chicagos jüdischem Bezirk. Gegen Ende der vierziger Jahre benannten sie ihr Unternehmen in Chess Records um und nahmen fortan revolutionäre afrikanisch-amerikanische Musiker wie Muddy Waters, Bo Diddley, Howlin' Wolf und Chuck Berry unter Vertrag: Negro and Jew, again, Yolanda. Die Chess Brothers sollen ihre Platten zunächst sogar aus dem Kofferraum ihres Autos in der South Side verkauft haben; später hatten sie allein in diesem Abschnitt Chicagos einhundertachtzig Wiederverkäufer herumlaufen. Ist Ed Ward, der im Anschluß an den, wie ich höre, dramatischen Abbruch seiner Recherchen nach Europa übersiedelte und heute bei demselben Gemüsehändler wie Cordula und Heinrich einkauft, womöglich der Boden unter den Füßen zu heiß geworden? Das Vee-Jay Label grub Chess in Chicago ja nicht zuletzt das Wasser ab, weil es von afrikanischen Amerikanern betrieben wurde anstatt von jüdischen. In Klammern: Selbst die Beatles kamen um 1963/64 in den USA auf Vee-Jay heraus. Noch etwas, Yolanda: Besitzen wir eigentlich detaillierte Unterlagen über den Warschauer Juden Moses Asch und seine legendären, dezidiert linken New Yorker Labels Asch, Disc und Folkways? Angeblich hat sich Asch Anfang der zwanziger Jahre in Wiesbaden zum Elektroingenieur ausbilden lassen. Auf die Idee, eine unabhängige Plattenfirma aufzumachen, soll ihn 1939 Albert Einstein gebracht haben. Glaubst Du, daß Regenstein nicht nur Leadbelly und Woody Guthrie, sondern auch das allererste Asch-Album mit den alttestamentarischen Geschichten von Moses' bekanntem Vater Sholem Asch archiviert hat? Die Jewish Folk Songs der Bagelman Sisters, den späteren Barry Sisters? Paul Eluard und Albert Camus auf Disc, die Gedichte der Resistance rezitierend? Orson Welles, die alliierte Befreiung von Paris nacherzählend? Bertolt Brecht auf Folkways vor dem Committee on Un-American Activities? Und wie verhält es sich diesbezüglich mit dem Berliner

Juden Alfred Lion, der, gleichfalls 1939 in New York, das bahnbrechende Jazz Label Blue Note aus der Taufe hob? Vielleicht könntest Du da auch mal bei der Ludwig Rosenberger Collection nachfragen?

In seinem Buch The Death of Rhythm & Blues gibt Nelson George einen kurzen Abriß über das Leben der beiden jüdisch-amerikanischen Songwriter Leiber und Stoller. Als Leiber fünf Jahre alt ist, stirbt sein Vater. Seine Mutter kauft einen Süßwarenladen in Baltimore, am Rand eines schwarzen Viertels. Der Süßwarenladen entwickelt sich zu einer Gemischtwarenhandlung, und Leiber sieht sich in die Häuser der schwarzen Kunden gehen, ihnen Kartoffeln, Konserven und Kohlen bringen. Ich mochte die dunklen Räume gern, die Kohlefeuer, den Geruch von Kohl und Schweinefleisch auf dem Herd, Kinder, mit denen ich herumalbern konnte, und immer spielte ein Radio. Das Radio spielte eine Musik, die ich sonst nirgendwo hörte. Gemeinsam mit Mike Stoller hört sich Jerry Leiber Johnny Otis' R&B Big Band an. Otis war ein griechischer Amerikaner, der ein bis ins private Detail afrikanisch-amerikanisches Leben führte und meines Wissens nach bis heute führt. Sein Vater war Krämer in einer ethnisch gemischten Gegend von Los Angeles, die sich bald zu einem schwarzen Ghetto auswuchs. Als ich ihn 1988 in Altadena ausfindig machte und interviewte, bekannte Johnny Otis: Ich wurde nicht zum Schwarzen, weil ich mich zur Negermusik hingezogen fühlte. Meine Einstellung hatte sich bereits herausgebildet, lange bevor ich mich mit Musik zu beschäftigen begann. Ich wurde auch nicht deshalb zum Mitglied der schwarzen Gemeinde, weil ich ein schwarzes Mädchen heiratete. Ich wurde, was ich bin, weil ich als Kind auf die Lebensart, die besondere Vitalität, die Atmosphäre der schwarzen Gemeinschaft reagierte. Ich kann mir mich nicht als Weißen ausmalen. Der Altsaxophonist

Preston Love schreibt nach den Unruhen von Watts, 1965: Mein Freund Johnny Otis ist biologisch ein Weißer, aber in jeder anderen Hinsicht vollkommen schwarz. Sein Leben ist das eines schwarzen Menschen, der sich mit anderen schwarzen Menschen verbunden hat, um gegen die Außenwelt zu kämpfen, die feindselige, ungerechte Welt des weißen Establishments. Jerry Leiber erinnert sich: Wir schrieben immer für schwarze Künstler, weil das die Stimmen und die Rhythmen waren, die wir liebten. Im Herbst 1950 hatten wir schwarze Freundinnen und lebten wie die Schwarzen. Nelson George: Von 1951 bis 1956 schrieben Leiber und Stoller Songs, die kaum ein Weißer je zu Ohren gekriegt hat. Sollten wir, andersherum, Yolanda, nicht auch James Weldon Johnsons in den USA bereits 1912 zunächst anonym erschienenes Buch Der weiße Neger, das mir in der 1928er Ausgabe der Frankfurter Societäts-Druckerei vorliegt, berücksichtigen?

Aus dem Vorwort des Verlagshauses: In Europa hat von jeher das Negerproblem der Vereinigten Staaten interessiert. Mit dem Einbruch der Jazzmusik und der Negersänger und -tänzer in die Gelassenheit europäischer Rhythmik begann eine neue Epoche in der kulturellen Beziehung zwischen Schwarz und Weiß. Aber der Siegeslauf des Ragtime war so ohren- und sinnbetäubend, so aufreizend und schlagend, daß das große menschliche Problem, das die Negerfrage in sich birgt, nicht gebührend zu Worte kam. Die Negerrassenfrage hat die koloniale Phase, die Zeit der Ghettolösung, endgültig verlassen. Sie ist durch die Verteilung von freien farbigen amerikanischen Bürgern aller Berufe und aller sozialen Schichten über den ganzen Norden Amerikas ungleich verwickelter geworden. Sie hat sozial und psychologisch all die Zwiespältigkeit und tragische Verwicklung angenommen, die uns in Europa, vor allem in Deutschland, von der Judenfrage her bekannt ist. Die Nationalitätenfrage verlangt im Zeitalter allgemeiner Völker- und Rassenmischung nach neuen Lösungen. Das wird an diesem Buch des weißen Negers besonders deutlich, der äußerlich nur an kaum noch sichtbaren Merkmalen als Mischling kenntlich ist. Denn die Mimikry des weißen Negers, der sich in der Gesellschaft der weißen Amerikaner versteckt, ist keine würdige, ist eine tragische Lösung, und so weiter. Es folgt eine vertiefende, auf den 20. April 1928 datierte Einleitung des deutschstämmigen, in England geborenen und in Frankreich gestorbenen Musikers Frederick, ehedem Fritz, Delius, die mit den folgenden Worten aufmacht: Als ich als ganz junger Mann eine nordenglische Fabrikstadt verließ und anderthalb Jahre auf einer Orangenpflanzung in Florida verbrachte, lebte ich dort in größter Einsamkeit, fast nur von Negern umgeben. Die Natur Floridas und seine Negermusik haben mir den stärksten Impuls zu meinem musikalischen Schaffen gegeben. Der sogenannte Cake-Walk, der vor einigen Jahren auf allen Varieté-Bühnen Europas aufgeführt wurde, war nichts als eine elende Karikatur des wirklichen und würdevollen Cake-Walk, den man damals im Süden der Vereinigten Staaten noch tanzte. Auch der von amerikanischen Komponisten verfaßte und in allen europäischen Tanz- und Nacht-Klubs so beliebte Jazz ist meiner Meinung nach nur eine Travestie. Paul Whiteman: I wanna make a lady out of Jazz. Frederick Delius: Der Jazz, den man nach Europa gebracht hat, steht zur echten Negermusik in dem gleichen Verhältnis wie etwa der Jargon eines polnischen Juden, der nur einige Jahre in Amerika verbracht hat und sich als hundertprozentigen Amerikaner ausgibt, zu reinem Englisch.

Die giftig grüne 1993er LP des kaukasischen Kaliforniers Kim Fowley mit dem Titel White Negroes in Deutschland bringt uns an diesem Punkt, glaube ich, nicht weiter. Falls Du anderer Ansicht bist, könnte ich sie von meiner Mannheimer Hausmeisterin heraussuchen und nach Chicago schicken lassen. Ein Song dieses Titels ist jedenfalls nicht auf der Platte zu hören; dafür aber ein interessanter, wenngleich hier nichts zur Sache beitragender namens Petra Kelly's Dead, in dem die Politikerin als Green Queen apostrophiert wird. Auch bin ich mir nicht sicher, ob wir für den Umstand, daß Marvin Gaye, als er 1984 von seinem Vater erschossen wurde, mit Slim Gaillards Tochter verheiratet war, beziehungsreich Verwendung finden können, Slim Gaillards Tochter also gleichzeitig Marvin Gayes Witwe ist. Hatte sie ihn nicht zuvor schon wegen Teddy Pendergrass verlassen? Hast Du je Fotos von ihr gesehen? Nachdem Gaye und sein Partner Harvey Fuqua, letzterer zunächst Künstler, dann Manager bei Chess, in die Motor City Detroit gezogen waren, heiratete jeder der beiden erst einmal eine Schwester des Tamla/Motown-Chefs Berry Gordy. Und schließlich gerieten auch beide Männer bei ihrem Schwager unter Vertrag. Wie ich Dich kenne, kennst Du sicher auch Moodymanns Platte über die jetzt fünfzehn Jahre zurückliegende Ermordung Marvin Gayes: The Day We Lost the Soul. Ich möchte gern einmal wissen, was zwischen dem Umzug Motowns nach Kalifornien und den ersten Manifestationen der Techno Music in Detroit los war. Oder gerade nicht los war, Yolanda. Der Unterschied zwischen dem extrovertierten Glamour des inmitten einer auf Hochtouren laufenden Automobilindustrie florierenden Soul Labels Motown und den heutigen, unter der gespenstisch leergefegten Oberfläche des postindustriellen, sprichwörtlich postfordistischen Detroit operierenden Techno Labels könnte ja gar nicht größer sein. Allein der Name des zentralen Detroiter Techno-Vertriebs: Submerge. Abtauchen, Yolanda, so könnten wir unser Buch nennen. Und dennoch sprechen beziehungsweise sprachen beide Bewegungen, darin dem Jazz verwandt, auch weiße Mittelschichten auf beiden Seiten des Atlantiks an. Ich würde gern einmal mit Dir nach Detroit fahren und nachsehen, ob dort überhaupt etwas zu sehen, zu erkennen ist.

Heinrichs Vater hat eine CD von John Zorn in den Spieler geschoben. Steht dann mehrfach wieder auf, um die Lautstärke zu dezimieren. Sein Sohn bringt Milch, Brötchen sowie die Tageszeitung herein und berichtet aufgeregt, daß das Grab des Vorsitzenden des Zentralrats der Juden in Deutschland auf dem Friedhof Kirjat Schaul in Tel Aviv geschändet worden sei, und zwar von einem Aktionskünstler namens Meir Mendelsohn, bereits während der feierlichen Beisetzung von Ignatz Bubis, der extra verfügt hatte, daß sein Leichnam, eben damit seiner letzten Ruhestätte solches nicht widerfahren könne, nach Israel überführt werden solle. Selbstverständlich erinnere ich mich noch an die Schändung des Grabes von Bubis' Amtsvorgänger Heinz Galinski auf deutschem Boden. Der deutsche Regierungssprecher spricht nun von einer Ironie der Geschichte. Mendelsohn, ein, wie die Zeitung vermeldet, israelischer Jude deutscher Abstammung, streng gläubig, wegen betrügerischen Bankrotts vorbestraft, Informatiker, Kommunalpolitiker, Künstler, fünffacher Kneipenbesitzer, Heiratsvermittler, bezeichnet Bubis als Nazi-Kollaborateur und Kriminellen. Heinrich zeigt uns eine in der Zeitung reproduzierte Fotografie des jungen Ignatz Bubis, im schweren Ledermantel, aus der sogenannten Schwarzmarktzeit. Ich finde, es gilt, egal welchen Schmutz Antisemiten und jüdische Selbsthasser wie der Bundeswehr-Historiker Wolffsohn auch gegen ihn auffahren mögen, zu Bubis zu halten, und behaupte, Bubis habe sich in seinen letzten Lebensjahren zur integren Integrationsfigur des Antirassismus in Deutschland entwickelt. Heinrich gibt mir recht. Antirassismus erscheint auch ihm als das momentan einzige verbindliche Reservoir der deutschen Restlinken. Bereits auf den Golfkrieg hin sei das Verhältnis derselben zu Israel ganz entscheidend nachkorrigiert worden. Wovon Heinrichs Eltern, die sich in ihrer andauernden Abscheu gegen fast jegliche israelische Politik noch immer im fatalen Schulterschluß mit ihren dahingegangenen Elternhäusern befinden und deren vorgeblicher Philosemitismus sich tatsächlich ganz auf musikalische Manifestationen aus New York beschränkt, offenbar nicht viel mitbekommen haben. Ich helfe ihnen, den Frühstückstisch abzudecken; dann nimmt mich mein Freund, hinten auf seinem alten Mofa, mit auf die längst versprochene Rundfahrt durch Bitburg.

Sowohl im Norden als auch im Süden der Stadt unübersehbar über den Dächern thronend: Die massiven Gebäudekomplexe der weltbekannten Bierbrauerei. Heinrich erzählt mir von dem etwa zehn Jahre zurückliegenden Plan, die in Flugplatznähe errichteten jüngsten Wohnsiedlungen der U.S.Air Force, immerhin über zwölfhundert Wohnungen, allein mit dem warmen Wasser zu beheizen, das beim Produktionsprozeß der Brauerei Bitburg abfällt, weiß aber nicht, ob daraus überhaupt noch etwas geworden ist. Wir rollen die Trierer Straße hinunter, halten uns vor der Fußgängerzone rechts; wenig später vollzieht Heinrich eine atemberaubende Wende vor dem St.-Willibrord-Gymnasium. Mit lautem Auspuffknattern biegen wir in die Mötscher Straße ein, passieren zunächst die alten Nazi-Kasernen, Quartier der Franzosen bis 1985, dann die zahlreicheren Nachkriegsbauten der Amerikaner. Brischetto Loop, Kennemore Street, Barnwell Street und viele mehr: Nach wie vor hinter Stacheldraht liegend. Etliche Wohnungen scheinen noch immer bewohnt zu sein. Der offizielle Terminus lautet: Teilrückgabe der Liegenschaft. Denn ganz abgezogen sind die Amerikaner natürlich nicht, ruft Heinrich, der das Tempo seines Mofas gedrosselt hat, nach hinten; es gibt ja in unmittelbarer Nachbarschaft, in Sichtweite sogar, auch weiterhin den Militärflugplatz von Spangdahlem. Insgesamt sind hier während des Kalten Krieges mehr Amerikaner zur Welt gekommen als Bitburg überhaupt Einwohner zählt. Ist ja irre, bemerke ich und versuche, den unbotmäßig im Fahrtwind flatternden Saum meines Kleids nach unten zu drücken. Mit der anderen Hand halte ich Heinrichs Oberkörper umklammert. Die Bitburg Air Base, setzt dieser fort, 1952 eingerichtet, noch 1989 durch die Installierung des Luftabwehrraketensystems Patriot erweitert, größter mittelbarer Arbeitgeber auch für die Einheimischen der Region, wurde 1994 komplett stillgelegt. Es liegt allerdings bereits eine Genehmigung für die Reaktivierung als Verkehrsflughafen mit Nachtflugbetrieb vor. Da werden sich deine Eltern aber freuen, werfe ich ein. Abgesehen davon, daß sie, wie eigentlich alle Einwohner Bitburgs, unter der enormen Lärm- und auch Emissionsbelastung, die von dem Flugplatz ausgegangen war, zu leiden hatten, gehören Heinrichs Eltern zu den verhältnismäßig wenigen Einheimischen, die sich aktiv gegen die hiesige Stationierung der U. S. Air Force eingesetzt haben. Denn natürlich wurden von Bitburg aus auch Luftangriffe geflogen. Kurz vor der Schließung noch gegen den Irak, gegen Jugoslawien.

Und hier kommt das legendäre Restaurant Edelweiß, schreit Heinrich und deutet mit seinem Kopf nach rechts; wobei ich gar nichts besonderes an dem Schuppen erkennen kann. Linker Hand steht der weiße Wasserturm von Mötsch. Wir biegen nach rechts in eine schmale Straße namens Am Wasserturm ein, sehen hinter dem Zaun die Bitburg American High School mit ihren Sportanlagen liegen; an einer Halle prangt in riesigen Lettern: Home of the Barons. In Anlehnung an Baron Manfred von Richthofen, weiß Heinrich, den legendären deutschen Kriegsflieger. Schließlich das große Tor zur von der einheimischen deutschen Bevölkerung die Housing genannten Siedlung. Komisch, sage ich, kein Mensch weit und breit zu sehen, kein Auto bewegt sich über das Areal. Am Wasserturm heißt ab hier Flugplatzstraße. Und ist deutlich verbreitert. Wir erreichen das Flugplatzgelände. Heinrich sagt: Es war und bleibt keine einfache Angelegenheit, die fast fünfhundert Hochbauten der abgezogenen Amerikaner wieder mit Leben zu füllen. Wir fahren an Hangars und bombensicher einbetonierten Flugzeug-Shelters vorbei, in denen mittlerweile Betriebe wie Getränkehandlungen oder Freizeitvereine untergekommen sind. Heinrich weist mich auf die charakteristischen Ausblasöffnungen dieser geduckten, halbrund gewölbten, quer über das heutige Gewerbegebiet verstreuten Bauten hin. Als ich mich daraufhin noch einmal umschaue, verliere ich für einen Augenblick mein Gleichgewicht und bringe auch unser Mofa gefährlich ins Schlingern. Oops, bemerke ich erschrocken. Wow, antwortet Heinrich belustigt.

Einsam steht der Tower am verlassenen Flugfeld. Sein Anstrich erinnert an Milchkaffee. Wir halten kurz an, zählen elf Stockwerke. Die Aufschrift Bitburg ist nach wie vor mit einem Ausrufezeichen versehen. Ramstein: Oberkommando der US-Luftstreitkräfte in Europa. Sembach: Hauptquartier der 17. US-Luftflotte. Bitburg: 36. Jagdgeschwader. Auf der B 51 fahren wir zurück in die Stadt, stellen das Mofa vor der Garage ab und gehen, wie gestern schon, nachdem wir vom Bahnhof abgeholt worden waren, zu Fuß zur Kolmeshöhe. Am Abend zeigen uns Heinrichs Eltern Fotos und Zeitungsausschnitte aus ihrer Heimatstadt. Den Vormärz-Revolutionär Johann Nikolaus Cäsar Thilmany bei seiner Ernennung zum Ehrenbürger, 1872. Die Auswanderung der Leinweber Anton, Matthias und Hubert Hennes nach Amerika, 1864/65. Eine motorisierte amerikanische Einheit, wie sie 1918 im Glockenhäuschen einzieht. Die Bauarbeiten am Kriegerdenkmal auf der Kolmeshöhe, 1930. Deutsche Truppen rücken 1935 in das entmilitarisierte Bitburg ein. Ein unscharfes Bild von der verwüsteten Synagoge an der Rautenbergstraße, 1938. Ein amerikanisches Bombergeschwader über der brennenden Stadt, Luftaufnahme, Anfang 1945. Kurz darauf: Amerikanische Infanterie marschiert durch die Trümmerfelder am Karenweg. Die Hauptstraße zur Zeit des Wiederaufbaus, 1947. Gigantische Erdbewegungen bei Mötsch, 1951. Planieren der Start- und Landebahn. Santa Claus in der Volksschule Bitburg am Nikolaustag 1952. Tafelaufschrift: Sei treu und wahr. Barracks und Recreation Center in den fünfziger Jahren. Santa Claus landet per Hubschrauber in der Housing. Die Barons als U.S. Air Force-Europameister im Basketball der Männer, 1956, 1978, 1990, 1991, 1992, 1993 und 1994. Heinrichs Eltern breiten ganze Serien von Bildern aus. 1960 besucht der Deutsch-Amerikanische Frauenclub die amerikanische Schule mit zwei typischen Figuren: Den deutschen Nikolaus stellt Frau Treitz dar, den amerikanischen Santa Claus Frau Tracy. Eine Zeitungsmeldung über dreißigtausend irrtümlich für die Air Base bestellte Schuhschränke; dreihundert hätten es sein sollen. John Lennon, Leiter des Chors der protestantischen Gemeinde am Flugplatz Bitburg, gleichzeitig lyrischer Tenor am Trierer Stadttheater. Heinrichs Vater legt eine CD des Kronos Quartet ein.

Ein ganzes Kuvert voller Farbfotos, die Heinrichs Vater als Jugendlicher von Straßenkreuzern in der Housing gemacht hat. Die Barons als Air Force-Europameister im American Football, 1963, 1976, 1977, 1978, 1980 und 1987. Die Housing in den sechziger Jahren, das Einkaufszentrum, das Kino. Sexbombe Jayne Mansfield live im NCO Club der Air Base. Wasserstoffblond. Unglaubliches Dekolleté. Freier Rücken. 1965: Alle Gebäude, Unterstände und Bunker der Air Base erhalten einen Tarnanstrich. Bundeskanzler Kiesinger besucht Bitburg, 1967. GIs in Lederhosen auf dem Air Base Oktoberfest, 1973. Die Erhöhung der Ausblasöffnungen, 1977. Die gigantische Baugrube des Avionik-Bunkers auf dem Flugplatzgelände. Bundespräsident Scheel in Bitburg, 1979. Terroristen-Übung am Tower, 1980. Die fünf Wachtürme an der Straße zwischen Bitburg und Wißmannsdorf; dahinter das geheime Leitsystem für den Einsatz der Cruise Missiles. Kundgebung mit Alfred Mechtersheimer auf dem Postplatz, 1982. Heinrich behauptet, Mechtersheimer sei damals schon ein grüner Nationalist gewesen. Ostermarsch 1983: Die Gedenkfeier für die Opfer des Dritten Weltkriegs, inklusive Blumen- und Kranzniederlegung vor dem Kriegerdenkmal Kolmeshöhe. 2. September 1983: Ein großes Polizeiaufgebot sammelt sich in der Housing nahe der High School. Die Grünen Petra Kelly, MdB, und Gert Bastian, General a.D., während der Flugplatzblockade. Hinter ihnen: Daniel Ellsberg, ehemaliger Sicherheitsberater John F. Kennedys. Bastian, wie er von Polizisten weggetragen wird. Einsatz der Wasserwerfer. Ich versuche mich daran zu erinnern, wann und warum sich Petra Kelly und Gert Bastian eigentlich umgebracht haben. Ob sie ein Liebespaar oder ein Ehepaar waren. Doch da schiebt mir Heinrichs Mutter bereits einen weiteren Kontaktbogen herüber: Die Air Force-Europameisterschaft der Barons im Basketball der Frauen, 1984. Polaroids von Heinrich und Yolanda vor dem Haus der Jugend. Yolanda sieht hübsch aus. Ich finde Yolanda mit Abstand hübscher als mich in dem Alter. Die deutschen Friseurmeister Adolf Krütten und Hans Drossard bei ihrer Arbeit im amerikanischen Militär-Friseursalon. Eine Flugplatzführung für deutsche Angestellte, die mehr als dreißig Jahre auf der Air Base beschäftigt waren, Gruppenfoto. US-Präsident Ronald Reagan und Bundeskanzler Helmut Kohl sind auf dem Flugplatz gelandet, 5. Mai 1985. Reagan im hellen Trenchcoat, gemeinsam mit dem dunkel gekleideten Kohl sowie den Generälen Matthew B. Ridgway und Johannes Steinhoff zwischen den Soldatengräbern auf der Kolmeshöhe. Handschlag der Generäle. Detailaufnahmen der circa fünfzig SS-Gräber. Detailaufnahmen anderer reichsdeutscher Soldatengräber. Blick von der Kolmeshöhe auf die Stadt. Am Kamin der Brauerei wehen das amerikanische Sternenbanner und die deutsche Bundesflagge. Bürgermeister Theo Hallet. Ronald Reagan trägt sich ins Goldene Buch der Stadt Bitburg ein.

Colonel Peter D. Robinson tauft ein Transportflugzeug C-23 der Air Force mit Bitburger Pils auf den Namen Bitburg. Yolanda als Cheerleader vor dem Home of the Barons. Ihre Eltern im Eifel Furniture Store. Frederick J. Riemer, Flugplatzkommandant von 1985 bis 1987: Wie könnte ich auch die Faschingsveranstaltungen und vor allem die Weiberfastnacht vergessen, wenn junge deutsche Frauen in mein Büro kamen und mir den Schlips abschnitten. Der afrikanisch-amerikanische Boxer Mike Taylor, Olympiateilnehmer in Mexico City, Soldat in Bitburg, nebst seiner deutschen Ehefrau. Major Daryl Holst mit Narrenkappe im Bollendorfer Musikverein. 1988: Erster amerikanisch-russischer Schüleraustausch der Middle School Bitburg. 1989: Die Bitburger Delegation im Pentagon während der Feierlichkeiten zur Auszeichnung der Air Base als weltweit bester und schönster Flugplatz der U.S. Air Force. Reger Flugbetrieb während des Golfkriegs, 1991. Tag der offenen Tür, 1993: Zoodirektor Niesters bringt zwei lebende Weißkopfadler mit auf das Flugfeld. Diverse Portraits von in Bitburg stationiert gewesenen NASA-Astronauten. Die Inaktivierungszeremonie, 1994. Ein auf dem Flugplatz abgestürzter Phantom-Jäger wird in ein deutsches Flugzeugmuseum abtransportiert. Yolandas Familie verläßt die Housing. Verrottende Raketenbunker,

1997. Ein Rave in Shelter 4064. Heinrichs Eltern hatten zwar getanzt, mit der Musik als solcher aber nicht viel anfangen können.

Der Schlager Adolf Hitlers Lieblingsblume ist das schlichte Edelweiß wird in einer Verfügung der Reichsmusikprüfstelle vom 14. Juni 1939 als nationaler Kitsch sowohl in der äußeren Aufmachung als auch im Text kategorisiert. Ganz wichtig: Kein Nigger-Jazz im Radio. Fats Wallers Pent Up in a Penthouse widerspricht dem Empfinden des deutschen Volkes. Die unbarmherzige Reichsmusikkammer mistet den musikalischen Saustall der reichsdeutschen Plattenindustrie aus. Auf ihren zahlreichen Listen über unerwünschte Musik findet sich auch The Flat Foot Floogie, das, mit abgewandeltem, subversivem Refrain, zu einer Hymne adoleszenter, dissidenter deutscher Swing Fans geworden ist. Da hätte Slim Gaillard aus Detroit weder Halbjude noch Nigger zu sein brauchen: Sein Song erhält die nationalsozialistische Auszeichnung Entartete Musik und wird folglich total verboten. Gedankenstrich. Absatz. Blick durch das große Fenster auf das soeben angegangene Leuchtfeuer. Blick auf die Uhr, Radio an. Beunruhigende Nachrichten von einem rasch heraufziehenden Wirbelsturm namens Dennis. Gouverneur Hunt erwägt Evakuierungsmaßnahmen größeren Umfangs. Im Anschluß an den Wetterbericht wählt der Musik-Computer Shania Twains Man, I Feel Like a Woman aus. Ich widerstehe dem Impuls, das Radio wieder auszuschalten, und lasse es, vorsichtshalber, leise weiterlaufen. Seit Wochen fahren Vermilion und ich die ausgeschilderte Evacuation Route auf und ab, den Highway 12, einzige Verbindungsstraße auf der schmalen, einhundertdreißig Meilen langen, dem Festland North Carolinas vorgelagerten Inselkette, nach Hatteras, nach Kill Devil Hills. Naturgemäß verläuft sie sowohl parallel zum Kontinent, von dem wir durch den Sund getrennt sind, als auch zur offenen See, aus deren Richtung die meisten Unwetter heraufziehen. Am Hatteras Inlet müssen wir die Fähre nach Hatteras Island nehmen, von dort an gibt es auf Stelzen montierte Straßen sowie Brücken zur jeweils nächsten Insel. Erst nach schier endloser Autofahrt in Richtung Norden läßt sich, westwärts, über Sir Walter Raleighs Roanoke Island, aufs rettende Festland abbiegen. In Ocracoke befindet sich das südliche Ende dieser die Outer Banks miteinander verbindenden Inselstraße; von hier aus gibt es nichts als langwierige, kostenpflichtige Fährverbindungen über den auf dieser Höhe ausnehmend breiten Pamlico Sound, entweder hinunter nach Cedar Island oder zum Festland, nach Swan Quarter, hinüber. Ich finde daher den offiziellen Begriff Evacuation Route irreführend. Und überlege mir kurz, ob Vermilion und ich nicht frühzeitig, solange sie überhaupt noch verkehrt, die Fähre nach Swan Quarter nehmen sollten.

Karlheinz Stockhausen, das legendäre Studio für elektronische Musik, Westdeutscher Rundfunk, Köln, 1956: Gesang der Jünglinge im Feuerofen für 5 Lautsprechergruppen; auf CD gebrannt von Heinrichs Eltern. Bereits 1930 weihte Henry Ford, gemeinsam mit Konrad Adenauer, die Kölner Ford-Werke ein. Henry Ford, Lebensdaten einfügen, Antisemit, Detroit, Michigan, USA. Fords Buch The International Jew erwähnen, das im Deutschen Reich unter dem Titel Der ewige Jude ein Bestseller wurde. Adolf Hitler, der sich in seinem Buch Mein Kampf für Henry Ford begeisterte. Anweisung aus Detroit anläßlich des Zweiten Weltkriegs: Alle Ford-Betriebe in den besetzten Gebieten und Protektoraten seien direkt Köln zu unterstellen. So dienten Ford-Fahrzeuge als Garanten für das mörderische Vorankommen der deutschen Wehrmacht. Tausende bei Ford in Sklavendienst stehende Zwangsarbeiterinnen und Zwangsarbeiter aus den niedergeworfenen Ostgebieten als

Garanten für die auf höchsten Touren laufende nationalsozialistische Kriegsproduktion. Die Autofabrik Köln als Außenstelle des Konzentrationslagers Buchenwald. März 1945: Befreiung der Entrechteten auf dem Betriebsgelände durch US-amerikanische Militärs. Während des gesamten Zweiten Weltkriegs waren die deutschen Ford-Werke, auf deren Produktionsstätte nur zwei der unzähligen Köln zugedachten Bomben fielen, bei ihrem amerikanischen Mutterkonzern verblieben. In Klammern: Wie auch die Opel AG bei General Motors. Am 8. Mai 1945, dem Tag der deutschen Kapitulation, verließ bereits der erste Nachkriegs-LKW die intakten Fließbänder der Kölner Ford-Werke. Der faschistische Reichsjugendführer Baldur von Schirach sagte bei den Nürnberger Kriegsverbrecherprozessen aus, der Einfluß Henry Fords auf junge deutsche Antisemiten sei immens gewesen. Ich wüßte, erstens, gern, wie viele jüdische Amerikaner Ford in Detroit eingestellt hat. Zweitens: Wie viele afrikanische Amerikaner? The Big Three of Detroit Automakers: Ford, General Motors, Chrysler. The Big Three of Detroit Techno: Juan Atkins, Derrick May, Kevin Saunderson. Auch: The Holy Three. 1998: Die transatlantische Fusion von Detroits Chrysler und Stuttgarts Daimler-Benz. Ich lege mich auf den Sisal und schließe meine Augen, lasse innerlich zunächst Adolf Hitlers, dann Konrad Adenauers schwarzen Mercedes-Benz vorfahren. Da öffnet sich quietschend das Mückengitter, und die Sonne geht auf: Vermilion tritt ins Net House.

Aus ihrem hübschen Mund sprudeln die neuesten Wettermeldungen hervor. Das Café Atlantic werde morgen rundum vernagelt. Ihren zinnoberroten Seesack hat Vermilion auch schon gepackt. Sichtlich aufgeregt schiebt sie sich ihren Davidstern zwischen die Lippen; zum ersten Mal erlebe ich die amerikanische Freundin nervös. Ich speichere meine Gedanken ab, werfe ein paar Sachen in meine Reisetasche, die ich zu Vermilions Gepäck auf die Rückbank des Mietwagens werfe, verstaue dann alle meine Bücher, Aufzeichnungen, CDs und Disketten im Kofferraum. Auch den portablen Rechner nehme ich lieber mit. Was habe ich überhaupt zurückgelassen? Lebensmittel, Regionalia, die Boom Box, Badezeug, Yolandas Kleid. Das Auto sieht ja aus wie tiefer gelegt, bemerkt Vermilion, bevor wir einsteigen. Ich frage: Wo soll es eigentlich hingehen? Zuerst zu den Vermietern, dann zum Silver Lake, auf die Fähre nach Swan Quarter. Und von dort aus? Nach Chapel Hill, in Vermilions Wohngemeinschaft. Bei Ocracoke Island Realty erfahre ich in freundlichem, aber bestimmtem Tonfall, daß ich keinerlei Ansprüche sowohl auf zeitlichen als auch materiellen Schadensersatz habe, nach dem Zyklon jedoch gern, hierzu reicht mir die Vermieterin ihre rechte Hand, ins hoffentlich unversehrte Net House zurückkehren könne. Die Rampe hängt schon einige Zentimeter in der Luft, als wir endlich auf die Autofähre brettern. Es sollen aber vorerst weiterhin Fähren in Richtung Swan Quarter abgehen. Die Evacuation Route nach Norden sei gleichfalls noch nicht verstopft, verkündet der korpulente Mann in dem Mother's Pride-Lieferwagen neben uns. Er ist den ganzen Tag lang mit seinen Toastbroten in Richtung Süden gefahren, dem finsteren Wirbelsturm Dennis entgegen. Jetzt aber nichts wie aufs Festland, sagt auch er. Seine Frau habe das Bettzeug bereits in die Turnhalle geschleppt.

Tillmann hat die Outer Banks rechtzeitig, vor dem großen Schwung der am Sonntag staatlich angeordneten Evakuierung, verlassen. Er ruft mich von Chapel Hill aus in der Bibliothek an. Dort ist er in einem Häuschen untergekommen, das Vermilion zusammen mit einigen Kommilitoninnen bewohnt. Es liegt nahe der Hauptstraße in einem Wäldchen. Durch das Geäst kann Tillmann ein Umspannwerk oder etwas ähnliches erkennen. Soeben ist, mit gewaltigem Krachen, ein Blitz in das Ding gefahren. Die Kommilitoninnen sind nach Kalifornien ausgeflogen. Unsere Materialien befinden sich in Sicherheit. Als gäbe es keinen Zufall, finde ich auf meinem Heimweg in einem Thrift Store für 99 Cents eine Vinyl-EP der Dream Warriors von 1991, deren B-Seite einen gemeinsam mit Slim Gaillard in London produzierten Track namens Very Easy to Assemble but Hard to Take Apart enthält. Auch auf der Hüllenrückseite präsentieren sich die aus Jamaika respektive Trinidad stammenden und nach Toronto ausgewanderten Rapper im Gruppenbild mit Slim Gaillard. Unser Mann im graublauen Anzug. Weißer Vollbart. Weiße Baskenmütze. Zu Hause angekommen, rufe ich in Chapel Hill an, um das kurz zu berichten. Aha, ist ja interessant, sagt Tillmann. Er wirkt abgelenkt, läßt mich erstmals von Vermilion grüßen und verrät mir, daß sie das weiße westafrikanische Gewand so hübsch findet, das ich ihm nach Ocracoke geschickt habe. Im Hintergrund höre ich, daß Vermilion Tillmann mit Venus anspricht. Kurz darauf habe ich sie am Apparat. Venus is really a men's name, insistiert Vermilion. Die Endsilbe weise auf einen männlichen Vornamen hin. Ob ich ihr auch nur einen weiblichen Vornamen, der so endet, nennen könne. Vermilion hat eine angenehme Stimme, und ich habe keine Lust, mit ihr zu streiten. Tatsächlich fällt mir auch keine Replik auf ihre Behauptung ein. Also: Schönen Gruß an Venus. Und verwöhne ihn mir nicht zu sehr. Blöde Bemerkung, denke ich sofort. Von welcher Position aus spreche ich eigentlich? Welchen Status besitzt die Beziehung zwischen Tillmann und mir? Unmittelbar nach dem Telefonat schlage ich im Lexikon unter Venus nach: Warum hat die Göttin der Liebe eine männliche Endung? Die römische Venus ist ja mit der griechischen Aphrodite identisch. Und Aphrodite gilt in Musikkreisen als Männername, seit DJ Gavin King sich

Aphrodite nennt. Ein Engländer, und kein besonders interessanter. Dennoch: Augenblicklich interessiere ich mich mindestens so sehr für die erste Silbe von Aphrodite wie für die letzte Silbe von Venus. Welche Farbe hat Aphrodite?

Die Venus von Milo, ursprünglich als Aphrodite von Melos bekannt, wurde jedenfalls aus weißem Marmor gefertigt. Der Sage nach erhob sich die Göttin der Liebe nackt aus dem Schaum des Meeres und ritt auf einer Muschelschale zum Ufer der zwischen Kreta und dem Peloponnes gelegenen Insel Kythera. Sollten es, überlege ich, Tillmanns aquatische, quasi schaumgeborene Studien zum Schwarzen Atlantik sein, die ihn nach Ocracoke und letztlich auch in Vermilions Arme trieben, über die sie sich, das Mediterrane mit dem Atlantischen kurzschließend, lustig macht? Auffallend an manchen phantastischen Geburten in der antiken Mythologie ist ja, daß sie nicht weiblichem, sondern männlichem Fleisch entspringen, in der Tat männliche Kopfgeburten sind. Ausgeburten. Es heißt auch, daß Aphrodite jenem Schaum entsprang, der sich um die Genitalien des Uranos, die dessen Sohn Kronos von ihm abgetrennt und ins Meer geworfen hatte, sammelte. Er faßte des Vaters Genitalien mit der linken Hand, welche seit jener Zeit als Hand des bösen Omens gilt, und warf sie bei Kap Depranon ins Wasser. Desgleichen die Sichel, mit welcher er Uranos kastriert hatte. Ich blättere Botticellis unbekleidete blonde Venus herbei, wie sie, soeben erst geboren, auf ihrer an Porzellan gemahnenden Venusmuschel, gleichsam schwebend, über die kürzelhaft angedeuteten Wellen des Meeres reitet, ihre Brüste mit der rechten Hand bedeckt, ihre Scham mit der linken, in welcher sie zudem, einem Schwengel gleich, eine Strähne ihres langen Haares hält. Und deren blasse, zugleich vergeistigte wie sinnliche Üppigkeit durchaus eine gewisse, wenngleich naturgemäß sehr entfernte Ähnlichkeit zu Tillmann besitzt. Für Vermilion, darüber hinaus, womöglich: Zu dem jüdischen, dem zumindest jüdisch wirkenden Tillmann. Vielleicht findet sich ja hier der Konnex zu seinem neuen Kosenamen. Aphrodite: In Syrien und Palästina als Ischtar beziehungsweise Aschtaroth verehrt.

Aphrodites Sohn Hermaphroditos wird als Jüngling mit weiblichen Brüsten und langem Haar beschrieben, welcher in Androgyne, der bärtigen Frau, sein entsprechend abnormes Gegenstück fand. In politischer Hinsicht markierte Hermaphroditos den Übergang vom Matriarchat zum Patriarchat, indem er, als Heiliger König, mit artifiziellen Brüsten ausgestattet, die Stelle der Königin vertrat. Androgyne hingegen soll die Mutterkönigin einer prähellenischen Sippe gewesen sein, die ihre richterliche Gewalt trotz der Heraufkunft des Patriarchats behalten wollte. Wozu sie einen künstlichen Bart getragen haben soll. Siehe auch: Die weiblichen Bärte der chassidischen Männer von Williamsburg. Die kaltblütigen Experimente der Nazis an französischen Juden mit synthetischen Östrogenen. Lee ruft mich an, aus Denver, Colorado, wo er bei seiner verwitweten Tante logiert und deren historisches Anwesen renoviert. Er kennt ein Album der isländischen Sängerin Björk, das einen Song namens Venus As a Boy enthält, kann mir aber momentan keine näheren Angaben dazu machen. Gerade hat er Parker Tylers The Granite Butterfly gelesen. Bis zum Einbruch des Winters muß er die riesige Villa rundum überholt haben. Kein Kinderspiel, sagt Lee, aber fürstlich bezahlt. Ich greife nach der Fernbedienung und schalte den Fernseher ein: Aufzeichnung eines Tennisturniers. Venus Williams. Die sieht nun wirklich männlich aus, denke ich. Afro dito.

Auf Vermilions Schreibtisch liegt, als Ausdruck einer nach Elfriede Jelinek benannten Homepage, die ungekürzte Version eines wohl 1998 im Magazin Der Spiegel gekürzt erschienenen Leserinnenbriefs der österreichischen Schriftstellerin, der mein Augenmerk durch eine darunter abgebildete Karikatur Sigmund Freuds fesselt. Bei näherem Hinsehen besteht das Gesicht des Psychoanalytikers aus nichts als einem orgiastisch verrenkten weiblichen Akt: Auf ihrem angewinkelten Oberschenkel klemmt seine Brille, ihre Schambehaarung bezeichnet seine Augenbrauen. Während unserer ersten gemeinsamen Nacht im Net House führte Vermilion meine Hand an ihre Klitoris und sagte plötzlich: Spiel mit meinem Juden. Auch meine Glans, der sie so viel Aufmerksamkeit entgegenbringt, nennt sie einen Juden. Alles soll ich ihr über meine Phimose berichten. Alles über den medizinischen Schnitt, der an mir vorgenommen wurde. Ich weiß aber, weiß Gott, gar nichts über diese bereits kurz nach meiner Geburt korrigierte Verengung der Vorhaut zu berichten. Auch über die unterschiedliche Beschaffenheit von Venushügeln vermag Vermilion endlos zu diskutieren: Ihr Venushügel, mein Venushügel; stundenlang. Elfriede Jelinek, in ihrem aufgebrachten Leserinnenbrief, entrüstet sich jedenfalls über den antisemitischen Gehalt eines mit Freud und dessen Psychoanalyse befaßten Artikels. Oberhalb von Vermilions halb erblindetem Badezimmerspiegel hängt eine dem israelischen Uzi-Maschinengewehr nachgebildete Spritzpistole an der Wand. Die Uzi wiederum als von afrikanischen Amerikanern in ihren Ghettos bevorzugt mitgeführte Waffe; was ich von zahllosen Rap-Platten her weiß, Vermilion aber neu war. Ein Mitbringsel eines schwul gewordenen Exfreundes einer ihrer Kommilitoninnen.

Hurricane Dennis stürmte heran, brandete heran, überspülte die Outer Banks, den Highway 12, unterspülte ihn, spülte ihn, unweit des Cape Hatteras, für die Länge gut einer halben Meile ganz weg. Nahm dabei auch die schützenden Dünen mit. Ähnlich verheerende Straßenschäden auf der Höhe von Kitty Hawk. Unpassierbar die zur Evakuierung so wichtige Brücke über den Alligator River. Stromausfall auf Hatteras Island. In der Zeitung The News & Observer stand zu lesen, wie ein Asthmatiker, der sich nicht hatte evakuieren lassen, mitsamt seinem elektrischen Inhalationsapparat, des dortigen Generators halber, im Comfort Inn Motel Quartier bezog. Ein zurückgebliebener Dialyse-Patient wurde per Hubschrauber nach Manteo hinübergeflogen. Ein Ärzteteam landete auf Ocracoke Island. Auch dort war aller Strom ausgefallen. Die Insel hatte bis zu fünf Fuß unter Wasser gestanden. Mit Booten waren die Zurückgebliebenen durch die Straßen gerudert. Ein Glück, dachte ich, daß mein Net House auf Stelzen steht. In Rodanthe sollen allerdings mehrere solcher Häuser unter der Last des stürmisch andrängenden Meeres zusammengebrochen sein. Die Einheimischen am Kap befürchten nun, daß aus Hatteras Island zwei Inseln werden könnten. Beziehungsweise: bereits zwei Inseln geworden sein könnten. Stimmen werden laut, daß es nicht richtig sei, die unter Naturschutz stehende Küste ihrem natürlichen Lauf, nämlich ihrer natürlichen Zerstörung, zu überlassen. Der verrückte Leuchtturm steht unterdessen wie eine Eins, freut sich Vermilion. Die für den 4. September anberaumten Feierlichkeiten zur erneuten Inbetriebnahme seines nautischen Leuchtfeuers mußten allerdings erst einmal verschoben werden. Womöglich werde jetzt der ganze Highway westwärts verschoben, heißt es im karolinischen Fernsehen. Highway 12: Arterie, Evacuation Route. Am Mittwoch erklärte Präsident Clinton alle Inseln und die Küstenregion des Festlands zum Katastrophengebiet. Militärkonvois schafften Öl, Trinkwasser, Fertiggerichte und Medikamente für die auf Hatteras und Ocracoke Island

Zurückgebliebenen heran. Wohin kein Durchkommen mehr war, wurde aus der Luft abgeworfen. Howard's Pub hatte offenbar die ganze Zeit hindurch geöffnet. The News & Observer berichtete über die nördlich des Leuchtturms am Cape Hatteras zerstörte Landstraße: The washout looked like a moonscape late Wednesday afternoon, a wide stretch of sand laid flat by the grinding waves, littered with dozens of asphalt chunks the size of coffee tables. At this point, to put asphalt back down would be like attempting to pave the beach. Was mich natürlich frappierend an Drexciyas asphaltierte Unterwasserwelten bei Kodwo Eshun erinnerte. Kopieren und einfügen, schlug Vermilion vor.

Währenddessen befand sich Dennis bereits erneut auf hoher See und war von den Meteorologen zu einem Tropical Storm herabgestuft worden. Lungerte aber komisch, irgendwie unschlüssig, auf jeden Fall allen unheimlich da draußen über dem Atlantik herum. Ungefähr fünfundneunzig Meilen vor dem Kap. Nördlich von Avon befreiten Sträflingskolonnen den Highway notdürftig vom Sand. Am Donnerstag wurde ein vorläufiger, ausschließlich den Hilfsdiensten vorbehaltener, sich mit großer Vorsicht durch die gefährlich veränderten Gewässer, neue Untiefen und ungewohnte Strömungen des Pamlico Sound tastender Fährverkehr vom Festland nach Ocracoke eingerichtet. Am Wochenende, dem Labor Day Weekend, kehrte Dennis tatsächlich zurück und fegte, die Inselbewohner waren eben erst darangegangen, ihre Häuser und Straßen wieder in Ordnung zu bringen, zum zweiten Mal binnen einer Woche über die Outer Banks hinweg. Wir waren allein deshalb noch nicht zurückgefahren, weil Vermilion am Sonnabend zu einer jüdischen Neujahrsfeier in Carrboro eingeladen war. 5760 heißt die neue Jahreszahl; klingt natürlich ganz anders als 1999 oder 2000. Über die Hälfte von Ocracoke Island wurde überflutet, die Ortschaft blieb weitgehend verschont. Durch den Dauerregen kam es allerdings zu einer enormen Mückenplage. Insektizide wurden in den Straßen versprüht, teils von Lastwagen, teils von Flugzeugen aus. Nachts. Mitte der Woche wurde bereits der nächste verheerende Zyklon angekündigt: Sein Name war Floyd, den Bewohnern der Outer Banks wurde abermals nahegelegt, auf das Festland zu fliehen, der Fährverkehr wurde eingestellt, bis in die Smokey Mountains hinauf waren sämtliche Betten belegt, und wir beschlossen einstimmig, eine weitere Woche in Vermilions Bude zu verbummeln. Was wir dabei nicht ahnen konnten, war, daß Chapel Hill von Floyd weitaus schwerer betroffen werden würde als Ocracoke; vor allem von den fatalen Folgen der ihn begleitenden Sintflut. Binnen kurzem stand hier wirklich alles unter Wasser. Überquellende Flußbetten. Umgestürzte Bäume. Die Stromleitungen kamen herunter. Die öffentlichen Verkehrsmittel fuhren nicht mehr. Wir verbrachten eine unruhige Nacht in der St. Joseph's C.M.E. Church. Sperrstunden wurden verhängt. Menschenleben gingen verloren. Präsident Clinton erklärte den gesamten Staat North Carolina zum Katastrophengebiet.

Hedrick Smith: Not surprisingly for a leader known for the politics of cheerful optimism, the President seemed burdened today by his grim incantations of horror. His somber path through the Kolmeshöhe cemetery took him within three feet of some SS graves, but he did not glance at them. Rather stiffly, he passed through the grove in silence. When the moment came for some mutual German-American recognition, it was General Ridgway, the paratroop commander in the Battle of the Bulge where many of these German dead had perished, who solemnly shook hands with a German air ace in the war, Lieut. Gen. Johannes Steinhoff. In all, the President spent only eight minutes at the cemetery. Earlier in the day, he had spent 50 minutes touring the desolate remains of Bergen-Belsen and gave a speech that evoked both the grim abyss of the Nazi concentration camps and his vision of postwar Germany: Out of ashes, hope. Other little distinctions were made. The wreath presented by Mr. Reagan at Bergen-Belsen bore the legend that it was from the people of the United States, while the wreath he offered here said it was from the President of the United States. Many Germans have come to terms with that ambiguity of their past, and some, like Mr. Kohl and Mayor Theo Hallet of Bitburg, felt it was vital to proceed with the visit to the cemetery. A few days ago, Mayor Hallet acknowledged that there was another German military cemetery about five miles from Bitburg that had no SS graves. Some people, he said, suggested it would have been better for Mr. Reagan to visit that cemetery. But the Mayor considered the local cemetery a truer reflection of Germany and therefore a more symbol of reconciliation. Here German history is clear, he said. There's nothing hidden. There are no secrets.

I am looking forward to our congress as to the slaking of hunger and thirst. I bring nothing but two open ears and one temporal lobe lubricated for reception. Vermilion hatte diese Stelle aus einem Brief Sigmund Freuds an seinen Berliner Kollegen Wilhelm Fließ bei dem in Kalifornien lehrenden, sowohl von ihr als auch ihren Kommilitoninnen hochverehrten feministischen Judaisten Daniel Boyarin gefunden: Freuds unbefleckte Empfängnis. Durch das Ohr. Der Jungfrau Maria gleich. Wir reden über die im frühen Christentum weitverbreitete Ansicht, daß jüdische Männer menstruierten. Vermilions Arbeit dreht sich um den Topos des jüdischen Mannes als eine Art Frau. Um die vor hundert Jahren weitverbreitete Ansicht, daß Juden östlich, weiblich und phantastisch seien. Auch darum, wie der aus

Mähren stammende, in Wien niedergelassene Jude Sigmund Freud gegen derlei Vorwürfe ankämpfte, indem er den Versuch unternahm, universelle menschliche Eigenschaften zu postulieren. Jude und Frau: Für Freud Gebilde der Differenz, gegen die er sich selbst, in abgrenzender Weise, definieren wollte. Boyarin, der für seine Person genau die gegenteilige Konsequenz zieht, zitiert aus Freuds Briefen an Fließ: After the frightful labor pains of the last few weeks, I gave birth to a new piece of knowledge. An anderer Stelle: Einen Gedanken jetzt schon an die Öffentlichkeit zu tragen komme ihm vor, als schicke man den Fötus eines Mädchens auf einen Ball. Vermilion spricht von Sigmund Freuds phantastischer Schwangerschaft. Boyarins Überschrift: Freud's baby, Fliess' maybe. Siehe auch beider Theorie von der Bisexualität aller Menschen. Beider Briefwechsel über einen sowohl weiblichen als auch männlichen Zyklus, den sie als allgemeingültig und nicht spezifisch dachten. Über die Parallelen zwischen Nasenbluten und Menstruation. Zwischen Abort und Abortus. Beider Ärzte gemeinsame Patientin, die hysterische Emma Eckstein. Spätere Psychoanalytikerin.

Doktor Fließ als Theoretiker der Nase als Ort einer primären Sexualneurose. Er behauptete, die verdächtige Nasenform sei eine Folge der Masturbation. Daniel Boyarin schreibt: In the Viennese slang of Freud's time, the clitoris was called the Jew, and female masturbation was playing with the Jew. Querverweis zu der verdächtigen Nasenform des Juden. Die Nase als sichtbares Kennzeichen des Jüdischen. Des jüdischen Mannes. Des Juden beschnittenes Glied. Verjudung gleich Entmannung. Der jüdische Mann als masturbierendes Weib. Die weitverbreitete Assoziation des Akts der religiösen Beschneidung mit dem Kastrationsakt. Anstatt den Antisemitismus zu pathologisieren, naturalisierte Sigmund Freud ihn mittels seiner Konstruktion des Kastrationskomplexes, den er als die tiefste Wurzel des Antisemitismus betrachtete. Bereits im Kindergarten erfahren Jungen, daß dem Juden etwas vom Penis abgeschnitten wurde. Boyarin: If Jewish men are a kind of women, then it is hardly surprising that they menstruate; moreover, if a primary cause of the theory of their femaleness is their circumcision, an operation which causes genital bleeding and within which the bleeding is in fact a primary motif, then the base for myths of Jewish male menstruation seems clear. Am 10. März 1898 eröffnete Freud seinem Busenfreund, daß ihrer beider Perioden endlich synchron seien.

Unfertiges Kapitel: Die häusliche Arbeit des Juden. Über seinen Büchern. Heinrich Mann, 1895: Sicher ist jedenfalls, daß ein Volk, dessen geistige Fähigkeiten sich jahrhundertelang einzig mit rabbinischen Spitzfindigkeiten abgegeben haben, nichts, aber auch nichts von dem gewissen inneren Sinn aufzuweisen haben kann, der allein das Verständnis einer germanischen Schöpfung ermöglicht. Male and pale, sagt Vermilion, just like you. Freuds mit Fließ geteilte Vorliebe für das Schnupfen von Kokain: Seit der letzten Kokainisierung sind drei Umstände beisammengeblieben. Erstens: Ich befinde mich wohl. Zweitens: Ich entleere reichlich Eiter. Drittens: Ich befinde mich sehr wohl. Elisabeth Bronfen schreibt: Da Fließ ausführlich über den Zusammenhang zwischen Nasenerkrankungen und Genitalien publiziert hatte, bat ihn Freud im Dezember 1894, seine Patientin Emma Eckstein im Hinblick auf eine Pathologie der Nasenmuschelknochen und der Nebenhöhlen zu untersuchen, weil er hoffte, auf eine organische Läsion zu stoßen, die ihre hysterischen Abdominalsymptome erklären würde. Fließ diagnostizierte eine pathologische Störung, schlug die chirurgische Entfernung der betroffenen Partien unter Lokalanästhesie mit Kokain vor, kam auch nach Wien, um die Operation durchzuführen, blieb aber nicht lange genug, um die Nachbehandlung zu überwachen. Gleichzeitig nutzte er seinen Wienbesuch, um Freuds Nase zu untersuchen und seine Nasenmuscheln zu kauterisieren.

Freud an Fließ: Heute, zum Beispiel, kam ich irgendwohin, fand den Wagen des Konsiliars schon vor dem Tor, lief die Treppen hinauf und konnte dann fünf Minuten lang nicht reden, mußte mich krank bekennen und so weiter. Heute vormittag wollte ich wieder relativ jung sterben. An sich nicht behaglich, werden diese Nachrichten erfreulich durch die neuerliche Betonung der Abhängigkeit des Herzzustandes vom Nasenzustand. Freud an Fließ: Ich bat also Rosanes, mit mir zusammenzutreffen. Das war mittags. Es blutete mäßig fort aus Nase und Mund, der Foetor war sehr arg. Rosanes reinigte sich die Umgebung der Öffnung, zog Blutgerinnsel heraus, die anhafteten, und plötzlich zog er an etwas wie einem Faden, zog weiter an; ehe einer von uns Zeit zum Überlegen gehabt hatte, war ein gut einen halben Meter langes Stück Gaze aus der Höhle herausbefördert. Im nächsten Moment folgte ein Blutstrom, die Kranke wurde weiß, mit hervorquellenden Augen und pulslos. Allerdings im nächsten wieder hatte er frische Jodoformgaze hineingestopft, und die Blutung stand, sie hatte eine halbe Minute etwa gedauert, aber ausgereicht, um das Geschöpf, das wir dann flach niederlegten, unkenntlich zu machen. Dazwischen, das heißt, danach eigentlich, geschah noch etwas. In dem Moment, da der Fremdkörper herauskam und mir alles klar wurde und ich gleich danach den Anblick der Kranken hatte, wurde mir übel; nachdem sie ausgestopft war, flüchtete ich ins Nebenzimmer, trank eine Flasche Wasser aus und kam mir kläglich vor. Die tapfere Doktorin brachte mir dann ein Gläschen Kognak, und ich wurde wieder ich. Freud: Madame

Eckstein, c'est moi. Wie Flaubert: Madame Bovary, c'est moi.

Freud an Fließ: Der Tampon ist sachte und allmählich entfernt worden. Sie ist jetzt frei. Freud an Fließ: Ich werde Dir nachweisen können, daß Du recht hast, daß ihre Blutungen hysterische waren, aus Sehnsucht erfolgt sind, und wahrscheinlich zu Sexualterminen. Eckstein als Opfer in einem homoerotischen Bund zwischen zwei kranken Ärzten. Freud als der hysterische Partner eines Paranoikers. Vermilions Beschäftigung mit Freuds Traum, in dem eine Frau zwei Jungen zu deren Vater bringt. Der, wohlgemerkt, nicht Sigmund Freud ist. Den älteren der beiden Jungen hingegen erkennt Freud eindeutig als seinen ältesten Sohn. Vermilion wiederholt: Freud ist nicht ihr Vater, aber zumindest einer von beiden ist Freuds Sohn. Also muß er entweder dessen Mutter sein, oder es gibt zwei männliche Elternteile. Boyarin: If Freud was not able to cure himself of his desire for the passive, feminine, hysterical role of male birth-giver, however, he was able to cure his theory; the part of himself that he showed the world. In that discourse, he shifted the main male protagonist from hysteric to paranoiac, from what was gendered female, bent, and Jewish in his fin de siècle world, to what was gendered male, straight, and Aryan. Die Erfindung des jüdischen Mannes mittels der Konstruktion des Ödipus-Komplexes.

Die zionistische Züchtung des Muskeljuden. Die zionistische Rückkehr nach Phallustina. Die Juden müßten, um für den Zionismus reif zu werden, zunächst einmal ihr Judentum überwinden, schrieb Freuds Schüler Otto Weininger vor bald hundert Jahren. Und gab zu: Wer immer das jüdische Wesen hasse, der hasse es zunächst in sich selbst. Und brachte sich nach seiner Konversion zum Protestantismus um. Daß er das Jüdische im anderen verfolge, sei nur ein Versuch, sich vom Jüdischen auf diese Weise zu sondern. Dies sei es, was der Arier dem Juden zu danken habe. Durch ihn wisse er, wovor er sich hüte: Vor dem Judentum als Möglichkeit in ihm selber. Was ich dagegen, sagt Vermilion, die sich nun über mich, der ich an ihrem Schreibtisch sitze, beugt, gerade als Chance empfinde. Ich blättere zurück: Jüdischer Selbsthaß als kurz vor der Abreise nach Ocracoke abgeschlossenes Kapitel in Vermilions Arbeit. Jüdischer Selbsthaß auch als der weibliche Selbsthaß misogyner jüdischer Männer. Dabei ließe sich die Sache auch andersherum bewerten, nämlich ausdrücklich positiv. Gelte es nicht längst, den tradierten Begriff des Männlichen zu überwinden? Klar. Logisch. Vermilion wolle nun untersuchen, wie sich die vehemente Ablehnung des zionistischen, ausgesprochen maskulin kodierten Staates Israel durch den eher feminin kodierten Chassidismus zu ebendiesem Komplex verhält. Vermilion erzählt mir erstmals auch von ihren jiddischen Gastsemestern in Austin, Texas. Von Bertha Pappenheims These, die jiddische Sprache sei the Women's German. Warum erst hier, evakuiert in Chapel Hill? Weil ich gern einmal abschalten wollte, sagt Vermilion und macht sich, noch immer hinter mir stehend, daran, mein brandneues weißes Oberhemd aus Raleigh aufzuknöpfen. Sonst hätte sie nämlich gleich mit ihren Kommilitoninnen nach Berkeley pilgern können. Wobei sie, wenn sie ganz ehrlich sei, überhaupt nicht wirklich abschalten könne. Stimmt auffallend, sage ich, von Anfang an besaßen selbst unsere Liebesszenen eine gewissermaßen wissenschaftliche Note. Und fange mir die erste Ohrfeige seit meinem Auszug aus dem Elternhaus ein.

www.de-bug.de. Mein Bitburg German läßt mich, nach all den Jahren, noch immer nicht im Stich. Von dem ausführlichen, per Telefon geführten Interview einer als Venus 23 angeführten Person mit einem anonymen Mitglied von Drexciya, dessen Transkription die Berliner Zeitschrift De:Bug, die den feierlichen Untertitel Elektronische Lebensaspekte trägt, in ihrer neuen Ausgabe veröffentlicht, verstehe ich jedes Wort. Tillmann, den ich sogleich auf die klangliche Ähnlichkeit von De:Bug und Dibbuk hinwies und damit auch auf mögliche Bezüge zum kabbalistischen Elektromagnetismus, ließ mich unterdessen wissen, daß, laut Heinrich, gar nicht Venus 23, sondern Bleed, alias Sascha Kösch, hinter dem Artikel stehe. Tillmann hat auch herausgefunden, daß sich die erste Silbe von Aphrodite in griechischer Etymologie auf jenen Schaum bezieht, aus dem sie geboren wurde. Und mir das ganze an Sigmund Freuds sechzigstem Todestag gefaxt. Nun gut. Anfang November soll ein neues Album von Drexciya auf dem Berliner Tresor Label herauskommen und den Titel Neptune's Lair tragen. Neptun, römisch. Alias Poseidon, griechisch. Als Zeus, Poseidon und Hades sich ihres Vaters Kronos entledigt hatten und die Oberherrschaft über den Himmel, das Meer und die Unterwelt unter sich auslosten, die Erde dabei im gemeinsamen Besitz beließen, gewann Zeus den Himmel, Hades die Unterwelt und Poseidon das Meer. Letzterer, seinem Bruder Zeus an Würden, jedoch nicht an Macht gleich, wird bei Ranke-Graves als so eigensinniger wie streitsüchtiger Charakter beschrieben. Sofort ging er daran, seinen Unterwasserpalast, nach Drexciya: Neptune's Lair, bei Aigai in Euboia zu erbauen. Und hielt in dessen geräumigen Stallungen weiße Wagenpferde mit kupfernen Hufen und goldenen Mähnen sowie einen goldenen Wagen, bei dessen Nahen die Stürme sich legten und Meeresungeheuer sich tanzend erhoben. In seiner drängenden Gier nach irdischen Königreichen schleuderte Poseidon seinen Dreizack sogar in die Akropolis von Athen. Woraufhin dort ein Quell von Seewasser hervorgesprudelt sein soll, aus dessen Tiefe sich das dunkle Donnern der Meeresbrandung habe vernehmen lassen. Drexciyas anonymes Mitglied äußert gegenüber De:Bug, Wasser sei das stärkste, gefährlichste, aggressivste und zugleich das schönste, zarteste Element auf diesem Planeten. Drexciyas Musik sei entsprechend: Aggressiv, rauh, häßlich, ruhig, leicht, schön. Wasser sei jener Ort, der die Probleme nicht kenne, die das Leben hier oben, an Land, so anstrengend machten. Drexciya sei eigentlich ein friedliches Projekt. Die militärische Sicht der Dinge, wie sie bei Underground Resistance so stark ausgeprägt sei, stelle für die Produzenten von Drexciya lediglich eine Art Reservoir dar, aus dem sie hin und wieder schöpften.

Einer der beiden schwarzen Musiker, aus denen sich die Detroiter Formation Drexciya zusammensetzen soll, nennt sich, wie der von De:Bug interviewte andere, wenn es nicht überhaupt derselbe ist, verrät, Dopplereffekt. Sein bürgerlicher Name wird mit Gerald Donald angegeben. Letztes Jahr schickte mir Tillmann eine bei dem in München ansässigen International Deejay Gigolos Label des DJ Hell erschienene Platte, auf dessen Etikett Gerald Donald als Der Zyklus firmiert und vorgibt, Rudolf Klorzeiger zu heißen: Alle Stücke geschrieben und produziert von Rudolf Klorzeiger. Abgemischt von Heinrich Mueller, worunter ich ein weiteres Pseudonym Gerald Donalds verstehe, und Anthony Shakir. Aufnahmeteildienste: Reaktor und Blackploit. Die beiden Kraftwerk verpflichteten Einspielungen heißen Der Tonimpulstest und Die Dämmerung von Nanotech. Tillmann ist einmal extra von Mannheim nach München gereist, um Dopplereffekt an den Plattentellern zu erleben. Der DJ war aber stundenlang von schikanösen schweizerischen Grenzbeamten festgehalten worden und beim endlichen Eintreffen im Ultraschall noch derart verstört, daß er sich außerstande sah aufzulegen. Auf Tillmann machte er einen überhaupt eher introvertierten Eindruck. Demnächst soll bei Gigolo Records ein umfangreiches Dopplereffekt-Album namens Gesamtkunstwerk erscheinen: Schwarzes Cover, darauf ein weißer Hammer, weiße Sichel, weißer Stern. Rückwärtiges Motto: Biological Socialism leads towards victory. Tillmann berichtet von der Irritation weißer europäischer Mittelstandsintellektueller über Dopplereffekt-Titel wie Rassenhygiene. Über den Namen seines Musikverlags: Ahnenforschung. Sie fragen sich, ob die stilisierte Germanophilie des Dopplereffekt womöglich eine faschistoide sei. Dabei hat Hell die ursprünglich deutschsprachig gedachten Titel der einzelnen Tracks für seine Zusammenstellung vorsorglich ins Englische übersetzen lassen. So daß ohne weiteres gar nicht klar ist, welches Stück ursprünglich Rassenhygiene hieß: Master Organism? Sterilization? Scientist?

Ich finde es zwar aufregend, daß sich der Diskurs über Techno maßgeblich mittels Mutmaßungen fortschreibt, nicht alle davon kommen mir aber produktiv vor. Sogar Tillmann macht hin und wieder fragwürdige Bemerkungen wie: Ich hätte wetten können, daß Ectomorph ein schwarzer Act ist. Oder: Die Musik auf dem Ersatz Audio Label könnte genau so gut von Weißen stammen. Oder: Sind die Mole People eigentlich ein schwarzer oder ein weißer Act? Eigentümliches Wort: Eigentlich. Zumal im Zusammenhang dieses das sogenannte Eigene, das vermeintlich autonome Subjekt, nicht selten sehr raffiniert dekonstruierenden Genres namens Techno. Fest steht: Die Musiker der Düsseldorfer Gruppe Kraftwerk müssen, von Detroit, Kalamazoo, Chicago und New York aus betrachtet, weiß, europäisch und deutsch sein, die Mitglieder von Drexciya, aus Sheffield, London, Gent, Eindhoven, München und Berlin gesehen, afrikanisch-amerikanisch, schwarz wie Rudolf Klorzeiger. Gegenbesetzungstechniken, deren nicht unproblematisches Oszillieren es jedenfalls dringend einmal näher zu untersuchen gilt. Wobei wir wahrscheinlich um über hundert Jahre zurückgehen könnten. Scott Joplins deutscher Klavierlehrer. Die rasche Adaption der Ragtime Music durch das weiße Bürgertum als direkte Folge ihres Auftauchens auf der Chicagoer Weltausstellung von 1893.

Der Remix als ein Agent der Segregation, der Rassentrennung, in Klammern: Rassenhygiene. Verschiedene Remixes werden für verschiedene Rassen hergestellt. Drexciyas Klage: Warum kann es nicht lediglich einen Mix für alle geben, so wie es früher üblich war? Remixes von Drexciyas Musik sind vorerst nicht vorgesehen, existieren angeblich bislang gar nicht. Und angesichts der anhaltenden Flut absolut ungenügender Remixes bin ich darüber auch ganz froh. Dabei ließe sich ein intelligenter Remix durchaus auch als Agent eines fortschrittlichen Universalismus betrachten. Remake. Remodel. Remix. Berlin. Detroit. Afrogermanic: Carl Craigs atemberaubende Bearbeitung von Manuel Göttschings E2-E4 auf Planet E. Moritz von Oswalds grandiose Version von Juan Atkins' Starlight auf Metroplex. Afroamerican: Anfang der neunziger Jahre hatte sich der talentierte weiße DJ Richie Hawtin aus dem benachbarten kanadischen Windsor bei der schwarzen Szene Detroits unbeliebt gemacht, indem er seinem Label Plus 8 den räuberischen Slogan The Future Sound of Detroit verpaßte. Hawtin selbst erkennt seine damalige Position heute als durchweg problematisch an: Suburban white guy taking over the black guy's turf. Als er mit seinen Künstlern im europäischen Rotterdam gastierte und dabei mit Kenny Larkin den einzigen afrikanischen Amerikaner seines Katalogs in Detroit zurückgelassen hatte, skandierten die Rotterdamer Hooligans zu seiner hochgepitchten Musik voller Begeisterung ihren antisemitischen, gegen das jüdische Amsterdam gerichteten Schlachtruf: Joden, Joden. Später entwickelte Richie Hawtin einen eleganten minimalistischen Stil, der jeden Nazi auf beiden Seiten des Atlantiks sofort vergraulte. Der grundsätzliche Argwohn seiner schwarzen amerikanischen Kollegen hingegen blieb ihm bis heute erhalten. Entsprechend scharf soll Mike Banks, der mysteriöse, öffentlich stets vermummte Kopf von Underground Resistance und Submerge, Gerald Donald dafür gescholten haben, auf den frühen Schallplatten Ectomorphs mitgewirkt zu haben. Die Berliner Kollegen von Basic Channel, Chain Reaction, Maurizio, Main Street und Tresor blieben allerdings von dieser im gesellschaftlichen Gefälle zwischen Weiß und Schwarz durchaus logischen, sozusagen zwangsweise partikularistischen bis segregationistischen und damit im andauernden Widerspruch zur generellen UR-Politik befindlichen Strategie bis heute verschont.

Liebe Yolanda, auf den Hüllen der in Europa über Münchens Disko B Label verbreiteten Maxis des New Yorker Tension Labels befinden sich Reproduktionen unglaublicher Fotografien, die ich nicht anders als sexistisch zu bezeichnen gelernt habe. Darauf sind weibliche Körperteile, vor allem Brüste, kugelrunde, unwirklich pralle, zu sehen. Labelchef Abe Duque verteidigt sich damit, daß die abgebildeten Brüste allesamt aufgesetzt, künstlich seien. Aus Silikon. Ich frage mich nun: Sind die Tension Pin-ups womöglich gar keine Frauen? Die Abbildungen ihrer Attachments, Anhängsel, deshalb weniger sexistisch? Mutmaßungen über Techno: Ich habe den Eindruck, daß diese der Gewinnung kultureller Erkenntnisse weitaus zuträglicher sein können als das sogenannte Wissen, auch Fachwissen, althergebrachter Fans, zum Beispiel über Mike Banks in seiner einstigen Rolle als P-Funk-Musiker. Im konstruktiven Umgang mit dem aufregenden Spannungsfeld zwischen meiner gleichsam konservativen, nach wie vor durchaus bestehenden, von Dir wiederholt bemäkelten Neugier, was etwa die Hautfarbe von Heath Brunner alias Silicon angeht, und meinem wachsenden Bewußtsein darüber, daß mir dessen Musik ebendiese Fragestellung gerade untersagt, könnte ja auch der Fortschritt der Menschheit begründet liegen. Nach wie vor eine der ganz großen Errungenschaften von Techno: Alle tanzen, doch niemand kennt die Platten. Worüber, Yolanda, werden die Musikzeitschriften der Zukunft ihre Worte zu verlieren haben? Neptune's Lair habe ich unterdessen noch gar nicht hören können. Angeblich ist die CD-Version schon draußen, doch Cordula schreibt mir, daß sie und Heinrich lieber auf die Vinyl-Ausgabe warten wollen. Ich schrieb zurück, ob sie mir nicht, für meine treue Boom Box, schon einmal die CD schicken könnten. Das Buch von Fräulein Rabbiner Jonas soll sich aber bereits auf dem Postweg befinden. Die schweren Unwetter der vergangenen Monate haben Cordula davon abgehalten, mich auf den Outer Banks, die momentan in strahlendstem Sonnenschein liegen, zu besuchen; davor hatte sie ja schon geplant gehabt, mit drei Portugiesinnen vor Madeira tauchen zu gehen. Woraus jedoch ebenfalls nichts geworden ist. Ich hätte sie hier gern nach den auf Grund liegenden reichsdeutschen Unterseebooten tauchen lassen, bin inzwischen aber auch mit einigen lokalen Taucherinnen und Tauchern ins Gespräch gekommen. Dazu demnächst mehr. Apropos: Was ist eigentlich von der seit einigen Wochen umhergeisternden Meldung zu halten, nach der die Behörden von Auschwitz die Eröffnung einer Diskothek in der früheren Gerberei des Vernichtungslagers genehmigt haben sollen?

Acht Firmen haben bereits Entschädigung für Zwangsarbeit gezahlt: IG Farben 27 Millionen Mark, Daimler 20 Millionen, Krupp 10 Millionen, Siemens 7 Millionen,

Feldmühle Nobel 5 Millionen, AEG 4 Millionen, Diehl 3 Millionen, Rheinmetall 2,5 Millionen. Sechzehn Konzerne und Firmen haben angekündigt, sich an dem neuen Entschädigungsfonds zu beteiligen: Allianz, BASF, Bayer, BMW, Commerzbank, DaimlerChrysler, Degussa-Hüls, Deutsche Bank, Deutz, Dresdner Bank, Hoechst, RAG, Siemens, Thyssen-Krupp, Veba und Volkswagen. Hunderten weiteren Firmen drohen aus aller Welt Klagen von Zwangsarbeiterinnen und Zwangsarbeitern, darunter: Agfa, Audi, Bahlsen, Boss, Continental, Dasa, Dynamit Nobel, Ford, Hochtief, Ruhrstahl, Telefunken und Varta. Zur Rolle von Ford und General Motors fand Cordula noch Brauchbares bei den Historikern Simon Reich und Bradford Snell. So legt Reich etwa dar, daß Opel und Ford auch nach dem Dezember 1941 alles taten, um sich mit den Nazis gut zu stellen. Und Snell schreibt, General Motors sei für die nationalsozialistische Kriegsmaschine wichtiger gewesen als die ganze Schweiz. GM erscheint bei ihm als integraler Teil der deutschen Kriegsbemühungen. Albert Speer habe Snell 1977 bestätigt, daß Hitler die Invasion in Polen niemals erwogen hätte, wenn er nicht über die fortschrittliche Technologie von General Motors verfügt hätte. Heinrich hängte noch einen Zeitungsbericht an, nach dem vor rund acht Wochen, am sechzigsten Jahrestag des deutschen Überfalls auf Polen, ein Berliner S-Bahn-Waggon, in dem sich eine von Schülern eingerichtete Ausstellung über die Ausgrenzung der Juden aus dem Alltagsleben der Nazi-Zeit befand, in Brand gesetzt wurde und ausbrannte. Schon zuvor war der Waggon am Anhalter Bahnhof mit antisemitischen Parolen beschmiert worden: Wir fahren nach Polen, um Juden zu versohlen. Die Hauptstadtpolizei gibt, wie zu erwarten, vor, es handele sich um ganz normale Akte von Vandalismus. Wortwörtlich: Jeden Tag brennen in der Stadt irgendwelche Abfalleimer. Im Attachment findest Du zwei historische, von Cordula respektive Heinrich aufgetriebene Fotos, die ich hier, im Net House, zwar öffnen, jedoch nicht ausdrucken lassen kann. Einmal Detroit im Juli 1938: Henry Ford erhält von den deutschen Konsulen Heiler und Kapp das Großkreuz des deutschen Adlers. Einmal Rüsselsheim im Februar 1940: General Motors-Generaldirektor James Mooney inspiziert gemeinsam mit Hermann Göring das deutsche Opel-Werk.

The International Herald Tribune resümierte am 30.12.1998: Nachdem in Deutschland die Linke wieder an der Macht ist, fühlt sie sich offenbar dazu ermutigt, ganz so zu reden wie die Rechte. Wo die Unduldsamkeit der Rechten mit der Hinterlassenschaft des Holocaust allerdings faschistisch genannt worden ist, heißt dieselbe Sache bei der neuen Linken Tabubruch. Und also ließ sie 1999 abermals deutsche Bomber gegen Belgrad fliegen. Rolf Surmann schrieb in Konkret, Heft 7, 1999: Mußten Adenauer und seine Nachfolger mit Schuldeingeständnissen und Entschädigungszahlungen noch darum ringen, international akzeptiert zu werden, so dienen heutige Zahlungen auch der Fähigkeit, sich ungeniert als Lehrmeister aufführen und selbst Staaten, die vom Nazi-Regime überfallen wurden, erneut mit Krieg überziehen zu können. In der Allgemeinen Jüdischen Wochenzeitung vom 17. September 1999 stand: Seit einiger Zeit häufen sich gravierende antisemitische Vorfälle in der Hauptstadt. Auf das Grab des 1992 verstorbenen früheren Vorsitzenden des Zentralrats der Juden in Deutschland, Heinz Galinski, verübten Unbekannte am 19. Dezember vergangenen Jahres einen Sprengstoffanschlag. Eine Rohrbombe brach die schwarze Granitplatte auf dem Friedhof an der Heerstraße in vier Teile. Schon zwei Monate zuvor war das Grab Ziel eines Anschlags gewesen. Dabei war ein Stück aus der steinernen Grabumfassung weggesprengt worden. Nach dem zweiten Anschlag hatte der damalige Bundespräsident Roman Herzog in einem Telegramm an Galinskis Witwe Ruth geschrieben: Diese Tat ist Ausfluß einer verrückten Gesinnung und das Werk von wirren Einzelgängern. Bereits am Vortrag des Verbrechens aber hatte jemand im Wedding einen Koffer zur Explosion gebracht, auf dem der Name Ignatz Bubis stand, sowie das Kürzel Auschwitz II/49, die Bezeichnung für das Vernichtungslager Birkenau. In diesem Frühjahr wurde ein Ferkel mit einem Judenstern und Bubis' Namen auf dem Rücken über den Alexanderplatz gejagt. Wer hat das Bonner Redaktionsgebäude der inzwischen nach Berlin umgezogenen Allgemeinen Jüdischen Wochenzeitung mit einem Hakenkreuz verunstaltet? Der deutsche Staatsschutz spricht von einer geistig verwirrten Frau; allein, es fehle ihm an den zu ihrer Überführung notwendigen Beweisen. Das Bundesministerium des Inneren läßt über seine Pressestelle verlauten: Eine Auflistung konkreter antisemitischer Vorfälle liege ihm nicht vor. Cordula schreibt: Die deutsche Regierung hat uns immer wieder weiszumachen versucht, daß die Wohnheime von Asylbewerbern versehentlich abgebrannt seien. Die Darmstädter Staatsanwaltschaft habe dafür in den frühen Neunzigern einen die nicht nur bagatellisierende, sondern auch exkulpierende Unterstellung geistiger Verwirrtheit noch übertreffenden Terminus gefunden: Fahrlässige Brandstiftung aus Doofheit.

Trotz aller Bombenschäden lag das Bruttoanlagevermögen der deutschen Wirtschaft 1945 um 21 Prozent über dem Stand von 1936. Und damit noch immer um mehr als 8 Prozent über dem von 1939. Der Krieg hatte sich ausgezahlt; von einem deutschen Nachkriegs-Wirtschaftswunder konnte nur sehr bedingt die Rede sein. 1949 bot der westdeutsche Bundeskanzler Konrad Adenauer dem Staat Israel 10 Millionen Mark in einer Angelegenheit an, die er Wiedergutmachung nannte: Etwa 1 DM und 60 Pfennig für jeden von Deutschland ermordeten Juden. Entnazifizierung. Renazifizierung. Demnächst nachzuschlagen: Houston Stuart Chamberlain, Brite, Deutscher. Schwiegersohn Wagners, Antisemit. Sein Versuch über die Ungleichheit der Menschenrassen. Seine Gleichsetzung des Arischen mit dem Germanischen. Auch: Die Hohlwelt-Theorie der Nazis. Hans Hörbigers Welteis-Theorie, welche die Herkunft des Ariers im Kosmos lokalisiert. Selbst SS-Reichsführer Himmler glaubte, daß die Urkeime der Arier im ewigen Eis des Weltraums konserviert seien. Und unbedingt gefunden werden müßten. Drei Millionen Nazis unter dem Eis des Südpols versteckt. Thule als arische Ur- und Seelenheimat; erstmals von Pytheas erwähnt. Womöglich Björks heutiges Island. Platons Atlantis als arische Ur- und Seelenheimat. Musikalisch kolonisiert von Mike Banks, Robert Hood und Jeff Mills alias X-103. Tibet als arische Ur- und Seelenheimat. Die okkulte Achse Berlin-Lhasa. Heinrich Himmler hoch oben in Shangri-La. Timothy Leary getting high in Shangri-La. The Beastie Boys live in Shangri-La.

Die immer wieder auftauchende Legende von dem nepalesischen Prinzen, der eine experimentelle Lebensgemeinschaft in einem verborgenen Tal Tibets gegründet haben soll. Zwischen 1933 und 1945 habe dieser Prinz deutsche, schwedische sowie dänische Atomwissenschaftler zu sich geladen. Mao Tse-tung hätte später nach diesem Zentrum suchen lassen und die deutschen Wissenschaftler gefangengenommen, so daß sich China heute im Besitz kraftvoller Fluggeräte befinde, atomar angetriebener Flugscheiben, die bereits für Adolf Hitler entwickelt worden seien. Siehe auch die sagenumwobenen Versuche der SS mit Fliegenden Untertassen. Fußnote: Hühnerfarmer Himmlers erfolgreiche Züchtung einer flugunfähigen Hühnerrasse. No UFO's 1985 als einer der frühesten Titel der Detroit Techno Music. Von Juan Atkins alias Model 500.

Ludmilla Tüting, Tourism Watch, schreibt: Obgleich die SA-Leute und Bergsteiger Peter Aufschneiter und Heinrich Harrer nach einer Nazi-Expedition zum Nanga Parbat in Indien unerwartet in einem britischen Camp interniert wurden, lebten sie nach ihrer erfolgreichen Flucht ohne Auftrag in Lhasa. Wohingegen Der Spiegel in Harrer den Oberbefehlshaber der tibetischen Armee zu erkennen glaubte. 1938/39: Ernst Schäfers SS-Expedition nach Tibet. Abbildung: Der ihn begleitende Anthropologe Bruno Beger, die arischen Schädel der Tibeter vermessend. Kaukasische Schädel, kaukasische Skelette: Auf eine nicht zustande gekommene Kaukasus-Expedition, auch unter Schäfer, wollte Beger Skalpelle und Entfleischungsmaschinen mitnehmen. Heinrich Himmlers für 1942 anberaumte, geplatzte zweite SS-Expedition nach Tibet. 1971: Bruno Begers Verurteilung vor dem Schwurgericht Frankfurt am Main zu einer Freiheitsstrafe von drei Jahren wegen Beihilfe zum gemeinschaftlichen Mord in sechsundachtzig Fällen.

His wicked sense of humour suggests exciting sex. His fingers focus on her touches, he's Venus as a boy. He believes in beauty. He's Venus as a boy. He's exploring the taste of her arousal so accurate. He sets off the beauty in her. He's Venus as a boy. He believes in beauty. He's Venus as a boy. Björks Venus As a Boy von 1993; der gesamte Text. Mehr ist nicht. Gleich raus per E-Mail an Tillmann; auf dessen, heute morgen eingegangene, nachdrückliche Anfrage hin. Heinrich besitzt tatsächlich das dazugehörige Debüt-Album der isländischen Sängerin Björk. Was wird Tillmann damit anfangen können? Eben erst haben wir ihm CD-Versionen von sowohl Drexciyas als auch Dopplereffekts neuem Album in ein gefüttertes Kuvert gesteckt. Dazu eine Japanese Telecom MC, hinter der ebenfalls Rudolf Klorzeiger vermutet wird; Deutschland und Japan, das macht natürlich Sinn, sagt Heinrich. Sowie den Ausriß eines Interviews, das der Kölner Reinhard Voigt vor zwei Monaten dem Magazin d2000 gegeben hat. Voigt plädiert darin für die Abschaffung von Songtiteln. Er sagt: Wenn man sich klarmacht, daß Musik und visuelle Darstellung heutzutage schon ausreichende Informationen darstellen, erscheint es mir etwas überspannt, sich krampfhaft nach Bedeutung schreiende Titel zurechtzuschustern. Also sollen Reinhard Voigts eigene Platten wohl nur noch mit einem deren Gesamtheit bezeichnenden Titel auf den Markt kommen. Unter allerdings weiterhin sehr mannigfaltigen Pseudonamen des Künstlers wie: Kron, Pentax, S.R.I., Sturm. Heinrich findet das toll, ich aber hänge an Titeln wie Organic Hydropoly Spores, Surface Terrestrial Colonization oder Triangular Hydrogen Strain. Alle von Detroits Drexciya, deren neues, vergleichsweise sanft schwingendes, geradezu lieblich klingendes Doppelalbum seit über einer Woche unaufhörlich auf unseren beiden Plattentellern rotiert. Wozu ich ein Zitat Achim Szepanskis, des Betreibers der Frankfurter Labels Force Inc. und Mille Plateaux, aus dem d2000-Heft herbeiblättere und unter Heinrichs Nase halte: Wenn Techno mehr sein soll als die Nacherzählung einer bestimmten Syntax und der Standards der Betriebssysteme, dann beginnt dies mit der kontingenten Unterscheidung: Man wählt dieses und nicht jenes und gibt generell der Wahl den Vorrang gegenüber der Herstellung; einer Wahl, die zwar Frequenzen kartographiert und akustische Felder rekodiert, Raw Files definiert, aber bei der Musik den Status der Rezeption sieht. Nicht nur Rauschen auf Basis von digitaler Produktion steht zur Debatte, sondern das Rezeptionsfeld erzeugt notwendigerweise Rauschen. Das heißt: Es verzerrt und interpretiert, was gehört wird. Rauschen ist verunreinigte Information; aus dieser wählt das Label, gibt Updates und Angebote: Gestern Sequencer Techno, morgen Minimal Techno; alles unter der Prämisse, daß ein Diskurs schriftlicher Regeln die Musik und inhaltliche Programme definiert.

Während Disco House auf Force Inc. dadurch funktioniert hat, daß Samples aus den Pop- und Disco-Archiven entnommen und manipuliert worden sind, um irgendwie im House-Kontext neu kodiert weiter zu existieren, generiert sich moderner House Sound aus sich selbst heraus. Die Faszination von Disco House ist weitgehend erschöpft. Damit House seine in den letzten Jahren gewonnene Affinität zu einem snobistischen Neoliberalismus und Raving Society-mäßig organisiertem Hedonismus aufweichen kann, muß unter anderem die Musik wieder anschlußfähig werden, eine gewisse Coolness erreichen. Rhythmen und Klangkonzepte verwenden, die technoid die Tracks modulieren. Repetition funktioniert, und zwar nicht nur auf Basis von Loops, also musikalischen Kreisbewegungen, sondern als generierende Konstruktion. Am Anfang ist der Zufall, der Eingriff, und den Rest bestimmt dann ein binärer Code. Die Problematik des Labels Mille Plateaux verläuft entlang der Begriffe Virtualität, Rauschen, Maschinismus und digitaler Produktion. Im einfachsten Fall simuliert digitale Musik etwas, was als Realität nicht existiert: Sie generiert Neues. Repolitisierungsstrategien von digitaler Musik setzen, da diese nicht inhaltlich kodiert ist, auf das Ereignis. Klangereignisse, die qua Bearbeitung irgendwie hörbar werden. Ereignisse, die so in den neuen Medien unsichtbar sind oder nur erahnt werden können. Wunder, meint Heinrich.

Des weiteren für Tillmann, auf dessen Wunsch, herausgefunden: Der jiddische Tailor Song Utt Da Zay wurde afrikanisch-amerikanisch interpretiert von den Quintones in Begleitung Duke Ellingtons am 8. Juni 1939 auf Vocalion Records. Von Cab Calloway und seiner Big Band am

17. Juli 1939 gleichfalls auf Vocalion. Und von Leo Watson am 22. August 1939 auf Decca. Von den ins Vinyl der bei Sonic Mind Records in Kalamazoo, Michigan, erschienenen, hart bretternden Techno Maxis von Donnell Knox geritzten Botschaften konnte ich bei Hardwax die folgenden herausfinden: Sonic Mind puts out spiritual music. The only way to God is thru Jesus. Zu lesen auf der von Knox und seinem Verwandten Jay Denham unter dem Pseudonym Last Generation produzierten Spiritual Influence EP, circa 1996. Sowie auf der später erschienenen Sound Doctrine EP von Donnell Knox alias D-Knox alias Spirit Man die Frage: Words of wisdom. Are you a believer? Hier sind auch die Titel der einzelnen Lieder ohne Worte ausgesprochen aufschlußreich: Sound Doctrine. Mystery. The Unrecognized Call. The Crossroads. Und: Juda. All songs written & produced by: Donnell Knox. Auch angesichts der Hüllentexte von Rap-Alben fiel mir immer wieder auf, daß dort, mit großer Regelmäßigkeit an vorderster Stelle, unserem lieben Gott im Himmel gedankt wird. Selbst in den CD Booklets der unbarmherzigsten Gangster Rapper. In R&B sowieso. Warum käme uns Entsprechendes auf den Plattenhüllen weißer Musiker eher unpassend vor? Wo wir es afrikanischen Amerikanern doch zugestehen? Notiz: Unbedingt demnächst zu klären. Was möchte Tillmann, der die Sonic Mind Maxis fast komplett in Mannheim stehen hat, mit diesen Angaben eigentlich herausfinden? Noch im November, glaubt Tillmann, werden seine und Yolandas Aufzeichnungen eine vierstellige Seitenzahl erreichen. Um Himmels Willen, ruft Heinrich, der bei gerade eben erst zweihundert Seiten angelangt ist, aus. Die ersten Worte aus dem Nachbarzimmer, seit Heinrich heute mittag Kaffee über seine Tastatur verschüttet hat. Ich frage mich: Besitzt nicht auch der Fan-Diskurs über die afrikanisch-amerikanische Techno Music, auf beiden Seiten des Atlantiks, welche Farbe er auch immer haben mag, im

Gegensatz etwa zu jenem über Morgan Geist, Richie Hawtin, Aphex Twin oder Sven Väth, eine durchaus religiöse Komponente? Wenn wir zwar Fragen stellen, aber keine Antworten mehr erwarten dürfen, wird musikalische Begeisterung gleichsam zur Glaubensfrage: Wir glauben an Techno. An die heilende Kraft der Musik. Albert Ayler, 1969: Music is the healing force of the universe.

Diedrich Diederichsen schreibt in seinem Berlin-Buch Der lange Weg nach Mitte, er habe den Eindruck, heutzutage hielten flüssige Verhältnisse flüssige Subjekte so unter Kontrolle wie früher feste Verhältnisse feste Subjekte. Zunehmend häufig erscheint bei ihm, und auch bei anderen zeitgleich mit der Regierung nach Berlin umgezogenen Intellektuellen, der kulturpessimistisch dräuende Ruf nach der Wiedereinsetzung des autonomen Subjekts. Wobei Techno, im Gegensatz zu Rap, nicht in der Lage sei, autonome Subjekte hervorzubringen. Mehr noch: In ihrer subjektlosen, vollends funktionalistischen Gestalt seien die Anhänger Technos zur willkürlich manövrierbaren, narzißtischen Masse geworden. Die starken Einzelnen werden in Rap aber, out in the streets, durch Niggas, Gangstas und Bitches repräsentiert, die ihre andauernde Marginalisierung seitens der in den USA herrschenden WASP-Klassen mit starken, dem kapitalistischen Bandenwesen sowie machistischer Heterosexualität verpflichteten Worten letzten Endes nur affirmieren. Was sich, wenn ich nicht gerade schwul oder lesbisch bin, durchaus für eine temporär legitime politische Strategie halten läßt. Ich glaube aber nicht, daß jene rassistischen und sexistischen Strukturen, die zur Ausbeutung, Unterdrückung beziehungsweise unglücklichen Entfaltung dieser selbstredend lediglich vermeintlich autonomen Subjekte führten, dadurch beseitigt werden können. Einmal näher zu untersuchen, regt Heinrich an: Die ganz eigene afrogermanische Fixierung von Rap auf

Arnold Schwarzenegger und Tommy Hilfiger, während sich Electro, den Übergang von New York Rap und Hip-Hop zu Chicago House und Detroit Techno sowie deren bleibenden gemeinsamen Nenner markierend, bereits Anfang der achtziger Jahre sehr dezidiert auf die auch in sexueller Hinsicht durchaus als postmodern apostrophierbare Gruppe Kraftwerk berief. Tom Holert schreibt in der Zeitschrift Spex, daß sich Drexciya in ähnlich innovativer, nämlich afrofuturistischer, ganz neue Räume erschließender Weise auf Electro beriefen wie dereinst Sun Ra auf Bebop und Swing.

Tatsächlich erkenne ich, Achim Szepanskis Ausführungen folgend, gerade in Techno progressives, emanzipatives bis revolutionäres, das Öffentliche und das Private neu arrangierendes, meinetwegen als links zu bezeichnendes Potential. Wenn der vielbeschworene, nicht selten auch als nivellierend beklagte Mainstream der Minderheiten eine strukturell aus unzähligen, mitunter mikroskopisch kleinen, im einzelnen womöglich den Eindruck von Geringfügigkeit bis Folgenlosigkeit erweckenden Ein- und Ausschlüssen bestehende Pop-Kultur von bisher nicht bekannter Kompliziertheit hervorgebracht hat, läßt sich eben darin auch ein soziales Äquivalent zu dem von Szepanski beschriebenen digitalen, binär kodierten Klang-Ereignis erkennen. Nennen wir es getrost: Repolitisierung durch Mikroprozesse. Das aktuell besonders in unserer Stadt diskutierte autonome Subjekt dagegen scheint mir eben jenes sprichwörtlich flüssige, analoge, in die sogenannte Eigenverantwortung entlassene, nunmehr rechte Subjekt zu sein, dessen Existenz die herrschenden postfordistischen Verhältnisse, mit dem rasanten Abbau sämtlicher Sozialleistungen, tagtäglich und lauthals einfordern. In diesem Zusammenhang nicht uninteressant kommen mir die beiden gestern von Hardwax mitgebrachten neuen, wahrscheinlich von

Mike Banks produzierten, unter dem Subsidiary Hipnotech Records mit den Nummern HR-001 und HR-002 veröffentlichten Underground Resistance EPs vor, auf denen sich ziemlich abstrakte, deutlich entsubjektivierte, instrumentale HipHop Tracks befinden. Auf dem Etikett steht: UR Descendants of the Resistance. Wobei sich UR auch als you are lesen läßt. Ins Vinyl geritzt: Descendants of the Resistance Unexploitable.

Gegen 2 Uhr nachts verlasse ich die Wohnung, ohne Heinrich, der sich in einen antifaschistischen Chat Room eingewählt hat. Im WMF, an der Bar, legt Thomas Fehlmann angenehme Musik auf. Auch die Leute rundum wirken sympathisch; ich wünschte, Diedrich Diederichsen könnte sie sehen. Neben mir unterhalten sich zwei Engländerinnen über das gediegene, aus DDR-Zeiten stammende Interieur. Ein mit seinen Worten im falschen Körper geborener Bekannter, soeben zurück aus Eilat am schönen Toten Meer, bietet mir einen Job als Tauchlehrerin auf den Malediven an. Münchens Chicks on Speed bereiten sich auf ihren Auftritt vor; ich kann sie Mercedes Bunz von De:Bug vorstellen. Demnächst werden sie nach Berlin ziehen. Jan Joswig erzählt von neuesten Schallplatten. Auf der gegenüberliegenden Straßenseite, in der Kalkscheune, steht Carl Craig aus Detroit an den Plattenspielern, vor einer heftig dampfenden, als vergleichsweise stumpf zu klassifizierenden Vorstadt-Menge, die sich hier regelmäßig unter dem Motto No UFO's einzufinden pflegt und offensichtlich überhaupt keine Ahnung hat, wer ihr DJ ist. Craig, der bei alledem ziemlich in sich gekehrt wirkt, reagiert mit dem vermehrten Einsatz des gelb flackernden Spezialeffekt-Knopfs; wodurch er selbst den elegantesten, jazzigsten seiner Planet E 12-inches einen immens scheppernden Klang verpaßt. Meine Begleiter wenden sich irritiert ab und kehren eilig ins WMF zurück. Ich aber bleibe fasziniert stehen und beobachte den sympathischen Diskjockey auf seinem verlorenen Posten. Da zückt der große Carl Craig seine Pocket Camera und macht, völlig unbefangen, Fotos von seinem Publikum. Ich stehe ganz vorn und habe mein hellblaues Tenniskleid an. Die wattierte Ski-Jacke meiner Mutter um die Hüften gebunden. Ich tanze nicht. Um halb fünf mache ich mich auf den Heimweg. Ein Dozent der Humboldt-Universität, Ziegenbart, Dufflecoat, kommt mir auf dem Bürgersteig entgegen und erkennt mich als ehemalige Seminarteilnehmerin wieder. Mich würde interessieren, was für Drogen er eingenommen hat. Als ich den Friedrichstadtpalast passiere, beginnt es zu schneien. Aus der Döner-Bude vor dem Bahnhof Friedrichstraße dröhnt Mariah Careys neues Album Rainbow. Dunkel und ausgestorben liegt der Tränenpalast im anbrechenden Morgen. Du bist dieses Jahr kein einziges Mal tauchen gewesen, Cordula, höre ich mich sagen. Nicht vor Madeira. Nicht vor Ocracoke.

Musik: Plankton von Kenny Larkin alias Dark Comedy, circa 1993. Durchsichtiges Vinyl, wenn ich mich recht erinnere. Cordula und Heinrich haben mir das Stück, neben vielen weiteren Klassikern aus Detroit, auf CD gebrannt. Adolf Hitlers Tischrede in der Wolfsschanze am 23.3.1942: Wie die Dinge jetzt liegen, ist der ganze Atlantik, und nicht nur die nördliche Englandroute, Kriegsgebiet unserer U-Boote, so daß ihnen die langen Acht- bis Zehnstundennächte des Mittelmeeres auch beim Atlantikkrieg zugute kommen. Im März 1942 wurden vor der US-amerikanischen Ostküste täglich drei Schiffe von deutschen Unterseebooten versenkt. Das erste U-Boot, das die USA im Gegenzug versenken konnten, war am 14. April, vor Nags Head, die am 21. März in Deutschland ausgelaufene U 85 unter Kapitänleutnant Eberhard Greger. Die Leute an Deck des Zerstörers USS Roper waren dabei so panisch vorgegangen, daß sie auch auf diejenigen Mitglieder der deutschen Besatzung feuerten, welche sich aus dem zerstörten U-Boot hatten retten können, und schließlich, anstatt Gefangene zu machen, alle vierzig Mann im Wasser töteten. Neunundzwanzig von ihnen sollen numeriert und auf dem Hampton National Cemetery in Virginia bestattet worden sein. Der Leichnam des Kommandanten wurde angeblich nie gefunden. Während des Sommers wird das in einer kühlen Strömung liegende, von Korallen und Schwämmen überzogene Wrack der U 85 regelmäßig von Taucherinnen und Tauchern aufgesucht.

Vermilion pendelt, seit sie wieder an der Universität zu tun hat, mit ihrem erst kürzlich von einer Kommilitonin abgekauften Volkswagen zwischen ihrer Wohnung in Chapel Hill, der Universität in Durham und dem Net House in Ocracoke hin und her. Gerade hat sie ihren Seesack ausgepackt und wirft mir eine Art Kittel herüber. Ein Kleid aus Williamsburg, sagt sie, es ist züchtig und doch elegant, Original Lee Avenue. Für dich, Venus. Seit es kühler geworden ist, eigentlich seit meiner Rückkehr auf die Insel, habe ich nur noch lange Hosen getragen. Vermilion findet es schade, daß ich mein afrikanisches Gewand nicht mehr anziehe. Zum Tragen eines wärmenden Unterkleids hat sie mich nicht überreden können, und auch nicht zu undurchsichtigen Strumpfhosen oder langen Strümpfen. Das Kleid aus Williamsburg, welches Vermilion von einer Satmarer Interviewpartnerin vermacht bekommen haben will, werde ich ebenfalls kaum tragen; ich ziehe es, allein der Studierenden zum Gefallen, ganz kurz, wir einigen uns auf fünf Minuten, über die nackte Haut. Steht dir nicht schlecht, behauptet Vermilion, während sie sich ihre Haare zu einem Zopf flicht. Dir wird es besser stehen, wende ich ein. Tatsächlich evoziert das hochgeschlossene Kleid mit seinem meine Knie umspielenden Saum und den langen, zugeknöpften Ärmeln nicht nur Keuschheit, sondern durch seinen taillierten Schnitt sowie den sanft fließenden, blumig gemusterten Stoff auch Anmut, so that the lure of the metropolis will have no influence on the Hasidic woman's husband. The Hasidic woman understands that it is more important to remain feminine in her marriage to help her husband lead a life of purity. The Hasidim can look attractive in their appearance and still conform to their religious guidelines, führt Vermilion aus. Wir reden über Soutanen und Sackkleider, die feminisierenden Kaftane des Lawrence of Arabia, und kommen auf den englischen Pop Star Boy George zu sprechen, der chassidische Männergewänder wie Frauenkleider trug. Da wird der Leuchtturm von Ocracoke in den abendlichen Betrieb genommen. Wie früh es jetzt schon dunkel wird, bemerkt Vermilion. Die fünf Minuten sind um, stelle ich fest, doch meine Freundin weigert sich zunächst, mein rückwärtig geschlossenes Kleid auch wieder aufzuknöpfen. Umarmt mich statt dessen von hinten und zieht mich stürmisch von meinem Arbeitsplatz, meinen U-Booten, fort, direkt hinunter auf den Futon. Setzt sich auf mich. Öffnet ihre Levi's. Schlägt mein Kleid hoch. Und vergewaltigt mich beinahe.

Vermilion im Türspalt zum Badezimmer, die nassen Haare unter einem Frotteeturban, den Davidstern auf ihrem Schlüsselbein. Das Funkeln des Davidsterns im Licht der jetzt schon ganz winterlich anmutenden, tiefstehenden, auf ungewohnte Weise ins Net House scheinenden Morgensonne. Ich, ebenfalls frisch geduscht, in meinen verwaschenen Roebucks Blue Jeans von Sears und dem zerknitterten, sandfarbenen Oberhemd von Engelhorn & Sturm, am Tapeziertisch. Das Kleid aus der Lee Avenue über der Stuhllehne; Vermilion hat mir versprochen, es am Montag wieder mit nach Chapel Hill zu nehmen. Koreanisches Transistorradio: Hey Jude. Nachdem wir beide je einen

Becher Kaffee getrunken haben, begibt sich Vermilion auf einen Morgenspaziergang zum Sund. Am 6. Januar 1942 befand sich das deutsche U-Boot U 701 auf halbem Weg über den Atlantik, als Kapitänleutnant Horst Degen einen unbegleiteten britischen Frachter entdeckte. Er ließ zwei Torpedos abfeuern und beobachtete im Periskop, wie beide ihr Ziel trafen und explodierten. Während die Seeleute des sinkenden Frachters in ihre Rettungsboote stiegen, näherte sich ihnen die U 701 auf Rufweite. Die Deutschen wollten den Namen des feindlichen Schiffs in Erfahrung bringen, ernteten aber von dessen Mannschaft nur feindselige Blicke. Ein starker Sturm kam auf, und riesige Meereswogen verschluckten die Rettungsboote der Schiffbrüchigen, die daraufhin sämtlich umkamen. Im Februar kehrte die U 701 zu Reparaturarbeiten nach Saint-Nazaire an der Loire-Mündung zurück, um erst Anfang März, in Richtung der isländischen Ostküste, wieder auszulaufen. Auf dem Weg dorthin versenkte sie den dänischen Fischdampfer Nyggjaberg sowie die beiden zur U-Boot-Bekämpfung eingesetzten bewaffneten britischen Fischdampfer Notts Country und Stella Capella. Schwere See und Treibstoffmangel zwangen Degen abermals zur Umkehr nach Saint-Nazaire, das mittlerweile jedoch von den Briten unter Feuer genommen und schwer verwüstet worden war, so daß die U 701 in den Hafen von Brest ausweichen mußte. Erst am 20. Mai stach sie erneut in See, nahm Kurs auf Nordamerika mit dem Befehl, den Kriegshafen von Norfolk, Virginia, zu verminen.

Die Überquerung des Atlantischen Ozeans erwies sich als äußerst rauh, und Kapitänleutnant Horst Degen ließ sein U-Boot, um Treibstoff zu sparen, nur sehr langsam durch die widrigen Wasser gleiten. Attackierte nicht einmal große Schiffe, die seinen Weg kreuzten. Immer wenn sich das Wetter etwas besserte, ordnete er Tauchübungen an, um das möglichst rasche Abtauchen der U 701, englisch: Crash Diving, zu optimieren. Beim Erreichen der amerikanischen Küste am 12. Juni geriet das U-Boot sofort unter heftigen Beschuß. Wasserbomben setzten zwar sein Beleuchtungssystem außer Betrieb, doch die U 701 konnte sich tief unter der Wasseroberfläche in Sicherheit bringen. Degen nahm weiter Kurs auf Virginia. Er hatte Landkarten der Gegend um Norfolk studiert und wußte, daß die Stadt und ihr Marinehafen unmittelbar hinter der durch die Leuchttürme von Cape Charles und Cape Henry markierten Öffnung zur Chesapeake Bay liegen. Da die US-amerikanische Küste nicht verdunkelt worden war, orientierte sich Degen einfach an den beiden Leuchtfeuern und steuerte die U 701 unerkannt ins feindliche Inland. Im Nu war die Einfahrt zum Kriegshafen von Norfolk vermint. Das deutsche Unterseeboot verließ, ebenso ungehindert wie es gekommen war, die Chesapeake Bay und nahm vor Virginia Beach südlichen Kurs auf North Carolina. Vermilion kehrt mit geröteten Wangen ins Net House zurück, berichtet lebhaft von Seevögeln und Fischersleuten, küßt zärtlich meinen Nacken. Wächsern wie ein Chassid, sagt sie. No redneck. Dann macht sie sich, im Schneidersitz, an die Lektüre der legendären 1930er Streitschrift des Fräulein Rabbiner Jonas aus Berlin, deren noch druckfrischen, von Elisa Klapheck eingerichteten Nachdruck ich ihr von Cordula im Centrum Judaicum besorgen ließ: Kann die Frau das rabbinische Amt bekleiden?

Als die Stiftung ihre regelmäßigen Zahlungen einstellte, war ich im Nu abgebrannt. Ich brauchte meine Ersparnisse auf und geriet bei Ocracoke Island Realty in den Rückstand. Den Toyota gab ich an Rent-A-Wreck zurück. Seit Hurricane Floyd über uns gefegt ist, lebe ich quasi auf Vermilions Kosten. Genaugenommen: Auf Kosten ihrer Eltern. Lediglich während der Semesterferien erwarten sie, daß ihre Tochter arbeiten geht. Ich habe mich mit Vermilions zinnoberrot überpinseltem Käfer aufgemacht und bei Lokalen, die auch den Winter hindurch geöffnet haben, um einen Job beworben, bis hoch nach Nags Head, Kill Devil Hills und Kitty Hawk; doch überall suchen sie ausschließlich weibliche Bedienungen. Vermilions frivoler, vorauszusehender Kommentar: Warum hast du nicht angenommen, Venus? Cordula berichtete in ihrem jüngsten Brief davon, daß demnächst zum ersten Mal in Deutschland ein Lehrstuhl für Frauenheilkunde mit einer Frau besetzt werden würde. Was die Entschädigung von Zwangsarbeiterinnen und Zwangsarbeitern, Cordula schreibt: Sklavinnen und Sklaven, im Dritten Reich angehe, seien nun auch die Detroiter Automobilkonzerne General Motors und Ford, für deren Website Derrick May gerade neue Loops und Sounds entwickelt hat, ins Gerede geraten. Endlich zahlungswillig zeigten sich unterdessen die deutschen Firmen Melitta und Bahlsen.

Faksimiliert: Eine auf den 5. Mai 1942 datierte Bescheinigung über die Zwangsarbeit der Regina Sara Jonas in Berlin: Sie sei von 7 bis 17 Uhr beschäftigt und könne ihre Einkäufe deshalb in der für Juden vorgeschriebenen Zeit nicht besorgen. Ein Verzeichnis der im KZ Theresienstadt gehaltenen Vorträge des einzigen, weiblichen Rabbiners. Interessant dabei das Komma zwischen den Vokabeln einzigen und weiblichen, das Vermilion gar nicht aufgefallen wäre. Dafür kann ich die hebräischen Einschübe in Regina Jonas' Text nicht entziffern. Von 1942 bis 1944 war die Rabbinerin im Konzentrationslager Theresienstadt interniert. Vermilion rekapituliert einige Szenen aus dem Propagandafilm Der Führer baut den Juden eine Stadt. Nimmt dabei zwei Haifisch-Steaks aus dem Kühlschrank, bittet mich, den Salat zu schneiden. Ab September 1944 fuhren zahlreiche Züge von Theresienstadt nach Auschwitz-Birkenau. Einer der letzten dieser Transporte brachte am 12. Oktober 1944 die zweiundvierzigjährige Regina Jonas und ihre achtundsechzigjährige Mutter in das Vernichtungslager, wo beide kurz nach ihrer Ankunft ermordet wurden. In der Boom Box läuft, kaum hörbar, eine Kassette mit historischen Aufnahmen der Epstein Brothers. Der Klarinettist und Saxophonist Chizik Epstein war zu einem gefragten Musiker in der chassidischen Szene avanciert. Als er und seine Brüder in den späten neunzehnhundertsechziger Jahren zur alljährlichen Zeremonie anläßlich der 1944 nach der zynischen Nazi-Devise Blut gegen Ware erfolgten Befreiung des Satmarer Rebben Joel Teitelbaum aus dem Konzentrationslager Bergen-Belsen aufspielten, soll dieser ausgerufen haben: Di Musik klingt azoj schejn. Und fortan war das Epstein Brothers Orchestra die populärste Band in ganz Williamsburg, sagt Vermilion und dreht die Boom Box lauter. Ich habe vor Jahren, wohl in einem deutschen dritten Fernsehprogramm, einen bewegenden Film über die schon sehr betagten, mittlerweile, wie ich zu erinnern glaube, in Florida residierenden Epstein Brothers gesehen. Bis heute konnte mir niemand erklären, weshalb so viele Frejlechsn der Klezmorim, in ihrer mitreißenden synkopischen Rhythmik, an den Hambone Beat des Elias McDaniel gemahnen. Elias McDaniel, afrikanischer Amerikaner aus McComb, Mississippi, 1955 von dem polnischen Juden Leonard Chess in Chicago entdeckt, auf dem Checker Subsidiary der Plattenfirma Chess unter Vertrag genommen und nach einem, wie an bestimmten Orten fortwährend betont wird, primitiven afrikanischen Instrument Bo Diddley getauft.

Kapitänleutnant Horst Degen ließ sämtliche Torpedorohre laden. Ließ die U 701 mit größter Vorsicht durch die nordkarolinischen Küstengewässer gleiten. Es lag erst wenige Wochen zurück, daß vor Morehead City die U 352 und vor Nags Head die U 85 versenkt worden waren. Ausschließlich nachts durfte Degen sein U-Boot auftauchen lassen, tagsüber mußte er strikt unter der Oberfläche bleiben. Admiral Dönitz war zufrieden: Die erfolgreiche Verminung des Marinehafens von Norfolk durch ein deutsches U-Boot hatte sowohl in materieller wie in psychologischer Hinsicht verheerende Auswirkungen auf die U.S. Navy gehabt. Als Degen in der Nacht des 17. Juni 1942 vor dem Cape Hatteras auftauchte, wurde die U 701 sofort von dem Kutter YP-389 der US-amerikanischen Küstenwache aus erspäht. Augenblicklich tauchte das U-Boot wieder unter, konnte dem lästigen Verfolger, der es mit Wasserbomben traktierte, aber zwei ganze Tage lang nicht entkommen und tauchte erst in der nebligen Nacht des 19. Juni wieder auf. Verrückterweise unmittelbar vor dem schemenhaft erkennbaren Rumpf der YP-389, welche Degen mit wenigen Salven aus ihrer Deck-Kanone auf den sicheren Meeresgrund zurückschickte. In der folgenden Woche demolierte die angeschlagene U 701 den Tanker Freedom und versenkte den 14000-Tonnen-Tanker William Rockefeller. Wegen einiger auf den Beschuß durch Wasserbomben zurückzuführender Schäden am Ventilationssystem war es nicht mehr möglich, mit dem U-Boot ganze Tage lang auf dem Meeresboden zu lauern; es wurde vielmehr nötig, auch tagsüber hin und wieder aufzutauchen, um frische Luft ins U-Boot zu lassen. Wobei es wiederholt gefährlich ins Blickfeld patrouillierender Flugzeuge geriet und sogleich wieder abtauchen mußte. Eine Woche lang wurde kein einziges feindliches Schiff gesichtet. Das permanente Atmen unreiner Luft ermüdete die Mannschaft. Sämtliche ihrer Reflexe verlangsamten sich. Am Morgen des 7. Juli entkam die U 701 erst in letzter Sekunde einem Flugzeug der Küstenwache. Degen ließ sein U-Boot bis zum Nachmittag auf dem Grund liegen und beschloß, abermals nach Frankreich heimzukehren. Das Boot reparieren zu lassen. Auch physisch zu regenerieren. Ließ daraufhin kurz auftauchen, um die Nachricht von der bevorstehenden Rückkehr ins Reich zu funken.

In ebendiesem Augenblick durchstieß, zufällig, direkt über der U 701, ein US-amerikanischer Bomber unter Lieutenant Harry Kane die tiefliegende Wolkendecke und nahm das deutsche U-Boot, bevor es wieder abtauchen konnte, unter Beschuß. Zwei Wasserbomben rissen den Rumpf der U 701 auf, and the dying U-boat filled with water. Within minutes the submarine had settled to the bottom. Degen and sixteen men were trapped in the control room with no knowledge of the fate of the other men on board. Degen ordered the conning tower hatch opened and he and his men exited the drowned submarine propelling themselves to the surface. Degen and his group of seventeen drifted away from the site. Almost immediately, four of the men, injured or non-swimmers, gave up the struggle to survive and drowned. Shortly afterward, the executive officer and another crewman decided to swim to shore and were never seen again. The survivors drifted for two days losing one of their numbers every few hours as each gave up hope. The warmth of the Gulf Stream sustained them but it also carried them farther away from rescue. Am Nachmittag des 9. Juli 1942 wurden Degen und seine Männer, sonnenverbrannt und dehydriert, von einem Wasserflugzeug an Bord genommen. In diesem saßen drei weitere, durch das vordere Torpedoladerohr entkommene Überlebende der U 701. In Norfolk, noch heute Sitz des Oberkommandos der US-amerikanischen Atlantik- und Mittelmeerflotte, gratulierte Kapitänleutnant Horst Degen Lieutenant Harry Kane zu seinem gelungenen Angriff, verriet aber keine Silbe über die Verminung der Norfolker Hafeneinfahrt. Den Rest des Krieges verbrachten er und die sechs weiteren Überlebenden der U 701 als Kriegsgefangene in Florida und Arizona. 1982 reiste Harry Kane nach Deutschland, um Horst Degen vierzig Jahre nach ihrer ersten, gewaltsamen Begegnung wiederzusehen. Die beiden wurden gute Freunde. The location of the U 701 still remains a mystery.

Interviewer: Gibt es keine Situation, in der du einfach nur du selbst bist? Mariah Carey: Schnorcheln ist wundervoll. Ich setze die Brille auf und tauche in eine vollkommen andere, friedliche Welt mit bezaubernden Lebewesen ab. Schnorcheln komme ihrem Traum von Freiheit am nächsten. Mariah Careys neues Album heißt Rainbow. Meine Nachbarin Shanice spielt es von morgens bis abends, nonstop, mit dem Lautstärkeregler auf Anschlag. Ich habe den Video Clip zu Heartbreaker gesehen, in dem sich die Sängerin mit ihrer Rivalin auf der Toilette eines Kinos um einen ziemlich blasierten Typen prügelt. Der weiß wirkte. Auch die Rivalin sah weiß aus. Mariah Carey sowieso. Auf der Hülle ihrer neuen CD trägt sie eine Art weißen Bikini, den ich nicht toll finden kann. Eine Projektion von Regenbogenstreifen vorn auf dem Oberteil, hinten auf dem Unterteil. Dopplereffekt, nach dem österreichischen Physiker C. Doppler, 1803 bis 1853: Die Erscheinung, daß bei jeder Art von Welle, Schallwelle oder Lichtwelle, eine Änderung der Frequenz beziehungsweise der Wellenlänge eintritt, sobald sich Beobachter und Wellenerreger, Beobachterin und Wellenerregerin, relativ zueinander bewegen. Noch von Herrn Doppler: Doppler-Radar, Doppler-Sonographie. In einem Plattenladen auf der Damen Avenue entdeckte ich heute, nach Dienstschluß, eine seltene Maxi Single mit Dopplereffekts Sterilization Mix 1 & 2 von 1997, original, auf Dataphysix, des Künstlers eigenem Detroiter Label. In Klammern lese ich: Racial Hygiene and Selective Breeding. Beziehungsreiche Namen werden angegeben: Rudolf Fisher, Helena Eichmann, William Scott. Gedankt wird:

Doug Wagner und Sara Scruton. Wofür? Wer sind diese Leute? Wer sollen sie sein? Wer wird sie kennen? Seit wann genau nennt sich Gerald Donald Rudolf Klorzeiger? Auf dem rückwärtigen Etikett die Reproduktion einer Schwarzweiß-Fotografie: Hier posiert der afrikanisch-amerikanische Musiker, als gehörte er der deutschen Gruppe Kraftwerk an. Dunkles Hemd, helle Krawatte. Ist da am Kragen etwas retouchiert worden? Ein Symbol überpinselt worden? Neben dem irgendwie auch italienisch aussehenden Gerald Donald steht ein nordisch wirkendes Mannequin mit eisblonder Kurzhaarfrisur: Vielleicht ist das ja Helena Eichmann. Beide Typen sind ausdrucksstark, fast expressionistisch geschminkt. Implizierte die als reduziert ausgestellte Männlichkeit der deutschen Kraftwerk-Musiker eigentlich ihre gleichzeitige Feminisierung? Eher nahmen sie, in den Koordinaten von Camp, eine Art asexuellen Status ein, finde ich. Wie Andy Warhol einst in seiner Factory. Auch Dopplereffekt und seine Partnerin sind Schaufensterpuppen. Nichts zu lesen in der Spirale der Auslaufrille außer der Katalognummer DX-003. Lee spielt in seinem neuen Projekt, das Camp Mariah heißt, einen japanischen Synthesizer namens Yamaha DX-7. Er behauptet, Do X sei die Typenbezeichnung für ein legendäres deutsches Wasserflugzeug von 1928 gewesen. Zwölfmotorig. Gigantisch.

Wasserflugzeug wäre auch ein guter Titel für unser Buch, denke ich und notiere diesen Gedanken auf einer Ansichtskarte an Tillmann, der momentan Displaced Persons favorisiert. Das Regenstein Reconfiguration Project testete heute, schier endlos, die neu installierten Sprinkleranlagen. Wendy lieh mir ihre Video-Kopie von Hair Piece: A Film for Nappy Headed People, einem satirischen Animationsfilm von Ayoka Chenzira aus dem Jahr 1984 über das von Brennscheren, Cremes, Ölen und Perücken determinierte Selbstbild dunkelhäutiger amerikanischer Mädchen, Teenager und Frauen in einer Gesellschaft, die bei schönem Haar an geschmeidig im Wind wehende Mähnen, wie die von Wendy, denkt. Plötzlich singt Aretha Franklin: Give me something real, und wir sehen nur noch prächtige Afros. Lee, der sich von Shanice am Vorabend seiner Abreise nach Denver eine wasserstoffblonde Afro-Frisur hat machen lassen, was bei seinen Haaren ungefähr so umständlich war, wie die von Shanice oder mir zu glätten, ist für die Wintermonate als Skilehrer in Aspen untergekommen, ruft mich aber fast täglich von dort aus an. Meistens in der Bibliothek. An Wochenenden auch in meiner Wohnung. Und löchert mich mit komischen Anträgen. Fast Heiratsanträgen.

Descendants of the Resistance Unexploitable? Ekkehard Ehlers von Mille Plateaux schickt eine E-Mail um die Welt, in der er die Stellungnahme von Cornelius Harris, The Unknown Writer, Underground Resistance, zur schamlosen Raubkopie des aktuellen UR Hits Jaguar, Titelstück der Knights of the Jaguar 12-inch von DJ Rolando alias The Aztec Mystic, durch die Firma Sony dokumentiert: Recently, UR has enjoyed the success of the track Knights of the Jaguar by DJ Rolando. Recognizing that UR, Mad Mike, in particular, would be unwilling to license the track, Sony bypassed even making a request and has decided to release a cover version titled Jaguar. Cover versions traditionally have been done by fans of the original track as a homage to the original. In this case, it is being done as a method of undercutting the sales of the original. Wir sollen Sony nun mit Protestbekundungen überschwemmen: Mit Briefen und Postkarten, Anrufen, Faksimiles und E-Mails. Wen, außer Vermilion, werde ich in Ocracoke mobilisieren können? Sonys deutscher A&R Manager Dirk Dreyer schrieb: Hello Rolando & Mike, sorry for not contacting you on this way earlier but I did not realize the relationship between Submerge and UR. I have found this address on the Submerge website. As you sure know, our promo release of the cover version of your track Knights of the Underground is currently talk of the techno community. Let me explain the history of the idea and our point of view. In my way of industry thinking it is a track worth to be available for a lot of people, much more than just people going to vinyl shops. The philosophy of Underground Resistance not to cooperate with the industry is well known. I understood that you don't want to have any relationship with companies like Sony. As we don't want to be seen as guys who rip off or bootleg a well known track, we have chosen the way of re-recording the track tone by tone. Indeed the new version has lost some of the typical Detroit flavor, what makes me still prefer the original. On the CD will be the original writer and publishing credits that you get the publishing money that you deserve. Als ob es sich tatsächlich um den originalen UR Track handelte. Und für Underground Resistance nicht ganz vehemente finanzielle Einbußen durch ausbleibenden Umsatz des Originals die Folge wären. Im Umfeld der Auslaufrille von Message to the Majors stand schon 1993: Fuck the Majors. Eindeutige Warnungen vor der Industrie auch auf der Plattenhülle von Knights of the Jaguar. Der Stiftung Erinnerung, Verantwortung und Zukunft mittlerweile beigetreten sind: Agfa, Allianz, Altana, Bahlsen, BASF, Bayer, Bosch, BMW, Commerzbank, Continental, Daimler-Chrysler, Degussa-Hüls, Deutsche Bank, Deutz, Dresdner Bank, Hoechst, Melitta, Lufthansa, Opel, Porsche, RAG, Siemens, Thyssen-Krupp, Veba, Viag und Volkswagen. Abzuwarten: Die Optischen Werke G. Rodenstock sowie die Maschinenfabrik Augsburg-Nürnberg, MAN. Renitent: Die Dynamit Actiengesellschaft, DAG, deren Firmensprecher impertinent darauf beharrt, Dynamit Nobel sei 1949 neu gegründet worden und damit rechtlich nicht der Nachfolger der DAG.

Erich Goldhagen: The vast majority of Germans, to be sure, regard Nazism as a bad regime, an evil, ein Unrechtsstaat, eine Gewaltherrschaft etc. But they do not feel towards it the same utter horror harbored by the rest of the Western world. In the eyes of the educated public of that world Nazism is the quintessence of barbarism, an evil of almost cosmic dimensions, without peer in the history of mankind. This image of Nazism is not a Verteufelung, but a studied rendition of the truth. In describing Nazism any hyperbole of evil one uses is an understatement. The SS was the chief instrument of this apocalyptic program. Every SS man was objectively and the vast majority were subjectively Horsemen of the Apocalypse. In the lexicon of the SS the word Soldat, or as they call it Nur Soldat, had a pejorative connotation. They were Weltanschauungskrieger boasting of being capable of performing deeds of destruction from which Nur Soldaten recoil. Their spirit is well preserved in their songs. Here is an example: Wetzt die langen Messer auf dem Buergersteig dass sie / Besser passen in des Pfaffen Leib, / Und kommt die Stunde der Vergeltung / Sind wir zu jedem Massenmord bereit. The mayor of Bitburg declared that he was distressed at the defamation of the SS men who lie in the cemetery at Bitburg. If the above portrait of the SS is a defamation, I would respectfully ask the mayor to enlighten us, to teach us the true character of the Black Order.

Im New Yorker Jewish Museum: Die Ausstellung Berlin Metropolis. Im Gästebuch der Ausstellung die Eintragung: I was in Berlin only once to say good-bye to my aunts, uncles and cousins. They were sent to the death camps. Heinrich und Cordula kaufen sich den Aufbau seit Heinrichs

Vertiefung seiner transatlantischen Studien über die multilateralen Ereignisse in und um Bitburg. Da ich ihn in Ocracoke nicht so einfach bekommen kann, legen sie ab und zu ein zerlöchertes, von Heinrich ausgewertetes Exemplar bei. Ihrer heute eingegangenen Sendung die Ausgabe vom 26. November 1999. Soeben aus Chapel Hill zurück, erzählt Vermilion, die einen mir bisher völlig unbekannten Pullover mit U-Boot-Ausschnitt trägt, von einer dortigen Lehrerin, die einem, wie überall berichtet wird, schwarzen Schüler ihre weiße Niere spendete. Meine Freundin hat sich die Haare hochgesteckt; ihr Pullover kann nicht anders als rosa bezeichnet werden und stammt aus den sechziger Jahren des vor wenigen Tagen vergangenen Jahrhunderts. Als wir uns küssen, sehe ich, tief in der ovalen Öffnung des Kleidungsstücks, einen BH-Träger metallisch aufblitzen. Vermilion begutachtet das neue Telefon, das Ocracoke Island Realty endlich installieren ließ. Und mit dem ich sie sogleich auf dem Festland angerufen hatte. Noch vor Yolanda. Und auch vor Cordula. Wir streiten kurz darüber, wer den Aufbau heute zuerst durchlesen darf, und beugen uns schließlich gemeinsam, auf dem Futon, über die 24 Seiten der 1934 gegründeten, vierzehntägig erscheinenden deutsch-jüdischen Zeitschrift aus New York. Der deutsche Verhandlungsführer Otto Graf Lambsdorff attackiert die Anwälte der Zwangsarbeiter. Hitlers Mein Kampf gelangt in der englischen Übersetzung auf den deutschen Markt. Benjamin Blech über die historischen Ursprünge des Chanukah-Fests: Es war das erste Mal in der Geschichte, daß Menschen die Beschneidung mit einer Operation rückgängig machen wollten. Chanukah steht für das Überleben des Judentums angesichts des Hellenismus. Steht für die Weigerung, sich zu assimilieren.

Rudolf Virchow hatte 1886 in seinem Gesamtbericht über die Farbe der Haut, der Haare und der Augen von Schulkindern im Deutschen Reich geschrieben, in diesen Punkten ließe sich kein Unterschied zwischen nichtjüdischen und jüdischen Deutschen ausmachen. Sobald ein überwiegender Prozentsatz der Gesamtbevölkerung hellere Haut, blonderes Haar und eine ins Blaue spielende Augenfarbe besitze, zeitigten auch die dort lebenden Juden eher helle Haut, blondes Haar und blaue Augen. Pale Blue Eyes. Vermilions Augen: Bernsteinfarben. Meine Augenfarbe: Als Kind blau, seit der Pubertät ins Grüne tendierend. Rachel Stern anläßlich der Eröffnung von Berlin Metropolis: Während der wilhelminischen Zeit wurde Berlin zum wichtigsten Zentrum für moderne Kunst und Kultur in Deutschland. Frage: Woran lag das? Emily Bilski, Kuratorin: Zunächst einmal hat die Stadt zu dieser Zeit ein immenses Wachstum erfahren. Fabriken wurden gebaut, und für die U-Bahn wurde die gesamte Stadt aufgerissen. Die Künstler wurden von dem aufregend Neuen angezogen. Pointe: Im Vergleich zu dem gealterten Paris präsentierte sich Berlin als schwanger. In der Mitte vier Seiten English Supplement. Rainer Meyer über die Rabbinerin Regina Jonas: Ihre Arbeit trägt alle Züge einer strengen wissenschaftlichen Untersuchung und wirkt im Vergleich mit den Schriften einer Bertha Pappenheim fast antiquiert und archaisch. Die Tradition spielt bei modernen jüdischen Feministinnen wie Susan Faludi und Naomi Wolf keine Rolle mehr. Frage: Ist der religiös gebundene Ansatz von Regina Jonas noch aktuell? Elisa Klaphecks Antwort: In jedem Fall. In Berlin und vielen anderen Städten in Deutschland gibt es eine moderne Religiosität. Viele Menschen meiner Generation wenden sich wieder der Religion zu. Drei Seiten weiter hinten ein Artikel über die faschistische Rhetorik des populären österreichischen Politikers Jörg Haider, aus dem Heinrich offensichtlich eine ganze Spalte herausgeschnitten hat. Rassistische Vorfälle auch in der Schweiz. Zum Tod von Felix Galimir: Der Kammermusiker bekam

1988 einen Koffer nach Manhattan geschickt, den er fünfzig Jahre zuvor in Wien gepackt und einem Onkel zur Aufbewahrung übergeben hatte. Dieser wiederum hatte das Gepäckstück kurz vor seiner Deportation in ein Konzentrationslager einer Amerikanerin übergeben. Aus lauter Angst vor der Erinnerung sah sich Felix Galimir den Rest seines Lebens außerstande, das wiedererlangte Relikt aus seiner Jugend zu öffnen.

9. November 1999: Berlin Metropolis. 9. November 1989: Fall der Berliner Mauer. 9. November 1938: Reichskristallnacht. Am 9. November 1914 wurde Hedy Lamarr als Hedwig Eva Maria Kiesler, Tochter des Bankiers Emil Kiesler sowie der Pianistin Gertrud Kiesler, in Wien geboren. 1933 badete die Schülerin Max Reinhardts für den Spielfilm Ekstase der Prager Produktionsfirma Elektra unbekleidet in einem Waldsee und verhalf der Filmindustrie damit zu ihrer ersten weltweit skandalumwitterten Nacktszene. Als mindestens genauso obszön galten aber auch die Kameraeinstellungen auf das Gesicht der Schauspielerin, während sie den ersten Orgasmus der Kinogeschichte simulierte. In seinem Grundlagenwerk Underground Film schrieb Parker Tyler 1969: One sequence of Ecstasy is composed entirely of shots of Miss Lamarr's face showing supreme erotic pleasure; this should be compared, in fact, with Andy Warhol's Blow Job. Im Netz finde ich weitere interessante, der Veröffentlichung von Underground Film um sieben Jahre vorausgehende Bemerkungen Parker Tylers über Hedy Kieslers durch den tschechoslowakischen Regisseur Gustav Machaty auf die Leinwand gebrachten Körper: Miss Lamarr was a genuine beauty, one of the fairest, I think, ever to grace a film frame. There is some poetic justice in the fact that Ecstasy, offbeat as a commercial film, was also offbeat in featuring not Miss Lamarr's best asset as seen by Hollywood, her face, but her

best asset as Machaty saw it, her figure. The truth was, her lower legs were thick and her hips wide; she never seemed to reduce and transcend those conventional defects, wie es Greta Garbo etwa getan hätte. Noch 1933 setzte Hedwig Kieslers Hochzeit mit Fritz Mandl, einem schwerreichen österreichischen Munitionsfabrikanten, der schon Mussolinis Abessinien-Feldzug ausgerüstet hatte, ihrer Filmkarriere ein vorläufiges Ende.

Spiegel Online: Der Chef der Hirtenberger Patronen-Fabrik nahm seine junge Frau in Sicherheitsverwahrung und bemühte sich vergeblich, alle am Markt befindlichen Kopien des anrüchigen Films aufzukaufen. Hedwig Kiesler-Mandl erlebte eine quälende Zeit im goldenen Käfig, in der sie als repräsentative Gattin gezwungen war, an endlosen Geschäftsgesprächen ihres tyrannischen Ehemanns mit seinen Nazi-Kunden teilzunehmen. Aber Mandl übersah, daß seine Frau nicht nur Schönheit, sondern auch Intelligenz und Willenskraft besaß. 1937 ließ sie sich scheiden und setzte sich, abgestoßen nicht nur von ihrem Ehemann, sondern auch von dem Nationalsozialismus, mit dem er sympathisierte, über Paris und London in die Vereinigten Staaten ab, um ihre Laufbahn als Schauspielerin in Hollywood fortzusetzen. Während der transatlantischen Schiffspassage, auf hoher See zwischen Europa und Amerika, regte Metro-Goldwyn-Mayers 1885 in Minsk geborener Louis Burt Mayer, der schon Greta Garbo über den großen Teich geholt hatte, an, daß Hedy Kiesler ihren im Zusammenhang mit dem Verbot des Spielfilms Ecstasy in den USA eher berüchtigten Mädchennamen ablegen und sich fortan Lamarr, nach la mer, dem weiten Meer, das sie umgab, benennen solle. Wahrscheinlicher scheint mir, daß die den alternden Impresario betörende junge Passagierin auf Barbara La Marr, bürgerlich Reatha Watson, eine, wie ich bei Kenneth Anger lese, schon 1926 an einer Überdosis harter Drogen verstorbene Hollywood-Diva, getauft wurde, die ihre letzte Verkörperung einer Femme Fatale in dem Spielfilm The Heart of a Siren gegeben hatte.

Sirenen in der griechischen Mythologie: Umstrickerinnen, die das Antlitz von Mädchen, ansonsten aber den Körperbau von Vögeln besaßen, auch gefiedert waren wie diese. Sie konnten nicht mehr fliegen, da die Musen sie in einem musikalischen Wettbewerb besiegt und ihnen die Flugfedern ausgerupft hatten, um daraus für sich selbst Kronen zu machen, schreibt Robert von Ranke-Graves. Durch ihren unwiderstehlich süßen Gesang lockten sie vorüberfahrende Seemänner auf ihre Insel, um sie alsdann zu töten. Und zu verspeisen, sagt Vermilion. So saßen und sangen die Sirenen auf einer Wiese zwischen den gehäuften Knochen der Seeleute, die sie umgarnt und in den Tod gelockt hatten. Vergleiche auch mit dem High Camp Cover der Roxy Music LP Siren von 1975. Verstopfe die Ohren deiner Männer mit Bienenwachs, warnte Circe, und wenn du ihre Musik hören willst, lasse dich von deiner Mannschaft mit Händen und Füßen an den Mast fesseln und sie schwören, dich nicht loszubinden, wie grausam du ihnen auch drohen wirst. Ist natürlich ein irres Bild, auch wenn sich Ranke-Graves mit Händen und Füßen gegen die Vereinnahmung der antiken Mythologie durch die moderne Psychoanalyse wehrte. Als sich das Schiff dem Eiland der Sirenen näherte, gedachte Odysseus Circes Rat. Die Sirenen sangen dermaßen süß und versprachen ihm, sozusagen in Sonic Fiction, das Wissen über alle künftigen Geschehnisse auf Erden, daß er nach seinen Kameraden schrie und ihnen den Tod androhte, wenn sie ihn nicht losließen. Aber sie gehorchten seinem ersten Befehl und banden ihn um so fester an den Mast. Also passierte das Schiff die Insel, und die Sirenen begingen aus Ärger Selbstmord. Hedy Lamarr jedenfalls, Sirene aus Übersee, interkontinentale

Sexbombe, schrieb ihren durch Ecstasy explizierten Ruf in der Neuen Welt fort und wurde gleichsam über Nacht zum begehrtesten Girl der USA. Zum Sexsymbol. Parker Tyler ließ schon einen Protagonisten des 1933 erschienenen, bohemistischen, gemeinsam mit seinem Liebhaber Charles Henri Ford verfaßten Romans The Young and Evil ausrufen: There is only one sex. The female.

Kontext: Ein Drag Ball in Harlem, dem ehedem jüdischen, nun schwarzen Viertel. A Black and Tan Fantasy. Flaming Creatures. Tanz der Jünglinge in schwarzer Spitze. The Negro orchestra on the stage at one end was heard at the other end with the aid of a reproducer. The dancefloor was a scene whose celestial flavor and cerulean coloring no angelic painter or nectarish poet has ever conceived. One was with blond hair and a brown face and yellow feathers and another was with black hair and a tan face and white feathers. Some had on tango things and some blue feathers. Bereits mit ihrem ersten Hollywood-Film gelang es Hedy Lamarr, Queen of Glamour, die Vorherrschaft der Wasserstoffblondinen à la Jean Harlow, die sogar ihr Schamhaar blond gefärbt hatte, zu durchbrechen und einen neuen Frauentyp im US-amerikanischen Kino zu etablieren: Die elegante Dunkelhaarige. Die Fremde. In Klammern: Die Zigeunerin. Die Jüdin. Die den extraterrestrischen Mittelscheitel in Hollywood einführte. Allerdings nicht alle ihre Karriere angehenden Entscheidungen glücklich traf; so soll sie etwa die weibliche Hauptrolle in dem Spielfilm Casablanca abgelehnt haben. Woanders lese ich, sie habe die Rolle der Ilsa wegen ihres dunklen, als exotisch apostrophierten Aussehens nicht zugeteilt bekommen. Tatsächlich wurde dann ja auch die kühle Blondine Ingrid Bergman als Partnerin des fremdenfeindlichen Humphrey Bogart engagiert. Casablanca auf Englisch: White House. Das Schauspiel bedeutete der von Louis B. Mayer als schönste Frau der Welt gepriesenen Hedy Lamarr ohnehin nicht die Welt. Lange bevor die amerikanische Öffentlichkeit die tödliche Bedrohung durch das Deutsche Reich wirklich ernst nahm, arbeitete die Emigrantin, beflügelt durch lebendige Erinnerungen an die ausführlichen Gespräche über Waffentechnologien in der Salzburger Villa ihres Exgatten, mit wachem Verstand und großer technischer Begabung an praktischen Ideen zur wirksamen Bekämpfung des Hitler-Regimes. Sie hatte unmittelbaren Einblick in die Planungen zur Produktion von ferngesteuerten Torpedos gehabt, die nicht realisiert worden waren, weil sich die Steuerung über Funk als zu störanfällig erwiesen hatte. Lamarr dachte: Vielleicht läßt sich das Steuerungssignal dieser Torpedos ja über mehrere Frequenzen verteilen und somit vor feindlichen Störungen sichern. Doch wie würde sich das Signal beim Sender und Empfänger, Schiff und Torpedo, synchronisieren lassen? 1940 fand Hedy Lamarr auf einer Party in Hollywood in dem Avantgarde- und Filmmusik-Komponisten, Esquire-Kolumnisten und Endokrinologen George Antheil einen verwandten Geist. Antheils Sohn Chris Beaumont schreibt im Internet, daß sein Vater in den frühen Zwanzigern nach Paris kam und dort mit seiner modernistischen Musik großes Aufsehen erregte, besonders mit dem Ballet Mécanique, das unter Einsatz automatischer Klaviere aufgeführt wurde. Antheil sagte damals voraus, daß die Komponisten der Zukunft lieber für Maschinen schreiben würden denn für Menschen, doch dafür wurde er von den Parisern nur ausgelacht. Als die Nazis an die Macht gekommen waren, fand sein Aufenthalt in Europa ein rasches Ende. 1945 erschien George Antheils Autobiographie Bad Boy of Music in den USA; fünfzehn Jahre später kam sie, unter dem Titel Enfant Terrible der Musik, auch in deutscher Sprache heraus. Ein Kapitel darin heißt: Hedy Lamarr und ich erfinden ein funkgesteuertes Torpedo und lassen es patentieren.

Adrian, der Modezeichner, und seine Frau Janet Gaynor sind sehr gute Freunde von uns. Eines Tages im Spätsommer 1940 sagten sie zu mir: Hedy Lamarr möchte ihrer Drüsen wegen mit dir sprechen. Ich sagte: Hm, hm. Sie wiederholten: Hedy Lamarr möchte dich sprechen. Komisch, entgegnete ich, ich höre dauernd, daß ihr sagt: Hedy Lamarr möchte dich sprechen. George Antheil, dessen Ehefrau gerade verreist ist, fühlt sich zunächst verschaukelt, aber nur wenige Tage später trifft er die Schauspielerin tatsächlich bei seinen Freunden: Ich setzte mich und wandte meine Augen Hedy Lamarr zu. Meine Augäpfel zischten, doch ich vermochte sie nicht von ihr zu nehmen. Das war unbezweifelbar die schönste Frau auf Erden. Die schwarzseidenen Locken fielen weich auf ihre Schultern. Ich sah sie an und sah sie an, und schließlich erlaubte ich meinen Augen, von ihrem Gesicht ein wenig abwärts zu wandern. Ich spürte, daß ich entsetzlich rot wurde. Aber Ihre Brüste, stotterte ich, und konnte nicht weiter. Sie zog Notizbuch und Bleistift heraus. Ja, ja, erwiderte sie atemlos, meine Brüste? Antheil fällt fast in Ohnmacht, reizt die Szene in seiner Erinnerung mächtig aus, sein Freund Adrian drückt ihm ein Glas Wasser in die Hand. Ich trank es gierig leer und sagte: Sie sind zu klein. Ich sagte es nur, um ihr Interesse zu erregen; jeder Filmstar wünscht sich größere Brüste. Hedy machte eine Notiz in ihrem Buch. Sprechen Sie weiter, sagt sie. Antheil attestiert ihr, sie sei ein thymozentrischer oder präpituitarischer Typ. Hedy Lamarr: Ich weiß, ich habe Ihre Tabellen im Esquire studiert. Nun möchte ich gern wissen, was kann ich dagegen tun? George Antheil redet davon, daß sich die Substanz der Brüste aktivieren ließe. Lamarr hakt nach: In welchem Ausmaß? Antheil: Einen Augenblick hatte ich Angst hinzusehen, erkannte jedoch, daß sie nicht vorhatte, ihre schöne Bulgarenbluse abzulegen.

Am nächsten Tag sah ich mir ihre Telefonnummer an, die nicht im Verzeichnis stand, die sie mir aber am Abend zuvor mit Lippenstift auf die Windschutzscheibe meines Wagens geschrieben hatte. Antheil ruft Lamarr an und läßt sich von ihr zum Abendessen nach Hause einladen. Hedy wartete nicht einmal auf den Hauptgang, um zur Sache zu kommen. Wegen meiner Brüste, sagte sie und schob sie ein wenig vor. Ich verbrachte also einen großen Teil des Abends mit Erklärungen über verschiedene Drüsenextrakte. Es ist so, erklärte ich, Ihr Hypophysenhinterlappen, der die Größe Ihres, äh, Busens reguliert, ist träge, sagen wir, ein klein wenig träge. Nehmen wir also einmal an, Sie bekämen Injektionen von Extrakten des Hypophysenhinterlappens. Das hätte sicher die gewünschte Wirkung, doch sie hielte nicht an. Wenn die Injektionen eingestellt werden, kann die Hypophyse ihre Arbeit nicht fortsetzen. Die Brüste, die so nett angeregt sind, senken sich also. Oh, sagte sie. George Antheil plädiert für den Einsatz einer die Drüsen dauerhaft aktivierenden Substanz, und Hedy Lamarr behauptet plötzlich, sie wolle all dieses ohnehin bloß für eine Freundin herausfinden. Antheil: Im Lauf des Abends sprachen wir über den Krieg, der im Spätsommer 1940 besonders düster aussah. Hedy sagte, sie fühle sich gar nicht behaglich dabei, daß sie hier in Hollywood sitze und einen Haufen Geld verdiene, während die ganze Welt in so einem Zustand sei. Sie wisse viel über neue Munitionsarten und Geheimwaffen, von denen sie selber einige erfunden habe. Sie denke ernstlich daran, bei Metro-Goldwyn-Mayer aufzuhören, nach Washington zu gehen und dort ihre Dienste dem eben gegründeten Erfinder-Komitee anzubieten. Ich erwiderte, daß sie der öffentlichen Moral viel mehr nütze, wenn sie in Hollywood bliebe. Aber ich hatte schon genug gehört, um zu wissen, daß die Erwähnung ihrer Erfindungen keineswegs ein Scherz war. Eine ihrer Ideen war so gut, daß ich vorschlug, sie patentieren zu lassen und der Regierung der Vereinigten Staaten anzubieten. Als Antheils Gattin überraschend von ihrer Reise zurückkehrt, eröffnet er ihr, er müsse unbedingt zu Hedy Lamarr fahren, und es sei besser, wenn sie nicht mitkomme, da es sich um ein Arbeitstreffen handele.

In einem auf den November 1945 datierten Interview mit der Armee-Zeitschrift Stars & Stripes erinnerte sich Hedy Lamarr, deren Pin-ups damals in Abertausenden von GI-Spinden prangten, daran, wie sie und Antheil in ihrer Villa, auf dem Wohnzimmerteppich liegend, mit Zündhölzern und einer Zündholzschachtel die Fernsteuerung von Torpedos simulierten. Eifersuchtsszenen zwischen Antheil und seiner Frau waren die unvermeidliche Folge. Hedy Lamarr sei viel zu schön, als daß sich ein Mann mit ihr befreunden könne. Die entscheidende Idee zur praktischen Umsetzung ihres raffinierten Torpedolenksystems soll der Schauspielerin und dem Komponisten beim gemeinsamen Klavierspiel gekommen sein. Antheil legte das System auf 88 Frequenzen an, was der Anzahl der Tasten auf dem Klavier entspricht. Und griff bei der Konstruktion auf Lochstreifen zurück, wie er sie bei seinem mechanischen Ballett für das automatische Klavier verwendet hatte. Wobei Heinrichs Eltern, laut Cordula, eine Einspielung des Ballet Mécanique besitzen, auf der sämtliche Klaviere von Solisten gespielt werden. Vier Klaviere, zwei Xylophone, Pauken, vier Schlagzeuge, zwei Türklingeln, zwei Tonbänder mit Flugzeuggeräuschen. Bei der Erstaufführung in der Carnegie Hall waren sechzehn Flügel, Ambosse, Sägen, Autohupen und echte Flugzeugpropeller zum Einsatz gekommen. Ursprünglicher Titel: Message to Mars. Im Dezember 1940 wurde die von Lamarr und Antheil entwikkelte Frequenzsprungvorrichtung dem National Inventors Council zugesandt und fand die Unterstützung des Vorsitzenden dieses halbmilitärischen Erfinderverbandes,

Charles F. Kettering, im Hauptberuf Direktor der Forschungsabteilung bei General Motors. Von Kettering kam auch der Vorschlag, das Torpedoleitsystem weiterzuentwickeln und patentieren zu lassen. Bereits am 1. Oktober 1941 erschien eine Meldung in der New York Times, in der auf Hedy Lamarrs erstaunliche Leistung hingewiesen wurde. Worum genau es sich bei ihrer Erfindung handelte, durften die Leser damals jedoch, aus Gründen der nationalen Sicherheit, nicht erfahren. Sie sei allerdings laut Colonel L. B. Lent, Chefingenieur des National Inventors Council, red hot. Das Patent wurde am 11. August 1942 gewährt. Seine Nutzung überließen die beiden Erfinder dem US-amerikanischen Militär.

Tatsächlich verschwand das Secret Communication System von Lamarr und Antheil in den gut verschlossenen Schubladen der U.S. Army, die lange Zeit keinen Gebrauch davon machte. Es gibt Leute wie den Autor Richard Brem, die das auf Hedy Lamarrs österreichische Herkunft und den amerikanischen Verdacht auf die womöglich doch eher Un-American Activities dieser in patriotisch paranoider Hinsicht als feindliche Ausländerin kategorisierbaren Frau zurückführen. Ich finde auch die Verbindung zu General Motors zumindest auffallend. Erst 1962, während der Kuba-Krise, kam es zu einem ersten Einsatz ihrer Technik, die nunmehr als Frequency Hopping bezeichnet wurde. Dieses diente allerdings nicht zur Fernsteuerung von Torpedos, sondern zur abhörsicheren Kommunikation zwischen den an der Seeblockade beteiligten Schiffen. Woraufhin die Prinzipien des Patents zu einer absoluten Grundlage der Kommunikationstechnologie der US-amerikanischen Militärs wurden. George Antheil starb 1959, in jenem Jahr, als die Gültigkeit des Patents ablief. Hedy Lamarr hatte sich zu dem Zeitpunkt bereits aus der Öffentlichkeit zurückgezogen; ihre letzte große Rolle hatte sie

1957 in The Female Animal gespielt. Sie lehnte es auch ab, nach dem Tod Antheils zu einer geplanten Ehrung für ihre gemeinsame Leistung nach Washington zu reisen. In den frühen sechziger Jahren entwickelte die U.S. Army Aufklärungsdrohnen, die auf Frequency Hopping basierten und später über Vietnam zum Einsatz kamen. 1966 erschien Hedy Lamarrs vermeintliche Autobiographie Ecstasy and Me. Die Schauspielerin verklagte sowohl Ghostwriter als auch Verlag. Insgesamt sechs Ehen führte sie zwischen 1933 und 1965. Zweimal geriet sie wegen kleinerer Ladendiebstähle in die Schlagzeilen. Mit dem Aufkommen der Digitaltechnik sowie der Freigabe von Frequency Hopping durch das US-amerikanische Militär in den frühen achtziger Jahren erhielt die Erfindung von Lamarr und Antheil eine neue Bedeutung. Heute bildet diese Technik nicht nur die Grundlage für Milstar, das militärische Satellitenabwehrsystem der Vereinigten Staaten, sondern findet auch im zivilen Bereich, vor allem bei Schnurlos- und Mobiltelefonen, großflächig Verwendung. 1997 endlich erhielt das Erfinderpaar für seine historischen Verdienste um die Entwicklung des Cyberspace den Pioneer Award der kalifornischen Electronic Frontier Foundation. Für Lamarr bedeutete diese späte Anerkennung ihrer technischen Leistung zumindest eine ideelle Entschädigung, da sie aus dem längst ausgelaufenen Patent keinen finanziellen Nutzen ziehen konnte. Im selben Jahr wurden Lamarr und Antheil noch zwei weitere Auszeichnungen verliehen. Zum fünfundachtzigsten Geburtstag der Künstlerin zeigte ihre Heimatstadt Wien eine Ausstellung namens Hommage à Hedy Lamarr, die zuvor schon als Installation auf der Ars Electronica in Linz zu sehen gewesen war. Als wissenschaftliche Berater des Festivals fungierten die Medientheoretiker Friedrich Kittler und Geert Lovink. Die elektronisch bearbeitete Musik zur Installation stammte von dem Wiener Curd Duca, der auch einen Wohnsitz in Florida haben soll. Angeblich lebt Hedy Lamarr bis heute als Rentnerin in Florida. Cordula glaubt sich zu erinnern, vor Jahren einmal eine Rundfunkübertragung von George Antheils 1930 in Frankfurt am Main uraufgeführter Oper Transatlantic gehört zu haben.

Lieber Tillmann, Ishmael Reed schreibt in der Black World vom Dezember 1972: Can you imagine Johannes Brahms humming a ragtime tune and yearning to use its rhythms? Eine Afrogermanic Information, die er wohl in Ortiz Waltons Buch Music: Black, White and Blue gefunden hat. Jeffrey Melnick bemerkt in A Right to Sing the Blues über Don Byron, die Leute behaupteten immer, Byron habe sich der jüdischen Klezmer-Musik als afrikanischer Amerikaner zugewandt, weil er darin den Schmerz der Juden spürte, den Yiddish Blues, doch warum sollte Byron nicht vielmehr als Klezmer-Musiker zu begreifen sein, der seinen Weg zum Jazz fand? Eine These, die mich sofort an historische Vorbilder wie den Chicagoer Juden Benjamin David Gutmann denken läßt, der sich als Jazz-Klarinettist in Benny Goodman umbenannte und 1938, um die Emigration von Juden aus Deutschland zu ermöglichen, das legendäre Benefiz-Jazz-Konzert in der New Yorker Carnegie Hall organisierte. Tatsächlich erinnern mich die Klarinetten-Parts etwa von Larry Shields auf den frühesten Einspielungen der weißen Original Dixieland Jazz Band stark an die charakteristischen Glissandi in der Klezmer Music. Siehe auch die Klarinetten-Eröffnung von George Gershwins Rhapsody in Blue. Johnny Dodds spielt aber in King Oliver's Creole Jazz Band von 1923 eine ausgesprochen afrikanisch-amerikanisch geprägte Klarinette. Kurzum: Ich denke, daß Don Byrons eklektizistische Winkelzüge ganz bewußte Akte der Überschreitung markieren. Andererseits zitiert Kelli Hand den Psalm: Blessed be the Lord God, the God of Israel, who only doeth wondrous things. Lauryn Hill: Now the joy of my world is in Zion. Das Alte Testament der Bibel als gemeinsames narratives Podium von Afrikanern und Israeliten.

Anläßlich einer 1965 abgehaltenen Podiumsdiskussion in dem New Yorker Jazz Club Village Vanguard, an der LeRoi Jones, Archie Shepp, Larry Rivers und Jonas Mekas teilnahmen, befragte ein Gast die beiden afrikanischen Amerikaner Jones und Shepp, was er als Jude für das Black Power Movement tun könne. Jones, heute Imamu Amiri Baraka, soll darauf, laut Village Voice, geantwortet haben: Stirb, Baby. Alles, was du tun kannst, ist sterben. Siehe auch die beiden kurz zuvor, 1964, in Mississippi an der Seite des afrikanisch-amerikanischen Märtyrers James Chaney ermordeten jüdischen Bürgerrechtler Andrew Goodman und Michael Schwerner. Die, nach Baraka, eben keine Märtyrer sind, sondern Artefakte. Können Märtyrer ihr Leben denn nicht auch, als unglückselige Verwandte der Veterans of Foreign Wars, für eine nicht in erster Linie als die eigene erkennbare Sache gelassen haben? Wir sollten unsere Verwendung der Begriffe des Eigenen, Fremden und Anderen einmal überprüfen, Tillmann. LeRoi Jones' Haltung an den aktuellen antisemitischen Auslassungen der Nation of Islam messen. Und Don Byron zu seinen Dreadlocks interviewen. Sehr interessanter, das vermeintlich Eigene relativierender Titel der aktuellen Ectomorph EP: Destroy Your Powercenters. Im Attachment findest Du die beiden Artikel aus Henry Fords Dearborn Independent vom Sommer 1921, in denen beklagt wird, daß jüdische Interpretationen des Jazz die unmoralischen sexuellen Konnotationen schwarzer Musik perfide maskierten und diese mit Hilfe von Schallplatten in die Wohnzimmer argloser kaukasischer US-Familien schmuggelten. Die Juden hätten schließlich auch die militärischen Tarnanstriche und -bezüge erfunden. Derlei antisemitische Konstruktionen lassen sich bis heute in bezug auf aktuelle schwarze, nach wie vor als primitiv erotisch gehandelte Musiken und deren, wie gesagt wird, dekadent neurotische Adaptionen durch jüdische Mittelstandsjugendliche, etwa die Beastie Boys, vernehmen. Die Nazis gingen, dem Dearborn Independent einen ganz anderen Akzent setzend, später so weit, den afrikanisch-amerikanischen Jazz gegen dessen sogenannte Verjudung in Schutz zu nehmen. Das internationale Judentum habe ihn, in gleichsam feindlicher Übernahme, für seine Weltverschwörung instrumentalisiert.

Frage: Beruf? Antwort: Musiker. So, Musiker? Aus dem Munde des Oberaufsehers klang es, als gäbe es nichts Verächtlicheres. Ihr verdammten Juden und Neger wollt euch immer um die Arbeit drücken. White Negro: Der Chicagoer Klarinettist Milton Mezzrow, genannt Mezz, der sein Instrument 1917 in einer Besserungsanstalt erlernte. Ihm, Tillmann, dem in zahlreichen Nachschlagewerken als Dilettant geschmähten Aufschneider, sollten wir vielleicht auch einen Abschnitt unseres Buches widmen. Es brauchte nur Püppchen oder Judenbengel aus den Reihen einer feindlichen Polen- oder Irenbande geflüstert zu werden, und schon flogen die Fäuste, erinnert sich Mezz in Really the Blues, seiner 1946 gemeinsam mit dem Schriftsteller Bernard Wolfe, seinem ihm zu Füßen liegenden, als jung und weiß apostrophierten Fan, verfaßten Autobiographie. Wir waren Juden; aber in Kap Girardeau hatte man uns als Neger bezeichnet. Jetzt wurde mir auf einmal klar, daß ich dieser Ansicht zustimmte. Zu seiner Entlassung aus der Besserungsanstalt: Als ich daheim anlangte, wußte ich, daß ich von nun an fest zu den Negern halten würde. Sie waren meines Schlages. Und ich wollte ihre Musik lernen und sie für den Rest meines Lebens spielen. Ich wollte Musiker werden, ein Negermusiker, wollte der Welt den Blues offenbaren, wie es nur Neger vermögen. Mezz Mezzrow:

Man braucht nicht die schönste, originellste und ehrlichste Musik zu verpfuschen, nur weil man ein Weißer ist. In seinem Nachwort zu Really the Blues schreibt Henry Miller an Mezzrows Biographen Wolfe, der auch als Gefährte Leo Trotzkis bekannt geworden ist: Jeder amerikanische Schriftsteller der weißen Rasse kann aus Ihrem Buch eine große Lehre ziehen. Meines Wissens geschieht es hier zum ersten Mal in der modernen Zeit, daß eine so herrliche Arbeit zur Bereicherung der englischen Sprache beiträgt. Vielleicht legen Sie sich darüber noch nicht Rechenschaft ab, aber Sie haben, wie Dante für die italienische Sprache, Rabelais für die französische und Shakespeare für das klassische Englisch, viel geleistet für die trostlose, abgedroschene Sprache der Weißen. Cross Signifying, sozusagen, Tillmann. Signifying: Andeuten, erkennen lassen, zu erkennen geben. Für Mezz: Sich erkenntlich zeigen.

Mariah Careys neues Album Rainbow habe ich mir tatsächlich auch zugelegt, und es hört sich in der eigenen Wohnung logisch deutlich besser an als durch die Wand. Besonders gelungen und innovativ: Das von She'kspere in Atlanta, Georgia, dem Pfirsich-Staat, koproduzierte Stück X-Girlfriend. Kodwo Eshun soll neuerdings auch ganz scharf auf She'ksperes Sounds sein. Auf dieses elektronische Cembalo aus dem noblen Süden kann ich mich ohne weiteres mit ihm einigen. Queens of Georgia: Billy Wright, Esquerita, Little Richard, RuPaul. Ist Dir eigentlich aufgefallen, daß Eshuns Sonic Fiction, sein literarisches Abtastsystem, gar nicht mal als digital, sondern durchaus als im herkömmlichen Sinn analog bezeichnet werden könnte? Eshun: Ganz Tonkopf. Für jedes Wummern in der Rille zu haben. Jedes Übersprechen produktiv umsetzend. Wenn ich Dich richtig verstanden habe, vergleicht Cordula das Analoge mit dem Autonomen. Danach bliebe zu hoffen, daß Kodwo Eshun vor revisionistischen Sentimentalitäten, sagen wir, auf die Rehabilitation des sogenannten autonomen Subjekts in diesen neuartigen, modernistischen R&B-Produktionen zu spekulieren, gefeit sein wird. Wahrscheinlich geschieht es überhaupt in voreilig konstruierter Dichotomie, wenn wir das Analoge gegen das Digitale auszuspielen versuchen. Mein musikalischer Freund Lee hat sich unterdessen in Aspen, Colorado, in einem Hotel anstellen lassen, in dessen Après Ski Bar er unter dem Namen Lee Albino allabendlich Mariah Careys Liederbuch heruntersingt. Wenn ich bedenke, daß er noch vor einem Jahr, mit Stoppelhaarschnitt, Kapuzenpullover, gefleckter Kampfhose und Springerstiefeln von Kopf bis Fuß wie eine Butch-Lesbe aufgemacht, durch das Nachtleben von Wicker Park zog, eine erstaunliche Entwicklung. Wenngleich beileibe keine Transgression seiner politischen bis libidinösen Fixierung auf das so verschiedentlich kodierte Weibliche.

Wie der Terminus Geschlecht sowohl im biologischen als auch sozialen Gebrauch stets das Andere bedeutet, im phallologischen Sinn also das Weibliche markiert, verhält es sich auch mit dem Begriff der Rasse, der eher aus- als einschließt. So sieht eine als Rasseweib bezeichnete Frau mit Sicherheit gravierend anders aus als die Ehefrau des definitionsmächtigen Mannes, der dieses Etikett verwendet. Sie ist nicht von hier. Ein Rasseweib ist auf jeden Fall eine exotische Erscheinung. Dunkle Augen. Dunkelhaarig. Dunkelhäutig. Und also ist auf den sogenannten Race Records von 1920 selbstverständlich schwarze Musik zu hören. Deren Songs wiederum nicht selten von jüdisch-amerikanischen Komponisten stammten, etwa Andy Razafs berühmtes Lied What Did I Do to Be So Black and Blue. Siehe auch die jüdischen Blackface Comedians, deren berühmtester Al Jolson war, der schon 1906 in The Hebrew and the Coon auf der Bühne gestanden hatte und vor allem 1927 in dem ersten Tonfilm der Kinogeschichte, The Jazz Singer, die schmalzige Hauptrolle spielte; Jack Robin, den der Synagoge entflohenen Sohn des Kantors Rabinowitz, der, mit Paul Whiteman gesprochen, a lady out of Jazz machte, indem er, mit schwarzer Schuhcreme im Gesicht, sie vergewaltigte, nämlich zum billigen, weißen Schlager erniedrigte, um dann an des Vaters Sterbebett feierlich zum Kol Nidre heimzukehren. Nichts für ungut, Tillmann, aber: Was für ein Job. Nebenbei: Zeitgenössische Kritiker glaubten Al Jolsons Markenzeichen in seiner Darstellung sogenannter farbiger Aristokraten von kontinentaler Effeminiertheit zu erkennen. Auch ich habe Fotografien aus dem neunzehnten Jahrhundert gesehen, auf denen Blackface Minstrels, womöglich ließe sich sagen: in doppelter Travestie, überzeugend als mondäne Negressen gekleidet sind.

Black and blue ist, an der Wand über der Bettstatt meines Onkels Horatio, auch das aufgeklappte Cover des Doppelalbums Wattstax. Untertitel: The Living Word. Wir sehen, am 20. August 1972, zum siebenten Jahrestag der Aufstände von Watts, ins Rund des Los Angeles Memorial Coliseum, und darin Zigtausende von Besuchern, die gekommen sind, um sich unter freiem Himmel ein Konzert des Black Moses Isaac Hayes sowie die Auftritte vieler weiterer Soul Stars anzuhören. But this ain't Woodstock, Baby, this is Wattstax: Schwarze Haut und blaue Jeans. Mood Indigo. What did they do to be so black and blue? Abschließend möchte ich Dich noch auf Colored People, Henry Louis Gates, Jr.'s 1994 bei Knopf erschienene Kindheitserinnerungen, aufmerksam machen, deren geheimnisvolle Widmung To Dora Elisabeth and the Afro-German Community lautet. Mein Lieblingskapitel in diesem Buch, dessen Übersetzung ins Deutsche mir Freunde aus Ramstein schickten, heißt Frisuren, und es handelt, wie Du Dir denken kannst, von dem endlosen Martyrium des afrikanisch-amerikanischen Haareglättens. Gates, der African American Studies in Harvard lehrt, schreibt, wenn Schwarze von glattem Haar redeten, meinten sie das nicht im strengen Sinn, etwa die Schnittlauch-Mähne Peggy Liptons aus der TV-Serie Twen Police oder jene von Mary aus der Folk Band Peter, Paul and Mary. Glatt bedeutete lediglich nicht kraus; das konnte durchaus gelockt sein. Da Gates' Vater, als Octoroon zu einem Achtel schwarz, light and bright and damn near white, weil seine Vorfahren jeweils die hellhäutigsten Schwarzen geheiratet hatten, recht glattes Haar besaß, sogar eine jüdische Schule in Newark, New Jersey, besucht hatte und dort tatsächlich als Jude namens Heinie durchgegangen war, bis er eines Tages nicht wußte, daß und vor allem was Rosch Ha-Schana war, unternahm auch der Sohn erst einmal alles Erdenkliche, um seine Frisur glatt zu bekommen. Alles, außer sich einen sogenannten Process zuzulegen; eine chemisch gestreckte Mähne, die als ausgesprochen ordinär galt. Abschreckendes Beispiel: Sammy Davis, Jr.; positive Ausnahme: Nat King Cole.

Es ist kein Zufall, schreibt Gates, daß etliche der größten schwarzen Unternehmen der fünfziger und sechziger Jahre Friseurbedarf herstellten. Wir haben tatsächlich eine erhebliche Auswahl an Pomaden, und ich habe jede einzelne ausprobiert, immer auf der Suche nach der gewissen seidigen Beschaffenheit, die weder an der Hand noch auf dem Kopfkissen irgendwelche Fettspuren hinterläßt. Von der himmelblauen Bergamot über die cremefarbene Duke bis hin zur Königin der Pomaden, der berühmt-berüchtigten Murray's. Während Bergamot eine Konsistenz wie Jell-O-Wackelpudding hatte und die zähflüssige Duke widerlich süßlich roch, war Murray's hellbraun und richtig fest. Fest wie Schweineschmalz und doppelt so fett, pflegte Gates' Vater zu sagen. Sie war so fest, daß manche ein brennendes Zündholz unter die Dose hielten, um sie leichter verarbeitbar zu machen. Unsere mit Murray's eingeschmierten Köpfe hüllten wir in warme Handtücher, damit das Wachs in die Kopfhaut und die Haarwurzeln einziehen konnte. Leider hatte das Wachs die unangenehme Eigenschaft, einem über Nacken, Ohren und Stirn zu rinnen. Das nächste Problem war, daß zwei Handvoll Murray's einem die Haare weiß färbten. Mit Duke sah die Lage nicht viel besser aus. Doch wenn man das Zeug irgendwie unschädlich machte, hatte man den Kopf voller prächtiger Wellen. Murray's verwandelte den widerspenstigsten Krauskopf in Wellen, einen ganzen Schwung stocksteifer Wellen, denen kein Hurrikan etwas hätte anhaben können. Murray's war jedenfalls so hart, rekapituliert Henry Louis Gates, Jr., daß es einem die Haare in jeder Wellenform, in die man sie kämmte, festklebte. Mit Scheitel sah das besonders gut aus. In den späten sechziger Jahren, als der Afro-Look in Mode kam, stieg ich dann auf Afro-Sheen um. Von Murray's über Duke bis hin zu Afro-Sheen: Das war mein Werdegang in puncto schwarzes Selbstbewußtsein.

Am 26. März 1942 gegen 9 Uhr morgens befand sich der Tanker Dixie Arrow auf seinem Weg von Texas nach New Jersey rund fünfzehn Meilen südöstlich von Ocracoke, als er von drei Torpedos getroffen wurde, die Korvettenkapitän Walter Flachsenberg von der U 71 abgefeuert hatte. Das erste Torpedo zerriß die vorderen Deckaufbauten und tötete Kapitän Anders M. Johanson, einen Funker sowie mehrere Leute aus der Mannschaft. Sekunden später setzten die beiden folgenden Torpedos das Schiff von der Mitte bis zum Heck in Brand, und binnen kurzem brannte rundum auch die Oberfläche des Meeres. Zwei der vier Rettungsboote wurden, bevor sie noch ausgesetzt werden konnten, von den Flammen zerstört; das dritte geriet derartig ins Schwingen, daß es einen Seemann an Deck zerschmetterte. Weitere Detonationen auf der Dixie Arrow setzten ein bereits zu Wasser gelassenes Schlauchboot in Brand und töteten sämtliche darauf befindlichen Personen. Zwei Männer sprangen ins Flammenmeer und kamen gleichfalls darin um. Das letzte Rettungsboot konnte dem nautischen Inferno schließlich mit acht Überlebenden an Bord entkommen. Mittschiffs auf der Dixie Arrow befand sich jetzt nur noch der schwerverletzte Steuermann Oscar G. Chappel. Daran denkend, daß im Bug noch sieben Seeleute gefangen sein mußten, schleppte er sich ans Steuerrad und riß es so weit herum, daß das Schiff auf eine Weise in den Wind kam, welche die Flammen auf ihn zu, von den anderen aber fort trieb. Der Bug geriet dabei in eine nicht brennende Zone Wassers, was den nun Befreiten erlaubte, über Bord zu springen und ihr Leben zu retten. Die Dixie Arrow aber zerbrach und riß den beherzten Steuermann mit sich in die Tiefe. Taucher aus Hatteras erzählen mir, daß der Tanker aufrecht auf dem Meeresboden steht, seine Aufbauten allerdings größtenteils eingestürzt sind. Überall sollen kaputte Maschinenteile herumliegen, Rohre, Winden, Pumpen, Schotten, Platten, Masten, Poller. Du triffst auf Tigerhaie, Pfeilhechte und Flundern, kannst Korallen bestaunen, Schwämme und zahllose submarine Lebewesen mehr. Das Wasser soll bereits im Frühling angenehm warm sein; Tauchanzüge seien überflüssig. Die U 71 wurde am 2. Mai 1945 vor Wilhelmshaven versenkt.

Gestern wurde Tillmanns jüngste Entdeckung, Hedy Lamarr, leblos in ihrem Haus bei Orlando, Florida, aufgefunden. Es gebe keinerlei Anzeichen für eine unnatürliche Todesursache, läßt die Polizei von Orlando verlautbaren. Orlando bei Virginia Woolf: Wechselbalg. Die Portugiesinnen schickten mir eine Karte mit ihrer Adresse und genauen Angaben, wie ich dorthin gelange. Meine Eltern lassen das Flugticket springen. Also fliege ich nächsten Mittwoch nach Lissabon. Ich fliege ohne Heinrich. Dessen Eltern schickten uns eigenhändig gebrannte Kopien von Duke Ellingtons Black, Brown and Beige Suite aus den vierziger Jahren, Miles Davis' 1967er Water Babies Album und Don Byrons vor zwei Jahren erschienener Nu Blaxploitation CD, die mit einem Spoken Word Track namens Alien aufmacht. Prominente Unterstützer der Forderung nach einem Berufungsverfahren für Mumia Abu-Jamal: Jacques Derrida, Desmond Tutu, Elie Wiesel, Henry Louis Gates, Jr., Whoopi Goldberg, The Knitting Factory. Vanity Fair dagegen möchte den Black Panther so schnell wie möglich hingerichtet sehen. Der Dekonstruktivismus habe die weißen Amerikaner zu einer gefährdeten Minderheit degradiert. Demonstration pro Abu-Jamal am 5. Februar. Ich legte heute einen Großteil des Geldes, das ich letzte Woche als gleichsam sexploitierte Statistin in Babelsberg verdiente, bei Hardwax in Schallplatten an. Als ich, all die Zuschriften, Zeitschriften und Zeitungen aus dem Briefkasten und auch das aufgerissene Päckchen aus Bitburg waagerecht auf meinen Plattentüten balancierend, durch die Wohnungstür trete, finde ich den seit Tagen vor sich hin fiebernden Heinrich in der Badewanne vor. Wie ich ihn dort so liegen sehe, vergleiche ich seinen harten, muskulösen Körper ein weiteres Mal mit den eher barocken Formen Tillmanns und kann mich in meinem tiefsten Inneren nicht entscheiden, welchen von beiden Männern ich letzten Endes attraktiver finde. Wobei sich Tillmann eigentlich gar nicht so richtig in mir spüren ließ. Habe ich Tillmann etwa Heinrichs mächtigem Sexualorgan halber verlassen?

Mein Freund befindet sich, wie er mir sofort eröffnet, auf dem Weg rapider Besserung. Fast schlagartig springt er aus der Badewanne, um seinen neugierigen Blick in meine beiden Hardwax-Tüten zu versenken, doch ich reiche ihm, nachdem er sich in seinen sandfarbenen Frotteebademantel gehüllt hat, erst einmal das Päckchen mit Duke Ellingtons Black, Brown and Beige, Miles Davis' Water Babies und Don Byrons Nu Blaxploitation. Dessen Aufmacher, wie es das beiliegende Schreiben aus Bitburg empfiehlt, allerdings sogleich auf seinen expliziten Gehalt hin abzuhören, sind aber weder Heinrich noch ich momentan in der richtigen Stimmung. Also lassen wir die CD zunächst einmal im Hintergrund laufen und machen uns, auf dem Fußboden kniend, über meine neuen 12-inches aus Detroit her. Moodymann auf Pandamonium: Interessant, daß er sich auf vielen Platten gar nicht mehr namentlich aufführen, sondern lediglich sein Gesicht mit Sonnenbrille und dem gleichsam zum Pictogramm gewordenen Afro abbilden läßt. All tracks produced by, Doppelpunkt, und dann, en miniature, kaum größer als die Schrift: Die fotografische Reproduktion von Moodymanns Kopf. Tresor brachte die CD Bonus Tracks zu Drexciyas Neptune's Lair unter dem Titel Hydro Doorways endlich auch auf Vinyl heraus. Heinrich bemüht sich, den bläulichen Aufkleber mit dem unheimlichen Drexciyan Cruiser, eine Art U-Boot, womöglich auch Cyborg, jedenfalls ein mordsmäßiges Ding mit ambigen sexuellen Konnotationen, von der Hülle abzuziehen. Tillmann hatte uns schon auf Lost Vessel, das dritte Stück der ersten Seite, aufmerksam gemacht.

Ich schalte Don Byrons Nu Blaxploitation auf Pause, lege Shawn Rudimans Evidence of Life EP auf und stelle die Anlage auf Phono um. Volle Lautstärke, verlangt Heinrich, keine Rücksicht auf die Nachbarn. Sympathisch: Shawn Rudimans Danksagung an Shake Shakir. Kein Mensch hat je zuvor von Shawn Rudiman gehört. Techno in nahezu vollendeter Eleganz. Auf dem anderen Plattenteller: Das Etikett von Hipnotech HR-003 weist nicht mehr UR Descendants of the Resistance aus, sondern UR Descendants of the Underground. Beim ersten German Dance Award wurde vor wenigen Tagen DJ Rolandos Jaguar als liebstes Stück der Kritiker ausgezeichnet. Die deutsche Sony soll ihre als Jaguar Original Mix in Umlauf gebrachte Fälschung inzwischen zurückgezogen haben. Obwohl kein geringerer als Jeff Mills, der vor zehn Jahren, bevor er sein eigenes Axis Label gründete, mit Robert Hood und Mike Banks das Zentralkomitee von Underground Resistance bildete, diesbezüglich seine Beziehungen zu den japanischen Sony Headquarters bemüht haben soll, waren es wohl erst massive E-Mail-Proteste aus aller Welt, die den Konzern bewogen, von einer Auslieferung seiner Jaguar Maxi abzusehen. Die Rechte an der anonym in Köln produzierten Kopie liegen jetzt bei der Bertelsmann Music Group. Cornelius Harris stellt fest, daß die BMG unmöglich ohne die Zustimmung der Sony an den Track kommen konnte. Und wohl auch kaum, ohne ihn finanziell abzulösen. Was die Sony allerdings dementiert. Tillmann, achselzuckend: Achsenmächte. Mittlerweile wurde für 80 000 Mark ein sexistisches Video mit einer Schlangenfrau und einer Raubkatze gedreht, das bald auf allen Kanälen laufen wird. Hunderttausend bis hundertfünfzigtausend CDs sollen verkauft werden. Ich werde in meinem Beruf nicht nach moralischer Integrität beurteilt, erklärt der bei Bertelsmann zuständige A&R Manager Sascha Ritter. Jan Ole Jöhnk berichtet in der neuen De:Bug, daß sich Jaguar bereits im Januar weit vorn und mit steigender Tendenz in den Deutschen Dance Charts plazieren konnte.

Am 3. Mai 1946 meldete die Neue Zeitung in München, der Rassenfanatiker und Zwillingsforscher Otmar Freiherr von Verschuer habe von seinem Oberassistenten Mengele in regelmäßigen Abständen Augenpaare aus Auschwitz erhalten. Verschuer war damals Chef des Kaiser-Wilhelm-Instituts für Anthropologie, menschliche Erblehre und Eugenik in Berlin-Dahlem, zentrale Schaltstelle der nationalsozialistischen Rassenhygiene. Judenforscher, Zigeunerforscher und Vergasungsärzte wurden hier ausgebildet. Am 19. September 1949 erhielt Freiherr von Verschuer den sogenannten Persil-Schein, der seine braune Vergangenheit weißwusch, und wurde 1951 Ordinarius und Leiter des Instituts für Humangenetik in Münster. Einer von ungezählten vergleichbaren Fällen, Yolanda. Paul Spiegel, der neue Präsident des Zentralrats der Juden in Deutschland, akzeptierte letzte Woche, so stand zu lesen, die Entschuldigung der CDU-Führung für deren Tarnung von Schwarzgeldsummen als Vermächtnisse jüdischer Emigranten. Die Entschuldigung sei spät gekommen, sagte Spiegel, und sie sei allein auf den Druck der Öffentlichkeit hin zustande gekommen, doch sie sei nicht zu spät gekommen. Worauf ich hinaus will: In der aktuellen Ausgabe der Wochenzeitung Die Zeit berichtet Ernst Klee zum fünfundfünfzigsten Jahrestag der Befreiung des Konzentrationslagers Auschwitz durch die Sowjet-Armee, wie der SS-Arzt Mengele versucht hatte, die Augenfarbe von KZ-Häftlingen zu verändern. Die nach Auschwitz verschleppte Anthropologin Martina Puzyna sollte 1944 eine Holzkiste zur Lagerpost bringen: Ich öffnete die Kiste und stellte fest, daß sie Gläser enthielt, in denen sich herauspräparierte menschliche Augen befanden. In Berlin, am Kaiser-Wilhelm-Institut, hätte dann die Biologin Karin Magnussen privat mit den toten Augen aus Auschwitz weiter experimentiert. Ernst Klee: Seit 1933 arbeitete der Zoologe Alfred Kühn, Direktor des Kaiser-Wilhelm-Instituts für Biologie, zusammen mit dem Biochemiker Adolf Butenandt, der Verschuer später zu seinem Persil-Schein verhalf, an der Erforschung von Genwirkstoffen, der Einwirkung von Hormonen auf die Pigmententwicklung, speziell im Auge. Magnussen, eine ehemalige Mitarbeiterin Kühns, beschäftigte sich ebenfalls mit der Einwirkung von Farbgenen und pharmakologisch wirksamen Stoffen auf die Augenfarbe. Butenandt war zunächst durch seine Forschungsarbeit über Sexualhormone bekannt geworden. Im Jahr seines Eintritts in die NSDAP, 1936, wurde er Direktor des Kaiser-Wilhelm-Instituts für Biochemie in Berlin-Dahlem. 1939 bekam er den Nobel-Preis verliehen. 1941 hielt er die Festrede in der Preußischen Akademie der Wissenschaften über die biologische Chemie im Dienste der Volksgesundheit. Nur gesundes Erbgut sollte fortgepflanzt werden. 1942 wurde Butenandt Senator der Kaiser-Wilhelm-Gesellschaft. 1945 landete er auf einer Fahndungsliste der US-amerikanischen Militärregierung von Deutschland. Die Kaiser-Wilhelm-Institute wurden in Max-Planck-Institute umbenannt. 1949, in jenem Jahr, als er Mengele und Verschuer attestierte, sie hätten von den Greueln in den Konzentrations- und Vernichtungslagern nichts gewußt, wurde Adolf Butenandt Senator, 1960 Präsident und 1972 Ehrenpräsident der Max-Planck-Gesellschaft. Quod erat demonstrandum, Yolanda.

Ernst Klee fragt: Warum wusch Butenandt Mengele und Verschuer rein? Warum agierte er im Februar 1948 im IG-Farben-Prozeß als Entlastungszeuge für Heinrich Hörlein, den Giftgas-Experten der IG Farben, vor 1945 Senator der Kaiser-Wilhelm-, nach 1945 Senator der Max-Planck-Gesellschaft? Adolf Butenandt antwortete in diesem Prozeß auf die Frage, was er über die Konzentrations- beziehungsweise Vernichtungslager erfahren hätte: Die Namen Auschwitz, Belsen, Buchenwald und so weiter habe ich erstmalig nach dem Krieg vernommen. Noch 1990 brachte die Max-Planck-Gesellschaft eine Selbstdarstellung mit dem Titel Forschung im Spannungsfeld von Politik und Gesellschaft heraus, in der die nationalsozialistischen Rassengesetze wie folgt kommentiert werden: Neben dem Volksganzen, letzteres in Anführungsstrichen, kam die neue Gesetzgebung aber auch der Wissenschaft zugute.

Über die bisherige Grundlagenforschung hinaus wuchsen so dem Kaiser-Wilhelm-Institut für Anthropologie, menschliche Erblehre und Eugenik sowie für Psychiatrie neue Aufgaben in Lehre, Unterricht, Forschung und Gutachterwesen zu. Die massenhafte Tötung von Geisteskranken öffnete auch der hirnanatomischen Abteilung des Kaiser-Wilhelm-Instituts für Psychiatrie sowie dem Kaiser-Wilhelm-Institut für Hirnforschung neue Forschungsmöglichkeiten.

Was für ein Verein ist denn eigentlich diese Max-Planck-Gesellschaft? Deine ernüchternden Ausführungen zur andauernden Kontinuität nicht nur, wie etwa im Kosovo-Krieg, hegemonialer reichsdeutscher Politik bringen mir, auf einer ungleich harmloseren Ebene, den Begriff Blue Eyed Soul als Nachfolger der Blackface Minstrelsy in den Sinn. Auch Shanices Sammlung farbiger Kontaktlinsen. Die könnten hier eine Fußnote oder einen Querverweis zum Signifying wert sein. Sollten wir eigentlich auch für die gegen Aliens gewandte Allianz afrikanischer und jüdischer Amerikaner in dem Spielfilm Independence Day Verwendung finden? Erst gestern sah ich dieses seltsame German-American Movie noch einmal auf Video. Ansonsten entnehme ich den Nachrichten, daß die karolinische Küste diesen Winter genauso im Schnee versinkt wie wir hier an den Großen Seen. Ist es Dir denn auch wirklich warm genug im gestelzten Net House? Habe ich Dir schon berichtet, daß Wanda und ich uns, pünktlich zur Jahrtausendwende, das Rauchen abgewöhnten? Heute morgen hörten wir in ihrer Wohnung auf der North Side die Gas-Platten Wolfgang Voigts und verglichen sie mit den Sturm-Platten Reinhard Voigts. Wanda, die seit bald zehn Jahren in der Joseph Regenstein Library arbeitet, hört fast nur noch Musik aus Berlin und Köln. Dabei ist sie selbst nie in Deutschland gewesen. Ihre Vorfahren stammen alle aus der Gegend südlich von Krakau. Aber auch Polen hat sie nie von innen gesehen.

Aus Wandas langsam dahinrollendem Honda heraus mache ich Fotos von den Grundstücken der gesprengten Robert Taylor Homes. Taylor, erzähle ich Wanda, war von 1943 bis 1950 der erste schwarze Präsident der Chicago Housing Authority. Integrationist. Errichtet wurden die monströsen Sozialburgen mit ihren Tausenden von Wohnungen zwischen 1960 und 1962 unter seinem Nachfolger, dem segregationistischen Angloamerikaner Richard J. Daley. Seit Dezember 1998 werden die zumeist gelben und roten Kästen, die in den sechziger Jahren des zwanzigsten Jahrhunderts die größte Sozialsiedlung der USA gebildet hatten und heute die höchste Konzentration von Armut, Apathie und Verzweiflung in den USA aufweisen, nach und nach gesprengt; bis Anfang 2003 sollen sie möglichst vollständig verschwunden sein. Desillusioniert mögen die Ingenieure des Illinois Institute of Technology auf die nach ihren eigenen städtebaulichen Vorgaben vor ihrer Tür gewachsene soziale Wüste blicken. Ein urbanes Bermuda-Dreieck, Wanda. Taxis fahren hier schon lange nicht mehr hin; im März 1998 weigerte sich die staatliche Post, an die Robert Taylor Homes adressierte Sendungen zuzustellen. Die einquartierten Mittellosen selbst haben schließlich, denn etwas Besseres als den Tod werden sie überall finden, für den Abriß aller achtundzwanzig ihrer Behausungen gestimmt. Dabei werden einige so bald nicht gesprengt werden, entschied die CHA und ließ diese mit Pestiziden desinfizieren, neu anstreichen und, Internierungslagern gleich, martialisch einzäunen. Du mußt Metalldetektoren passieren, Wanda, wenn Du dort hinein willst. Abends tritt eine Sperrstunde in Kraft. Wie so häufig in postfordistisch umstrukturierten Städten drängt sich hier die Frage auf, wer eigentlich vor wem geschützt wird, sagt Wanda. Und doch redet seit dem Zusammenbruch des Sozialismus kein Mensch mehr von der Klassengesellschaft. 1966 zog Dorothy Gautreaux, die hier lebte, vor Gericht, um die Chicago Housing Authority der Rassendiskriminierung anzuklagen.

Wir stehen an einer roten Ampel. Fußgänger gehen vor uns über die Straße. Eine alte Frau hält sich kurz an Wandas Kühlerhaube fest. Ein halbwüchsiger Junge schwingt ein wetterfestes Verlängerungskabel über seinem Kopf. Wanda drückt den Knopf in ihrer Autotür hinunter. Kurz darauf passieren wir das strahlend weiße Siegesdenkmal für die afrikanisch-amerikanischen Soldaten des Ersten Weltkriegs. In einem bis vor kurzem weitgehend verwahrlosten Rechteck namens The Gap, das von der 31st bis zur 35th Street und von der Michigan Avenue bis zum Martin Luther King, Jr. Drive reicht, ist, um einige restaurierte viktorianische Anwesen und Reihenhäuser von Frank Lloyd Wright herum, eine ganze Siedlung properer Eigenheime aus dem Boden gestampft worden. An der Ecke 35th und State, unmittelbar im grimmigen Angesicht der High-Rises, entsteht eine große, neue Polizeiwache. Rechter Hand, direkt angrenzend, liegt das Illinois Institute of Technology. Ludwig Mies van der Rohe, 1930 bis 1933 Direktor des Bauhauses, 1937 in die USA emigriert, wurde 1938 Professor für Architektur am IIT und damit auch zum Architekten dessen moderner Bauten, für deren Realisierung damals eine halbe Meile der alten State Street Slums eliminiert werden mußte. Wir überqueren den Dan Ryan Expressway, biegen hinter dem neuen Comiskey Park Stadium, Home of the White Sox, nach links ab und kehren auf der Pershing Road zu den High-Rises zurück, die uns, sozusagen gegen unser besseres Wissen, wie magisch anziehen.

Auch am King Drive wird eifrig gentrifiziert. Längst verrottete Gebäude gelten jetzt als historisch wertvoll und werden neu bewohnbar gemacht. Geschäftstüchtige Immobilienhändler locken finanzkräftige afrikanisch-amerikanische Interessenten mit Freikarten für Aretha Franklin-Konzerte in ihre Musterhäuser. Rund 250 000 Dollars kostet so ein neues Einfamilienhaus in, wie jetzt wieder gesagt wird, Bronzeville, der wiederbelebten schwarzen Metropole. In den Bürgersteig des Dr. Martin Luther King, Jr. Drive sollen prominente Namen wie Joe Louis oder Muddy Waters eingelassen werden. An der Ecke 47th und King halten wir an und steigen aus. Vor unseren Augen entsteht das gewaltige Lou Rawls Theater and Cultural Center mit achthundert Sitzplätzen, Seminarräumen, einem Aufnahmestudio und Fernseh- sowie Radiostationen. Noch in diesem Jahr soll es eröffnet werden, Wanda. Die neu Zugezogenen sprechen feierlich von der Bronzeville Renaissance. Sie erinnern an Oscar DePriest, den ersten schwarzen Kongreßabgeordneten der Nordstaaten, an Ida B. Wells' tapferen Kampf gegen Rassismus und Sexismus, an den Chicago Defender und die erste afrikanisch-amerikanische Bank. Sie sprechen von der historischen South Side als dem Black Business Capital of the World und davon, daß sich die Wirtschaft endlich wieder gefangen hat. Dabei wird das Stadtbild hier unten weiterhin von den trostlosen Massen der Ärmsten beherrscht. Tolle Form von Herrschaft, ergänzt Wanda lakonisch. Garfield Boulevard. Die segregierende Grünanlage. The University of Chicago. Regenstein. Über den Lake Shore Drive fahren wir in Richtung Loop zurück. Rechter Hand 31st Street Beach. Irgendwo links muß ein von deutschen Juden gegründetes Krankenhaus liegen. Wanda schiebt Wolfgang Voigts Königsforst in ihr Kassettenabspielgerät. Nach wenigen Minuten scheinen sich sämtliche Schrauben im Armaturenbrett gelockert zu haben. Dann geben die beiden Lautsprecher ihren Geist auf.

Name: Kelly Bray. Geschlecht: Männlich. Geburtsdatum: 8. November 1985. Geburtsort: Chicago, Illinois. Sprache: Englisch. Unsere Wohnung befindet sich in den Robert Taylor Homes. Unser Haus hat sechzehn Stockwerke und ungefähr zehn Wohnungen auf jedem Stockwerk. Unsere Wohnung hat drei Schlafzimmer. Ich schlafe in einem Zimmer mit meinen beiden Brüdern. Ich habe eine eigene Schlafstätte oben im Etagenbett. Meine Brüder schlafen unter mir gemeinsam in einem Bett. Weil meine Schwester das einzige Mädchen ist, hat sie ihr eigenes Zimmer. Meine Mutter hat ebenfalls ein Zimmer für sich. Wir haben auch ein Wohnzimmer, eine Küche und ein Badezimmer. Wir besitzen zwei große Katzen. Eine ist braun, und wir nennen sie She. Die andere ist schwarz und wurde von meinem Bruder auf den Namen African Head getauft. Meine kleine Schwester und ich haben denselben Vater. Meine zwei Brüder haben unterschiedliche Väter. Meine Mutter kümmert sich um uns alle. Sie ist wie ein Vater und eine Mutter. Meine Mutter arbeitet tagsüber in der Schule. Am Montag fängt sie einen neuen Job bei UPS an, aber sie wird weiterhin auch in der Schule arbeiten. Nach Schulschluß wird sie von 3 bis 9 Uhr bei UPS arbeiten. Normalerweise kocht meine Mutter für uns. Sie bereitet unsere Mahlzeiten während ihrer schulischen Arbeitspausen vor. Ich sammle die Punkte von den Rückseiten der Doritos-Tüten. Du kaufst die Chips, schneidest die Rückseite aus, steckst sie in ein Kuvert und schickst sie weg. Wenn du ausreichend Punkte gesammelt hast, bekommst du Geschenke. Je mehr Punkte du hast, desto besser das Geschenk. Ich habe 275 Punkte gespart, um einen hübschen Matchbeutel zu bekommen. Jede Chips-Tüte zählt einen Punkt. An Wochenenden besuche ich manchmal auch meine Großmutter. Wenn wir dort hingehen, sehen wir Filme an und essen Popcorn. Das macht Spaß. Es passieren auch schlechte Sachen in unserer Nachbarschaft. Zweimal im Monat gibt es Schießereien vor unserem Haus. Wenn die Leute mit dem Schießen anfangen, tun sie das für eine ganze Weile, also verlasse ich das Gebäude zwei Wochen lang gar nicht. Kaum jemand in der Siedlung geht während der Schießereien zur Schule. Wenn ich einen Pistolenschuß höre, halte ich mich von den Fenstern fern. Ich mache so viele Lampen wie möglich aus, weil die Leute manchmal auf Fenster schießen, hinter denen sich etwas bewegt. Während der Schießereien und auch danach haben wir kaum Lichter an. Einige Kinder gehen so gut wie nie in die Schule, weil sie sich so sehr vor Schießereien fürchten. Doch in der Schule sind wir sicher. Es gibt Polizei und Sicherheitskräfte um die ganze Schule herum. Dort gab es noch nie Schwierigkeiten. Eines Tages werden wir in eine ruhigere Gegend ziehen. Ich schlafe so viel ich kann. Ich liebe den Schlaf.

Vermilion schlägt unsere Bettdecke zur Seite, hebt ihren hübschen Kopf und erfreut sich, zufrieden lächelnd, an ihrem Werk: Zwanzig zinnoberrote Zehennägel erglänzen am Fußende des Futons in der aufgehenden atlantischen Morgensonne. Vermilion läuft, mit nichts als ihrem Davidstern am Körper, über den Sisal zu ihrem Seesack, holt daraus ein Maßband hervor und mißt zunächst meinen Spann, dann den Umfang meiner Fesseln, die sie schon bei unserem ersten Ausflug auffallend zierlich fand, und mißt überhaupt jedes weitere Detail meiner Beine ab. Sie bittet mich aufzustehen und unterzieht mich dem sogenannten Ziegfeld Test, bei dem ich mit beiden Beinen gleichzeitig je eine Münze zwischen den Oberschenkeln, den Knien und den Waden festhalten muß. Ziegfeld, sagt Vermilion, habe das amerikanische Revue Girl revolutioniert, indem er dessen Schönheitsideal vom Plumpen zum Statuesken hin verschoben habe. Olive Thomas, Queen of the Ziegfeld Follies, die in dem Spielfilm Tomboy das ideale amerikanische Mädchen verkörperte, war, laut Kenneth Anger, sogar von Florenz Ziegfeld, Condé Nast und Alberto Vargas zugleich in Szene gesetzt worden, bis sie sich im September 1920, auf den gescheiterten Versuch hin, eine größere Menge Heroin zu beschaffen, in einem Pariser Hotelzimmer das Leben nahm. Wobei sie selbst in dieser Situation noch, also tot, nackt auf einem Zobel-Cape liegend aufgefunden wurde. Mit einer halb geleerten Flasche Quecksilberbichlorid in der Hand. Vermilion will Olive Thomas auf dem Foto aus Tomboy in einer Art Hosenrock erkennen. Mir fällt in erster Linie die bekannte Kombination Mädchen und Schaukel auf. Kenneth Angers Hollywood Babylon; beide Bände von Vermilions Schwester Magenta in einem Thrift Store Carrboros entdeckt. Ich habe den ersten Band als deutschsprachige Ausgabe in Mannheim stehen.

Im Spiegel: Zwei beige Körper, in hellblaue Badehandtücher aus Frottee gewickelt. Wir verlassen das Bad, kleiden uns an und machen Kaffee. Busby Berkeley, sagt Vermilion, flog mit seiner Kamera durch das Studiodach bis unmittelbar vor das betörend geschminkte Auge eines Ziegfeld Girls. Als Kind debütierte er neben seiner schauspielernden Mutter Gertrude sowie der legendären saphischen Diva Alla Nazimova in einer Produktion namens A Doll's House. Während des Ersten Weltkriegs dirigierte er Militärparaden in Frankreich. 1923 spielte er in dem Musical Irene einen effeminierten Modeschöpfer namens Madame Lucy. Noch im selben Jahrzehnt avancierte er, in Kenneth Angers Augen, zum größten Choreographen der Filmgeschichte. Erfand Hollywood Stars wie Betty Grable, Paulette Goddard, Veronica Lake und Lucille Ball. Dabei ging es Berkeley, in seiner so sexistischen wie paramilitärischen Logik, lediglich um deren namenlose Körper, die er, aufreizend bekleidet, kaleidoskopisch fragmentiert, in gigantischen Massenparaden, deren zentrales Element folgerichtig die Beine der Darstellerinnen bildeten, für den Musical Film inszenierte. 1935 verursachte Busby Berkeley einen Verkehrsunfall mit drei Toten, was Anger natürlich ganz besonders interessiert: Anklage wegen Totschlags, Gerichtsverhandlung, Nervenzusammenbruch, Alkoholprobleme, Ehescheidungen, Tod der Mutter, Aufschlitzen der Pulsadern, Psychiatrie.

Meine Freundinnen sind zur Arbeit gegangen. Ich schlendere die Straße der Stockfischhändler hinunter und nehme am Bahnhof Cais do Sodré den nächsten Nahverkehrszug nach Cascais. Ich sehe den Turm von Belém, die Bretterverschläge der Armen, das Kasino von Estoril. Einmal halten wir wegen Gleisarbeiten auf offener Strecke an, und ich kann ganz deutlich die Brandung des Atlantischen Ozeans hören. Cascais ist ein Badeort und besitzt mehrere kleine, um diese Jahreszeit vernachlässigt wirkende Badebuchten. Auf einem etwa viertelstündigen Fußmarsch, an der alten Festung sowie dem Leuchtturm vorbei, gelange ich zur Boca do Inferno, lasse mich dort auf einem Felsen nieder und beobachte, wie die Wellen über das zerklüftete Gestein spülen. Katzen streunen um mich herum. Ich gehe ein Stück weiter, dem westlichsten Punkt Europas entgegen, und entdecke neben einer stattlichen Grotte eine kleine, provisorisch anmutende, dem afrikanischen Kontinent, womöglich auch Amerika, in jedem Fall dem Schwarzen Atlantik zugewandte, wahrscheinlich brasilianische Kultstätte, wie ich sie als Schülerin bei Hubert Fichte beschrieben fand, auf dessen intensive Lektüre im Leistungskurs Deutsch ich meinen außergewöhnlichen Hang zu den afrokatholischen Religionen Amerikas auch zurückführe. Selbst meine an sich atheistische Mutter konnte ich für Fichtes Bücher Xango, Petersilie und Lazarus und die Waschmaschine begeistern.

Wieder zurück in der Ortschaft, lasse ich mich an einem der Sandstrände nieder und ziehe Schuhe und Strümpfe aus. Das Wasser soll hier auch im Sommer kaum wärmer als 16 Grad Celsius werden. Mit entblößten Füßen und hochgekrempelten Hosenbeinen stelle ich mich in den Schaum der Brandung und denke an Tillmann, der, weit entfernt, am anderen Ufer des blauen Ozeans weilt. Am Strand kann ich lediglich drei schwarzgekleidete Männer, unweit des Wassers, sowie zwei Frauen ausmachen, die weiter oben, am betonierten Fundament der Promenade, in der Wintersonne liegen und weiße Bikinis tragen. Obwohl mich die drei Männer binnen kurzem in ein Gespräch verwickelt haben, kann ich ihre Art nicht als aufdringlich empfinden. Im Gegenteil: Von ihren nachdenklichen und aufrichtig interessierten Fragen bin ich geradezu gerührt. Zweifellos: Diese Männer wissen zu fragen. Was ja, wie ich zu begreifen gelernt habe, eine im ursprünglichen Sinn feministische Kulturtechnik ist. Ein flüchtiger Blick auf die Armbanduhr zeigt: In zwanzig Minuten geht mein Zug zurück. Zuvor noch soll ich diesen sehr sanften, freundlichen Portugiesen, die an der Nelkenrevolution teilgenommen haben könnten, erklären, was eigentlich aus der Rote Armee Fraktion geworden ist. Keine leichte Aufgabe, die ich notdürftig, wie die gesamte bisherige Konversation, in gebrochenem Französisch erledige. Muito obrigado, Cordula, sagen die bestimmt Vierzigjährigen. Ich reiche ihnen meine Hand: Adeus, Tristão. Adeus, João. Adeus, José Maria. Krempele eilig meine Hose hinunter; Strümpfe und Stiefel kann ich mir auch im Waggon anziehen. Gerade noch erwische ich den bereits abgefertigten Zug. Später abends wollen Maria, Madalena, Celestina und ich im Bairro Alto Fisch essen gehen und uns anschließend unten am Fluß in einer großen kapverdischen Tanzhalle vergnügen.

www.submerge.com. Der Detroiter Vertrieb kündigt eine Remix EP mit dem Titel The Revenge of the Jaguar sowie die CD-Veröffentlichung von The Real Jaguar durch 430 West Records und Underground Resistance an. Im Zusammenhang mit der zutiefst in zwielichtige Geschäfte verstrickten CDU stoße ich in einem deutschen Zeitungsarchiv auf den in der Schweiz stehenden Geldschrank einer Liechtensteiner Stiftung mit Decknamen Norfolk. Vermilion, die eine Tüte getrockneter Algen mitgebracht hat und diese nun in einem Kochtopf dünstet, erzählt mir von einer Gruppenreise nach Virginia Beach, auf der sie sich zum ersten Mal der körperlichen Liebe hingegeben hat. In den USA seien seit bald hundert Jahren eigentlich alle Jungen, nicht nur die jüdischen, beschnitten. Die Operation werde normalerweise gleich in der Geburtsklinik vorgenommen. Ich sei ihr erster nicht beschnittener Freund. Dabei habe sie gerade mich zunächst für einen Juden gehalten. Auch Araber seien ja in der Regel beschnitten. Vermilion läßt die Algen für einen Moment allein und streicht mir verliebt über die Haare. Zieht vor meinen Ohren je eine Strähne in die Länge und wickelt sie dann um ihre Finger. Ich hätte richtige Schläfenlocken, sagt sie. Weil ich seit meiner Abreise aus Chicago nicht beim Friseur war, entgegne ich, mich ihrem Zugriff entwindend. Vermilion kehrt an den Herd zuruck und schmollt: Warum, in Gottes Namen, darf ich dir nicht den Kopf rasieren, Venus? Ich versuche, mein Augenmerk erneut in den Bildschirm zu versenken, kann mich aber gar nicht auf das, was ich dort aufgerufen habe, konzentrieren. Zu welchem Zweck, frage ich mich, faßt Vermilion beide jüdischen Geschlechter als weiblich auf? Allein, um dem politischen Dilemma des Binarismus zu entgehen? Meine Freundin scheint das Sexuelle sui generis im Femininen verankert zu haben. Ein jüdischer Witz stellt die Frage: Worin unterscheiden sich Mann und Weib? Und beantwortet sie mit den Worten: Das Weib ist nicht beschnitten. Mir ist bewußt, daß wir, bei allem dekonstruktivistischen Einvernehmen über das Mißverhältnis der Geschlechter, im Privaten noch nicht dort angekommen sind, wo Vermilion uns gern sähe. Ich schaue auf und erfreue mich für einen Augenblick an ihrer rückwärtigen Ansicht. Ihrer Gestalt. Was sie auf Anhieb, sozusagen instinktiv, registriert. Ob ich auch davon gehört habe, nimmt mich Vermilion, während sie die gedünsteten Algen abschmeckt, sogleich wieder in Anspruch, daß abgeschnittene Vorhäute im alten Ägypten als Opfergaben verbrannt wurden? Das schmorende Knabenfleisch habe dabei einen penetranten Geruch entwickelt, dem mit Hilfe von Weihrauch begegnet worden sei. Daher die Vokabel Parfum, lateinisch: per fumum, durch den Rauch. Siehe auch das Alte Testament: David erschlug zweihundert von den Philistern, brachte ihre Vorhäute zum König und legte sie vollzählig vor ihm hin, um sein Schwiegersohn zu werden. Und Saul gab ihm seine Tochter Michal zur Frau.

Saul Williams schreibt im Booklet zu Voodoo, der neuen CD von D'Angelo aus Richmond, Virginia: The Aquarian Age is a matriarchal age, and if we are to exist as men in this new world many of us must learn to embrace and nurture that which is feminine with all of our hearts. We need a new language to go along with this new age. And a new music. Wozu mir die paradoxen, das Urbane mit dem Ozeanischen vermählenden Songs der Künstlerin Kelis einfallen, deren aktuelles Album Kaleidoscope unlängst von den Neptunes im atlantischen Virginia Beach produziert wurde. Ich glaube: Am Anfang war der Schwarze Atlantik. Der Blues ging an Land und zeugte den Jazz. Jazz entließ eines seiner Kinder, den Rhythm & Blues. Rhythm & Blues reifte zu Soul heran. Soul gebar Disco. Zu Discos Platten wurde gerappt. Rap wuchs sich unter dem Künstlernamen Electro zu einer hypnotischen Tanzmusik aus; du konntest sogar auf deiner Fontanelle dazu tanzen. Und siehe: Electro schenkte uns House. Und Techno; aber das ist eine andere Geschichte. House bedankte sich mit Fast Eddie, Tyree und der ganzen Dancemania South Side, deren so silbenreiches wie säurehaltiges Geblubber und Geklingel sogar bis ins ferne Bitburg drang. Rap wiederum ließ House durch die Jungle Brothers grüßen, bekam aber auch ein illegitimes Kind, das auf den Altvordern Rhythm & Blues getauft wurde und nach wenigen Jahren sehr groß geworden war. Und heute von aufkommenden Typen wie D'Angelo schon wieder Soul gerufen wird. Also wird die Welt mit jeder Umdrehung verbessert, Deborah. Nichts wiederholt sich wirklich in der Ewigen Wiederkehr. Deborah lächelt mich freundlich an und verschwindet im Jazz-Archiv, wo sie mir Slim Gaillards Vol Vist Du Gaily Star von 1938 heraussuchen will.

Während der Mittagspause läuft der große Curtis Mayfield, Gott hab ihn selig, im Public Radio; singt in einer phantastischen, um dreißig Jahre zurückliegenden Aufnahme von seinem Volk, das darker than blue sei. Wendy, frisch vom Friseur, der ihr eine unbegreifliche Dauerwelle gelegt hat, erregt sich gekünstelt über Japanerinnen, die sich ihre Augenwinkel schlitzen lassen, damit ihre Augen europäisch aussehen. Dann verlassen wir die Cafeteria. Wanda hängt schon den ganzen Tag über der Kloschüssel und traut sich auch gar nicht nach Hause, da sie ungefähr alle fünf Minuten kotzen muß. Angeblich ein Virus. Am späten Nachmittag lasse ich mir Wandas Autoschlüssel geben und chauffiere sie in ihrem Wagen zu ihrer Wohnung. Begleite sie, die am ganzen Leib zittert, auch nach oben und helfe ihr ins Bett. Bestelle mir, nachdem ihr Bruder Jozef eingetroffen ist, ein Taxi, das mich nach Hause bringt. Noch in der Diele, die, kaum habe ich die Tür hinter mir geschlossen, außergewöhnlich stark von einer vorbeifahrenden Hochbahn erschüttert wird, ziehe ich mein ungeliebtes Regenstein-Kostüm aus, werfe es achtlos, wofür mich meine Mutter gescholten hätte, aufs Bett und hole die neuen E-Mails vom Server, darunter eine von Tillmann, die ich sogleich ausdrucke. Es geht ihm abermals um die Blackface Minstrelsy und heute ganz besonders um die Comedienne Mae West, deren mehrspurig kodierte Identität Tillmann nicht nur als schwarz und weiß, sondern auch als männlich und weiblich sowie homo- und heterosexuell zugleich empfindet. Ich könnte ihm eigentlich auf der Stelle antworten, denke ich, drehe aber zunächst einmal im Badezimmer den heißen Wasserhahn auf und entledige mich auch meiner Unterwäsche. Dann lasse ich meinen Körper in die Wanne gleiten und gebe mich ganz geduldig Tillmanns einfühlsamen Ausführungen hin.

Yolanda beginnt die Beantwortung meines Schreibens mit zwei signifikanten Zitaten aus der öffentlichen Berichterstattung über eine afrikanisch-amerikanische Drag Queen namens Joan Jett Blakk, die sich 1991 um den Posten des Bürgermeisters von Chicago bewarb, und bewegt sich dann, über die so beiläufige wie virtuose Erledigung nach wie vor heftig kursierender Begriffe wie Queerness und Realness, auf meine Bemerkungen über Mae West zu. Ich läge nicht falsch, schreibt Yolanda, wenn ich in dem darstellenden Spiel dieser so souveränen wie komplizierten Komödiantin die quasi doppelte Travestie eines weißen Mannes, der eine schwarze Frau spielt, die eine weiße Frau spielt, zu erkennen glaubte. Oder auch, fügt sie hinzu, einer schwarzen Frau, die einen weißen Mann spielt, der eine weiße Frau spielt. Vertrackt. Pamela Robertson schrieb: West's presumed masculinity is mediated by her imitations of female impersonators and is a self-conscious feminine masquerade that plays masculine and feminine codes off each other. And, similarly, her whiteness is mediated through and constituted by her imitation of black female musical styles. Sie interpretierte ja mit Vorliebe den Blues der großen lesbischen Blues-Königinnen. Und buchte dafür sogar Duke Ellingtons Jungle Band. Und ließ sich von afrikanisch-amerikanischen Hintergrundsängerinnen begleiten. In dark brown voices, wie es in Lola, dem berühmten transgressiven Lied der Kinks, heißt. Subtext: Marlene Dietrich, Europas Fesche Lola, Amerikas Blonde Venus, hat einen schwarzen Schwanz in ihrem weißen Frack. Dietrich in Hollywood: The German Anti-German. Jedenfalls: Als ob sich Mae West der blassen Hautfarbe ihrer irisch-bayerischen Abstammung selbst nicht mehr gewiß gewesen wäre, mußten auch ihre kaukasisch-amerikanischen Bühnenpartner respektive Bühnenpartnerinnen stets dunkler als sie geschminkt sein, deutlich dunklere Haare haben und auch dunkle Kleidung tragen, mitunter sogar graues Gel auf ihre Vorderzähne schmieren.

Josef von Sternberg bemerkte zu der von ihm beanspruchten Erschaffung der Figur Marlene Dietrich, vor über hundert Jahren seien in Kambodscha die Ruinen eines alten Tempels gefunden worden, in die eine Legende eingemeißelt gewesen sei, nach der das Meer eintausend Jahre beschäftigt werden müsse, bis auf seiner Oberfläche eine Frau erscheine, welche die Welt bezaubere. Ihm hätten für ein solches Kunststück nur wenige Wochen zur Verfügung gestanden. Im Postskriptum verliert Yolanda noch ein paar Zeilen über Hitler's Chick Riefenstahl, und was ich davon hielte, wenn das bewegte Leben der fast hundertjährigen Filmemacherin jetzt mit Jodie Foster in der Hauptrolle verfilmt würde. Ob Yolanda damit auf die ganz offensichtlich von derjenigen Riefenstahls abweichende sexuelle Orientierung Fosters anspielt? Logisch: Genetische Frauen können eine gleichsam schwule Zuneigung zum männlichen Geschlecht entwickeln, so wie Männer, im entsprechenden Sinn, eine lesbische zu Frauen. In Klammern: Womöglich kommt daher auch der altertümliche, auf eine maskuline Herkunft schließen lassende Begriff der Lesbierin. Doch wie ließe sich dieses sozusagen männlich homosexuelle Begehren Leni Riefenstahls, mag Yolandas eigentliche Frage lauten, durch eine mütterlich kodierte Lesbe verkörpern? Mein Einwand: Mütter sind doch nicht automatisch mütterlich; Jodie Foster kommt mir gar nicht so mütterlich vor. Trägt denn in einer lesbisch geführten Kleinfamilie immer nur die Femme das Kind aus? Yolanda findet, daß Madonna Ciccone, die sich ebenfalls um die Rolle der Riefenstahl bewarb, eine stimmigere Besetzung gewesen wäre. Ich kann mir Hitler's Chick aber gar nicht als popistische Katholikin vorstellen. Von meinen cineastischen Freunden aus Karlsruhe weiß ich, daß Leni Riefenstahl selbst es am passendsten fände, wenn sie von einer bislang völlig unbekannten Schauspielerin, realistischer wäre: von mehreren bislang völlig unbekannten Schauspielerinnen, dargestellt würde, und persönlich nichts so sehr ersehnte wie die Vollendung ihres bereits seit Jahrzehnten in äußerster Akribie entstehenden Unterwasserfilms. Bis zum Auftauchen der Techno Music war die Vermittlung submariner Welten ja fast ausschließlich dem Film vorbehalten. Gewissensfrage: Ob Rudolf Klorzeiger einen subsonischen Soundtrack für Leni Riefenstahl anfertigen würde?

Don Byron kommt nach Hause, macht sich, wenn ich richtig höre, eine Packung Corn Flakes auf, schüttet davon etwas in einen Teller; da klingelt das Telefon. Eine junge Frau ist dran und fragt nach Don Bryant. Byron verbessert sie: Byron. So geht das mehrfach hin und her. Die unschwer als kaukasisch dechiffrierbare Frau in der Leitung möchte Don Byron, der sich nun über seine Mahlzeit hermacht, zu seiner CD mit der Musik des jiddischen Unterhaltungskünstlers Mickey Katz interviewen. Dabei geraten beide über die Begrifflichkeit, was denn überhaupt eigene beziehungsweise fremde Musik sein könne, aneinander; bis Byron ein bißchen unwirsch sagt, sie solle mal einen Moment warten, ganz offensichtlich auflegt und sich wieder seinen Cereals widmet. Zu hören als Track 5 der Nu Blaxploitation CD von Don Byron and Existential Dred, die Heinrich inzwischen ziemlich häufig abspielt. Wobei wir noch lange nicht alle Pointen der Rap Poetry des Poeten Sadiq mitbekommen haben. Nach dem Interview landen wir, live, in der offenkundig gutbesuchten Knitting Factory, wo der Rapper Biz Markie, seinerseits eher street, von einem, ich möchte mal wissen, wie diese Leute aussehen, auf jeden Fall durch Jazz geschulten Publikum mit höflichem Applaus, artigem Händeklatschen, auf der von Don Byron und seiner Gruppe frequentierten Bühne begrüßt wird. Befremdlich anzuhören.

Letztes Wochenende schrieb Natan Sznaider in der Süddeutschen Zeitung, es seien heute gerade sogenannte postkolonialistische Diskussionen, die versuchten, den Abgrund zwischen Essentialismus und Konstruktivismus zu überwinden. Diese Debatten zeigten, wie kulturelle Minoritäten essentialistische Definitionen als politische Strategien in multikulturellen Auseinandersetzungen benutzten, um Forderungen für sich zu stellen, sich aber gleichzeitig bewußt seien, daß diese kulturellen Eigendefinitionen in der Praxis doch Konstruktionen sind. Um wenige Zeilen weiter unten zu resümieren, es gehe also nicht um postmoderne Homogenisierung oder um moderne Heterogenisierung, sondern um beides gleichzeitig. Diese Haltung, die, wie sie Heinrich verstanden zu haben glaubt, bestrebt ist, die tautologische Postmoderne mit der dialektischen Moderne zu versöhnen, bietet, das aktuelle Phänomen des vermeintlich autonomen Subjekts im Rhythm & Blues betreffend, immerhin eine tendenziell progressive Leseweise an. Zumal die größten dieser R&B-Subjekte ja weiblichen Geschlechts sind. Und gern, wie TLC oder Destiny's Child, im Kollektiv auftreten. Ob die mit eingebildeten Juden und erfundenen Schwarzen werbende Überschrift des vorliegenden Artikels auch von Natan Sznaider stammt, kann ich nicht beurteilen. Ich weiß auch gar nicht, wer Natan Sznaider eigentlich ist, nehme meinem Freund die Schere aus der Hand und reinige mir ganz vorsichtig die Fingernägel damit. Vor meiner geöffneten Kleiderkiste: Ein großer Haufen unmöglicher Klamotten. Ausmisten meiner Kleiderkiste.

Elf Millionen reichsdeutscher Arbeiter waren in Wehrmachtsuniformen gesteckt und an die verschiedenen Fronten des Krieges geschickt worden. Die meisten Fabriken waren der nationalsozialistischen Rüstungsproduktion unterstellt, eine meiner Verwandten mußte in einem Puddingpulver-Werk Gasmasken herstellen, und die Firmenleitungen, denen es letzten Endes egal war, womit sie ihren Profit machten, rissen sich nur so um die verschleppten Zwangsarbeiterinnen und Zwangsarbeiter, die sie, schriftlich und mit ausführlicher Begründung, bei der SS zu beantragen hatten. Allein hier in der Hauptstadt soll es fünfhundert Zwangsarbeiterlager gegeben haben, im gesamten Reich mehr als zwanzigtausend. Mindestens elf Millionen Sklaven hielten die deutsche Kriegswirtschaft in Gang; und legten damit auch den Grundstein für das spätere westdeutsche Wirtschaftswunder. Im Sommer 1944 stellten sie 40 Prozent aller industriellen Arbeitskräfte. Von ihnen sollen knapp zweieinhalb Millionen noch heute am Leben sein. Deborah Sturman ist Anwältin in der New Yorker Kanzlei Milberg, Weiss, Bershad, Hynes & Lerach LLP, die, mittels Class Action, schon die erste Zwangsarbeiter-Klage, nämlich gegen Ford, angestrengt hat. Sie sagt: Die

Tatsache, daß die Opfer sehr alt und oft außerordentlich bedürftig sind, hat uns gezwungen, den Vergleich der Deutschen zu akzeptieren, obwohl wir ihn für kaum befriedigend halten. Die geringe Dimension der zur Verfügung gestellten Mittel hat einen einzigen Grund: Die Weigerung der deutschen Industrie, ihre moralische und rechtliche Verantwortung zu erfüllen, nämlich die Zwangsarbeiter zu entschädigen, durch die sich die deutsche Industrie während des Zweiten Weltkriegs bereichert hat.

Und dann berichtet Cordula davon, wie sie auf dem Treppenabsatz ins Gespräch mit einem etwa fünfzigjährigen Nachbarn geriet, einem erklärten Anthroposophen, der sich von unlängst im Erdgeschoß eingezogenen Juden dahingehend verunsichert fühlt, daß er plötzlich zu glauben meint, seine Eltern hätten doch recht gehabt mit ihrem Antisemitismus, denn diese Leute in ihren schwarzen Mänteln seien ja wirklich ganz unmöglich, wie komisch die schon redeten, einem ein i für ein ü vorzumachen versuchten, und was die andauernd für Geschäfte betrieben, ständig gingen sie mit anderen zwielichtigen Gestalten ein und aus, brächten irgendwelches Gut ins Haus, mit gemieteten Kleinlastwagen und Anhängern führen sie selbst sonntags um 9 Uhr morgens vor, ob Cordula denn noch gar keine Notiz davon genommen habe, und räumten endlos Zeug hin und her, er und seine Nachkriegsgeneration hätten noch, total blauäugig, geglaubt, gegen den Judenhaß der Kriegsgeneration aufbegehren zu müssen, doch, ob denn nicht, genaugenommen, schon das Tragen von Palästinensertüchern vor dreißig Jahren jenen politischen Moment quasi intuitiv vorweggenommen hätte, den er jetzt, im tagtäglichen Angesicht tatsächlicher Juden vor der eigenen Tür, geradezu feierlich erreicht habe: Die endliche Aussöhnung mit dem Elternhaus über den als gemeinsam erkannten Antisemitismus. Erstens: Wahnsinn. Zweitens:

Vor dem historischen Hintergrund der Freigabe von Adolf Eichmanns Gefängnistagebüchern durch die israelische Regierung.

Leni Riefenstahl, siebenundneunzigjährig, sagt, sie habe allein beim Tauchen keine Schmerzen im Rückgrat. Daß sie seit 1977, im Anschluß an ihre um die Welt gegangenen Portraits afrikanischer Ureinwohner, am liebsten nur noch unter Wasser fotografiere und filme. Nun ist sie, bei Dreharbeiten im Sudan, mit einem Helikopter abgestürzt. Ein Kameramann sei dabei schwer, die Regisseurin nur leicht verletzt worden. Der Hubschrauber habe nicht sehr hoch in der Luft gestanden, vermelden die Nachrichtenagenturen. Unmittelbar nach dem Abschluß ihrer Dreharbeiten bei den Nuba wollte die Künstlerin auf die Malediven weiterfliegen, um dort tauchen zu gehen. Die Rechte an der Verfilmung ihrer Memoiren habe sie an einen deutschen Regisseur veräußert; als Hauptdarstellerin sei Sharon Stone im Gespräch. Ich träumte unterdessen, daß RuPaul in der Rolle der jungen Leni Riefenstahl nach dem versunkenen Wrack der U 85 tauchte. Schicken lassen: George Clintons P-Funk-Klassiker Nubian Nut. Vermilion, die heute einen marineblauen Wollrock und ein Paar hautfarbener Nylonstrümpfe mit breiten Nähten trägt, ist gedanklich ganz woanders, kniet über diversen Fotokopien und einem ausgebreiteten Stadtplan Brooklyns auf dem Sisal und schwärmt davon, daß Williamsburg die größte chassidische Gemeinde der Welt beherberge; ein riesiges, transatlantisches Schtetl. Fährt den Brooklyn-Queens Expressway mit ihrem Zeigefinger entlang, kreuzt Broadway, Division Avenue, Marcy Avenue, Lee Avenue, Bedford Avenue und läßt sich genüßlich den Namen Jerusalem Falafel auf der Zunge zergehen. Eines Tages, soviel steht fest, werden wir gemeinsam mit Vermilions Volkswagen ins gelobte Williamsburg reisen. Doch was, frage ich, willst du mir eigentlich mit diesen irritierenden Strümpfen sagen? Die seien ebenjene Art Nylons, erfahre ich, die von den chassidischen Frauen in Williamsburg getragen würden. Wobei die auffallende Naht der Vergewisserung der züchtigen Gemeinde dient, daß die beigen Beine der Trägerin nicht etwa unbekleidet sind. You're welcome to touch them, Venus. Und also schiebe ich Vermilions Wollrock ganz vorsichtig nach oben. Die Satmarer Mädchen von Williamsburg trügen ihre Wimperntusche so dezent auf, daß sie als solche gar nicht wahrzunehmen sei, erklärt mir Vermilion. Die Backfische im benachbarten Borough Park takelten sich dagegen regelrecht auf. Vermilion rückt sich die Nähte ihrer Strümpfe gerade: Ein chassidisches Pin-up. Nahezu undenkbar, denke ich, daß diese Bewegung irgendwo auf der Welt als aufrichtig unschuldige Geste gelesen werden könnte.

Perücken. Vermilion hat signifikante Stellen zu diesem Komplex in Pearl Abrahams autobiographischem Roman The Romance Reader gefunden. 1. Eine hübsche Perücke sieht toll aus, sagt Ma. Besser als eigenes Haar. Du bist immer perfekt frisiert. 2. Einmal sah ich ihren kahlen Kopf auf dem Kissen; ihr Tuch war weggerutscht. Er war ein runder, weißer Ball, wie etwas, das auf einer Spielwiese herumgekickt wird. 3. Ma kommt herein, geht an mir vorbei direkt ins Schlafzimmer und nimmt den alten elektrischen Rasierapparat aus der Schachtel, die sie unter dem Arm trägt. 4. Stelle dir bloß den Skandal vor: Rabbi Benjamins erste verheiratete Tochter mit einem vollen Schopf Haare. 5. Ich stoße Ma beiseite und gehe ins Schlafzimmer. Sie hält Abstand und schaut mir zu, wie ich den Rasierapparat einschalte, das Haar nach vorn über das Gesicht werfe und hinten beginne, es wegzurasieren, von unten her über den ganzen Kopf fahre. Ich mache schnell, den Nacken hinauf und um die Ohren. Dann bin ich fertig und schalte den

Motor ab. Feine, lose Haarsträhnen kleben an meinem nassen Gesicht. 6. Ich sehe wie ein Junge ohne Pejes aus. So habe ich meinen Kopf noch nie gesehen. Uneben. Wie im Konzentrationslager. 7. Ich bin in Nachthemd und Morgenrock, und unter der Perücke, die so frisiert ist, daß sie wie mein eigenes Haar aussieht, brennt und juckt meine Kopfhaut. 8. Israel fragt: Trägst du kein Tuch über der Perücke? Erwarten deine Eltern nicht, daß du deine Perücke bedeckst? 9. Ich trage ein grau-rosa Tuch von Yves Saint Laurent. Seide. Die Verkäuferin im Geschäft sagte, es sei ganz neu im Sortiment, und alle würden es tragen. Ich bin froh, daß du es dir anders überlegt hast, sagt Israel, als er mich mit einem Tuch auf dem Kopf sieht. 10. Ich trage Nachthemd und Morgenrock und einen Frotteeturban auf dem kahlen Kopf. 11. Ich trage meinen neuen weinroten Rock, dazu die passende bedruckte Bluse und passende durchsichtige Strumpfhosen. Auf dem Kopf die Perücke mit der Ponyfrisur, ohne Tuch. 12. Israel: Die letzten paar Tage habe ich wegen des Kopftuchs nichts gesagt, aber wenn wir heute meine Eltern besuchen gehen, trägst du es, ja? 13. Als ich mich zum Schlafen bereitmache, wird mir bewußt, daß ich über Stunden meine Perücke getragen habe, ohne daran zu denken. 14. Unter dieser heißen, leblosen Perücke kann ich nicht denken. Ich muß meinen Kopf in Eiswasser tauchen. 15. Ich nehme die Perücke ab und kratze mir mit einem Kamm die Kopfhaut. Elke fragt: Hast du sie gleich nach dem Duschen aufgesetzt? Ich nicke. Dann war deine Kopfhaut noch feucht. Das nächste Mal wartest du ein paar Minuten.

Haut und Haare; Textilien. Neugierig geworden, lese ich The Romance Reader selbst in einem Zug durch. Die schwierige Emanzipation der Rabbiner-Tochter Rachel Benjamin und ihrer jüngeren Schwester Leah in einem ohne Wissen der Eltern belegten Kurs des Amerikanischen

Roten Kreuzes für Rettungsschwimmen: Im verbotenen, zu Hause unter der Matratze versteckten Badeanzug, Taucherbrille vor den Augen, Schnorchel im Mund, Schwimmflossen an den Füßen. Auch ein Dibbuk, heißt es, habe Schwimmhäute zwischen den Zehen. Rabbi Benjamin erklärt: Wenn du früh aufwachst und auf den Boden blickst, siehst du neben deinem Bett Spuren seiner Schwimmfüße im Staub. Bemerkenswert finde ich auch die chemisch enthaarten Beine der Heldin. Ihr vor den Eltern verheimlichtes Tragen durchsichtiger, nahtloser Strumpfhosen in der Schule. Über die sie zu Hause undurchsichtige, dicke gezogen hat. Unglaublich: Undurchsichtigkeit über Durchsichtigkeit. Eines Tages kommt Rachel nach Hause und sieht einen Haufen zerfetzter Strumpfhosen auf ihrem Bett, schwarz, blau und beige, allesamt in kleinste Stücke zerschnitten. Daneben liegen, ebenfalls von der wütenden Mutter entdeckt, Schnorchel, Taucherbrille und Flossen, für die allerdings der orthodoxe Vater, wider Erwarten seiner Angehörigen, Verständnis aufbringt. Schwimmen hat uns eines Nachts geholfen, den Nazis zu entkommen, sagt er. Und bringt seinen heranwachsenden Töchtern Rachel und Leah, neben undurchsichtigen, beigen Nahtstrümpfen aus Williamsburg, wuchtige, schwarze Taucheruhren aus Kanada mit. Bis zu sechzig Meter tief lasse sich mit denen hinabtauchen. Ma sagt, die sähen männlich aus, aber Leah und ich sind begeistert. Sie haben eine Stoppvorrichtung, und wir stoppen die Zeit beim Streckenschwimmen, beim Wassertreten, beim Geschirrspülen, auf dem Weg zur Schule. Ich brauche genau anderthalb Minuten, um morgens auf dem Schulweg aus den dicken Strumpfhosen zu schlüpfen. Und vier Minuten, um sie mittags wieder überzuziehen.

Bald nehmen Nachbarinnen Anstoß daran, daß die Benjamin-Mädchen Badeanzüge tragen. Rachels Vater ermahnt

Rachel: Ich hoffe, du enttäuschst mich nicht. Du bist alt genug, um zu begreifen, wie wichtig es ist, was du trägst, und daß du die richtige Entscheidung triffst. Rachels Mutter wirft Rachels Vater vor: Es ist deine Schuld. Du hast die beiden zum Schwimmen ermutigt. Zu Rachel sagt sie: Gehe nur. Zeige dich nakedik. Bringe Schande über deine Familie. Gehe und zeige allen, was du zu zeigen hast. Wie eine Hure. Rachel: Ich schließe die Tür hinter mir und gehe zum Pool hinauf. Das Wasser ist klar und blau. Ich tauche hinein und schwimme am Boden entlang bis zum anderen Ende des Pools und zurück und dann noch eine Länge. Drei Längen, ohne Luft zu holen. Ich atme aus, spucke Wasser. Ich tauche auf, spucke aus, hole tief Luft und gehe nochmals hinunter. Später: Ich gehe zur Einzäunung hinüber; Wasser läuft meinen Körper, läuft zwischen meinen Beinen hinunter. Noch später: Ma hält den Blick auf mich gerichtet, auf meine nackten Beine und Arme. Zwischen meine Schenkel. Ich wünschte, ich wäre im Bademantel. Ich wünschte, sie hätte mich nicht nackt, im Badeanzug, ertappt.

Der Besitzer des öffentlichen Swimmingpools heißt Mister Gartner, fährt einen Jaguar, und Rachel Benjamin ist in Mister Gartner verliebt. In einem gleichsam transvestitischen Traum, dessen Entwicklung Pearl Abraham das komplette 17. Kapitel ihres Romans einräumt, wird sie von Mister Gartner in dessen Jaguar ausgeführt. Er eröffnet Rachel: Es gibt gebratenen Fasan zum Abendessen. Aber zuerst zeige ich dir dein Zimmer zum Umziehen. Rachel: Ich stehe da, starre die Tür an und dann das Bett. Ein langes, dünnes, rotes Abendkleid ist darauf ausgebreitet, und auf dem Boden stehen dazu passende, rote Samtschuhe. Auch ein roter Spitzen-BH und rote Höschen liegen auf dem Bett, und ich erröte bei dem Gedanken, daß Mister Gartner mir Höschen gekauft hat. Die Strümpfe sind seiden und schwarz. Rachel steigt mit ihren schwarzseiden bestrumpften Beinen in das rote Kleid. Eine Zofe hilft ihr beim Ankleiden, schließt das Kleid, und je höher sie den Reißverschluß zieht, um so mehr zeichnet sich Rachels Körper unter dem dünnen Stoff ab. Es sieht aus, als hätte sie ihren nackten Körper rot bemalt. Rachels Eltern wollen sie unterdessen mit Israel Mittelman verheiraten. Rachel fällt auf, wie fein Israels Gesichtszüge sind, wie rosa seine Lippen, wie tiefblau seine Augen. Rachel: Ich versuche, mir Israel im Bett mit mir vorzustellen, aber es gelingt mir nicht. Ma stellt sich vor, ich würde nach meiner Heirat Nähte tragen, wenn Israel mich darum bittet. Rachel träumt nicht von Israel. Mit ihrer Freundin Elke geht sie einkaufen: Ich kaufe drei elegante lange Nachthemden, weiß und rosa, und auf Elkes Anraten ein blaßgelbes mit weiten Ärmeln, in die mein Mann hineingreifen und meine Brüste berühren kann. Als ich den weichen Stoff anfasse, möchte ich plötzlich verheiratet sein. Ich möchte diese Nachthemden tragen. Ich möchte Israels Hände unter meinem Nachthemd, auf meinen Brüsten spüren.

Brothers United in Black Vinyl: DJ Rolando, UR, 430 West and Axis Records would like to thank the multitude of people from the various tribes worldwide who are involved in the struggle for the soul of this music. May the spirit of the Jaguar bless your dancefloors. The Aztec Mystic. Der sich als brauner Angehöriger von Detroits Latino Community der schwarzen Underground Resistance anschließen durfte. Und dort sogar Titel wie Mi Raza herausbrachte. Tillmann fragt: Gibt es eigentlich einen politischen Antagonismus zwischen Schwarz und Braun? Die BBC-Dokumentation Ancient Voices brachte letztes Jahr eine sich auf genetische Untersuchungen berufende These in Umlauf, nach der die Vorfahren von Sitting Bull, Pocahontas und Moctezuma allesamt vom asiatischen Baikalsee stammten, die erratische, Kolumbus' Orientierungslosigkeit verdankte Bezeichnung Indian so diametral falsch also gar nicht gewesen wäre, wohingegen die tatsächlich ursprünglichen Einwohner Amerikas auf dem Seeweg von Afrika über Australien und Melanesien in die Neue Welt gelangt seien. Alle mehr als neuntausend Jahre alten, in Amerikas Erde gefundenen Totenschädel wiesen eindeutig negroide Züge auf, dann hätten die Höhlenbilder urplötzlich von Streit und Hinrichtungen zu erzählen begonnen, und seit siebentausend Jahren erwiesen sich sämtliche präkolonialen Schädel als mongoloid. Uh oh, sagen nun die Wissenschaftler, klarer Fall von Genozid. Die Indianer hätten die Neger ausgerottet.

Hans-Jürgen Massaquoi: Neger, Neger, Schornsteinfeger. Meine Kindheit in Deutschland, Bern, München, Wien 1999. Titel der amerikanischen Originalausgabe: Destined to Witness, New York 1999. In der Mitte sechzehn hochglänzende Seiten mit Schwarz-Weiß-Fotografien: Der Großvater Momolu Massaquoi, König der Vai, Liberia, um 1895. Der Großvater Hermann Baetz, Arbeiter, in einem Harzer Steinbruch, um 1890. Der Vater Al-Haj Massaquoi, womöglich in Dublin, Irland, um 1924. Momolu Massaquoi als liberianischer Generalkonsul in Hamburg, 1927. Die Mutter Bertha Massaquoi, geborene Baetz, mit Hans-Jürgen Massaquoi auf ihrem Schoß, Hamburg, 1928. Hans-Jürgen Massaquoi mit Afro-Frisur, Hamburg, 1930. Hans-Jürgen Massaquoi im Matrosenanzug, neben Erika Schmedemann, die unbekleidet ist, vor einem Gebüsch, wahrscheinlich Hamburg, 1930. Hans-Jürgen Massaquoi, der einen großen Hakenkreuz-Anstecker an seinem ärmellosen Pullover trägt, mit Klassenkameraden, Hamburg, 1933. Karl Morell und Hans-Jürgen Massaquoi in kurzen Hosen, Hamburger Stadtpark, um 1935. Hans-Jürgen Massaquoi mit Yankee-Werner in einem britischen

Soldatenclub, Hamburg, um 1946. Die Drei Ah-Yue Hon Lous mit Hans-Jürgen Massaquoi, Altsaxophon, Hansa Theater, Hamburg, 1947. Hans-Jürgen Massaquoi im kurzen weißen Tropenanzug, Monrovia, Liberia, um 1949. Hans-Jürgen Massaquoi am Tag seiner Ankunft in den USA, Times Square, New York City, 1950. Hans-Jürgen Massaquoi und andere Fallschirmjäger der 82nd Airborne Division, Fort Bragg, North Carolina, 1952. Hans-Jürgen Massaquoi und Malcolm X, hemdsärmelig, ohne Ortsangabe, 1964. Bertha Massaquoi auf Besuch, ohne Ortsangabe, um 1965. Hans-Jürgen Massaquoi, Chefredakteur der afrikanisch-amerikanischen Publikumszeitschrift Ebony, mit Martin Luther King, in dunklen Anzügen, vermutlich Chicago, 1966. Hans-Jürgen Massaquoi und Muhammad Ali in einem fingierten Boxkampf unter freiem Himmel, Miami, um 1969. Hans-Jürgen Massaquoi und Walter Scheel, Chicago, 1975. Hans-Jürgen Massaquoi und Jimmy Carter im White House, Washington, 1980. Hans-Jürgen Massaquoi mit seinen beiden Söhnen Steve Gordon und Hans-Jürgen, Chicago oder New Orleans, um 1988.

Episode: Die Jungen tragen in der Schule fast ausnahmslos schwarze kurze Hosen, je kürzer, desto besser, mit einem breiten, militärisch anmutenden Ledergürtel und grauen Kniestrümpfen, wie sie auch für die Jungvolk-Uniform vorgeschrieben sind. Frau Massaquoi macht das mit, bis sie ihrem Sohn an einem kühlen Herbsttag mitteilt, daß es für ihn zu kalt sei und er fortan, bis zum Frühling, lange Wollstrümpfe tragen solle, die bis über die Knie gehen. Ihre Worte treffen den Schüler wie ein Todesurteil. Schweren Herzens zieht er am nächsten Morgen die verhaßten Strümpfe an. Doch er hat sich bereits einen Plan zurechtgelegt, der ihm die befürchtete Peinlichkeit in der Schule ersparen soll. Sobald er außer Sichtweite ist, geht er in einen Hauseingang und rollt die Strümpfe von seinen Oberschenkeln, bis unter die Knie, hinunter. Da die Wolle aber sehr dick ist, bilden sich an seinen Waden zwei Wülste, die jedem gleich ins Auge springen. Als er das Klassenzimmer betritt, wird er von der grölenden Meute seiner Mitschüler umringt, die sich vor Lachen biegen und ausrufen: Seht euch die Rettungsringe an. Da Hans-Jürgen davon ausgehen kann, daß sich seine Mutter auf keine weiteren Diskussionen über das Thema Strümpfe einlassen wird, heckt er einen weiteren Plan aus, um sich ein für allemal aus dieser mißlichen Lage zu befreien. Diesmal mit Erfolg. Jeden Morgen drückt er sich nun auf dem Weg zur Schule in einen Hauseingang, zieht seine Strümpfe aus und ein Paar eigens gekaufter, kniefreier Strümpfe an. Nach Schulschluß, auf seinem Heimweg, macht er es umgekehrt.

Wie sich leicht vorstellen läßt, sind auch Hans-Jürgens Haare ein Problem. Er versucht sie unter einer Mütze zu verstecken, seine Frisur mit Zuckerwasser zu glätten. Bertha Massaquoi tut es leid, daß ihr Sohn seine Naturkrause nicht mag. Ob du es glaubst oder nicht, aber du hast schöne Haare, sagt sie. Du hast gut reden, erwidert Hans-Jürgen und zeigt vorwurfsvoll auf das wellige, glänzende Haar seiner Mutter. Ich würde es dir gern geben, wenn ich könnte, beteuert diese, aber das geht nun mal nicht. Und deshalb mußt du lernen, deine Haare zu lieben. Schnitt. Einem Swingboy geht es darum, möglichst lange Haare zu tragen. Erst mit Hilfe ungeheurer Mengen Pomade läßt sich Hans-Jürgens widerspenstiges Haar über den Kragen frisieren. Brutale Streifen der Hitlerjugend durchkämmen die Stammlokale der effeminierten Swingboys, riegeln zunächst die Ausgänge ab und gehen dann systematisch von Tisch zu Tisch, um die Haarlänge der männlichen Gäste zu kontrollieren. Die Swingboys mit den längsten Haaren werden nach draußen beordert und gnadenlos kahlgeschoren. Eines Abends wird auch Hans-Jürgen Massaquoi zum Ausgang zitiert. Bevor er jedoch überhaupt die Tür erreicht hat, stellt sich ihm ein HJ-Führer in den Weg und sagt: Du kannst dir die Haare so lang wachsen lassen, wie du willst, Kamerad. Es interessiert uns nämlich überhaupt nicht, was du mit deinen Haaren anstellst.

Fat Tuesday. Das koreanische Transistorradio vermeldet, daß die örtliche Lufttemperatur heute auf bis zu 68 Grad Fahrenheit im Schatten ansteigen kann. Schnell, schnell, Venus, ruft meine Freundin, die bereits draußen auf der Veranda ist, so laut, daß es die soeben vorfahrenden Männer der Müllabfuhr hören können. Ich lasse das Radio laufen, knöpfe mein Hemd zu, schlüpfe in meine Schuhe, greife mir meine Jacke, stoße das Mückengitter auf, eile die Stufen hinunter und hole Vermilion am Ende der gekiesten Zufahrt ein. Die Müllmänner haben sie bereits in ein Gespräch verwickelt. Vermilions lange Haare stecken im Kragen ihres Pullovers, und sie unternimmt auch keinerlei Anstrengung, sie dort herauszuholen. Das wäre einmal eine ganz neue Mode, denke ich. Meistens trägt Vermilion ihre Haare jetzt in einem von ihr so genannten subjektiven Knoten. Wir verabschieden uns von den Männern, gehen zu Fuß, Hand in Hand, um den Silver Lake, geben ein Päckchen mit Muscheln an Magenta auf, passieren den British Cemetery und geraten schließlich an den Pamlico Sound. Circe singt: My breasts are filled with Neptune's nectar. One sip and you'll be mine. Ursula Rucker ist Circe auf ihrer gleichnamigen EP, 1999 produziert und, laut Etikett, angefeuchtet von King Britt, der auch unter dem Pseudonym Scuba veröffentlicht, erschienen auf dem Chicagoer House Label Guidance. Circe singt: I know my hair is mesmerizing. It reflects colors of sun's rising and set. Und reimt: Never forget my wet wonder. Swim with me off into the current. Don't be afraid.

Ich erkläre Vermilion, daß der Himmel allein durch den Wasserdampf in der Luft hellblau erstrahlt. Farbe ist ja keine physikalische Größe an sich. Wir können lediglich Farbeindrücke artikulieren. Kurzwelliges Licht nennen wir blau, langwelliges rot. Wir haben gelernt: Farbe entsteht durch das, was wir nicht sehen. Im weißen Licht erscheint uns ein rotes Plakat rot, weil die Oberfläche dieses Plakats rotes Licht reflektiert, blaues, grünes und gelbes hingegen absorbiert. Farbe ist das Resultat des Zusammenspiels von Reflexion und Absorption. Die Reflexion des Sonnenlichts läßt die Oberfläche des Meeres bei trübem Wetter grau erscheinen; bei niedrigem Sonnenstand hüllt sie die Wogen in goldenen Glanz. Jedoch der größte Teil des Lichts wird nicht an der Oberfläche reflektiert, sondern dringt in das Wasser ein, trifft dort auf Wassermoleküle, gelöste Stoffe und winzige Partikel wie schwebende Sandkörner oder treibende, mikroskopisch kleine Organismen. Auch sie verschlucken dabei Licht unterschiedlicher Wellenlängen; der Rest wird in alle Richtungen gestreut. Deshalb gelangt ein Teil wieder zurück an die Wasseroberfläche. Bei klarem Wetter wie heute ist es vor allem diese Lichtstreuung, die den Farbton des Meeres bestimmt. Vermilion sagt, als Neugeborene habe sie ganz blaue Augen gehabt. Wir fragen uns, ob menschliche Albinos rote Augen haben können.

Im Beth Café. Vor mir, aufgeschlagen, die Erinnerungen des Wiener Unterwasserjägers Hans Hass, ein Buch, das Heinrich letzte Woche vom Flohmarkt mitbrachte. Es heißt: Unter Korallen und Haien. Und kostete nur 2 Mark. Während in Europa der Zweite Weltkrieg ausbricht, macht Hass mit seiner wasserdichten Kamera sowie seinen mit Harpunen bewaffneten Kameraden Jörg und Alfred die Karibische See unsicher. Nachdem sie vor Ort zunächst noch den Verdacht entkräften müssen, Spione zu sein, erlegen sie sämtliche majestätischen Geschöpfe, die ihnen

unter Wasser begegnen. Allein der Judenfisch läßt sich
nicht zur Strecke bringen. Kapitelüberschrift: Wir belagern
den Judenfisch. Judenfisch, böses Biest, klagen die Ein-
geborenen, reißt Fischern alle Angeln ab, damned bloody
Jewfish. Sie bieten den Tauchern aus Übersee 10 Dollars,
wenn diese den Judenfisch töten. Hans Hass erinnert sich:
Nun reizten uns diese 10 Dollars nicht, denn die Fischer
waren arme Leute, deren Geld wir nicht wollten, wohl aber
reizte es uns gewaltig, den Judenfisch zu erlegen. Wenige
Seiten später haben die Männer den Judenfisch auch schon
aufgespürt: Wie eine Tonne sieht er aus. Die Gewalt seines
Leibes wird noch durch die breiten Flossen unterstrichen,
mit denen er behäbig hin und her fächelt. Er ist dunkel und
unregelmäßig gefleckt; und das ist auch der Grund, war-
um wir ihn zwischen den Korallen nicht gleich erkannten,
schreibt Hass. Sein Maul ist breit; von Zeit zu Zeit macht
er es langsam auf, als wollte er gähnen. Doch der Juden-
fisch läßt sich so einfach nicht erledigen. Jörg will ihn von
unten in die weiche Bauchhaut stechen; aber auch dies hat
nur den Erfolg, daß der Fisch ärgerlich brummend einmal
um seine Koralle schwimmt. Ich hab's, schreit Alfred, wir
schneiden ihm ein Loch. Warum nicht? Mit dem Messer
müssen wir doch durch die Haut kommen, und durch das
Loch harpunieren wir ihn dann. Sätze, die ich mit meinem
Kugelschreiber rot unterstreiche. Wir holen also die Mes
ser aus dem Boot, begleitet vom fanatischen Geschrei der
Fischer. Kill damned bloody Jewfish. Wieder verschwin-
den wir in der Tiefe. Der Fisch ist noch immer nicht fort-
geschwommen. Er öffnet eben faul und hochmütig sein
breites Maul. Ich unterstreiche: Will er sich über unsere
Bemühungen lustig machen? Mit aller Wut versuche ich,
ihm das Messer in die Seite zu stoßen. Er schimpft wieder
ein bißchen herum, das ist alles. Nicht einmal mein schar-
fes Messer kommt durch seine Haut. Es ist vergeblich. Die
Haut ist zäher als dickes Leder: Rot unterstreichen. Oben

wieder Kriegsrat. Wieder das Geschrei der Fischer. Ich rufe Jörg und Alfred zu: Wißt ihr, was wir tun? Das Biest macht doch dauernd das Maul auf. Wir tauchen hinunter, warten, bis er es wieder aufmacht, und stechen ihm dann in den Schlund. Unterstreichen: Dort muß er doch verwundbar sein.

Wir schießen jäh hinab, versammeln uns in einer bizarren Stellung vor dem Ungeheuer. Die Harpunen in der Hand, lauern wir darauf, daß der Fisch das Maul aufmacht. Aber der denkt zunächst gar nicht daran, uns diesen Gefallen zu tun. Ich unterstreiche: Er sieht uns bloß mit seinen großen Augen verächtlich an. Hinauf, Luft holen, hinunter, um aufzupassen, ob der Fisch jetzt das Maul aufmacht. Wir wechseln ab, damit wir die Gelegenheit ja nicht versäumen. Endlich wird es dem Judenfisch zu langweilig. Er gähnt, und schon stößt ihm Jörg, der eben vor ihm lauert, mit gewaltigem Schwung die Harpune tief in den Rachen. Da begreift das große Tier, daß es ihm ans Leben geht. Die Harpune im Schlund, fährt es hoch, jagt laut und stoßweise brummend zwischen uns hindurch. Der Wasserdruck, den der Fisch mit seinem wütend schlagenden Schwanz erzeugt, stößt uns zur Seite, und grollend verschwindet er in der trüben Ferne. Jörg hat ihn gut getroffen, vielleicht sogar ins Herz. Wir jagen schnell hinauf. Oben ist ein wahnsinniges Geschrei. Unser Boot, an dem der Judenfisch jetzt hängt, fährt davon, aufs offene Meer zu, gegen die hohen Brecher. Leonardo sitzt im Boot, hält das Seil mit den Händen und brüllt in einem fort: Jewfish. Jewfish. Jewfish. Die Fischer, mit ihren Booten wild durcheinander rudernd, folgen. Doch knapp bevor sie das offene Meer erreichen, wendet sich plötzlich die Spitze unseres Bootes seitwärts. Seine Fahrt vermindert sich, und als wir herangeschwommen kommen, zeigt uns Leonardo traurig das abgerissene Ende des Taues; die scharfen Korallen haben es durchgeschnitten. Trotzdem haben wir unsere Aufgabe erfüllt. Wie man mir später erzählte, wurde der Judenfisch nie mehr gesehen. Copyright: 1941; erneuert 1950.

Wir sind nach Nags Head gefahren und haben uns, auf Yolandas Anraten hin, die Kaleidoscope CD von Kelis geholt. Sowohl Vermilion als auch mir auf Anhieb ins Auge gefallen: Der blonde, an seinen Enden ins Rote spielende Afro der Künstlerin. In Technicolor Alienation. Kelis Rogers, zwei Jahre jünger als Cordula, Tochter eines Priesters aus Harlem, der auch Musiker war. Rausschmiß mit sechzehn. Freiheit und Abstieg. Aufnahme bei den Neptunes, zunächst für ein Duett mit Ol' Dirty Bastard, sie soll auch mit Puffy Combs gesungen haben, dann das Debüt: Kaleidoscope. Sofort ein Hit: Caught Out There. Der Tod des Vaters beim Sporttauchen vor den Bahamas, während sich die spirituell begabte Mutter in Ägypten aufhielt. Wir haben nur eine ganz kurze Pause am Leuchtturm von Hatteras gemacht. Im Net House sofort die CD in die Boom Box geworfen. Kelis sei nicht von dieser Welt, verkündete eine männliche Stimme. Wie Gustav Mahler einst über seine 8. Symphonie: Es ist das Größte, was ich bis jetzt gemacht habe und so eigenartig in Inhalt und Form, daß sich gar nichts darüber schreiben läßt. Denken Sie sich, daß das Universum zu tönen und klingen beginnt. Musik ist ein Wunder, sagte Vermilion, du weißt sehr oft nicht, woraus sie gemacht ist. Wir könnten die hundert Meilen nach Virginia Beach hoch fahren und die Neptunes persönlich befragen, antwortete ich. Da legte Vermilion ihren Zeigefinger auf meine Lippen und fuhr mit ihrer Fingerspitze über die Spitze meines Kinns und tastete, wie schon so oft, nach meinem Adamsapfel. In Klammern: Ein Adamsapfel heiße nur dann Adamsapfel, wenn er sich auch sehen lasse.

Vermilion packt ihren Seesack aus. Solomon Poll: The Hasidic Community of Williamsburg, Glencoe 1962. Jacques Gutwirth: Vie Juive Traditionelle, Ethnologie d'une Communauté Hassidique, Paris 1970. Tamar Somogyi: Die Schejnen und die Prosten, Untersuchungen zum Schönheitsideal der Ostjuden in bezug auf Körper und Kleidung unter besonderer Berücksichtigung des Chassidismus, Berlin 1982. Vermilion hat auch ihre Kopie des legendären Fotos der Black Panthers, wie sie bei Leonard Bernstein zu Besuch sind, mitgebracht. Irre Szene: Dieses Zimmer, diese Typen, und zwischen ihnen der berühmte schwule Dirigent. Ich bin, am Tapetentisch, gerade bei Alexander Lion: Die Kulturfähigkeit des Negers und die Erziehungsaufgaben der Kulturnationen, Berlin 1908. Im Hinblick auf die Anwendung des Begriffs Neger sei es schwer, ein einheitliches Gesamturteil über die mindestens sechshundert verschiedenen Völker, die der afrikanische Kontinent berge, abzugeben. Auch die europäischen Völker scherten wir ja nicht über einen Kamm, obwohl sie unter sich lange nicht so verschieden seien wie die Völker Afrikas; was, nach Amadou Booker Sadji, für einen kaiserlich deutschen Kolonialtheoretiker eine auffallend antirassistische Bemerkung darstellte. Alexander Lion weiter: Wenn wir nun fragen, wozu sollen wir den Neger in erster Linie erziehen, so wird die Antwort vom Missionar wie vom Kaufmann, vom Farmer wie vom Beamten lauten: Zur Arbeit. Wir werden daher nicht, nach den Worten des rückständigen Burenführers zu Peters, die schwarze Kanaille schulen und erziehen, daß sie uns schließlich mit unseren eigenen Waffen schlägt, sondern wir werden die Eingeborenen so erziehen müssen, daß sie in gemeinsamer Arbeit und geistiger Abhängigkeit von uns freiwillig und gern das gemeinsame Ziel erstreben, die wirtschaftlichen Schätze Afrikas dem Mutterland dienstbar zu machen und darin die Quelle ihres Wohlstandes zu finden. Rechnen wir noch den großen Bildungsdrang dazu, der in Amerika Hunger und Armut auf sich nahm, nur um ein höheres Ziel zu erreichen, blicken wir in die gut redigierten Negerzeitungen, aus denen das wachsende Selbstgefühl der Rasse sich äußert, denken wir ferner an die große zukünftige Freiheitsbewegung, die in der Äthiopischen Kirche bereits ihren Anfang genommen zu haben scheint, so dürfen wir eine derartige Rasse nicht allzu minderwertig ansehen, wenn wir nicht einmal fürchterlich aus diesem Irrtum herausgerissen werden wollen.

Push-up. Stay-up. Pin-up. Wanda und ich kaufen ein. Zunächst unbedingt einen unbequemen Push-up Bra für Wanda. Schönheit muß leiden, sagt Wanda. Und erzählt mir, wie die Warner Brothers 1935 den Alphabet Bra einführten. Wanda ist, wie ich, über die Körbchengröße B nicht hinausgekommen, ließ sich aber einreden, da müsse etwas nachgeholfen, Fleisch nach oben gedrückt werden. Finde ich überhaupt nicht. Meine Mutter ist in Bitburg während der siebziger Jahre sogar ohne BH unter der Bluse herumgelaufen. Was heute, zugegeben, relativ unvorstellbar ist. Und sich deswegen auch bald mal wieder ändern könnte. Wir betreten die Strumpfabteilung. Wanda trägt über dünnen, schwarzen Strumpfhosen dicke, schwarze Strümpfe aus Baumwolle, die bis über die Knie reichen. Sämtliche Männer heften ihren Blick auf die etwa handbreiten transparenten Streifen zwischen Wandas Stay-ups und ihrem Minirock. Ein extrem kurzer, schwarzer Faltenrock, der meine Kollegin wie ein japanisches Schulmädchen aussehen läßt. Die bewußten Streifen an ihren Oberschenkeln könnten als hellschwarz bezeichnet werden, wenn es dieses Wort gäbe. Tillmann beschwerte sich darüber, daß das deutschsprachige Rechtschreibprogramm von Microsoft Word zwar den Terminus dunkelhäutig kennt, die Vokabel hellhäutig aber beanstandet. Fazit: Sprache sei eben immer die Sprache der Herrschaft. Schon bei meinem ersten Besuch in Mannheim fragte er mich, ob es in den USA eigentlich auch unterschiedliche Nylons für kaukasisch- und afrikanisch-amerikanische Frauen gebe; entsprechend den unterschiedlichen handelsüblichen Kosmetika für beide Bevölkerungsgruppen. Allein die Farbbezeichnungen auf den Verpackungen müßten für Dunkelhäutige doch anders ausfallen als für Hellhäutige. Welche Strumpfhosen trägt Mariah Carey? Welche RuPaul?

Attachment an Tillmann: Fotografien vom alljährlichen Wigstock Festival in Downtown Manhattan. Country & Western Star Dolly Parton als absolute Wigstock-Ikone. Carole-Anne Tyler schreibt, daß Dolly Parton nur aus der Mittelschichtsperspektive wie ein Damenimitator wirke, in den Augen der Arbeiterklasse aber als Ideal genuiner Fraulichkeit gelten könne. Und führt aus: Relations between members of different races and classes, like those between genders, can be structured by the imaginary and characterized by fetishism, in which the signs of difference signify phallic lack or wholeness. The symbolic is more than a masculine imaginary; it is also a white and bourgeois imaginary, which explains the potentially oppressive effects of mimicry and drag when they constitute the other as what must be repudiated or what can make one whole. Und gelangt, via Frantz Fanons Black Skin, White Masks, zu Sigmund Freuds Wolfsmann. In ihrem Fazit kommt Carole-Anne Tyler auf John Rechys Roman City of Night zu sprechen, in dessen Verlauf der Ich-Erzähler, ein Stricher, seine Kastration akzeptiert, indem er sich mit der hübschen Drag Queen Kathy identifiziert, die er als kastriert begreift, weil sie, paradoxerweise, einen Penis hat.

Der Schmetterling bei Mariah Carey, der Kolibri bei Kelis Rogers. Die glatte Frisur von Mariah Carey, die krause Frisur von Kelis Rogers. Die blondierten Haare Mariah

Careys, die blondierten Haare Kelis Rogers'. Mariah Careys Zusammenarbeit mit Ol' Dirty Bastard und Puffy Combs, Kelis Rogers' Zusammenarbeit mit Ol' Dirty Bastard und Puffy Combs. Mariah Careys aktuelles Album Rainbow, Kelis Rogers' aktuelles Album Kaleidoscope. Das Farbspektrum auf Mariah Careys Bikini, das Farbspektrum auf Kelis Rogers' Haut. Kelis Rogers' lateinische Tätowierung an ihrem Handgelenk: Musica Nuntius Dei. Das Mea Culpa des Papstes im Vatikan: Herr, Du hast den Menschen als Mann und Frau erschaffen, nach Deinem Bild und Gleichnis. Die Verschiedenheit der Völker in der Einheit der Menschenfamilie hast Du gewollt. Doch mitunter wurde die gleiche Würde Deiner Kinder nicht anerkannt. Auch die Christen haben sich schuldig gemacht, indem sie Menschen ausgrenzten und ihnen Zugänge verwehrten. Sie haben Diskriminierungen zugelassen aufgrund unterschiedlicher Rasse und Hautfarbe. Gott unserer Väter, Du hast Abraham und seine Nachkommen auserwählt, Deinen Namen zu den Völkern zu tragen. Wir sind zutiefst betrübt über das Verhalten aller, die im Laufe der Geschichte Deine Söhne und Töchter leiden ließen. Wir bitten um Verzeihung und wollen uns dafür einsetzen, daß echte Brüderlichkeit herrsche mit dem Volk des Bundes. Herr der Welt, Vater aller Menschen, durch Deinen Sohn hast Du uns gebeten, auch den Feind zu lieben, denen Gutes zu tun, die uns hassen, und für die zu beten, die uns verfolgen. Doch oft haben die Christen das Evangelium verleugnet und der Logik der Gewalt nachgegeben. Die Rechte von Stämmen und Völkern haben sie verletzt, deren Kulturen und religiöse Traditionen verachtet. Erweise uns Deine Geduld und Dein Erbarmen. Das hölzerne Kruzifix, die Waden des Heilands, die zitternden Hände des Papstes, der demütige Kuß des Papstes. Die Weltpresse. Der Rechner, das Mückengitter, die ersten Fliegen.

Erneuter Wintereinbruch über Zentraleuropa. Der Taxifahrer, der Heinrich und mich kurz vor dem Morgengrauen nach Hause brachte, versuchte uns zu erklären, wie anders die Häuser auf den beiden Seiten der Straße, die wir gerade durchfuhren, im Osten ausgesehen hätten. Aber dies ist doch der Osten, entgegnete ich und deutete aus dem Fenster, durch den Schneeregen, auf die glänzenden Straßenbahngleise. Wir fahren durch Mitte, verbesserte mich der Taxifahrer. Damit wir klarsähen: Den Osten gebe es nicht mehr. Wenigstens konnten wir uns darauf einigen, daß die kürzliche Inhaftierung der letzten Regierenden der DDR durch die BRD-Justiz ziemlich skandalös sei. Achtet mal darauf, rief uns der Taxifahrer noch hinterher, als wir bereits ausgestiegen waren, von der DDR werde immer nur als Ex-DDR geredet, doch kein Mensch würde je vom Ex-Dritten-Reich reden. Erst am Nachmittag sind Heinrich und ich wieder aufgestanden. Linker Plattenteller: James River von Fanon Flowers auf Sonic Mind. Rechter Plattenteller: HR-004, zweite Seite, zweiter Track: What Are You? Beim Frühstück studiere ich das Thesenpapier eines befreundeten Kommilitonen aus Ann Arbor, Michigan, über die westdeutschen Ursprünge der nordamerikanischen Barbie-Puppe: As a seductive postwar German sex doll named Lilli, an ice-blond, pixie-nosed specimen of an Aryan ideal. First a racy German cartoon character in the Bild Zeitung, then a sort of three-dimensional pin-up, sold in tobacco shops. A busty doll in stiletto heels. A floozy with the body of a Varga Girl. First a lascivious plaything for adult German men, then a toy for American girls. Nicht alles typisch Amerikanische komme tatsächlich aus Amerika, schreibt Norman. Als Spielzeug für Mädchen gelangte Barbie während der sechziger Jahre des zwanzigsten Jahrhunderts auch in das Kinderzimmer meiner Mutter. Erst kürzlich hat Norman für ein kanadisches Fanzine einen spitzfindigen Artikel über das musikalische Geschlecht

Maurizios verfaßt, den er mit Titel: Ohne Titel / Artikel: Ohne Artikel überschrieb. Norman verbringt wöchentlich mehrere Tage bei Hardwax. Er möchte seine Magisterarbeit über die Jewish-American Princess, abgekürzt JAP, schreiben. Norman verspricht mir ständig, er habe einen Velvet John, aber ich kann mich einfach nicht dazu durchringen, mit ihm ins Bett zu gehen.

Ein brandneues Foto von Mariah Carey, in Singapur, mit einem rosa Delphin im Wasser. Rote Farbbeutel auf die Villa des Lufthansa-Chefs. Heinrich greift nach seiner Schere: Anscheinend betreibt die Deutsche Lufthansa ein lukratives Geschäft mit der Entsorgung abgelehnter Asylbewerber. Heinrich, halblaut: Sie sind Schauspielerin. Welche Rollen werden Ihnen angeboten? Joana Adu-Gyamfi: Die Rollen, die jeder ausländischen Schauspielerin angeboten werden, die Putzfrau, die Prostituierte, die Asylbewerberin. Ich lasse Normans Papier sinken, gieße uns beiden Tee nach. Dann liest Heinrich aus dem heutigen Fernsehprogramm vor: Fingertiere, Chamäleons und Bambuslemuren auf Madagaskar. Die meisten dortigen Tier- und Pflanzenarten kämen nirgendwo sonst auf der Welt vor. War es nicht auch ein Plan der Nazis gewesen, alle Juden der Welt nach Madagaskar zu verschiffen? The International Jew. Das sogenannte internationale Judentum, das sogenannte internationale Kapital. Das Irre ist, fällt Heinrich ein, daß unser xenophober Nachbar, der sich über die Juden im Erdgeschoß aufregt, einen klassischen Punkt des deutschen Antisemitismus markiert: Laß sie sich so lange assimilieren, bis sie fast wie wir geworden sind, und gib ihnen dann das Gefühl, nichts als eine miese Kopie zu sein. Der letzte Dreck. International. Disposable.

Lernen, nicht so sehr Wissen, als die zentrale Lebensfunktion des chassidischen Juden; Verdienen ist, ganz klar,

Nebensache. Das Net House als Studierstube. Ich habe Vermilion, die nach Chapel Hill gefahren ist, versprochen, während ihrer fünftägigen Abwesenheit Daniel Boyarins Unheroic Conduct, von dem sie mir so oft erzählt hat, durchzulesen. Sie hat einen rosa Zettel an den Einband geheftet, auf dem in ihrer ordentlichen Handschrift steht: A people out of time and out of place. Ich schlage die ersten Seiten des Buches auf und lese: I signed up for the preparatory course in reading the Talmud and was charmed from almost the first sentence we read. Here was a world so strange and rich, so colorful and exciting, with myths and legends, challenges to the intellect, and, most of all, personalities rendered so vital that they seemed living men, men, moreover, who devoted their lives to the elaboration of what it means to live correctly, as a Jew. Aus seiner Liebe zum Talmud wurde Daniel Boyarin zum orthodoxen Juden. Wobei er sich in der sogenannten westlichen Gesellschaft als eine Art männliche Frau empfindet. In Klammern: Als weiblichen Mann. Mein Blick fällt auf seine Formulierung: If the ideal Jewish male femme has some critical force vis-à-vis general European models of manliness, at the same time a critique must be mounted against him for his oppression of Jewish women. Iris Parush bemerkte über diese Zweischneidigkeit der jüdischen Geschlechterdichotomie, der jüdische Lebensstil habe die Männer dazu gebracht, unter dem heiligen Dach der Torah-Studien zusammenzurücken, während die Frauen an der Front der täglichen Auseinandersetzung mit der Außenwelt dienten. Boyarin: The paradoxical role of Yiddish can be read as exemplary of this dual movement, for on one hand Yiddish was explicitly marked as the language of female spaces, the kitchen and the marketplace, but on the other hand, it was the vernacular of the quintessentially male space of the Study-House. The texts were in masculine Hebrew, but the language of study was in the feminine

Yiddish: The Women's German, laut Bertha Pappenheim, die wann in ihrer Krankheitsgeschichte gleich wieder Deutsch sprach und wann Englisch? Von Vermilion angekreuzt: In order to construct my proposition, however, that the passive, pale, gentle, and physically weak Yeshiva-Bokhur was an object of erotic desire, I shall have to show him as desirable to female subjects as well, not only to fathers and brothers. Was dann, mit Hilfe einiger Volkslieder und einem Ölgemälde, auch geschieht.

Eine logische Überlegung, die ich Vermilion gleich morgen unterbreiten möchte: Wenn das Studium der heiligen Schriftrollen in den weltabgewandten Studierstuben ausschließlich Männern vorbehalten ist, andererseits, in logischer Folge, die Lektüre weltlicher Bücher eine überwiegend von Frauen ausgeübte Tätigkeit darstellt, wenn auch, siehe Rachel Benjamin, The Romance Reader, eine mitunter ziemlich verstohlene, Lesende in der sogenannten sozialen Realität also in erster Linie als Leserinnen zu betrachten sind, müßte der Feminismus seit jeher ausgeprägte jüdische Züge tragen. Ist wahrscheinlich auch der Fall. Ein zentraler Knotenpunkt in Daniel Boyarins Hommage à Bertha Pappenheim scheint der Satz zu sein: Hysteria is indeed about femaleness but not, therefore, exclusively about women. Vermilion zeigte mir die Abschrift eines Briefs von Sigmund Freud an Arnold Zweig aus dem Jahr 1933, in dem er sich mit dem angeblichen Antisemitismus von Moses, der womöglich überhaupt ein Ägypter gewesen sei, identifiziert. Dazu Freuds Text Moses and Monotheism, fotokopiert in der Universitätsbibliothek von Austin, Texas. Freud's whole point was to argue that Hebrew monotheism was a religion of manliness, self-defense, and self-control, to efface the effeminate Jewish difference of Judaism and rewrite it as manly Protestantism avant la lettre, schreibt Boyarin. Ich habe und kenne kein anderes Blut als das deutsche, keinen anderen Stamm, kein anderes Volk als das deutsche, beteuerte der jüdische Außenminister des Deutschen Reiches, Walther Rathenau, vertreibt mich von meiner deutschen Scholle, ich bleibe doch ein Deutscher. 1922 wurde er von antisemitischen deutschen Offizieren ermordet. Theodor Herzl, with somewhat greater insight, attestiert Daniel Boyarin, had realized that only by leaving German soil and founding a Jewish state would he ever be truly German. Folglich Boyarins Terminus für Zionismus: Colonial Drag. Es hat ewig gedauert, sagt Vermilion, bis in Israel auch der Feminismus, laut Natan Sznaider erst auf der Grundlage einer Verweiblichung der israelischen Gesellschaft durch zunehmenden Konsum, greifen konnte. Der momentane Skandal, daß der israelische Verkehrsminister eine Frau sexuell belästigt haben soll, liege nicht in dem Tatbestand selbst, sondern in der bislang angeblich gar nicht vorstellbaren Ungeheuerlichkeit der Anklage. Herzl went so far as to write explicitly that the Ostjude was of a different race from the evolved German Jew. Mauschel, der Ostjude. Mauschels verdächtige Musik. Der memmenhafte Antizionismus der Chassidim. Boyarins Randbemerkung: The split between the queer effeminate Ostjude and the straight male modern Jew seems to be repeated in a split between the Austrian Catholic and the German Protestant as well. Jüdischer Selbsthaß demnach als protestantischer Antisemitismus.

Lee ist wieder im Lande, ist, bis er eine neue Wohnung gefunden hat, bei mir eingezogen. Er hat kurze, rötlich getönte Haare, ein sonnengebräuntes Gesicht und einen schneeweißen Leib; er trägt einen europäischen Herrenanzug. Er wirkt wie ein Drag King. Studiert jetzt die Lieder der lesbischen Kanadierin K. D. Lang. Ich sitze mit ihm, Shanice und Shanices todkranker Mutter, die zufällig mit uns gleichzeitig aus der Wohnung traten, in der Blue Line.

Es ist 3 Uhr nachmittags, und wir fahren in Richtung Loop. Shanice und ihre Mutter, beide im Sonntagsstaat, wollen eine entfernte Verwandte unten in Hyde Park besuchen; Lee und ich werden ins Shedd Aquarium gehen. Nachdem Shanice und ihre Mutter in die Green Line umgestiegen sind, macht Lee mich darauf aufmerksam, daß die alte Dame andauernd I says oder I goes gesagt habe, und ob ich vielleicht das damit gemeint hätte, als ich ihm letzten Sommer so umständlich zu erklären versucht hatte, daß es kein autonomes Subjekt gebe, schon gar kein afrikanisch-amerikanisches. Ich ergänze Lees Beobachtung, indem ich ihm von Muddy Waters' Blues I Be's Troubled aus dem Jahr 1941 erzähle, dann müssen auch wir die Hochbahn verlassen. Zuerst hakt Lee sich bei mir, dann ich mich bei ihm unter. So bummeln wir den zugigen Jackson Boulevard entlang und schließlich, neben dem Columbus Drive, durch den Grant Park, dem gewaltigen, achteckigen Aquarium aus weißem Marmor entgegen, auf dessen Kuppel wir bereits aus großer Entfernung Neptuns Dreizack erkennen können.

Der frühe Morgen des 9. April 1942: Klare Sicht, nur leichte, südliche Winde. Ein Offizier meldet der Brücke das Geräusch eines Dieselmotors an Steuerbord. Kapitän Gray beschließt daraufhin, das Heck seines Schiffs nach dieser unheilverkündenden, unsichtbaren Geräuschquelle auszurichten. Doch da hat Korvettenkapitän Erich Topp auf der U 552 bereits Befehl gegeben, ein Torpedo auf die Atlas abzufeuern. Es trifft den Tanker ungefähr mittschiffs an Steuerbord. Benzin in großen Mengen läuft an Deck aus und fließt in die See. Die Dämpfe werden so penetrant, daß Kapitän Gray anordnet, das Schiff zu verlassen. Drei Rettungsboote werden klargemacht, bestiegen und zu Wasser gelassen. Zwei von ihnen gelangen rasch in relative Sicherheit. Doch als das dritte Rettungsboot, auf dem sich auch der Kapitän befindet, etwa hundert Fuß von der Atlas entfernt ist, wird diese von einem zweiten Torpedo getroffen, explodiert und geht in Flammen auf. Sofort breiten sich die Flammen auf der Oberfläche des Meeres aus. Kapitän Gray befiehlt seinen Leuten, in die See zu springen und so lange unterzutauchen, bis sich das Feuer über ihnen ausgetobt hat. Als die Flammen endlich erloschen sind, schwimmen die Überlebenden zu ihrem noch schwelenden Rettungsboot zurück und klettern erneut an Bord. Nach wenigen Stunden befinden sich alle drei Rettungsboote wieder beieinander und nehmen Kurs auf das Cape Lookout Lighthouse.

Ein großes Fischernetz hängt über dem Vorderteil des Wracks. Obwohl es im Verrotten begriffen ist, sollten Tauchende darauf achten, sich nicht darin zu verfangen. The Atlas is covered with beautiful corals, sponges, slipper lobsters, anemones, sea fans, sea whips, blue angelfish, butterflyfish, blennies, and other tropical marine life. Seen in reasonable visibility, it is one of the prettiest and most interesting wrecks off the coast of North Carolina. Weitere von der U 552 vor der Küste North Carolinas torpedierte Schiffe: Die British Splendour, die, kieloben, vierzehn Meilen südöstlich des Ocracoke Inlet liegt, die Tamaulipas, östlich der Atlas zu orten, sowie die Byron D. Benson, deren Motor, während sie ausbrannte, weiterlief, und die erst drei Tage, nachdem sie von dem U-Boot beschossen worden war, auf den Meeresboden vor Kill Devil Hills sank. Die U 552 wurde zwei Tage nach Hitlers Tod, am 2. Mai 1945, vor dem heimatlichen Wilhelmshaven versenkt. Joseph Goebbels, der nationalsozialistische Minister für Volksaufklärung und Propaganda, hatte im Jahr der submarinen Operation Paukenschlag in seinem Tagebuch notiert: Die Möglichkeit zur Entspannung müssen wir durch Literatur leichterer Art, durch leichte Rundfunkmusik und ähnliches verschaffen. Nach dem Krieg können wir uns wieder über Ausrichtungen weltanschaulicher Art unterhalten. An anderer Stelle: Es darf nicht die Forderung erhoben werden, daß der Walzer unserer Großväter und Großmütter das Ende der musikalischen Entwicklung sein sollte und alles, was darüber hinausgeht, von Bösem ist. Auch der Rhythmus ist ein Grundelement der Musik. Wir leben nicht in der Biedermeierzeit, sondern in einem Jahrhundert, dessen Melodie vom tausendfältigen Surren der Maschinen und Dröhnen der Motoren bestimmt wird.

Vermilion taucht aus dem dichten Wasserdampf der Dusche auf. In einem ungewohnten Mittelscheitel umrahmen ihre noch nassen Haare ihr ebenmäßiges Gesicht wie ein Kleidungsstück. Vermilion ist eine Nixe, denke ich. Hedy Lamarr in einem Interview, 1970: Ich bin ein Wassermensch. In meiner nächsten Inkarnation komme ich als Fisch auf die Welt. Vor mir, in Flüssigkristall: Ein Foto von Hedy Lamarr, Judy Garland und Lana Turner aus dem 1941er Spielfilm Ziegfeld Girl, auf dem Lamarr, im Gegensatz zu ihren Kolleginnen, wie gar nicht von dieser Welt aussieht. Definitiv nicht vom Planeten Hollywood, murmelt Vermilion, den Davidstern zwischen ihren Zähnen. Sie hat irgendwo gelesen, daß Hedy Lamarrs Lebensgeschichte Ecstasy and Me den revolutionären Untertitel My Life as a Woman trägt. Den Text selbst hat die Schauspielerin angeblich nie autorisiert. Lana Turner: Logisch blond. Judy Garland, soweit es das Schwarz-Weiß-Foto auf dem Bildschirm erkennen läßt: Brünett. Hedy Lamarr: Dunkel. Rudolf Steiner schrieb allen Ernstes: Die blonden Haare geben eigentlich Gescheitheit. Geradeso wie sie wenig in das Auge hineinschicken, so bleiben sie im Gehirn mit ihren Nahrungssäften, geben sie ihrem Gehirn die Gescheitheit. Die Braunhaarigen und Braunäugigen, und die Schwarzhaarigen und Schwarzäugigen, die treiben das, was die Blonden ins Gehirn treiben, in die Haare und Augen hinein. Nicht den blassesten Schimmer, welche Haarfarbe Rudolf Steiner hatte. Vermilion ist in ihrem ganzen Leben noch keinem Anthroposophen begegnet. Ich erzähle ihr von dem xenophoben deutschen Innenminister, der, anthroposophisch erzogen, eine silbergraue Ponyfrisur trägt. Und einstmals, kaum mehr zu glauben, die Rote Armee Fraktion vor Gericht verteidigte. Die Erwähnung seines Namens bringt mich auf die Frankfurter Schule und deren aktive Rolle bei den Studentenunruhen der BRD, aber auch auf ihren ökonomistischen Antisemitismus während des Dritten Reiches im amerikanischen Exil. Später, auf dem Großbildschirm in Howard's Pub: Ein Flugzeug und eine Gangway auf dem Flughafen von Tel Aviv. Der polnische Papst. Die israelische Regierung. Der Papst zeigt sich davon überzeugt, daß Jesus ein Jude war. Der Kommentator sagt: Für den Papst ist es eine Pilgerreise, für die israelische Regierung ein Staatsbesuch. Verkehrssprache ist Englisch; unüberhörbar die Worte des Staatspräsidenten: Welcome to the Holy Land.

Müde kehren wir ins Net House zurück. Vermilion schiebt eine CD des afrikanisch-amerikanischen Belleville Choir aus Portsmouth, Virginia, in die Boom Box, dessen gottesfürchtige Mitglieder glauben, daß sie von den zehn verlorenen Stämmen Israels abstammen, und ihren liturgischen Jahreskreis deshalb nach dem Judentum ausgerichtet haben: The Creation. David Was a Shepherd Boy. Come On, Israel. Gemeinsam mit Vermilion liege ich auf dem Futon, unter der zinnoberroten, am Rand des Great Dismal Swamp gewebten Decke, über Brigitte Bardots Memoiren von 1995: Beim ersten Auftritt stellte ich ein kleines Negerkind dar, das hüpfte und wild herumwirbelte. Beim zweiten tanzte ich allein, mit Korkenzieherlocken und Krinoline, zu den Kinderszenen von Schumann. Das kleine Negerkind im ersten Teil war ganz reizend, denn mit der schwarzen Schminke, der schwarzen Perücke und dem schwarzen Trikot war ich wirklich pechschwarz. Doch es blieben mir kaum zehn Minuten Zeit zwischen dem Ende des Negerkind-Auftritts und dem Beginn der Kinderszenen. Ich weiß noch, erinnert sich Brigitte Bardot, wie Maman mich von Kostüm und Perücke befreite, während ich, den Kopf über dem Waschbecken, mein Gesicht mit Kernseife schrubbte, um die verdammte schwarze Schminke loszuwerden. Mein Gesicht war feuerrot von den Überresten der schwarzen Schminke, die der Seife widerstanden hatten. Von meinen Locken war nicht mehr viel übrig; durch Perücke und Schweiß waren sie wie angeklebt. Meine Krinoline war nicht zugeknöpft. Ich verlor mein Höschen, das mir bis in die Kniekehlen rutschte. Ich schnürte meinen Gürtel enger, der gleichzeitig Rock und Höschen hielt, aber da bekam ich kaum noch Luft. Die Kinderszenen gerieten zu einem halben Striptease, schreibt Brigitte Bardot in ihren Memoiren. Zuerst verlor ich meine Klammer, und meine Haare fielen mir ins Gesicht, so daß ich kaum noch etwas sah. Doch ich tröstete mich mit dem Gedanken, daß das Publikum auf diese Weise wenigstens nicht die schwarzen Streifen auf meinen Wangen sehen würde. Schließlich, gegen Ende der Kinderszenen, fing meine Krinoline langsam an zu rutschen. Ich mußte also mein kleines Buch fallen lassen, um meine Röcke mit beiden Händen festzuhalten. Mittlerweile war mein Höschen auf den Füßen angelangt, so daß ich beinahe gestolpert wäre. Vergleiche: Die Haartracht als Kleidungsstück in der Psychoanalyse bei Jacques Lacan.

Vermilion liest vor: Eines Abends erhielt ich die Erlaubnis, mit dem Sohn unseres Hausarztes zu einer Party zu gehen. Maman hatte mir zu diesem Anlaß eines ihrer Kleider geliehen, und ich durfte richtige Nylons mit Strapsen tragen. Ich war furchtbar stolz und hätte am liebsten den Rock gelüftet, um aller Welt zu zeigen, daß ich kein kleines Mädchen mehr war. Nylon, erklärt mir Vermilion, setzt sich etymologisch aus den Namen für die Kunstfasern Vinyl und Rayon zusammen. Im Mai 1940 kamen die ersten Nylonstrümpfe auf den Markt. Mit dem Kriegseintritt der USA wurde der Schwerpunkt der Produktion auf Fallschirme, Zelte und Taue verlegt. Nach dem Krieg wurde durchsichtiges Nylon zum Symbol für geschlechtsreife Weiblichkeit. Brigitte Bardot: Die Party war ebenso langweilig wie mein Begleiter. Und abgesehen von meinen Nylonstrümpfen begeisterte mich an diesem Abend nichts. Vermilion nimmt den Rechner vom Tapetentisch, klappt ihn auf, schaltet ihn ein und hat im Nu eine Fotografie des Tors zum Satmarer Friedhof von Kirias Joel aufgerufen. Ich kauere hinter Vermilion, lege mein Kinn auf ihre rechte Schulter. Das hebräische Transparent über dem Eingang kann ich nicht entziffern, dafür aber das nur unwesentlich kleinere daneben. Ich lese: It is strictly forbidden for women to enter with transparent stockings less than 70 Denier. Und bemerke, während meine Freundin den Rechner schon wieder beiseite schiebt und mich zu sich hinunter zieht: Siehe auch Sigmund Freuds Fixierung auf Damenstrümpfe im Sinn eines fetischistischen Substituts für den Phallus. Im weiblichen Englischen, führt Vermilion, wo-bei sie ihre langen, unbestrumpften Beine um meinen Körper legt, aus, sei Hose die Abkürzung für Hosiery, also Strumpfwaren, im männlichen Englischen bedeute Hose, also Schlauch, eine Umschreibung für Penis. The tubular article of clothing running up the woman's leg, under her skirt, and aiming straight toward her vulva is a hose. Senkrechte Nähte dabei in der Funktion von Richtungspfeilen, Verkehrszeichen, die unmißverständlich auf den femininen Genitalbereich weisen. Stockings on a woman tell a man where to pull and to pollinate. Die ewige Leier: Kastrationsangst, Penisneid, Phallologie, Knast. Licht aus.

Als ich ein kleines Mädchen war, erzählte meine Großmutter mir immer wieder, wie sie sich ihre Beine in den letzten Kriegsjahren Hilfe von Teeblättern braun getönt hatte, denn durchsichtige Strümpfe hatte es ja keine mehr gegeben; erst von den siegreichen Amerikanern habe sie 1945, in Heidelberg, wieder welche bekommen. Wie sieht denn aber so ein nacktes farbloses Frauenbein auch aus? Unmöglich, fand meine bis ins hohe Alter modebewußte Großmutter. War das Bein erst eingefärbt, wurde mit dem Augenbrauenstift eine Naht auf die Haut gemalt. Jetzt konnten die Männer denken, ich hätte tatsächlich ein Paar transparenter Strümpfe an, behauptete meine Großmutter. Wenn sie aber, ach, in den Regen kam, verlief die kostbare Naht sofort, und auch die Farbe der Haut wurde streifig und fleckig. Während Heinrich ein paar weitere Flaschen Bier besorgt, schwärmt Norman, der vor mir, die ich auf einem Klappstuhl aus Bitburg sitze, wie hingegossen auf dem Fußboden liegt, davon, wie nach dem Zweiten Weltkrieg die sogenannten weiblichen Rundungen wieder in Mode gekommen seien. Parallel dazu habe sich ein auffallend jugendliches Make-up mit natürlicheren, helleren Farben durchgesetzt. Die optische Betonung habe dabei nicht mehr auf einem möglichst dunklen Mund gelegen, sondern auf stärker geschminkten, vergrößerten Augen. Eine Art Zwitterwesen mit Kindergesicht und voll entwickelter Frauenfigur sei somit entstanden, das in der französischen Schauspielerin Brigitte Bardot seine Ikone gefunden habe. Er fahre total auf solche Frauen ab; er wisse selbst nicht genau, warum. Ich hätte ja, zum Beispiel, eine ganz andere Figur. Er würde aber sehr gern einmal meine Maße nehmen; bei Gelegenheit. Seine Familie besitze in den USA eine völlig intakte Schneiderwerkstatt. Auf einem Dachboden in Brooklyn. Um die sich aber, außer ihm, dem einzigen Sohn, niemand so recht kümmere.

Heinrich reicht Norman die erste der neuen, kühlen Budweiser-Flaschen. Norman ist zwar unser Gast, doch Heinrichs Gesten ihm gegenüber kommen mir auf ganz besondere Weise zuvorkommend vor. Ich halte es augenblicklich für möglich, daß er sich in Norman verliebt hat. Die Art, wie sich die beiden Männer mit vom Alkohol entfesselten Zungen über mein Äußeres verbreiten, könnte jedenfalls eine mehr als nur homosoziale Komponente besitzen. Heinrich lehnt, wie ein Strichjunge, an unserem Heizkörper, ihm zu Füßen liegt, mittlerweile rücklings, die Hände hinter dem rasierten Kopf verschränkt, Norman. Es läuft keine Musik. Norman findet meine Figur knabenhaft, Heinrich scheint das gleiche mit mädchenhaft zu meinen. Ich finde, es steht ihnen nicht zu, sich dergestalt über meinen Körper zu unterhalten, überhaupt so phallologisch über Frauenkörper zu fachsimpeln, wenigstens nicht in meiner Anwesenheit, und gehe deshalb ins Nebenzimmer. Heinrich kommt sofort reumütig hinterher; auf einmal tut ihm sein Benehmen leid. Norman erhebt sich, packt seinen albernen Barbie-Rucksack, erscheint noch kurz in unserer Türöffnung, um sich zu verabschieden, und macht sich zur Haltestelle des Nachtbusses auf.

Vergangenes Wochenende in fast allen Zeitungen: Brigitte Bardot beschwert sich, unter Vermischtes, bei der Bürgermeisterin von Virginia Beach über ein dort geplantes Delphin-Projekt. Rückblende: Die noch sehr junge Brigitte Bardot an Bord eines atlantischen Kreuzfahrtschiffs, tanzend. Schumanns Kinderszenen vor Lissabon, Flamencos auf der Route nach Madeira, die Ungarische Rhapsodie des Franz Liszt vor den Kanarischen Inseln, etwas von Prokofieff auf der Weiterfahrt zu den Azoren, die Trois Gymnopédies des Eric Satie beim abschließenden Einlaufen in Le Havre. B.B.: Ich trug ein hautfarbenes Trikot, das ich mit Algen bemalt hatte, als wäre ich eine Sirene. Das Problem war, daß ich einen Tanz am Boden liegend beginnen wollte und nicht wußte, wie ich unbemerkt mitten auf die Tanzfläche gelangen konnte. Unter den Passagieren befand sich ein gewisser Aymar Achille Fould mit Freunden, die den genialen Einfall hatten, sich als portugiesische Fischer zu verkleiden und mich, in ein großes Fischernetz gewickelt, mitten auf der Tanzfläche abzulegen. In Klammern: Siehe auch Sam Levins berühmte Pin-up-Fotos von Brigitte Bardot in Netzstrumpfhosen. Netzstrümpfe auf Englisch: Fishnets.

Blonde Venus. Marlene Dietrich, Verführerin ohne spezifisches Geschlecht, von Männern oft kopiert, von Frauen nie erreicht, spielte in dem Stummfilm Das Schiff der verlorenen Menschen eine junge reiche Amerikanerin, die, mit ihrem Flugzeug über dem Atlantik abgestürzt, an Bord eines Kreuzfahrtschiffs aufgenommen wird, deren Mannschaft dann entdecken darf, daß sich unter der Pilotenuniform der Geretteten, zunächst glauben sie: des Geretteten, eine Frau verbirgt, Venus as a boy. Sie leihen der Frau ihre Seemannspullover und Seemannshosen, und die Dietrich, bürgerlich Maria Magdalena von Losch, sieht darin ungemein sexy aus. Die ganze Mannschaft verknallt sich in die forsche Transvestitin. Jeder der sechs Spielfilme, die sie in Hollywood mit Josef von Sternberg, ehedem Josef Stern, Sohn orthodoxer Juden, drehte, enthielt mindestens eine Szene, in der sie als Mann gekleidet war. Hollywoods prominenter Kostümbildner Adrian, bürgerlich Adolph Greenberg, steckte auch Greta Garbo, die andere transatlantische Femme Fatale des US-Kinos, die gern von sich selbst im Maskulinum sprach, in Männeranzüge und erfand außerdem die berühmten Schulterpolster für Joan

Crawford, um den begehrenden Blick von ihren fraulichen Hüften abzulenken. Wozu mir Vermilion vergangenes Wochenende Judith Halberstams Female Masculinity, vorletztes Jahr bei Duke University Press erschienen, mitbrachte. Sie hatte den Titel zunächst in erwartungsgemäßer Hinsicht einer Male Femininity mißverstanden, das Buch dann aber doch mit wachsendem Interesse gelesen. Was folgerst Du aus dem Umstand, werde ich soeben per E-mail aus Karlsruhe gefragt, daß sich Greta Garbo und Hedy Lamarr bei Metro-Goldwyn-Mayer unter Vertrag befanden, Mae West und Marlene Dietrich, die beiden sexuell aggressiveren Persönlichkeiten, dagegen bei Paramount? Wofür stand die Geschlechterpolitik von Metro-Goldwyn-Mayer und wofür diejenige von Paramount? In einem bereits länger zurückliegenden Schreiben Cordulas konnte ich lesen, daß die Revue Es liegt in der Luft eine unverhohlen lesbische Nummer enthielt, die davon handelte, daß Marlene Dietrich, männlich kodiert, und Margo Lion, weiblich kodiert, gemeinsam Dessous kaufen gehen und sich dann gegenseitig mit ihrer neuen Reizwäsche erotisch in Stimmung bringen. Es soll ja Marlene Dietrichs Idealvorstellung gewesen sein, einen Mann zu spielen, der vorgibt, eine Frau zu sein. Logischer Spitzname des geschlechtlich ambigen Warhol Superstars Candy Darling: Marlene D-Train. Vergleiche mit Helmut Berger als Marlene Dietrich in Luchino Viscontis Spielfilm La caduta degli dei, auf Deutsch: Götterdämmerung oder auch: Die Verdammten, über die deutsche Familie Krupp: Mit Zylinder, blonder Perücke, Federboa, Handschuhen, Korsett, Straß, Rüschen, Strapsen, schwarzen Seidenstrümpfen über diabolisch behaarten Beinen, Stöckelschuhen. Später: Ohne Zylinder und ohne Perücke, aber nach wie vor mit Marlenes aufgemalten Augenbrauen. Und einer geradezu unglaublichen Wespentaille. Klimax: Die SS überfällt die der Homosexualität bezichtigte SA.

Ich ziehe die Tür zur Veranda zu. Wie ein blutiger Fleck hängt die untergehende Sonne über dem Sund. Auf sämtlichen Ebenen umstritten scheint die aktuelle Werbekampagne der italienischen Bekleidungsfirma Benetton zu sein: Plakate mit den überdimensional abgebildeten Gesichtern verurteilter Todeskandidaten, welche, im offenbaren Gegensatz zu den Fahndungsbildern, die von ihnen, als sie sich noch in Freiheit befanden, zirkulierten, unbestreitbar attraktiv aussehen; selbst auf dem kleinen Bildschirm meines Rechners. Cordula fragt: Stellen diese Porträts aus den überfüllten Todestrakten der USA eine Aufforderung zur Begnadigung der Abgebildeten dar? Yolanda erinnern sie an die Tonaufnahmen, die Alan Lomax und sein Sohn ab 1933 in südlich gelegenen US-amerikanischen Gefängnissen für die Library of Congress gemacht haben. Die selbstredend weißen Lomaxes waren eigentlich angereist, um wertvolle Zeugnisse afrikanisch-amerikanischer Folk Music aus dem vorangegangenen Jahrhundert festzuhalten, weshalb viele der vor ihren mobilen Aufnahmegeräten versammelten Gefangenen bereits drei, vier Jahrzehnte von der Außenwelt und damit auch fast jeglicher musikalischen Entwicklung abgeschnitten waren. Black Sampson, ein Sträfling mit einer Statur wie Goliath, erinnert sich John Lomax, stellte seiner Aufnahme eines verrufenen Volkslieds ein Gebet voran und fragte hinterher untertanigst, ob er mit seinem Gesang in Washington nicht vielleicht mildernde Umstände erreichen könne. Schließlich soll er zu Alan Lomax gesagt haben: Boss, can't you get me out of here? I just naturally don't like this place. Tatsächlich stieg später der Mörder Huddie Ledbetter alias Leadbelly nicht nur zum begnadeten Chauffeur der beiden Lomaxes, sondern auch zum weltberühmten Folk Singer auf, schreibt Yolanda. An meiner ungebrochenen Begeisterung für die beseelte Musik des Kaukasiers Dan Curtin, die mir Cordula und Heinrich letzte Woche überspielten, stellte ich, nicht ohne zu erstaunen, fest, daß es mir mittlerweile so gut wie egal ist, ob Techno beziehungsweise House Music schwarzer oder weißer Herkunft ist. Ich habe diesen inneren Fortschritt sofort an Yolanda, die mir immer vorwarf, daß meine fast ausschließliche Begeisterung für afrikanisch-amerikanische Musik strukturell rassistisch sei, weitergemeldet. Auch John Tejada soll ja kein afrikanischer Amerikaner sein; was ich bis vor kurzem, in akustischer Hinsicht, nicht für möglich gehalten hätte. Insgeheim finde ich nach wie vor, daß John Tejadas Platten total schwarz klingen. Was überhaupt bedeutet der als mehr oder weniger politisch korrekt gehandelte Terminus afrikanisch-amerikanisch? Auch ein aus Südafrika eingewanderter Bure könnte sich ja so bezeichnen.

Brigitte Bardot: Am Abend des ersten Drehtages schleppte man mich in den Friseursalon des Provinznests. Dort schmierte man mir die Kopfhaut mit einer dunklen, klebrigen Masse ein, und ich verließ den Laden rabenschwarz, einfach gräßlich, mit Farbspuren auf dem Hals und dem Gesicht. Meine Haare, damals wie heute mein großer Stolz, waren versengt, spröde und brüchig. B. B.: Ich ließ meine lange Löwenmähne färben. Das weizenblonde Haar stand mir hervorragend. Diese Veränderung meiner Haarfarbe markierte zugleich einen Meilenstein in der Entwicklung meiner Persönlichkeit. B. B.: Doktor Laënnec, der mich entbinden sollte, hatte mir empfohlen, täglich eine Stunde mit meinen Hunden im Bois de Boulogne spazierenzugehen. Wie hätte ich daran denken können, da auf der Straße Dutzende Autos voller Fotografen lauerten. Ich hatte mir braune Kurzhaarperücken kommen lassen. Da ich das Haus nicht verlassen konnte, mußte ich mit ansehen, wie meine Haare dunkel nachwuchsen. Sie hätten dringend nachgebleicht werden müssen. Von da an trug ich Perükken, was sehr hübsch aussah, doch wenn ich sie abends abnahm, klebten meine Haare mit dem kastanienbraunen Ansatz matt und strohig aneinander; ich wirkte schmutzig und ungepflegt. B. B.: Als ich in Rio verzweifelt und müde aus dem Flugzeug stieg, geriet ich in eine Dunstglocke aus flüssigem Blei, wobei meine Perücke mir zusätzlich wie eine Pelzmütze einheizte. B. B.: Da die Einstellungen für die Prügelszenen kontinuierlich ineinander übergehen mußten, war es uns während der gesamten Drehdauer verboten, die Haare zu waschen, damit wir am nächsten Tag genau das gleiche Erscheinungsbild von Staub, Erde, Schweiß und klebrigem Haar lieferten. Das war hart, vor allem für mich, mit meinen bis zur Taille herabfallenden Haaren, die Spuren von roter Erde auf meinem Kopfkissen hinterließen. Ich umwickelte sie schließlich mit einem Tuch, um diesen Staub nicht auch noch im Schlaf einzuatmen. Parker Tyler: B. B. war ein Symbol, das nichts als das Leben meinte; Mae West war das Leben, das nur ein Symbol war.

Abends in Lees Zimmer, auf Teekisten. Musik, auf Zimmerlautstärke, von Frankie Half Pint Jaxon, im Falsett, begleitet von Tampa Red's Hokum Jug Band, Chicago, 1929: Boot It Boy. My Daddy Rocks Me. I Wonder Where My Easy Rider's Gone. Die B-Seite einer alten, kaum noch magnetisierten Kassette, die Lee über alles liebt. Auf der A-Seite: Mae West. Lee erzählt mir seit drei Stunden von seiner zwei Jahre zurückliegenden Rucksackreise durch das staubtrockene Zentralspanien. Von der roten und der gelben Erde, dem Farbenspiel des weiten Himmels über La Mancha, dem folgenreichen Schäferstündchen mit einer sommersprossigen Schweizerin in der Burgruine von Berlanga de Duero, sensationellen Stierkämpfen in der zweitklassigen Arena von Merida und unvergleichlichen Sonnenuntergängen über der Felsterrasse des alten Trujillo, verwinkelte Hochburg der Konquistadoren: Zwanzig amerikanische Staaten, erzählt Lee, der entsprechende Unterlagen ausgebreitet hat, seien hier quasi gezeugt worden, an die hundert Trujillanos namentlich überliefert, die aus allen Winkeln Lateinamerikas, mit Gold und Silber beladen, hierher zurückgekehrt seien. Francisco de Orellana habe Trujillo verlassen, um das legendäre Land der Amazonen zu erforschen. Desgleichen Diego García de Peredes. Hernando de Alarcón habe Kalifornien vermessen. Der berühmteste von allen aber sei Francisco Pizarro gewesen, Eroberer Perus, der seine Laufbahn als einfacher Schweinehirt zwischen den prähistorischen Felskugeln vor Trujillo begann, in der Neuen Welt die Inka-Prinzessin Ypanqui ehelichte und 1541 als unermeßlich reicher Mann in Lima, seiner Gründung, eines gewaltsamen Todes starb. Um den Inka-Kaiser Atahualpa auszuschalten, soll Pizarro eine ganz ähnliche List wie Cortés in Mexiko auf den Azteken-Herrscher Moctezuma angewandt haben.

Im Geiste stehen Lee und ich an einem lauen Sommerabend des Jahres 1998 auf Trujillos Plaza Mayor, vor dem monumentalen Palacio del Marqués de la Conquista. Den Kopf in den Nacken gelegt, betrachte ich die vergitterten Fenster, die Statuen auf dem Dachsims. Lee, der seinen gebräunten Arm um meine Hüfte gelegt hat, weist mich auf eine Figur mit einem Spiegel in der Hand hin, auf einen Jaguar, den verzierten Eckbalkon und darüber das steinerne Familienwappen Francisco Pizarros mit den sieben kreisförmig um einen achten angeordneten Inkas, allesamt in Ketten. Und Ponyfrisuren, merkt Lee an, wie sie noch heute im Dschungel getragen werden. Lee findet es kaum zu glauben, daß es irgendwo auf dieser Welt seit fünfhundert Jahren keinen Wechsel der Moden gegeben haben könnte. Ich merke an, daß die für Künstler und Repertoire zuständige Managerin des vor elf Jahren von Mark Finkelstein gegründeten New Yorker House Labels Strictly Rhythm gleichfalls Pizarro heißt: Gladys Pizarro. Wir sind jetzt wieder in Wicker Park, Chicago, und die mit Wasserstoff blondierte Mae West, brünettes Ziegfeld Girl von 1912, singt ihre 1955er Version von My Daddy Rocks Me. Lee reicht mir eine abgegriffene Ansichtskarte des Palacio de los Toledo-Moctezuma in Cáceres herüber. Der Erbauer dieses Palastes, Juan Cano Saavedra y Moctezuma, sei der Sohn eines Hauptmanns unter Hernán Cortés, dem Eroberer Mexikos, und der Azteken-Prinzessin Tecuixpo Ixtlaxóchitl gewesen, deren Name nach Lees Reiseprospekten mit Weiße Baumwollflocke zu übersetzen wäre. Und als deren Vater wiederum der von Cortés gefangengenommene sowie gesteinigte Moctezuma bekannt sei. Cortés habe auch eine Tochter mit ihr, die sich mittlerweile auf den Namen Isabel de Moctezuma hatte taufen lassen, gezeugt und sie dann mit seinem Stiefelknecht verheiratet. Nachdem dieser verstorben sei, habe Isabel, im Alter von einundzwanzig Jahren bereits viermal verwitwet, den in Cáceres geborenen Juan Cano de Saavedra geehelicht, wodurch der aztekische Name Moctezuma über die Weiten des Atlantischen Ozeans in die Enge des spanischen Cáceres gelangt sei. Irre Aufnahme, übrigens, die wir bereits zum dritten Mal an diesem Abend hören: Mae West und die Duke Ellington Big Band im Jungle Sound mit dem St. Louis Blues, 1934. Lee: Sie wollte unbedingt Duke Ellington's Orchestra haben und hat es schließlich auch bekommen. Wobei ihre Verehrung auf Gegenseitigkeit beruhte. The Duke soll Mae West als seine Lieblingsschauspielerin bezeichnet haben.

Vor vielen Jahrhunderten, vor der Ankunft der Eroberer, herrschten die Aztec Mystics über ein Reich, das größer als das heutige Mexiko war. Das Sinnbild ihrer Macht war der Jaguar, jene kräftige Kreatur, die durch die Urwälder vor ihren monumentalen Städten stolzierte. Heute liegt die aztekische Zivilisation in Ruinen. Tempel und Grabstätten wurden geschändet, der Jaguar gejagt und fast ausgerottet. Trotz des Vordringens der westlichen Zivilisation sind noch immer unermeßliche Kräfte, der Geist des Jaguars, in diesen Ruinen. Sie zu entweihen wäre für den modernen Menschen gefährlich, denn diese Dinge liegen hinter der Wahrnehmung der heutigen Welt. Rache all jenen, die sie verletzen. Den Aztec Mystics diente ihr mächtigstes Totem als Symbol. Sie waren als Knights of the Jaguar bekannt. Mit dem Jaguar als ihrem spirituellen Führer durch das Totenreich können sie ihre Opfer noch jetzt, im neuen Jahrtausend, aufspüren und Vergeltung üben. Revenge of the Jaguar, The Mixes, Etikettentext von The Ancient, der möglicherweise The Unknown Writer ist. Ins Vinyl geritzt, an die Sony Music Entertainment Incorporation sowie die Bertelsmann Music Group gerichtet: We are older.

Seymour Maxwell Finger: President Reagan's visit to Bitburg and the reaction to it brings out in sharp relief two important facts. First, there remains among most non-Jews, even those who are friends of Israel, an insensitivity to deep Jewish feelings about the Holocaust. They simply do not understand the pain and deep emotional scars remaining from the brutal destruction of European Jewry. Second, there has been a sea change in the attitude of American Jewry. During the Holocaust there was deep anguish and concern about the fate of European Jews, but a less self-confident American Jewish community felt almost helpless to influence events. Jewish organizations were relatively weak and underfinanced. They made repeated efforts to enlist the help of the Roosevelt Administration but found little interest or willingness to use the vast power and resources of the United States on behalf of European Jewry. When the St. Louis, loaded with almost a thousand European Jewish refugees, was only a few miles off the Florida coast in 1938, Jewish organizations could not influence the American government to provide even temporary refuge. The ship returned to Europe and the bulk of its passengers eventually died in Nazi concentration camps. Even the limited power that Jewish organizations had was further weakened by divisions among them as to goals, for example, Zionists versus anti-Zionists and non-Zionists, assimilationists versus Orthodox. As a result, there were from time to time united protests against particular ghastly events, such as the Madison Square Garden rally that followed the public revelation of Hitler's program to destroy all European Jews, but there was not a united, sustained drive for rescue. By contrast, Reagan's visit to Bitburg was denounced by Jews and Jewish organizations all across the spectrum, including those who consider the President a friend. But there is no reason for complacency. Far from it. Virulent anti-Semitism is still rife in the United States and around the world. Jews still constitute a tiny minority of the world's population. As a small minority they must reach out to friends and allies, while remembering, as the Holocaust and Bitburg show, that no one else will care about Jewish causes and the fate of Jewry as much as the Jews themselves.

Im Radio: Untitled, die neue Single von D'Angelo, dem Sohn eines Priesters aus Richmond, Viriginia, einstige Kapitale der Sezession. Deutlich auf Prince rekurrierend. Eigentlich ja eine Seltenheit in der sogenannten Black Music: Die fast originalgetreue Wiederbelebung eines historischen Stils. Mal abgesehen von den regelmäßig auftretenden Neotraditionalismen im Jazz, ist es ein eher von weißen Musikern betriebenes Geschäft, erfolgreiche afrikanisch-amerikanische Errungenschaften nachzustellen. In Klammern: Erfolgreichen afrikanisch-amerikanischen Errungenschaften nachzustellen. Als ob sich Mike Banks je eine akustische Gitarre schnappen und auf der Vordertreppe seines Hauses den Delta Blues singen würde. Yolanda hat sich, in ähnlicher Fragestellung, abermals dem Mickey Katz Project Don Byrons genähert. Wobei Katz' Yinglish Versions amerikanischer Pop Standards ja bereits sekundär, gebrochen, gleichsam Parodien waren. Mickey Katz war auch der Vater von Joel Grey, der in dem Musical Cabaret den transgressiven, sozusagen internationalen Master of Ceremonies, die zweigeschlechtliche Marlene Dietrich, gespielt hat. Im Korsett. Im Frack. Der Jude als Frau als Mann: Okay, Cabaret sign on, red lights framing the stage, music playing, and here comes the Master of Ceremonies, a blandly philosophical bon vivant who welcomes us in all three languages and as many genders. Later, our Emcee goes back to his copy of Mein Kampf. The next time we see the stage of the Kit Kat Klub, eight girls in black costumes with silver brocade vests, so thick they look like armor plate, are dancing in line. And one of the girls is a man, our Master of Ceremonies.

In der Zeitung: Mariah Carey hat ihre Welttournee wegen einer akuten Fischvergiftung unterbrochen. Sie liegt derzeit in einem Bostoner Krankenhaus, und es soll ihr, den Umständen entsprechend, gutgehen. Auf dem Zeitungsfoto sieht sie einmal richtig afrikanisch-amerikanisch aus. Vermilion sagt, das liege an ihrer Baseballkappe und den zu einem züchtigen Zopf am Hinterkopf geflochtenen Haaren. Andererseits gebe es ja auch die subkulturelle Technik der sich anverwandelnden beziehungsweise erweiterten Wahrnehmung von Identität, wenn etwa afrikanische Amerikanerinnen die auf der Kinoleinwand mit einem großen Mund und großen Augen ausgestattete Schauspielerin Joan Crawford als weiß und schwarz zugleich empfänden oder die honigblonde, blauäugige Lana Turner in The Postman Always Rings Twice als dermaßen hübsch, daß sie einfach schwarz sein müsse. FedEx lieferte heute morgen endlich die drei skandalumwitterten Theaterstücke von Mae West ins Net House: Sex; A Comedy Drama, aus dem Jahr 1926. The Drag; A Homosexual Comedy in Three Acts, 1927. The Pleasure Man; A Comedy Drama, 1928. Während ich mich am liebsten sofort an deren Lektüre machen würde, liegt mir Vermilion, die vor einer knappen Stunde, in einem hellblauen, ärmellosen Frotteekleid und mit, wie mir sogleich auffiel, sandfarben lackierten Fingernägeln, einen Tag früher als sonst aus Chapel Hill zurückkehrte, damit in den Ohren, daß ich sie, für ein Symposion, an dem sie kommende Woche in Baltimore teilnehmen wird, ganz dringend die strengen chassidischen Kleidervorschriften abfragen müsse. Well, all right then.

Frage: In welcher Richtung werden die Mäntel der Männer geknöpft? Antwort: Sie werden von rechts nach links geknöpft. Frage: Welche vier Kleidungsstücke sollte ein Mann tagtäglich tragen? Antwort: Er sollte die Tefillin, die Kleiderquasten, den großen Gebetsumhang und den kleinen Gebetsumhang tragen. Frage: Wo werden die Tefillin getragen? Antwort: Sie werden am linken Arm, dem Herzen gegenüber, getragen, sowie auf der Stirn, beim Morgengebet, an Werktagen. Frage: Aus welchen Teilen bestehen die Tefillin? Antwort: Die Tefillin bestehen aus Gebetsriemen, an denen lederne Gehäuse befestigt sind, in denen wiederum beschriftete Pergamentblätter stecken. Frage: Wie heißen die Kleiderquasten auf jiddisch? Antwort: Die Kleiderquasten werden auf jiddisch Zizes genannt. Frage: Welche Stoffe dürfen keinesfalls vermischt werden? Antwort: Wolle und Leinen dürfen nicht vermischt werden. Frage: Was ist ein Schtreiml, und woraus wird es angefertigt? Antwort: Ein Schtreiml ist eine Pelzmütze aus Zobel oder aus anderen teuren Pelzstreifen. Frage: Mit welchem Ausdruck wird die Perücke der verheirateten Frau bezeichnet? Antwort: Sie wird als der Scheitl bezeichnet. Frage: Woraus besteht der Scheitl? Antwort: Der Scheitl besteht aus echtem Haar oder aus Garn. Frage: Welche Gruppierung ist für ihre besonders mächtigen Schläfenlocken bekannt? Antwort: Die Belzer Chassidim. Frage: Welche Gruppierung legt sich die Pejes hinter die Ohren? Antwort: Die Gerer Chassidim. Frage: In welcher Reihenfolge werden die Fingernägel der rechten Hand geschnitten? Antwort: Sie werden in der Reihenfolge 2, 4, 1, 3, 5 geschnitten. Frage: In welcher Reihenfolge werden die Fingernägel der linken Hand geschnitten? Antwort: 5, 3, 1, 4, 2. Falsch, Vermilion, sie werden in der Reihenfolge 4, 2, 5, 3, 1 geschnitten.

Exkurs: Die auffallende Furcht frommer Juden vor bösen Geistern. Ihre geradezu panische Tendenz, geliebte Personen häßlicher zu machen als sie sind, sie, zumindest in Worten, die auch Taten sind, sagt Vermilion, häßlicher erscheinen zu lassen, damit sie nicht von bösen Geistern heimgesucht würden. Vermilion kann sich vorstellen, daß hierin sogar der Ursprung für das Kahlrasieren verheirateter Frauen zu finden sei. Wir sprechen über die zentrale Rolle des weiblichen Haupthaars. Des männlichen Gesichtshaars. Ein behaarter Körper werde bei den Chassidim als ausgesprochen unschön empfunden. Brustbehaarung sei kein Symbol der Männlichkeit, sondern sie nähere den Menschen dem Tier an, sagen die Männer. Eine behaarte Männerbrust erinnere sie an Affen, bekennen die Frauen. Behaarte Arme seien aber weniger abstoßend als eine behaarte Brust. Weiße und feingliedrige Hände gelten bei beiden Geschlechtern als besonders schön. In Klammern: Hoher Wuchs, breite Schultern und ausgeprägte physische Kraft bei Männern werden als unjüdisch, gojisch eingestuft. Desgleichen: Bartlosigkeit. Frage: Was geschieht mit den ausgefallenen Barthaaren der Frommen? Antwort: Sie werden zwischen den Blättern der Bibel oder des Talmud aufbewahrt.

RuPaul liegt völlig richtig, wenn er sagt: Most men don't do femininity well. Der Puertoricaner Mario Montez als die wegen Ladendiebstahls angeklagte Movie Goddess Hedy Lamarr in Andy Warhols 1966er Spielfilm Hedy the Shoplifter, sagt Lee, der jeden Donnerstag zu einer privaten Warhol-Retrospektive geht und momentan in einem zum Schlafanzug umfunktionierten Sport Dress der Chicago Bulls vor mir steht, habe dies allerdings auf ungewöhnlich naive Weise ganz ausgezeichnet verstanden. Darüber hinaus werde in dem viel zu selten gezeigten Streifen ein interessanter Zusammenhang zwischen Facelifting und Shoplifting hergestellt. Ich male mir aus, wie Andy Warhol Hedy Lamarrs enigmatisches Gesicht von einer schnöden Anzeige der Kosmetikfirma Maybelline abzeichnet. Lee behauptet zu wissen, daß Hedy Lamarr, bürgerlich Hedwig Kiesler, Jüdin gewesen sei, zumindest Halbjüdin. Wir reden über ihren Vater, den Bankier, und über ihren ersten Ehemann, den vom Judentum zum Christentum übergetretenen Fritz Mandl, und dessen fatale Waffengeschäfte mit den antisemitischen Kräften Europas; Tillmann hat ja für unser gemeinsames Buchprojekt ein ausführliches Kapitel über den Fall Lamarr verfaßt. Ein anderes prominentes Model für Maybelline war Joan Crawford, die nicht nur Hedy Lamarrs Mittelscheitel kopierte, sondern sich auch ihr Haar dunkel wie diese färben ließ, wodurch sie bei bestimmter Beleuchtung wie eine afrikanische Amerikanerin wirkte, sagt Lee, während er sich eine Flasche Mineralwasser aus dem Kühlschrank nimmt. Auch Joan Crawford hat Andy Warhol 1962 abgezeichnet, inklusive ihrer Widmung: To Maybelline. The eye make-up I would never be without.

Parker Tyler notierte über das tragische Verhältnis von Mario zu Maria Montez: Seine Damenimitation wurde von Maria Montez inspiriert, einer zweitklassigen Hollywood-

Göttin vergangener Zeiten. Andy Warhol erinnert sich in seinem Buch Popism: Mario Montez fürchtete immerzu, seine Familie oder seine Kollegen könnten entdecken, daß er sich als Frau verkleidete. Er sagte mir, daß er jede Nacht in seiner kleinen Wohnung auf der Lower East Side für sich und seine Eltern betete und auch für all die toten Berühmtheiten wie Linda Darnell und James Dean und Eleanor Roosevelt und Dorothy Dandridge. Montez selbst, setzt Parker Tyler in seinem Buch Underground Film fort, besitzt, obwohl er ein interessanter Damenimitator ist, noch weniger Ähnlichkeit mit Maria Montez als mit Jean Harlow, die er in Warhols Filmen Screen Test I und Harlot imitiert. Wenn du einem Underground Fan gegenüber bemerkst, daß Montez' Drag Act in der Regel ziemlich mies ist, wird der antworten, dies sei genau der springende Punkt: Die Schönheit der Parodie habe ihren Grund auch darin, daß der Parodist unfähig sei. Mario Montez imitiert Maria Montez nicht, sondern er ist Maria Montez. Er möchte Maria Montez sein. Welchen Umstand Tyler feierlich Camp-Existentialismus tauft. In Screen Test II, ergänzt Lee, sehen wir beispielsweise einen sehr weiblichen Mario Montez ohne die geringste Andeutung eines Busens und mit ausgesprochen sehnigen Unterarmen. Ganz klar: Masculine Femininity.

Lee küßt mich zärtlich auf den Mund, ich glaube sogar, seine Zunge zwischen meinen Lippen zu spüren, wünscht mir eine gute Nacht und verschwindet in seinem Zimmer. Andy Warhol über Mario Montez: Just when you thought you were laughing at him, he'd turn it all around. Es ist fast 2 Uhr und, wie ich dem in der Küche noch laufenden Fernseher entnehme, der seltene Fall, daß christliche Ostern und das jüdische Pessach-Fest am selben Tag gefeiert werden. Der Auszug aus Ägypten sei der erste nationale Freiheitskampf der Geschichte gewesen, behauptet eine ernste Männerstimme, unterlegt mit der auf einem gräßlichen Sopransaxophon vorgetragenen Melodie von Let My People Go. Ich beseitige einen offenbar bereits seit gestern bestehenden Papierstau in meinem Faxgerät und verriegle die Wohnungstür. Das Faxgerät spuckt mehrere Faksimiles aus. Von Tillmann, Absender: Duke University, die kaum lesbare Kopie einer ominösen Zeitungsmeldung, einen älteren Artikel Kodwo Eshuns aus The Guardian, den abermals abgeänderten Dienstplan der Regenstein Library, Urlaubsgrüße von Wendy und Roscoe aus Niagara Falls und die Ablehnung einer Plattenfirma, Sissy Elliott, Lees neuestes musikalisches Projekt, herauszubringen; der Rest ist Werbung. Zurück in der Küche, mache ich mich daran, die verschleierte Nachricht aus Durham möglichst genau zu entziffern. Islands staatliche Elfenbeauftragte Erla Stefansdóttir, erfahre ich, hat Lichtfeen, Gnome, Trolle und unsichtbare Menschen in eine offiziell anerkannte Landkarte der verborgenen Welt Islands eingezeichnet. Fazit: An den entsprechenden Stellen dürfen keine menschlichen Behausungen errichtet werden. Etwas ratlos lege ich das Faxpapier auf den Küchentisch und vergrabe mein Gesicht in meinen Händen. Der Sklaverei zu entfliehen und ins Gelobte Land zu gelangen, höre ich eine ältliche Sprecherin ihren Text ablesen, stelle das Schlüsselmotiv sämtlicher politischen Philosophie dar; von Thomas Morus über Karl Marx bis hin zu Martin Luther King. Ich schalte den Fernseher aus, entledige mich meiner Tunika, balanciere, damit Lee, dem gegenüber ich behauptet habe, erst sehr viel später zu Bett zu gehen, nicht wieder aufwacht, auf Zehenspitzen ins Badezimmer und schminke mich sorgfältig ab. Mit welcher Make-up-Firma, überlege ich kurz, wird RuPaul seinen Werbevertrag abgeschlossen haben?

Erfolgreiche jüdische Baseballer in Vermilions ausgesprochen mädchenhafter Handschrift; sie macht wirklich aus jedem Punkt einen kleinen Kreis: Adam Candlestick, Mike Superjew Epstein, Keith Glauber, Sid Gordon, Shawn Green, Hank Greenberg, Ken Holtzmann, Gabe Kapler, Chuck Knoblauch, Sandy Kouffax, Al Leiter, Al Levine, Greg Maddux, Buddy Myer, Al Flip Rosen, Walt Weiss. Was will meine Freundin mit deren Namen anfangen? Heute abend will sie sich mit ihren Kommilitoninnen den vor wenigen Jahren gedrehten Dokumentarfilm A Life Apart über das undurchsichtige Leben der Chassidim in Amerika ansehen, dessen Kommentar unter anderem von dem populären Alien-Darsteller Leonard Nimoy gesprochen worden sein soll. Werden Vermilion und ich, falls wir nächsten Monat tatsächlich nach Williamsburg fahren sollten, überhaupt in persönlichen Kontakt mit den Satmarern geraten? Kritische Anmerkungen zum sozialen Kodex der Chassidim erhalten wir logischerweise allein von zum American Way of Life übergelaufenen Abtrünnigen wie Pearl Abraham. Oder von weitgehend ahnungslosen Außenstehenden wie den in Crown Heights lebenden afrikanischen Amerikanern, die 1991 mit ansehen mußten, wie eines ihrer Kinder von einem Auto aus der Kolonne des Lubawitscher Rebben überfahren wurde, und daraufhin einen chassidischen Studenten aus Übersee erstachen, der sich, ironically, wie Vermilion sagt, allein der Holocaust Archives des YIVO Institute for Jewish Research halber in New York aufhielt. Dieser Tage in so gut wie allen Zeitungen abgebildet: Adolf Hitlers halbkugelförmiges Schädelfragment, inklusive Einschußloch, anläßlich des bevorstehenden fünfundfünfzigsten Jahrestages der deutschen Kapitulation erstmals einer interessierten Öffentlichkeit präsentiert im postkommunistischen Moskau. Hitlers Zahntechniker habe den Totenschädel unmittelbar nach Kriegsende als jenen des gefallenen Führers identifiziert. Deutschlands Spiegel-Fernsehen strahlt morgen eine Dokumentation über die vor New York gesunkene und erst vor acht Jahren von Tauchern entdeckte U 869 aus: Die letzte Feindfahrt. Übermorgen tritt The Suburban Knight, James Pennington, im Tresor auf. Er soll jetzt meistens einen jungen weißen, nach Detroit gezogenen DJ namens Wesley Herche alias Locutus bei sich haben, dessen neue eigene Platte auf seinem eigenen Bipolar Label auch klasse sein soll, bei allerdings ganz unmöglicher sexistischer Gestaltung zumindest einer der beiden Etiketten. Damit wäre er bei Mike Banks nicht durchgekommen, schreibt Cordula.

Lieber Tillmann, vielen Dank für Deine beiden ausführlichen E-mails zur E-Musik. Über den Antisemitismus in der Matthäus-Passion. Über den mir bislang völlig unbekannten Frederick oder auch Fritz Delius, dessen Florida Suite, 1887, nach dem Bankrott seiner amerikanischen Orangenplantage in Leipzig komponiert, besonders deren dritter Satz: Sunset, Near the Plantation, eine für damalige europäische Hörgewohnheiten nicht nur in der Ernsten Musik wohl ziemlich sensationelle Adaption afrikanisch-amerikanischer Versatzstücke aufweist. Ernste Politik: Nachdem am 5. Februar rund achttausend Demonstranten, Heinrich und ich waren darunter, für den Todeskandidaten Mumia Abu-Jamal zur Berliner US-Botschaft marschierten, wenige Wochen später in Paris fünftausend Leute für ihn auf die Straße gingen und am 5. April in derselben Angelegenheit das Dach der US-Botschaft in Oslo besetzt wurde, soll morgen in New Yorks Madison Square Garden eine riesige Demonstration für den prominenten Black Panther und angeblichen Polizistenmörder stattfinden. Kennst Du Leute, die sich daran beteiligen werden? Kennt vielleicht Yolanda welche? Das Verfahren befinde sich jetzt in der kritischen Phase, sagt Abu-Jamals Anwalt Leonard

Weinglass. Heinrich agitiert derweil rund um die Uhr für ein elektronisches Sit-in zum diesjährigen 8. Mai. Das Netz als die Straße: Seine neueste Schwärmerei. Im Attachment kannst Du, von Heinrich für Vermilion, eine Fotografie Bobover Chassidim im Displaced Persons Camp Föhrenwald öffnen, aufgenommen in den späten vierziger Jahren unweit von Wolfratshausen, Oberbayern.

Borough Park, Brooklyn, heutiges Zuhause der Bobover Chassidim. Rabbi Bernard Beirish Grunfeld sowie Rabbi Mahir Reiss und dessen Bruder Abraham werden 1997 als Geldwäscher kolumbianischer Drogenhändler in größerem Umfang verhaftet; 15 bis 18 Prozent des geflossenen Geldes sollen pro Transaktion an die drei Männer sowie einen weiteren Komplizen namens Israel Knobloch abgefallen sein. Ziemlich irre, finde ich. Well, sagt Vermilion, während sie sich eine nasse Haarsträhne hinter das linke Ohr steckt, schon 1994 war der Satmarer Rabbi Abraham Low, verheiratet mit der Nichte des Satmarer Rebben Mosche Teitelbaum, wegen des gleichen Delikts festgenommen worden. Im Ghetto Blaster läuft eine vor wenigen Tagen eingetroffene Kassette mit Aufnahmen Slim Gaillards aus den Jahren 1945 bis 1949. Der Titel Drei Six Cents hätte wahrscheinlich Dreißig Cents buchstabiert werden müssen, merkt Yolanda auf einem beigelegten Zettel an. 1998 gaben sich der Enkel des Bobover Rebben Schlomo Halberstam und die Enkelin des Satmarer Rebben Mosche Teitelbaum das Jawort. Sechs Tage lang wurde Hochzeit gefeiert; die beiden mächtigsten Dynastien der chassidischen Welt, die ehedem in Ungarn ansässig gewesenen Satmarer aus Williamsburg und die in Polen ansässig gewesenen Bobover aus Borough Park, waren damit auf amerikanischem Boden vereint. Vermilion, die jetzt ihre Haare frottiert, erzählt, daß Wissenschaftler der Johns Hopkins University in Baltimore sogenannte Krebsgene entdeckt hätten, die bei den Aschkenasim besonders häufig vorkämen. Die strenge Einhaltung jahrhundertealter religiöser Regeln hätte dazu geführt, daß die etwa eine Million Mitglieder zählenden Chassidim die homogenste Gruppe innerhalb der Gesamtheit der aschkenasischen Juden darstelle; und damit auch die gesundheitlich gefährdetste sei. Mit Isländern würden übrigens vergleichbare Untersuchungen angestellt. Ironischerweise, sagt Vermilion, erscheint somit das Heiraten unter Gleichen als größte Gefahr für den Fortbestand ebendieser Homogenität. Und nicht wenige Aschkenasim fühlten sich durch diese ethnisch fokussierten, größtes öffentliches Aufsehen erregenden, gleichsam rassenhygienischen Versuchsanordnungen auch genetisch diskriminiert. Alle, die einen jüdisch klingenden Namen trügen, würden ab jetzt womöglich von Versicherungen oder auf dem Arbeitsmarkt benachteiligt, befürchten sie. Jedoch gibt es auch kooperative Juden: 1998 hatte der Satmarer Rabbi Josef Ekstein mehr als zweihundert Paare, bei denen beide Partner ein Gen für ein- und dasselbe Erbleiden in ihrem Erbgut trugen, identifiziert und zur Trennung bewogen. Die meisten von ihnen hatten, nach meinem Dafürhalten, ohnedies nicht freiwillig zueinander gefunden.

Vermilion hängt ihren Badeanzug über das Geländer der Veranda. Sie ruft mir durch das Mückengitter zu, daß sie das Meersalz in der Luft schmecken könne. Wow, sage ich, ohne meinen Blick zu erheben. Vermilion schmollt: Venus, du Stubenhocker. Ich solle das nächste Mal unbedingt wieder mit zum Schwimmen kommen. Mich würde augenblicklich interessieren, ob auch die Feministin Judith Halberstam aus einem Bobover Elternhaus stammt. Keine Ahnung, sagt Vermilion, während sie ihr Handtuch zum Trocknen aufhängt. Ob etwas daran ist, daß Mae Wests bayerische Mutter, praktizierende Katholikin, auch Jüdin gewesen sei. Mae West, 1893 in Brooklyn geboren, wollte dazu ja Zeit ihres Lebens nicht öffentlich Stellung nehmen. Genausowenig wie zu ihrer Linkshändigkeit, sagt Vermilion, die selbst Linkshänderin ist. Ich war als Kind gleichfalls linkshändig, wurde in der Grundschule aber sofort zum Rechtshänder umerzogen, erzähle ich. Umgepolt, nennt es Vermilion. Oder nehmen wir, fahre ich fort, Henry Miller, 1891 als Heinrich Valentin Miller in Manhattan geboren und in Williamsburg herangewachsen als Henry Valentine Miller, leiblicher Sohn des braven deutschstämmigen Schneiders Heinrich Miller. In Wirklichkeit jedoch, schrieb er als alter Mann, fließe jüdisches Blut in seinen Adern, mongolisches, chinesisches, vielleicht sogar tibetisches. In Harper's Magazine, erzählt Vermilion, ließ sich 1893 nachlesen, Brooklyn, also auch das diesem eingemeindete Williamsburg, erscheine tagsüber als eine Stadt der Frauen. Die Männer hielten sich in den Geschäften und Werkstätten oder gleich am anderen Ufer des Flusses, in Manhattan, auf, während die Frauen die Stadt für sich hätten und über Kinder, Ammen, Dienstmädchen, Blumen, schattige Bäume und reizende Hauseingänge herrschten. Ab 1880 seien zwar auch osteuropäische Juden nach Williamsburg, Little Germany, wie es die Leute damals nannten, gezogen, orthodoxe Rabbiner habe es dort aber erstmals in den zwanziger Jahren des vergangenen Jahrhunderts gegeben, und der große Schwung der Chassidim sei überhaupt erst nach 1945 gekommen.

Graffito in meinem Mannheimer Jugendzimmer: Ich habe kein Geld, keine Zuflucht, keine Hoffnungen. Ich bin der glücklichste Mensch der Welt. Henry Millers in Brooklyn lebende Biographin Mary Dearborn zeichnet seinen tollkühn umherschweifenden Stil in einem geradezu zwingenden Exempel nach: Für einen Artikel über die Produktion von Kaugummi habe er nicht nur eine Kaugummifabrik auf Long Island besucht, sondern, nachdem er von den Chicleros in Yukatan, die den Grundstoff für das Kaugummi sammelten, erfahren habe, auch tagelang Bücher über die Mayas gewälzt, was ihn wiederum über den untergegangenen Kontinent Mu sowie den Schiffsverkehr zwischen der Osterinsel und Südamerika zum aztekischen Alphabet sowie dem Leben und den Briefen Paul Gauguins geführt habe, um letzten Endes bei dem Leben und den Briefen Vincent van Goghs zu landen. Ich vergegenwärtige mir Henry Millers turbulente Erzählungen über die Brooklyn Bridge, den 14. Bezirk sowie den Schneiderladen seines Vaters, die ich als Heranwachsender mit Begeisterung gelesen habe, und überlege mir, ob das Œuvre dieses oversexed Schriftstellers in feministischer Hinsicht vielleicht weniger mangelhaft ausgefallen wäre, wenn er als junger Mann auf den belebten Straßen Brooklyns der jungen Mae West begegnet wäre. Wahrscheinlich hätten sich die beiden in fließendem Deutsch unterhalten können, bemerkt Vermilion auf Englisch.

Ich drehe Yolandas Kassette um und höre Slim Gaillard die unglaubliche Sentenz singen: When banana skins are falling I'll come sliding back to you. Meine amerikanische Freundin öffnet, halb schockiert, halb amüsiert, ihren hübschen Mund, als wolle sie einen Schrei ausstoßen, verschließt ihn aber sogleich wieder mit ihrer linken Hand. Eilig tippe ich Gaillards vielschichtigen Text in meinen Rechner. Da nimmt der Leuchtturm seinen nächtlichen Betrieb auf. Zwei Pelikane fliegen über das Dach des benachbarten Hauses. Vermilion: Hat eigentlich Anaïs Nin, die ihn finanziell unterstützte, jemals ernsthaft versucht, Henry Miller, dessen bisexuelle Geliebte in einem lesbisch determinierten Dreiecksverhältnis sie ja auch war, von seinem auffallend homosozialen Sexismus abzubringen? No idea, antworte ich. Nach eingehender Überlegung kommen wir aber, auch ohne weitere Nachforschungen, zu einem eher negativen Resultat: Bis in unsere Elterngeneration hinein wurde Sexismus von beiden Geschlechtern regelmäßig mit Sexueller Revolution verwechselt. Eine Sexuelle Revolution, sind wir uns einig, hat es in unserer Kultur aber noch nie gegeben. Never, never, sagt Vermilion. Die Sexuelle Revolution könne allein eine feministische sein. Für die Literaturwissenschaftlerin Mary Dearborn, rufe ich Vermilion hinterher, die jetzt, ständig hinaus- und hereinlaufend, ihren Käfer für die morgige Fahrt nach Chapel Hill packt, ist Henry Millers Biographie so gut wie deckungsgleich mit der beklemmenden Geschichte der männlichen Identität im zwanzigsten Jahrhundert; schon deshalb halte ich The Happiest Man Alive für ein interessantes Buch. Recherchieren: Mae West als Darstellerin auf Brooklyns Vaudeville-Bühnen. Henry Miller als Zuschauer in Brooklyns Vaudeville-Theatern. Henry Millers jüdische Ehefrau, die in der kaiserlichen und königlichen Bukowina geborene Femme Fatale Juliet Edith Smerth, genannt June. Henry Miller als Schachspieler in den jüdischen Cafés der Lower East Side. Henry Miller als Hausierer, The Jewish Encyclopedia feilbietend. Belegen: Den ambigen Antisemitismus in Millers damaligen Texten.

LeRoi Jones trennte sich 1965, im siebten Ehejahr, von seiner jüdischen Ehefrau Hettie Jones, geborene Cohen. Unmittelbar danach, wenn ich das richtig verstanden habe, begann die Phase seiner zähnefletschend antisemitischen Ausfälle. Eine Quelle versucht mir sogar zu verkaufen, die Trennung von Hettie Jones stehe in direktem kausalen Zusammenhang mit der Ermordung von Malcolm X. Was hältst Du von dieser Version, Tillmann? Kennst Du vielleicht die Autobiographie How I Became Hettie Jones von 1990? Und wie spricht Imamu Amiri Baraka, geborener LeRoi Jones, heute über seine erste Ehefrau? 1966 zog er ja mit seiner zweiten Frau nach New Jersey zurück. Und wird heutzutage eher als Sozialist, Antirassist, Universalist gehandelt. Harry Golden schrieb in Negro and Jew: A Negro anti-Semite is about as convincing as a Jewish white supremacist. Noch etwas: Wußtest Du, daß The Autobiography of Malcolm X von Alex Haley aufgezeichnet wurde, dem schwarzen Autor der afrodiasporischen Familiengeschichte Roots? Aus deren Verfilmung allein Shanice im übrigen Slim Gaillard kennt. Auch mein Onkel Horatio hat damals, 1977 und 1979, beide Staffeln auf Videokassetten mitgeschnitten. Einfügen: Slim Gaillard in dem Spielfilm Malcolm X. Slim Gaillard mit weißem Vollbart in der TV-Serie Roots, The Next Generation. Eventuell: Slim Gaillard im Wag Club, von jungen Briten beiderlei Geschlechts umringt. Shanice spielt seit Tagen so gut wie non stop Aaliyahs neue Single Try Again, eine, falls Du sie nicht sowieso schon kennst, unglaublich innovative Produktion Timbalands aus Virginia Beach, die ich mir heute, nach Feierabend, endlich auch besorgen muß. Techno wird hier zur atemberaubenden Blaupause für Rhythm & Blues; viel stärker als in allen mir bekannten HipHop-Produktionen Jay Dees aus Detroit. Kurzum: Tief wie der Ozean, Tillmann. Bange Frage: Könnte es angehen, daß die sich überschlagenden musikalischen Ereignisse unser Buchprojekt gleichsam zu überholen drohen? Meine zuversichtliche Antwort lautet: Es bliebe ja in jedem Fall unsere Übersetzungsarbeit ins Verbale. Du wirst sowieso einwenden, daß die Musik der Sprache immer voraus sein wird. Und immer schon voraus gewesen ist. Bingo. Hat sich eigentlich, auf unser Schreiben vom April hin, einer der beiden Verlage aus Deutschland bei Dir gemeldet?

Ich stehe, spät abends, mit nichts als einem verschossenen Polohemd des Café Atlantic angetan, im Badezimmer und bürste meine von Sand, Salz und Plankton verfilzten Haare aus. Der Rebbe Joel Teitelbaum soll, erzählt Vermilion, die neben mir, in denselben Spiegel blickend, ihre Augenbrauen inspiziert, wann immer er sich zur Rast niederlegte, in Satmar, Bergen-Belsen oder Williamsburg, beide Hände innerhalb seiner Ärmel gehalten haben, damit er bestimmte Partien seines Körpers, seine Brust, seine Unterarme, die Beine und den Intimbereich, nicht berühren konnte. Joel Teitelbaums Neffe, der jetzige Satmarer Rebbe Mosche Teitelbaum, reiste übrigens 1994 eigens nach Israel, um dem jüdischen Staat jegliche Existenzberechtigung abzusprechen. Beim Einschlafen vergegenwärtige ich mir eine Schwarzweiß-Fotografie von Satmarer Chassidim, zu Hunderten auf der Treppe des Ralph J. Bunche Park stehend, vor dem Gebäude der Vereinten Nationen, in unfreundlicher Erwartung des israelischen Premierministers Jitzchak Rabin. Sie halten Transparente, auf denen in englischer Sprache steht, die Juden dürften vor der Ankunft des Messias keinen eigenen Staat haben. Ein weiteres Foto aus Vermilions Sammlung, das mir in den Kopf kommt, zeigt eine Straßenszene in Williamsburg: Ausgelassene Satmarer Chassidim verbrennen am Tag des Purim-Fests die Flagge des Staates Israel. Einer unter ihnen, mit Cowboy-hut, ist offensichtlich als Amerikaner verkleidet, ein anderer hat eine Art Schaumgummi-Spodik auf dem Kopf. Der mit dem Benzinkanister in der Hand trägt ein festliches Schtreiml. Und der mit den Zündhölzern auch.

R. Blanchard Stone: Black people have, historically, been conditioned to forget; and Jews have been, historically, taught to remember so they would never again have to forget. Black Americans have a need to understand the symbolism of the past and of the present. If Bitburg causes the world to reflect upon the horrors of the Holocaust and the excesses of the Waffen SS Troops under Hitler, the high numbers of nationally unemployed and imprisoned blacks should cause the nation to see the unfilled promise still lingering and fading in the many socio-economically deprived quarters throughout the nation. The implications of Bitburg for black people are both varied and deep. From a historical perspective, Bitburg is a remembrance, from a Jewish and a victim's point of view, a very painful remembrance. The President's trip to Bitburg was, by his account, a reconciliation of former enemies, conservatives from America reaching across the ocean to embrace German conservatives. The larger lesson of Bitburg is to be seen in the almost universal solidarity of the Jewish people. Mr. Reagan was unable to convince a single Jewish person to stand at his side at Bergen-Belsen, where he went to commemorate the slaughter of 50 000 Jews. This was a definite lesson in togetherness and, what's more important, a lesson in remembering.

Heinrich: Wir sollten die Schere unbedingt mal wieder zum Schleifen bringen. Auch sein Klebestift ist total eingetrocknet. Süddeutsche Zeitung vom Mittwoch letzter Woche, Feuilleton, Schlagzeile: Melancholie im Mai. Israel wird zweiundfünfzig, doch es kommt keine rechte Freude auf. Der Holocaust-Gedenktag, stets eine Woche vor dem Unabhängigkeitsfest gefeiert, werde in diesem Jahr auffallend still begangen. Diente er früher dazu, dem Land die Notwendigkeit seiner Existenz zu bestätigen, hat er sich nunmehr zu einem Tag der Einkehr gewandelt. Natan Sznaider attestiert Israel den Verlust seines Heimatgefühls. Gerade hier, schreibt der 1954 in Mannheim geborene Korrespondent der Süddeutschen Zeitung, wo Heimat die staatstragende Ideologie war und für manche noch ist, schlägt dieses Verlustgefühl besonders zu Gemüt. Kinder äthiopischer Einwanderer, die schon im Land geboren seien, versuchten sich der schwarzen Ghettokultur Amerikas anzupassen. Junge Menschen in Tel Aviv träumten davon, ihre Stadt in New York City zu verwandeln; allgegenwärtig seien die Symbole von McDonald's, Burger King und Blockbuster Video. Eine derartige, im westlichen Sinn als Normalisierung lesbare Veränderung des Alltags leiste hier allerdings einer gefährlichen Destabilisierung Vorschub, einem Ausnahmezustand der Normalität, fabuliert Heinrich munter fort. Natan Sznaider, Professor für Soziologie am Academic College of Tel Aviv-Jaffa: Der jüdische Staat entstammt der zionistischen Revolution, einer paradoxen Revolution, die einen neuen jüdischen Menschen auf eigenem Territorium schaffen wollte, dies aber andererseits nur in Berufung auf die alte jüdische Symbolik angehen konnte. Ohne religiöse Symbolik könne sich der Staat Israel schwerlich legitimieren. Die Herausforderung für dessen Bevölkerung bestehe nun darin, mittels einer vernünftigen Rückbesinnung auf das eigene Exil, Fragmentierung in Pluralisierung umzuwandeln. Heinrich wirft den Rest der Süddeutschen Zeitung zum Altpapier und hebt Sun Ras Super-Sonic Sounds vom Fußboden auf. Hält sie mit einer Hand auf Armeslänge von sich weg und fährt mit der anderen, in einer zärtlichen, kreisförmigen Bewegung, über die Hülle der Schallplatte. Sagt, sein Lieblingstitel darauf sei Kingdom of Not. Ich habe die LP, ein Sammlerstück, das sich erst seit gestern in unserem Haushalt befindet, noch gar nicht angehört. Nachmittags: Sprechstunde bei meiner Dozentin. Lektüre: Hubert Fichtes Band XV seiner extensiven Geschichte der Empfindlichkeit. Lesezeichen: Die 1981 auf den Papst abgefeuerte und aus seinem Unterleib entfernte Kugel, eingearbeitet in die Krone der Madonnenstatue von Fatima, kaum zu erkennen auf einer Ansichtskarte José Marias aus Estoril.

Freitag, 26. Mai 2000. Mit geradezu quälender Langsamkeit schleppt sich der silberne Zug der Linie J über die schwindelerregende Williamsburg Bridge, um auf der anderen Seite des East River ins verhießene Schtetl einzutauchen. Vermilion hat mich stillschweigend bei der Hand genommen; am ersten Bahnhof nach der Brücke verlassen wir die U-Bahn, die hier eine Hochbahn ist. Mit klopfendem Herzen gehe ich neben meiner Freundin her, den Bahnsteig entlang, die steilen Stiegen hinunter, wo wir auf den Gehweg der belebten, im kühlen Schatten des eisernen Hochbahngerüsts liegenden Straße, den Broadway, treten. Ich habe eine schwarze Schirmmütze aus Baltimore auf dem Kopf. Vermilion trägt einen beinahe bodenlangen Wickelrock und eine langärmelige karolinische Bluse. Könnte ihre durch Haarspray fixierte Frisur tatsächlich für eine Perücke gehalten werden? Die spärlichen Stoppel, die ich mir während der letzten Wochen am Kinn stehen ließ, für einen Bart? Ein Windstoß läßt Vermilions Rock, für einen kurzen Moment, wie einen Vorhang aufgehen, läßt ihre sündhaft nackten Beine in der Mittagssonne leuchten. Erschrocken bleiben wir stehen und drehen uns um. Lediglich ein puertoricanischer Gemüsehändler lächelt uns von der anderen Straßenseite aus an und wirft uns eine spanische Vokabel, die wir nicht kennen, zu. Dann biegen wir, hinter fünf eifrig vor uns her eilenden Jünglingen in, trotz der enormen Hitze, schwarzen Mänteln, mit Zizes, schwarzen Hüten und wehenden Schläfenlocken, in die Marcy Avenue ein und passieren dort zunächst einige Mietskasernen. Angeblich fahren deren Aufzüge den ganzen Schabbes über durch und halten automatisch an jedem Stockwerk, damit die chassidischen Bewohner nicht gezwungen werden, einen verbotenen Arbeitsschritt, nämlich das Drücken des Fahrstuhlknopfes, zu vollziehen. Auf den Bänken vor den Gebäuden sehen wir aber auch lateinamerikanische Familien sitzen, deren erwachsene Mitglieder nicht selten in den Betrieben der Chassidim arbeiten. Kriminelle Übergriffe seitens der Latinos, etwa Diebstähle, werden von den Chassidim mit Prügelstrafen geahndet.

Sie verprügeln die Diebe, und dann lassen sie sie wieder laufen, weiß Vermilion. Als Brooklyns Polizei hier einmal aufkreuzte, um einen Chassid festzunehmen, bezogen die Polizisten so lange Prügel, bis sie von dem Gesuchten wieder abließen. Die Frommen hatten ihr Gemeindemitglied nicht abführen lassen können, da ihm im Gefängnis keine koschere Kost gewährleistet sein würde. Vermilion: Wenn auch nur ein Mitglied gegen den religiösen Kodex verstößt, fällt die gesamte Gemeinde in Ungnade.

Wir betreten eine verwinkelte Buchhandlung in der Division Avenue. Vorsichtig durchstöbere ich die vorhandenen englischsprachigen Judaica; hinter meinem Rücken, am gegenüberliegenden Regal, stehen mehrere Männer von extrem durchgeistigter Noblesse und blättern konzentriert in diversen Werken. Ihre Brillengestelle sind von einem Zuschnitt, den ich aus meiner Kindheit kenne. Ich kann mich des äußeren Eindrucks einer gewissen Hipness dieser Typen nicht erwehren und komme mir momentan ausgesprochen plump vor, barbarisch und ignorant. Vermilion, die einzige Frau im Laden, erwirbt ein in braunes Leder gebundenes Buch über den vormaligen Satmarer Rebben. Gut Schabbes, sagt der Buchhändler, als wir sein Geschäft wieder verlassen. Männer mit schwarzsamtenen Kissen in durchsichtigen Kunststoffhüllen unter dem Arm gehen an uns vorüber. Ihre Gangart, wie auch die der Knaben und Jünglinge, besitzt eine sympathische unmännliche Anmut. Eine sehr junge Mutter in einem farbenprächtigen Kleid, mit einem zierlichen Tuch über der gepflegten Perücke, schiebt einen breiten Kinderwagen mit Zwillingen darin vor sich her; begleitet wird sie von einem afrikanisch-amerikanischen Kindermädchen, mit dem sie in gebrochenem Englisch redet und das eine weitere Karre schiebt. Mir fällt auf, daß auch viele Väter Kinderwagen schieben. Nie zuvor habe ich irgendwo so viele Kinderwagen auf einmal gesehen.

Wir passieren Havemeyer Street, Roebling Street, nach dem Architekten der Brooklyn Bridge benannt, und bummeln die Bedford Avenue hinunter. Wir befinden uns jetzt so gut wie ausschließlich unter Satmarer Chassidim. Vermilion macht mich auf das weiße Anwesen des Rebben aufmerksam. Gelbe Schulbusse, hebräisch beschriftet, bringen die Schulkinder nach Hause, wo sie von ihren Angehörigen bereits auf der Straße empfangen werden. Noch nie habe ich so viele schöne Menschen auf einmal gesehen. Dem Kulturkreis, den du hier wahrnimmst, flüstert Vermilion, verdanken wir letzten Endes einen ganz bedeutenden Teil unserer amerikanischen Künste: In den dreißiger Jahren des zwanzigsten Jahrhunderts befanden sich Columbia, Warner Brothers, Paramount, Twentieth Century-Fox, Universal, Metro-Goldwyn-Mayer und die Goldwyn Studios in jiddischem Besitz. Eingewanderte Juden aus Osteuropa legten die Fundamente für den Glamour Hollywoods, Venus. Ähnlich sah es in New York Citys Tin Pan Alley, einer zentralen Geburtsstätte der Pop-Musik, aus: Harold Arlen, Al Jolson und Eddie Cantor sollen Söhne von Kantoren gewesen sein, Irving Berlin, Vernon Duke und viele weitere waren Immigranten der ersten Generation. Gleichzeitig entwickelte sich die chassidische Musik zum erfolgreichsten Sektor der jüdischen Musikindustrie. Chassidismus: Plebejisch-religiöse Bewegung mit mystisch-ekstatischen Zügen. Auch der Sozialismus könne in den USA in erster Linie als jiddischer Import bewertet werden, behauptet Vermilion. Noch der 1937 gegründete Yidisher Kultur Farband habe hier den Stalinismus hochgehalten. Vermilion hat in Chapel Hill einen kompletten Jahrgang der New Yorker sozialistischen Zeitschrift Die Tsukunft liegen. Titel der beiden heutigen Satmarer Periodika Williamsburgs: Der Zeitung, im Privatbesitz Albert Friedmans, und Der Yid, in kommunalem Besitz, herausgegeben von einem Mann mit dem unglaublichen Namen Sender

Deutsch. Beide erscheinen wöchentlich, beide kann ich, ihrer hebräischen Schriftzeichen wegen, nicht entziffern. Wenigstens gibt es von dem weltlichen, sozialdemokratischen Forverts, zu dessen Autoren die Nobelpreisträger Isaac Bashevis Singer und Elie Wiesel gehörten, seit 1990 eine englischsprachige Ausgabe namens Forward, für die Saul Bellow, Philip Roth und Joseph Heller Texte beitrugen. Auch Art Spiegelmans berühmter Comic Strip über den Holocaust ist zunächst im Forward erschienen. In Williamsburgs Geschäften werden aber weder der englische Forward noch der jiddische Forverts geführt. Vermilion sagt: Vor hundert Jahren war das hier einfach eine gutbürgerliche Gegend hochdeutsch sprechender Juden, doch schon um 1930 herum wurde in diesen Straßen fast nur noch Jiddisch geredet. Dabei sei bereits 1870 ein Blatt namens Di Yidishe Tsaytung in New York gegründet worden. Und an Manhattans West 16th Street steht noch heute das legendäre YIVO Institute for Jewish Research, das Yidisher Visnshaftlekher Institut, gegründet 1925 in Berlin, 1945 umgezogen nach New York City.

Wir verlassen die Bedford Avenue, wo diese sich anschickt, das Satmarer Schtetl hinter sich zu lassen, um die afrikanisch-amerikanischen Slums von Bedford-Stuyvesant und, weiter unten, das Lubawitscher Schtetl von Crown Heights zu durchqueren sowie jenseits von Flatbush, bei Midwood, noch einmal das Bobover respektive Stoliner Schtetl Borough Park zu tangieren, gehen zwei- bis dreihundert Meter die flankierende Flushing Avenue entlang und dann die Lee Avenue wieder hinauf. In den letzten Stunden, bevor die Geschäfte den Schabbes über schließen, herrscht hier ein enormes Treiben. Kurz vor der Überquerung des einschneidenden Brooklyn-Queens Expressway werden Vermilion und ich Zeugen, wie ein Schulkind von einem ungeduldig beschleunigenden, in falscher Fahrtrichtung auf eine Einbahnstraße zustoßenden Auto erfaßt wird, angefahren wird, Vermilion glaubt: überfahren wurde. Dann beendet der Frontalzusammenstoß mit einem entgegenkommenden Lastwagen den rätselhaften Spurt des offenbar ortsunkundigen Unglücksfahrers. Mehrere Männer schreien in hellen Stimmen auf, laufen verzweifelt hin und her, einer beugt sich über das Kind, das wir jetzt nicht mehr sehen können, einer hat sofort sein mobiles Telefon in Betrieb genommen, und keine zwei Minuten später eilen mehrere, aus amerikanischer Sicht: inoffizielle chassidische Ambulanzen herbei, mit spitzem Sirenengeheul und hinter den Kühlergrills verborgenen Blaulichtern. Mittlerweile hat sich eine aufgeregte Menschenmenge an der Kreuzung gebildet. Vermilion und ich aber bewegen uns langsam, schleichend, wie schuldig, mit zitternden Knien von der Ansammlung fort. Kaufen uns in einem Laden an der nächsten Ecke eine Flasche Traubensaft. Als sei nichts geschehen. Dabei hat das tragische Ereignis in meiner Wahrnehmung, durch die fromme Geschlossenheit der hiesigen Bevölkerungsgruppe, sofort eine Schicksalhaftigkeit von kollektiver Tragweite erhalten. Geradezu alttestamentarisch, denke ich, während Vermilion ihre Bluse über dem Davidstern zuknöpft, behalte diese Überlegung aber für mich, da die Vokabel alttestamentarisch im Deutschen, womöglich im gesamten christlichen Abendland, einen antisemitischen Unterton besitzt.

Wo auch immer Du Dich im Augenblick herumtreiben magst, Tillmann: Irving Berlins Schlager Yiddle on Your Fiddle: Play Some Ragtime war noch als die Parodie eines schwarzen Genres angelegt, von dem der Komponist nichts verstand. Mit Alexander's Ragtime Band versuchte er sich aber bereits als Genuine Ragtime Artist zu positionieren, wozu er Black Music in American Music umbenannte. George Gershwin fühlte sich Stoffen wie Porgy and Bess bereits näher als The Dybbuk. Jüdische Repräsentationen schwarzer Musik sind logisch keine ursprünglich schwarze Musik, und doch etablierte Gershwins Oper eine aberwitzige Schule afrikanisch-amerikanischen Kunstgesangs südlicher Zunge: Ein jüdischer Komponist lehrte die schwarzen Künstler des Nordens, wie sie authentisch negroid zu singen hatten. Ziemlich folgenschwer, Tillmann. Wozu mir einfällt, daß das jüdische Ziegfeld Girl Fanny Brice den schwarzen Komponisten Will Marion Cook bereits 1910 mit der Anfertigung eines sogenannten Coon Songs beauftragt hatte, den sie dann mit dem jungen George Gershwin am Klavier einstudierte. Hatte Cook nun ein Stück Black Music geschrieben? Zu Deiner dritten Frage: Harold Arlen, der Race Songs für schwarze Künstler wie Cab Calloway schrieb, gilt als der jüdische Songwriter mit dem ausgeprägtesten Gespür für den Blues. Wie den im Jazz berühmt gewordenen Klarinettisten Mezz Mezzrow und Artie Shaw wurde auch ihm der Status eines White Negro zuerkannt; sogar seitens der Blues-Sängerin Ethel Waters. Irving Berlin attestierte Harold Arlen anläßlich seiner Americanegro Suite, einen großen Beitrag zum Kanon amerikanischer Negerlieder geleistet zu haben. Bereits Arlens Vater, der Kantor Arluck, soll eine Truppe Blackface Minstrels in seine Synagoge eingelassen haben. Jetzt meine Frage: Hast Du eigentlich je nachgeforscht, wie viele arische White Negroes es im Verhältnis zu jüdischen gibt?

Für unseren weitläufigen Ausflug nach Crown Heights, Flatbush, Midwood und Borough Park haben wir uns in den Käfer gesetzt. Der muß auch mal bewegt werden, sagt Vermilion. Noch eben den Strafzettel in den Rinnstein geworfen, und schon befinden wir uns, knapp rechts vom Mittelstreifen, auf der stark befahrenen Bowery. Ich lehne mich zurück, empfinde Vermilions entschlossenen Fahrstil als sehr angenehm. Sie nutzt ihren Vorteil, wo immer sie kann; uns wird schon nichts passieren. Als junges Mädchen konnte Vermilion ja bereits Flugzeuge steuern. Jetzt geht es in rasantem Tempo über die Brooklyn Bridge. Heute ist Memorial Day, und die meisten Geschäfte haben geschlossen. Das wird in den chassidischen Vierteln ganz anders aussehen, verspricht meine Freundin, die findet, daß ich lustige rote Flecken auf den Wangen hätte, was ich darauf zurückführe, daß wir gestern tanzen gewesen sind, und zwar exzessiv von 17 bis 23 Uhr in einem Lagerhaus namens Vinyl, ehedem Shelter, direkt an der Einfahrt zum Holland Tunnel, auf einer Veranstaltung mit dem Titel Body & Soul, bei der überlebende Diskjockeys der legendären Paradise Garage jeden Sonntag von 16 Uhr bis gegen Mitternacht vor einer ethnisch gemischten Menge begeisterter, mehrheitlich schwuler Tanzender Disco- und House-Platten auflegen. Auf dem Flyer stand: For the month of May 2000 we would like to honor The Women of Body & Soul, weshalb Vermilion gestern auch gratis eingelassen wurde. Das gierige Gebell der Party People, von dem ich im Zusammenhang mit den Riten der alten Paradise Garage gelesen hatte, drang bis in den Garderobenbereich vor. Als wir den Raum mit der gigantischen Tanzfläche betraten, spielte die Musik noch relativ leise, doch keine zwei Stunden später, während draußen die Sonne noch immer hoch am Himmel stand, waren hier drinnen alle naßgeschwitzt wie kurz vor Sonnenaufgang. Jetzt konnte nur mehr das regelmäßige Aufheulen der Sirenen das ohrenbetäubende Volumen der hypnotischen Musik durchdringen. Joe Claussell, Danny Krivit und François Kevorkian legten abwechselnd auf, deutlich in der Nachfolge des sagenumwobenen, verstorbenen Larry Levan, Sohn einer Schneiderin aus Bedford-Stuyvesant, von dem erzählt wird, daß er einmal mitten in seinem Set die Kanzel verließ, um eigenhändig sämtliche sechs über dem Tanzboden angebrachte

Disco-Kugeln zu polieren, auf einer Klappleiter, während sich die Platte, zu deren aufpeitschenden Klängen er seinen Platz verlassen hatte, schier endlos in ihrer Auslaufrille drehte.

Im Schrittempo läßt Vermilion ihren zinnoberroten Volkswagen durch das Bobover Schtetl gleiten, durch zahllose stille Straßen, an saftigen Vorgärten und sehr anmutigen Anwesen vorbei. Deutlich saturierter als im Satmarer Schtetl kommen mir die Gestalten auf den Gehwegen hier vor, aber auch weniger ätherisch in ihrer Ausstrahlung. Wir erreichen die 13th Avenue, die im nachmittäglichen Trubel liegende Einkaufsmeile von Borough Park, stellen das Auto in der 50th Street ab und mischen uns unter das Volk. In der Spielwarenabteilung von Eichler's Judaica Superstore entdecke ich eine kunterbunte Torah aus Plüsch. Vor uns an der Kasse: Touristen aus Israel. Der freundliche Angestellte spricht sowohl Jiddisch als auch Englisch. Ich traue mich nicht, ihn nach der jüdischen Ausgabe des Neuen Testaments, in der, laut Vermilion, eine Kontinuität des Jüdischen im Christlichen konstruiert wird, zu fragen. Zwei bildhübsche junge Frauen studieren das Regal mit den Neuerscheinungen chassidischer CDs. Sie sind, im Rahmen ihrer religiösen Vorgaben, perfekt modisch gekleidet; allein ihre seltsam seidigen, ins Rotblonde spielenden, kostbaren Perücken irritieren meinen heterosexuellen Blick. Wie zwei zum Leben erweckte Mannequins sehen die aus, flüstere ich meiner Freundin ins Ohr. Like female impersonations from outer space. Auf ihren Händen balanciert Vermilion einen ganzen Stapel in schwarzes Leder gebundener Bücher. Als wir uns wieder auf der Straße befinden, erklärt sie mir, daß die verheirateten Frauen von Borough Park, im Gegensatz zu jenen in Williamsburg, nicht unbedingt kahlgeschoren sein müssen. Viele von ihnen trügen einen ansehnlichen Kurzhaarschnitt unter dem langen Scheitl, mitunter sogar einen schicken, bis zum Kinn reichenden Bob. Keinem Mann außer ihrem Angetrauten allerdings dürften sie ihr eigenes Haar zur Schau stellen. Zwei pralle, beige Eichler's-Plastiktüten baumeln an meinem rechten Handgelenk. Unübersehbar: The Fluffy Torah. Einem Zeitungskasten entnehme ich die aktuelle Ausgabe eines kostenlosen Anzeigers namens Torah Times und blättere, während wir langsam weiterbummeln, hinein: Die begehrten Glamour-Strumpfhosen aus Italien sind eingetroffen und ab sofort in Borough Park bei den beiden Family Hose Centers, bei Head to Toe, Hosierama und Hosiery & More erhältlich, in Flatbush bei Leggacy und Plan Ahead, in Williamsburg bei Gold's Accessories.

Wie angewurzelt ist Vermilion vor dem Schaufenster eines Perückenladens stehengeblieben. Sie erzählt von reichen chassidischen Frauen aus Brooklyn, die ihrer Scheitl wegen bis in die reformierte Upper East Side Manhattans hinauffahren, wo der Hair Stylist Mark Garrison aus North Carolina, seines Zeichens Southern Baptist, der schon Supermodels wie Naomi Campbell, schwarz, und Cindy Crawford, weiß, coiffiert haben soll, unweit des Leo Baeck Institute einen renommierten Friseursalon betreibt. Angefangen hat alles vor etwa zehn Jahren, sagt Vermilion, mit einer Braut, die sich ihre roten Locken, welche Garrison regelmäßig, seit sie ein kleines Mädchen gewesen war, geschnitten hatte, zur Hochzeit abrasieren lassen mußte und daraufhin den Ehrgeiz des Friseurs entfachte, eine Perücke anzufertigen, die der natürlichen Anmut ihrer vergangenen eigenen Haarpracht möglichst nahekäme. Das Ergebnis muß sensationell ausgefallen sein; jedenfalls empfahl die zufriedene Braut den Haarkünstler in ihren Kreisen weiter, und schon bald hatte Mark Garrison einhundertfünfzig kahle Kundinnen in seiner Kartei. Der für den Forward schreibenden Journalistin Susan Kirschbaum schilderte er den Prototyp seiner jüdischen Besucherinnen als ausgesprochen sexy und exotisch. Garrison schneidet und frisiert ihre Scheitl, färbt sie, reinigt sie, fönt sie und beherrscht dabei nicht nur die Ponyfrisuren, berichtet Vermilion. Schneiden kostet stolze 600 Dollars, 75 Dollars das Waschen und Trocknen, 150 das Nach- oder Umfärben. In Flatbush, bei Chevi, zahlst du für Schneiden nur 195 Dollars, 50 für Waschen und Trocknen und 60 bis 105 für das Nachfärben.

Say you saw it in the Torah Times: Heimishe Yingerman available to do all kinds of van service, 718-436-4976. Men's Web Design Course, 718-972-9627. Borough Park, 36th Street, growing yiddishe block, 2 houses for sale, 854-5696. Large bungalow available in heimish Chassidish-Yeshivish colony, 435-3251. Wedding dress, children size 8 & 12, young ladies cocktail length dress, size 2-4, 4-6, 851-1657. 3 beautiful exclusive designer maternity dresses for rent, 718-234-9614. Heimishe boys camp looking for Geshmake Bachurim who want to learn, be lifeguards, and have a great summer, 718-871-6572. Vermilion hat ihren Käfer vor einer roten Ampel ausrollen lassen und ihren rechten Arm um meine Schultern gelegt. Lost woman's navy suit 18th Avenue & 47th Street, 718-972-1451. Lost red duffle bag with a Taalis and tefillin and assorted other items inside, it belongs to a sick person and is a great mitzvah to return it, 436-1140. Found Talis bag with plastic & Pesach pillow plastic, name Horowitz, 438-7781. Donate your used decent sheitlach to Aniyim in Eretz Yisrael, Yad Rivka, 718-951-1799. Halblaut lese ich: Before you cut your long hair, give us a call, we'll pay you $ for it, 851-4058. Deines ist noch nicht lang genug, bemerkt Vermilion amüsiert und greift in meinen Nacken, nimmt meine Haare, ihr neuestes Steckenpferd, zu einem Pferdeschwanz zusammen.

Heinrichs Ausschnitte: Eine vierzigjährige algerische Asylbewerberin hat sich vor drei Wochen in der berüchtigten Flüchtlingsunterkunft des Flughafens Rhein-Main erhängt. Die Nordafrikanerin saß bereits seit sieben Monaten im Transitbereich des Flughafens fest. Aus Algerien war sie, nach eigenen Angaben, geflohen, weil ihr Mann dort als Terrorist gesucht wurde; Terrorist in der Frankfurter Rundschau in Anführungszeichen. Außerdem sei sie von algerischen Polizisten mehrfach vergewaltigt worden. Das deutsche Bundesamt für die Anerkennung ausländischer Flüchtlinge, Heinrichs handschriftliche Korrektur: Bundesamt für die Aberkennung ausländischer Flüchtlinge, lehnte ihren Asylantrag ab. Auch das Frankfurter Verwaltungsgericht fand den Antrag unglaubwürdig. Für die Algerierin begannen nun, unter haftähnlichen Bedingungen, Monate des Wartens auf die gefürchtete Rückführung nach Algerien; Heinrich: Abschiebung nach Algerien. Bereits bei ihrer Ankunft in Deutschland sei es der Frau sehr schlecht gegangen. Im Februar berichtete der Flughafensozialdienst, sie leide unter stundenlangen Weinkrämpfen. Am 26. Februar brach sie zusammen und wurde in eine Klinik eingeliefert. Kurz zuvor hatte der Anwalt Andreas Metzner an das Bundesinnenministerium appelliert, die Einreise der Verzweifelten wenigstens aus humanitären Gründen zuzulassen. Das Bundesinnenministerium aber reagierte nicht. Der Freitod der Algerierin bringt ihm nun den öffentlichen Vorwurf fahrlässiger Tötung ein. Die Frankfurter Rundschau meldet, es habe in den vergangenen drei Jahren nicht weniger als achtzehn Selbstmordversuche von Flüchtlingen auf dem Flughafen Rhein-Main gegeben.

Andrea Dworkin: Scapegoat. The Jews, Israel, and Women's Liberation. Im Vorwort überfliege ich, daß die Juden, und also auch die jüdischen Männer, ein paar tausend Jahre lang als von Natur aus pazifistisch, genetisch pazifistisch, galten, wie die Frauen. Die Existenz des heutigen jüdischen Staates sowie dessen Verteidigung legen nahe, daß dieser Pazifismus eine soziale Konstruktion gewesen ist und keinerlei biologische Grundlagen besaß. Die offensichtliche Sanftheit der jüdischen Männer vor der Einrichtung des Staates Israel hat allerdings niemanden auf die Idee gebracht, daß Männer überhaupt so leben könnten wie die Juden. Vielmehr hat sie zahllose Pogrome und schließlich den Holocaust provoziert, schreibt die Verfasserin in Brooklyn, New York, im Juni 1999, als Vermilion und ich uns in Ocracoke kennenlernten. Meine Freundin hat sich das vielversprechende neue Buch Andrea Dworkins vor etwa einer Stunde im Souterrain von Shakespeare & Co. gekauft. Jetzt sitzt sie mir in Katz's Delicatessen gegenüber und verspeist mit großem Appetit ein Stück Käsekuchen, erzählt von einem Lubawitscher Rabbi namens Dworkin und fragt sich, ob die feministische Autorin Dworkin mit ihm verwandt sein könnte. Vermilion, die mir, der ich einen Kosher Frank gegessen habe, nun das letzte Stück ihres Kuchens in den Mund schiebt, hat im Forward einen Artikel darüber gelesen, wie der Feminismus langsam, aber stetig in die Enklaven der Ultraorthodoxie eindringt. Zunehmend werde es jungen Frauen gestattet, die Torah zu studieren, Englisch zu sprechen, das Bedienen von Rechnern und sogar das Autofahren zu erlernen. Die Satmarer Chassidim stellten in dieser Bewegung allerdings erwartungsgemäß das Schlußlicht dar. Gitty, eine junge Frau aus Williamsburg, im Kittelkleid, mit Turban auf dem Kopf, wurde dahingehend zitiert, daß sie sich durchaus als befreit empfinde. Sie sagte: Meine Schwägerinnen in Montreal sollten Sie mal sehen. Echte Fanatikerinnen. Sie tragen niemals Perücken. Ihre Mädchen müssen die Haare ständig geflochten haben. Ausschließlich lange Ärmel sind erlaubt. Ich könnte da nicht leben. Ich bin denen zu modern. Gitty findet autofahrende Frauen nicht prinzipiell unkeusch, schließt sich allerdings der Meinung ihrer Nachbarin Fraidl, einer Belzerin, an, daß weiblicher Motorismus ihre Vorstellungen von Modernität doch eindeutig überschreite. Schließlich wollten sie durch derlei Verhalten auch die Heiratsaussichten ihrer Kinder nicht unnütz schmälern.

Interessant finde ich die Lehrpläne der Chassidim: Jungen, die vom Studium weltlicher Angelegenheiten traditionell ferngehalten werden, lernen täglich eine Stunde Englisch, die Mädchen dagegen drei bis vier. Auch in der Mathematik werden sie stärker gefördert; außerdem lernen chassidische Schulmädchen Soziologie, Geographie und den Umgang mit Computern. Logisch, ergänze ich, die Frauen gehen in die Welt hinaus, arbeiten als Lehrerinnen, Rezeptionistinnen, Kassiererinnen, damit ihre Ehemänner im Schtibl hocken und die Torah studieren können. Doch auch hier zeichnet sich, sagt Vermilion, wobei sie sich mit ihrem bräunlichen Lippenstift über die Lippen fährt, ein neuer, gleichsam feministischer Trend ab. Während die Satmarer ihre Töchter allenfalls mit den jiddischen Geschichten aus der Torah bekanntmachen, erlauben die Belzer und Wischnitzer seit einiger Zeit sogar die weibliche Lektüre von hebräischen Primärtexten aus der Torah; wenn auch bei den Wischnitzern zunächst nur in Form von Fotokopien. Ziemlich aufschlußreich, bemerke ich, wie das Hebräische andauernd männlich und das Jiddische andauernd weiblich kodiert ist. Das geht bis in den Tonfall hinein, sagt Vermilion. Der jiddische Sprechakt habe, selbst beim Bekunden bester Laune, etwas Schluchzendes an sich. Wie eine Klarinette. Während wir an Katz' Kasse anstehen, um für unser Essen zu bezahlen, erzählt meine Freundin von dem Dichter Yankev Glatshteyn, der seine jiddischen Gedichte zunächst unter weiblichem Pseudonym veröffentlichte. Die Bibel in der jiddischen Übersetzung werde auch die Bibel der Frauen genannt. Ich erwerbe ein zinnoberrotes T-Shirt von Katz', auf dessen Rücken Send a Salami to your Boy in the Army steht, dann treten wir auf die Houston Street hinaus. Gitty glaubt fest daran, daß ihre Töchter später denselben Weg wie sie gehen werden. Shaindy, eine Satmarer Chassidin, die ganztägig arbeitet, damit sich ihr Mann ausschließlich dem Studium der Torah widmen kann, wünscht, daß ihre Töchter einmal einen besseren Job bekommen als sie. Fraidl findet, Frauen sollten ausreichend gebildet sein, um ihren Kindern beim Erledigen der schulischen Hausaufgaben helfen zu können. Ihr Mann, sagt sie, wisse nicht einmal mit dem Faxgerät umzugehen, geschweige denn mit dem Rechner. Sie könne hundert Sachen gleichzeitig erledigen. Doch wenn ihr Mann auch nur am Telefon sei, müßten sämtliche anderen Aktivitäten im Haus angehalten werden.

Phil Spector liebte seine Afro-Perücke über alles. Spector, prominenter Hit-Produzent aus den sechziger Jahren des zwanzigsten Jahrhunderts, jüdischer Abstammung, verheiratet mit Ronnie Spector, die, im Gegensatz zu Mariah Carey, eine schwarze Mutter und einen weißen Vater hatte sowie Mitglied der afrikanisch-amerikanischen Girl Group The Ronettes war, setzte sich das monströse Ding auf, steckte eine Pistole in sein Jackett, packte seine Frau, seine Schwiegermutter sowie zwei Leibwächter in seine Limousine und fuhr nach Watts zur Kirche des Reverend Cleveland, um an dessen Gottesdienst teilzunehmen. Ronnie Spector, die Gospel Music ausgesprochen langweilig findet, beschreibt in ihren Memoiren, wie ihr Mann auf Anhieb in das schmachtende Wehklagen der Gemeinde einfiel, heftig ins Schwitzen geriet, wie in Zungen sprach und andauernd ekstatisch Amen rief. Als er den langen Gang mit einer 100-Dollar-Note für die Kollekte in der Hand nach vorne rannte, erkannte Ronnie, wie die Pistole in Phils

Jackentasche auf und ab hüpfte und betete zu Gott, die Waffe möge jetzt bitte nicht herausfallen. Sie und ihre Mutter schämten sich für Phil Spector, er selbst aber schien stolz auf seinen Afro, sein auffälliges Verhalten und seine ganze Person zu sein. Selbstzufrieden bekundete er, der Gemeinde gezeigt zu haben, nicht irgendein dahergelaufener Weißer zu sein. Das hast du allerdings getan, Phil, soll seine Schwiegermutter geantwortet haben. Ablegen unter: Juden als die einzigen Weißen, die Schwarze in ihren Ghettos zu Gesicht bekommen. Aufheben für Tillmann. Anziehen für eine weitere Stadtrundfahrt mit Wanda.

Bronzeville: Die Fensterscheiben eben erst erbauter Wohnhäuser, bereits vor ihrem Bezug zerschmettert. 421 East 44th Street: Hier soll Louis Armstrong gewohnt haben, nachdem er bei King Oliver eingestiegen war. 47th und King: Der entmutigend langsam vorankommende Rohbau des Lou Rawls Theater. 1514 South Prairie: Sun Ras Adresse, als er in Fletcher Hendersons Band einsteigen durfte. Politische Wandgemälde, die Blues Men mit Gitarren zeigen, Blues Women mit Mikrophonen. Keine Plattenspieler, hatte schon Tillmann angemerkt, trotz allgemeiner Präsenz von R&B und HipHop. House Music ist hier, höre ich, ganz stark eine Angelegenheit von sexuell Andersdenkenden. Weshalb die sexistischen Slogans auf vielen Ghetto Style-Platten womöglich gar nicht als wirklich misogyn zu bewerten sind. State Street, zwei benachbarte Robert Taylor Homes in den üblichen Farben: Rostrot, Schwarz und Grau. Das eine schon leer, umzäunt, Fenster und Eingänge unten herum zugemauert, vom vierten Stockwerk bis ins sechzehnte hinauf mit roten Brettern vernagelt, nur ein Fenster, hoch oben im linken Flügel, sage ich zu Wanda, die fährt, steht offen. Das nächste Hochhaus ist noch bewohnt, zahlreiche Kinder, Jugendliche und Arbeitslose davor, auf trockenem Lehm, offenbar einer ehemaligen Rasenfläche. Wanda zeigt sich abermals erschüttert von der martialisch wirkenden, Ein- wie Aussperrung suggerierenden Vergitterung der Laubengänge, die einen Großteil der finsteren Fassade ausmachen. Auch hier wurden die Fenster zahlreicher Wohnungen mit Sperrholz verschlossen, was aber keineswegs bedeuten muß, daß dahinter, in der Dunkelheit, niemand mehr wohnt. Gegenüber der Liquor Store, ein schmutziger Verschlag, frequentiert von den Trostlosesten der Trostlosen. Hat Wanda tatsächlich Tränen in ihren Augen? Fluchtpunkt Hyde Park, Mittagessen in einem einfachen thailändischen Restaurant. Wanda und ich empfinden die Atmosphäre Hyde Parks an unserem heutigen freien Tag als angenehm. Scheinbar integriert, nennt es Wanda, die hier, von der Bibliothek aus, öfter essen geht. In Gedanken: Wer oder was wurde integriert, wenn mittelständische Schwarze mit mittelständischen Weißen im selben Viertel wohnen dürfen? Auf dem Weg zu Wandas Auto erwerbe ich bei Dr. Wax eine antiquarische Dancemania Maxi Glenn Undergrounds. Unglaubliche Tiefen. Radikales Equalizing. Vorankündigung: George Clinton & The P-Funk All Stars, Anfang nächsten Monats live im House of the Blues. Beschauliche Rückfahrt in der Abendsonne, am Weltausstellungsgelände von 1893 vorbei, wo ich Wanda die unter freiem Himmel aufgebockte, 1944 vor der westafrikanischen Küste erbeutete U 505 zeige; woraufhin meine Kollegin noch einen Umweg über Lincoln Park zu ihrem geliebten Goethe-Denkmal vorschlägt. Wohlan, Wanda. Inschrift: The Master Mind of the German People. Stifter: The Germans of Chicago, 1913. Heinrichs Elternhaus in Bitburgs Goethestraße: Meine erste Nacht außerhalb der Housing.

Die deutsche Presse vermeldet stolz: Mit einer Grundsatzvereinbarung über die Rechtssicherheit für deutsche Unternehmen ist bei den langwierigen Verhandlungen zur

Entschädigung ehemaliger NS-Zwangsarbeiter das letzte Hindernis überwunden worden. Den Unterhändlern Deutschlands und der USA, Otto Graf Lambsdorff und Stuart Eizenstat, gelang der seit langem ersehnte Durchbruch. Der Schutz deutscher Unternehmen vor Sammelklagen von Nazi-Opfern in den USA sei weitgehend gewährleistet, lese ich Vermilion fassungslos vor. Brigitte Bardot ist unterdessen in Paris wegen Anstiftung zum Rassenhaß zu einer Geldstrafe von umgerechnet 10 000 Mark verurteilt worden. Am Memorial Day Weekend haben hier, während Vermilion und ich in New York waren, Massen von Menschen den erfolgreich versetzten Leuchtturm am Cape Hatteras besichtigt. Ectomorphs Brendan M. Gillen schreibt in der Detroit Metro Times über das erste Detroit Electronic Music Festival, DEMF, bei dem der Techno Underground in seiner ganzen Schönheit aufgetaucht und regelrecht zum Volksvergnügen ausgeartet sein muß. Chain Reaction aus Berlin sollen dagewesen sein. Der große Theo Parrish und Stacey Pullen legten am Sonnabend auf, gefolgt von Octave One mit, ausdrücklich erwähnt, ihrem Remix von Knights of the Jaguar. Dan Bell, der nach Berlin geht, feierte seine Abschiedsparty mit John Tejada an den Plattenspielern, und Shawn Rudiman spielte live. Am Sonntag ließ sich Kenny Dixon, Jr. alias Moodymann mit Omar Ben Hassen von den Last Poets auf der Bühne blicken. Später gab es Rap mit Slumvillage sowie eine Ansprache Bürgermeister Archers. Auf der Underground-Bühne gastierten, unter anderem, DJ Godfather, Ectomorph und DJ Assault. Am Montag standen auf der Motor-Bühne die Detroit Grand Pu Bahs, auf der DEMF-Bühne Kevin Saunderson und Derrick May, ebenfalls mit Omar Ben Hassen, später Richie Hawtin. Auf der Underground-Bühne ein musikwissenschaftlich gelaunter Anthony Shakir. Und zum Abschluß eine bewegende Ansprache Carl Craigs, der das soziale Ereignis auch kuratiert hatte.

Hardwax: Descendants of the Underground, HR-005. Auslaufrille: Tech-Hop, the perfect marriage between HipHop and Techno. Nach wie vor deutlich entsubjektiviert. Ein Konzertflügel auf dem zweiten Track. Norman sagt dazu: Jazz Piano. Die B-Seite macht mit einem geloopten Jazz-Gitarren-Fragment auf, dahinter ein jazziges Reitbecken, rhythmisch zerlegt. Der letzte Track wird in seinen Samples noch konkreter. Norman, der an den Plattenspielern steht, fragt: Haben die Abkömmlinge des Untergrunds etwa die irdische Oberfläche durchstoßen? Heinrich: Um den schnöden Asphalt unserer Straßen zu betreten? Im Gegensatz zum submarinen Asphalt bei Drexciya? Ich wende ein: Oder haben wir es jetzt mit einer Art instrumentalem Signifying zu tun? Shake Shakir auf dem Frankfurter Label Klang Elektronik: Mr. Shakir's Beat Store. Auch unmißverständlich Tech-Hop, ohne Stimmen, versteht sich. Wer ist eigentlich Aubrey Hoermann? Another Afrogermanic? Nach drei phantastischen, gegenstandsloser Electro und Techno Music verpflichteten Schallplatten auf seinem offensichtlich eigenen Detroiter Odic Force Label wüßte ich liebend gern, wie dieser Mann wenigstens aussieht. John Tejada kam mir ja, vorhin im Internet, etwas hispanisch vor. Das könnte aber auch eine Frage der Belichtung sein, meinte Norman. Kleine Sensation: Tejada, Sohn einer Tänzerin, nach anderen Quellen: einer Sopranistin und eines Dirigenten, wurde in Wien geboren. Seine aktuelle, ungemein elegante Significant Numbers EP erschien auf Detroits 7th City Label. Von Shawn Rudiman weiß ich mittlerweile, daß er in Pittsburgh produziert. Eröffnender Titel seiner neuen Blue Empire EP auf Hypervinyl: Female.

Unbeantwortet: Warum es in den USA so wenige weibliche Techno Artists gibt. Weshalb Frauen überhaupt in aller Musik am ehesten körperlich, mit ihrer Stimme, zum Einsatz kommen. Wodurch das weibliche Subjekt ewig als Objekt in Erscheinung tritt, sage ich. Woraus sich wiederum, im Umkehrschluß, das emanzipatorische Potential von Instrumentalmusik ableiten läßt, sagt Heinrich. Norman zieht Rex Sepulveda als XXX auf D Records aus dem Stapel: The Diagram Is Drawn, the Deed Is Done. D Records, junges Label aus Kanada, auf Detroit fixiert, doziert Heinrich. Norman legt die Platte auf. Eindeutige Sprache: Gerade Baßtrommel, glasklare Abstraktion. Schon Sepulvedas Flex EP auf D war prima; allerdings besitzt er, darin dann doch ganz maskulines Subjekt, Pimp, verbessert Norman, eine auffällige Vorliebe für ins Vinyl geritzte sexistische Texte. Inwiefern diese, wie aus Detroit immer wieder zu hören ist und wie es vor allem die dortigen Electro-Leute unermüdlich für ihre betont unartigen Titel zu reklamieren pflegen, nicht wörtlich zu nehmen sein sollen, würde ich mir gern einmal von Kodwo Eshun erklären lassen. Norman, heute in einem elastischen Rippenpullover aus Polen, eine Hand in die Hüfte gestemmt, die andere am Mischpult. Im Klinikum der Duke University in Durham, North Carolina, behauptet er, würden die arretierenden Plastik-Kniegelenke von Barbie-Puppen als Scharniere für Fingerprothesen verwendet. Die Patienten könnten jetzt mit ihrer gesunden Hand die Finger mit den künstlichen Gelenken zurechtbiegen und somit einigermaßen sicher Tassen, Löffel oder Füller, selbst Dildos, in gewünschter, ergonomisch optimaler Weise halten.

Die U 352 unter dem gestrengen, zweiunddreißigjährigen Kapitänleutnant Hellmut Rathke war das erste deutsche U-Boot des Zweiten Weltkriegs, das die US-amerikanische Küstenwache zerstören und auf den Meeresgrund schicken konnte. Dadurch, daß es, südlich des Cape Lookout, südwestlich der HMS Bedfordshire, in vergleichsweise flachem, sehr klarem und tropisch warmem Gewässer liegt, genießt das Wrack bei hiesigen Taucherinnen und Tauchern eine extreme Popularität. Zunächst die gewohnte Geschichte: Die U 352 als Teil der aggressiven Operation Paukenschlag, Wolf unter Schafen in der, wie es die Briten sarkastisch formulierten, American Shooting Gallery. Am 4. April 1942 verließ das deutsche U-Boot den kurz zuvor unter britischen Beschuß geratenen französischen Kriegshafen Saint-Nazaire und nahm Kurs auf Amerika, mit dem Auftrag, vor der Küste North Carolinas so viele Schiffe wie möglich zu versenken. In Klammern: Auf ihrer ersten militärischen Kreuzfahrt, bis nach Island hinauf, hatte die bestens ausgerüstete U 352 kein einziges feindliches Objekt vernichten können. Am Morgen des 2. Mai 1942 glitt die U 352 also in amerikanische Küstengewässer. Da seine Besatzung außerordentlich unerfahren war, zehn Männer sollen erst neunzehn Jahre alt gewesen sein, hielt Rathke zahlreiche Übungen ab, darunter auch die Evakuierung des U-Boots. Ansonsten durften sich jeweils drei bis vier Männer an Deck sonnen, amerikanische Radiosender, die Kapitänleutnant Rathke großzügig empfangen ließ, übermittelten die aktuelle Entwicklung des Jazz vom Swing zum Bebop. Etwa: Les Hite and his Orchestra, mit dem jungen Dizzy Gillespie an der Trompete. Denkbar auch: Übertragungen aus New Yorks Savoy Ballroom mit Jay McShann and his Orchestra, in dem damals Charlie Parker am Altsaxophon größere Aufmerksamkeit zu erregen begann. Doch schon bald geriet die U 352 unter den systematischen Beschuß patrouillierender amerikanischer Flugzeuge, und der relative Müßiggang an Bord wurde durch regelmäßiges Crash Diving abgelöst. Am 5. Mai griff die U 352 zum ersten Mal selber an: Einen Frachter, ohne ihn zu treffen. Drei weitere solcher Verfehlungen sollten in den nächsten Tagen folgen.

Der U.S. Coast Guard Cutter Icarus, kommandiert von dem zweiundfünfzigjährigen, eigenbrötlerischen Lieutenant Maurice D. Jester, zum Gegenspieler des deutschen

U-Boots vor den Outer Banks bestimmt, war aufklärerisch derart mangelhaft ausgerüstet, daß seine Mannschaft bereits mehrfach versehentlich, in der Annahme, es handele sich um auf dem Meeresgrund lauernde feindliche U-Boote, von den Deutschen versenkte Wracks, einsame Felsen und sogar Schwärme von Fischen bombardiert hatte. Am 8. Mai machte sich die Icarus auf den befohlenen Weg von ihrem Heimathafen Staten Island, New York, nach Key West, Florida. Am Nachmittag des 9. Mai sichtete Rathke den bewaffneten Kutter südlich des Cape Lookout und nahm ihn unter Beschuß. Abermals ohne Erfolg; wobei sich einer seiner Torpedos in den Meeresgrund rammte, dort explodierte und Lieutenant Jester auf die gefährliche Gegenwart des deutschen U-Boots hinwies. Die Icarus ging nun ihrerseits zum Angriff über. So rasch wie möglich ließ Rathke sein U-Boot in den aufgewühlten Schlamm des Meeresbodens sinken. Die Wasserbomben des Kutters erschütterten die U 352 schwer, Maschinenteile und Glassplitter flogen umher, der Schädel eines Mannes zerschmetterte an einer Armatur. Der Strom an Bord fiel aus, das U-Boot erwies sich als weitgehend manövrierunfähig. Durch den Verlust diverser vom Deck abgesprengter Teile war es aber leichter geworden und trieb nun langsam, von seiner Mannschaft unbemerkt, für die Soundmen der Icarus aber unmißverständlich erkennbar, gen Westen. Jester ließ weitere Wasserbomben abwerfen, woraufhin die U 352 erneut auf Grund sank und sich zur Seite neigte. Noch zweimal wurde das lädierte Unterseeboot von der Icarus bombardiert. Wasser begann in das Innere der U 352 zu strömen, und Rathke befahl seiner Mannschaft, Schwimmwesten anzulegen. Schließlich ordnete er Auftauchen an.

Als die U 352 den Meeresspiegel durchstoßen hatte, eröffneten die Leute auf der Icarus das Feuer. Rathke erkannte die verheerenden Schäden an Deck, darunter den Verlust seiner Bordkanone, und beschloß, das U-Boot aufzugeben. Die ersten Männer, die aus dem Turm kletterten, fielen im Kugelhagel der Icarus. Einige kehrten, gegen Rathkes Befehl, in den Rumpf der toten U 352 zurück, Rathke selbst sprang ins Wasser. Der amerikanische Dauerbeschuß wollte einfach nicht nachlassen; er richtete sich, noch drei Minuten nachdem das U-Boot bereits gesunken war, ganz auf die Schwimmenden, die ihrerseits lauthals um Erbarmen riefen. Damn Germans, go to hell, bekamen die Überlebenden des Unterseeboots von Bord des Kutters aus zu hören. Dann drehte die Icarus bei, warf über den Blasen der in der Tiefe liegenden U 352 eine letzte Wasserbombe ab und dampfte davon. Auf der Fahrt ließ Jester an Norfolk melden: Have sunk submarine. 30-40 men in the water. Shall Icarus pick up any of the men? Norfolk antwortete nicht. Dann versuchte es Jester mit Charleston: 32 German submarine men in the water. Shall we pick them up? Zunächst kam auch von dort keine Antwort. Nach drei weiteren Anfragen meldete sich Charleston mit den Worten: Pick up survivors. Bring to Charleston. Als Rathke gewahr wurde, daß die Icarus umdrehte und zu ihm und seinen Leuten zurückkehrte, hielt er bereits seit vierzig Minuten einen sterbenden Maat in den Armen. In gebrochenem Englisch rief er den Amerikanern zu, sie mögen die Verletzten als erste an Bord nehmen.

Drei Fotografien vom 10. Mai 1942 aus dem U. S. Navy Yard in Charleston, South Carolina, habe ich vorliegen: Die gefangengenommenen Überlebenden der U 352 bekommen eine Mahlzeit serviert. Die gefangengenommene Mannschaft marschiert barfuß hinter ihrem Kommandanten her. Hellmut Rathke wird von amerikanischen Offizieren verhört. Der unrasierte Kapitänleutnant macht einen deprimierten Eindruck. Nachdem das Wrack der erfolglosen U 352 über dreißig Jahre später auf dem Meeresgrund entdeckt worden war, wurde es, ungeachtet seiner gefährlichen Munition, seiner Wasserbomben und noch scharfen Torpedos, im Nu geplündert. 1976 und 1977 entwendeten Taucher sogar die sterblichen Überreste deutscher Matrosen aus dem Inneren des Unterseeboots. Mehrere Totenschädel sowie verschiedene Knochen wurden in einem Geschäft für Tauchzubehör in Jacksonville, North Carolina, das kommerzielle Ausflüge zur U 352 anbot, ausgestellt. 1978 protestierte die westdeutsche Regierung gegen diese Schändung eines nicht markierten Seemannsgrabs. 1980 entschärften Taucher der U.S. Navy den Großteil der Munition des deutschen U-Boots und versiegelten seine Luken gegen weitere Eindringlinge. Menschliche Überreste hatten sie keine mehr an Bord gefunden; drei Torpedos sollen allerdings noch immer scharf sein. Kurz nach dem Verschwinden der Marinetaucher öffneten Sporttaucher die Luken der U 352 erneut, und so stehen sie bis heute jenen Hunderten von Tauchern und Taucherinnen offen, die sich pro Jahr von Beaufort, Morehead City, Swansboro und Jacksonville aus zur Stelle des unbarmherzigen Seegefechts vom 9. Mai 1942 bringen lassen. Das Wasser soll dort so warm sein, daß Du keinen Tauchanzug benötigst, Cordula, und so klar, daß sich das Wrack bereits von der Oberfläche aus deutlich erkennen läßt. Ansonsten zu bewundern: Korallen, Schwämme, Flundern, Schafsköpfe, Spatenfische.

Beunruhigende Zeitungsmeldung: Ein Mädchen ist am Cape Hatteras, ziemlich unter Land, in unmittelbarer Nähe der Brandung, von einem Hai angefallen worden. Mit Hunderten von Stichen mußte die Wunde an ihrem Bein genäht werden. In einer aufgerissenen, zwischen Lee und mir liegenden Papiertüte: Frische Bagels. Auf dem Plattenteller: Temple of Poseidon, X-103, 1993. Lee, über einen anderen Teil der Zeitung gebeugt, fragt: Schon gelesen? Mariah Careys Leben wird verfilmt. Ende des Monats sollen die Dreharbeiten in Toronto, Kanada, beginnen. Voraussichtlicher Titel: All that Glitters. Shanice erzählte mir davon, antworte ich. Nach dem Frühstück erkläre ich Lee, der momentan so gut wie gar keine Augenbrauen trägt, einige auf dem Tisch ausgebreitete, großformatige Anzeigen, mit denen Hans-Jürgen Massaquoi in seiner Illustrierten Ebony vor mehr als drei Jahrzehnten um Inserate warb, die sich an eine spezifisch afrikanisch-amerikanische Leserschaft richteten. Etwa das weiß gepuderte Antlitz eines männlichen Schwarzen, mit der Überschrift: Some American advertisers are color-blind. Lee will neulich in einem North Michigan Avenue Drugstore mitbekommen haben, wie eine ältere Dame, sehr selbstbewußt, meint er, womöglich aber auch ganz unterbewußt, sagte: Ein Paar schwarze Strumpfhosen, bitte, hautfarbene.

Vom Flohmarkt auf der Maxwell Street hat Lee am Sonntag billige Raubkopien von Aaliyahs CDs und eine stark zerkratzte, aber mitreißende, ich schätze mal: mindestens sieben Jahre alte 12-inch eines House-Künstlers, der sich Pizarro nennt, mitgebracht. Sie trägt den Titel El Diferente, ist auf dem Chicagoer Madhouse Label erschienen und bewog mich dazu, Lee, der mir Pizarros EP schenkte und auch gar keinen Plattenspieler besitzt, endlich einmal das Underground Resistance Œuvre DJ Rolandos zu überspielen, inklusive seiner in Detroits Black Planet Studios hergestellten Mix CD. Was mich wiederum auf die von Dir geäußerte Vermutung brachte, daß DJ Rolando, The Aztec Mystic, möglicherweise auch in einige Red Planet 12-inches verwickelt sein könnte, zumal Firekeeper, das unter Mitwirkung von Octave One entstand und, neben drei weiteren Tracks aus dem Red Planet-Katalog, auf der Aztec Mystic Mix CD zu hören ist, verblüffend ähnliche synthetische Streicher aufweist wie Knights of the Jaguar. Der für den Sänger des von Drexciya programmierten Red Planet Tracks Wardance verwendete Pseudoname Astral Apache könnte gleichfalls auf DJ Rolando hinweisen; ebenso die Titel Medicine Man und The Vanishing Race. Das Rot des Planeten zunehmend mit der Hautfarbe Rot gekoppelt. Dabei hatte ich, die ich die faszinierende Musik von The Martian, dem rätselhaften Alias auf sämtlichen Red Planet-Veröffentlichungen, gern im Zusammenhang mit jener des Sun Ra Arkestra auf Saturn Records höre, die Orientierung des Labels zunächst als dezidiert extraterrestrisch begriffen. Dann fand ich auf dem Etikett von Red Planet 7 den unmißverständlichen Aufruf: The Planet needs your help; gefolgt von einer ellenlangen elektronischen Adresse, die zwar den Namen Kafka enthielt, dessen merkwürdige Erzählung Poseidon ich Dir ja kürzlich zukommen ließ, mich aber sofort mit der Website der Friends of the Lubicon Lake Indian Nation in Toronto weiterverband. Auf dem Etikett von RP-8 konnte ich, Rot auf Schwarz, lesen: Free Mars. http://www.ezln.org. In diesem Sinn interessant erscheint mir auch der mutig das Mystische mit dem Politischen synchronisierende Begleittext von The Ancient zur Aztec Mystic Mix CD zu sein. Ich habe die Plastikschachtel komplett auseinandergenommen, Tillmann, fand aber keinerlei versteckte Botschaft. Lee hört DJ Rolando am liebsten auf Zimmerlautstärke, während er Aaliyah voll aufdreht und lauthals in ihre Texte einfällt: Down With the Clique. No One Knows How to Love Me Quite Like You Do. Street Thing. If Your Girl Only Knew. Ladies in da House. Bis die Polizei klingelt.

Aaron Green, Satmarer Chassid aus Williamsburg, bekennt: Ich würde nicht nach Borough Park ziehen wollen, weil die verschiedenen Leute dort drüben in jeder Hinsicht weniger traditionell ausgerichtet sind als wir hier, die wir näher an der Vergangenheit leben. In Borough Park hast du, um ein Beispiel zu geben, mehr Frauen, die Autos fahren. Bei uns würden Frauen keine Autos fahren. Hier tragen die Jungen ihre Schläfenlocken offen. Drüben haben sie ihre Pejes, glaube ich, um die Ohren gewickelt oder am Hinterkopf zusammengebunden oder unter dem Hut versteckt, verstehst du? Mit dem Stil ihres Teelöffels löst Vermilion, die ihr Haar offen trägt, je eine Schläfenlocke aus meinem Pferdeschwanz. Ungewohnt baumeln die Pejes vor meinen Ohren. Nachdem ich bei meiner heutigen Rasur nicht nur die mit Vermilion verabredeten Körperpartien geschoren, sondern, aus eigenem Antrieb, auch den ärmlichen Anflug des Williamsburger Barts wieder abgenommen habe, befindet meine amerikanische Freundin: Jetzt siehst du gar nicht mehr aus wie ein Chassid, Venus, eher wie eine Schickse, und fügt hinzu: allerdings auch hellenisch, vor allem im Profil, ein bißchen wie Aphrodite. Aaron Green sagt: Die Frauen in Borough Park gehen stärker aus sich heraus. Es gibt dort mehr Kaufläden, mehr Speiselokale. Hier sind die Frauen züchtig; eher Hausfrauen. Bei uns sprechen die Jugendlichen in erster Linie Jiddisch. Drüben wirst du junge Leute auch Englisch sprechen hören. Du kannst in Borough Park mehr westliches Benehmen beobachten als in Williamsburg.

Rudolf Steiner: Das Judentum als solches hat sich aber längst ausgelebt, hat keine Berechtigung innerhalb des modernen Völkerlebens, und daß es sich dennoch erhalten hat, ist ein Fehler der Weltgeschichte. Unser anthroposophischer Nachbar regt sich unbändig darüber auf, daß Ernst Uehlis Standardwerk Atlantis und das Rätsel der Eiszeitkunst auf Betreiben des Bundesfamilienministeriums aus den Bücherlisten der Waldorfschulen gestrichen werden soll. Er legte uns gestern sein persönliches Exemplar, die Erstausgabe von 1936, auf die Fußmatte, damit wir uns ein eigenes Bild von dieser des Rassismus bezichtigten Schrift machen könnten. Ich lese auf Anhieb: Der Keim zum Genie ist der arischen Rasse bereits in ihre atlantische Wiege gelegt worden. Uehli, getreuer Schüler Rudolf Steiners, beschreibt, weshalb Europäer weiß, Afrikaner schwarz und Indianer rot sein sollen: Der Zug von Menschen, die unter Leitung des Merkur-Orakels nach Afrika gelangt seien, sei durch das schwache Ich-Gefühl der Beteiligten einer starken Sonneneinwirkung ausgesetzt worden, wodurch sich zu viele kohlenartige Bestandteile unter der Haut abgelagert hätten. Der Europäer, als Angehöriger der sogenannten Jupiter-Rasse, behalte die weiße Hautfarbe, selbst wenn er in Afrika geboren würde, nicht jedoch aus Gründen der Vererbung, sondern aus seiner Ich-Anlage heraus. Die Indianer seien unter der Leitung des Saturn-Orakels in den amerikanischen Westen verschlagen worden. Die rote Pigmentierung ihrer Haut stelle das physiologische Merkmal einer fatalen Diskrepanz aus einem zu starken, nach außen drängenden Ich-Gefühl und einem unterliegenden Organismus dar. Der kosmische Einfluß des Saturn hätte verhärtend auf das Drüsensystem der Indianer eingewirkt, weshalb sie allmählich an Vergreisung zugrunde gehen müßten, triumphiert Ernst Uehli. Weiß, Schwarz und Rot fallen mir auch als die Farben der Reichskriegsflagge ein. 1980, ein Deutschland später, wurde Atlantis und das Rätsel der Eiszeitkunst neu aufgelegt. Der Bund der Freien Waldorfschulen in Stuttgart setzte es auf eine Liste mit Büchern, die den an Waldorfschulen tätigen Lehrern empfohlen wurden. Unser Nachbar hat sein antiquarisches Exemplar daraufhin neu binden lassen.

Der sozialistische Ex-Europa-Parlamentarier Ioannis Stamoulis betreibt die Beschlagnahme und Zwangsversteigerung dem deutschen Staat gehörender Liegenschaften in Griechenland. Hintergrund seiner völkerrechtlich umstrittenen Aktivitäten ist ein Massaker mit mehr als zweihundert Toten, das die Waffen-SS 1944 in der griechischen Kleinstadt Distomon angerichtet hat. Stamoulis, damals Präfekt, heute Advokat der Hinterbliebenen, hat es dabei vor allem auf das Goethe-Institut in Athen abgesehen, das dem Auswärtigen Amt in Berlin gehört, welches wiederum der erklärten Ansicht ist, die sogenannte Wiedergutmachung mit Griechenland bereits vor vierzig Jahren abgegolten zu haben. Anwalt Stamoulis möchte aber, so bald wie möglich, auch das Deutsche Archäologische Institut und die Deutschen Schulen in Athen und Thessaloniki gepfändet sehen. Heinrich hat sich vorgenommen, noch heute per E-Mail in persönlichen Kontakt mit Ioannis Stamoulis zu treten. Von meiner Dozentin auf den Rand eines WMF-Flyers gekritzelt, Hubert Fichtes Satz: Ich war in der HJ, um den Repressalien der Nazis einem Halbjuden gegenüber zu entgehen. Norman forscht seit Stunden im Internet nach eventuellen Auffälligkeiten im Sexualleben Isaac Singers, des Begründers der Nähmaschinenindustrie. Tatsächlich vergeht kaum ein Tag, an dem sich Norman nicht von unserem Terminal aus ins weltweite Netz einwählt. In Kürze werde ich ihn und Heinrich vorübergehend verlassen, um mir, für Ocracoke, einen neuen Badeanzug zu kaufen. Maria und Celestina schrieben, mit sichtlich klammen Fingern, einen langen Brief aus Madeira. Sie scheinen aus ihren Tauchanzügen gar nicht mehr herauszukommen. Madalena und José Maria hat es derweil auf die wärmeren Kapverdischen Inseln verschlagen.

Vermilion sieht sich während der diesjährigen Sommerferien in der Lage, sowohl im Café Atlantic zu arbeiten, als auch im Net House, dessen Miete seit einigen Monaten vom Konto ihrer Eltern abgebucht wird, zu studieren. Obwohl ich bereits seit einem Dreivierteljahr keine Zahlungen mehr von ihr beziehe, ließ die Stiftung mein Aufenthaltsvisum abermals großzügig verlängern. Cordula, die ihren Besuch wie bereits im vergangenen Jahr angekündigt hat, übermittelte mir vor wenigen Minuten eine Bildunterschrift aus der Berichterstattung der Süddeutschen Zeitung zur neuen Pariser Haute Couture: Scherrers Sirene ist eine Undine. Den Fischleib ersetzt ein Plissee-Saum. Nachdem ich die beiden Zeilen in eine Passage, in der es um Mae Wests Fischleibkostüme geht, eingefügt habe, verlasse ich meinen Arbeitsplatz, um das Frühstücksgeschirr abzuspülen. Seit einer Woche regnet es fast unentwegt. Lil' Kims No Matter What They Say, eine irre Produktion von Darren Limitless Henson für A Touch of Jazz, Inc., die selbst aus den kleinen Lautsprechern des koreanischen Transistorradios fett klingt, bringt mich dazu, vier Minuten lang um den Küchentresen zu tanzen. Dann lasse ich mich, vornüber, auf den Futon fallen. Glaube, Vermilions Duft in den noch warmen Kissen zu verspüren. Vielleicht auch nur ihr Parfum. Unter dem Tapetentisch: Gelesene Ausgaben von The News & Observer sowie zerknitterte Ausdrucke aus Chapel Hill mit den jüngsten homophoben Äußerungen Elfriede Jelineks, in denen sie eine Verbindung zwischen männlicher Homosexualität und Faschismus behauptet. The Notorious Kim, jedenfalls: Black, Bad and Blonde. Der Rest ihres neuen Albums soll nicht ganz so toll sein, meldet Yolanda aus Chicago. Auf dem Cover soll sie eine ähnliche Pose wie Kelis auf ihrem eingenommen haben: Unbekleideter Oberkörper, die Arme vor den Brüsten verschränkt. Wo Kelis ihren Kopf allerdings mit geschlossenen Augen in den Nacken gelegt hat, hält Lil' Kim ihr Gesicht mit geöffneten Augen gesenkt, berichtet Yolanda. Kelis' Schultern befänden sich in entspannter Position, Lil' Kim habe ihre Schultern hochgezogen und so weiter. Kelis: Sirene. Lil' Kim: Undine.

Aus dem Thrift Store in Carrboro brachte Vermilion unlängst, für nur 25 Cents, die von Kim Fowley 1978 produzierte Langspielplatte einer kalifornischen Gruppe namens Venus and the Razorblades mit. Auf der Hülle erklärt der Produzent dem blonden Steven T. alias Venus: Western society throughout history has identified with the blonde female and I thought it should be extended to the male gender on a uni-sex overlap level. Welche Körperteile der Sänger seinen Rasierklingen daraufhin zu unterziehen hatte, wird nicht thematisiert. In den gestrigen Zeitungen stand die deprimierende Nachricht von dem Düsseldorfer Bombenattentat auf eine Gruppe aus den Staaten der ehemaligen Sowjetunion zugewanderter Juden, die gerade vom Deutschunterricht kam. Sylvia, Borough Park, Vierzimmerwohnung, zwei Kinder, erzählt: Ich kam aus der Ortschaft Y hierher. Dort hatten mich meine Eltern überhaupt nicht aus dem Haus gelassen. Totale Unterdrückung. Dann wurde ich hierher verheiratet und war frei. Ich hatte ja gar nichts von Gegenden wie SoHo gewußt. Auch nichts von den Museen. Ich kam mir vor wie Kolumbus bei der Entdeckung Amerikas. Ich hätte nie gedacht, daß ich so viel mit Kunst anfangen könnte. Wenn ich die Galerien SoHos abklapperte oder Bücher aus der Leihbibliothek mit nach Hause nahm, öffnete sich mir eine ganz neue Welt. Ich lernte auch etwas über mich selbst. Plötzlich starrte ich auf Kunstwerke und erkannte Dinge in ihnen. Ich fing an, Radio zu hören. Ich war neunzehn oder zwanzig und hatte noch nie zuvor ein Radio besessen. Ich sprang von Sender zu Sender. Ich hörte Musik, hörte zum ersten Mal Country Music, hörte Kenny Rogers, Crystal Gayle und Barbra Streisand. Ich begann, mir Kassetten zu kaufen. Dann wurde 1980, aus heiterem Himmel, John Lennon ermordet. Und sie hatten Sondersendungen im Radio, und ich wußte gar nicht, wer John Lennon war. Ich hörte zum ersten Mal die Musik der Beatles, und ich legte mir alle ihre Alben zu. Dieser Prozeß führte dazu, daß ich mehr las und mehr wissen wollte, und mir wurde klar, daß ich noch einmal auf die Schule gehen und etwas aus meinem Leben machen müßte. Jerome R. Mintz, Indiana University, schreibt: In Williamsburg women generally do not read magazines and go to the movies. There's not even a shop that sells an English-language magazine or newspaper. You're not supposed to read books or magazines that are not written by a Jewish person. Even in Williamsburg, however, not everyone is in accord with the various forms of censorship that exists, and ways are found around them. On Wednesdays when the Algemeine Zeitung, the Yiddish newspaper with ties to Lubavitch, comes out people go down to Broadway to buy it. Everybody ducks out of their car and then ducks back in.

Jeden Morgen wacht Lee exakt eine Minute vor dem Summen des Weckers auf. Er glaubt, dies weniger auf die Präzision seiner sogenannten inneren Uhr zurückführen zu können als auf eine bislang naturwissenschaftlich unerforschte Dimension, in der die Zeit rückwärts läuft. Mein Unterbewußtsein, sagt Lee, während er sich reckt, ist, einem Echolot vergleichbar, bereits bei 8 Uhr angekommen, macht aber noch einmal für eine Minute kehrt und weckt mich liebevoll auf. Eine unzeitgemäße Erektion zeichnet sich unter Lees Bettdecke ab. Ich gehe als erste ins Bad und sende Tillmann, während in der Küche der Kaffee durchläuft, eine E-Mail mit meinem neuen Titelvorschlag: Downtown Atlantis. Gefunden im Text des ersten Songs der in Detroit produzierten P-Funk LP Motor-Booty Affair, deren Innenhülle George Clinton mit geschulterter Boom Box zeigt, im weißen Cowboyanzug, auf den Rücken zweier silbergrauer Delphine stehend, wie auf Wasserskiern. Fußnote: A Soundtrack from a Motion Picture Underwater. Erschienen ist das Album 1978 verrückterweise auf dem

Disco Label Casablanca. Im Jahr darauf ging meine Tante Shirley zu der legendären Disco Demolition in den Comiskey Park. Wer eine Disco LP dabei hatte, mußte nur 98 Cents Eintritt zahlen, also hatten auch sie und ihr Freund je eine dabei; leider weiß Tante Shirley nicht mehr, welche. Nachdem die Sox gegen die Tigers gespielt hatten, wurden, unter dem jubelnden Beifall des Publikums, 10 000 Disco-Platten in die Luft gejagt. Woran, mir ist allerdings nicht klar, worum, sich ein regelrechter Aufstand entzündet haben soll. Über dreißig Leute sollen verhaftet worden sein. Auch in Bitburg war Disco damals der große Renner. Aus heutiger Sicht läßt sich natürlich überhaupt nichts gegen die resignifizierende Disco Culture vorbringen. Lee regte an, die Spezialsprache George Clintons gelegentlich einmal mit der Spezialsprache Slim Gaillards zu vergleichen. Keine schlechte Idee, findet Tillmann. Vielleicht sollten wir Lee als Hilfskraft an unseren ausufernden Forschungsarbeiten beteiligen. Das geöffnete Klappcover der Parliament LP offenbart, opulent aquarelliert, eine submarine Großdemonstration vor der Silhouette der Großstadt Atlantis. Ein riesiges Transparent besagt: We got ta raise Atlantis to the top. Rechts im Bild ein weißes U-Boot mit den Ausmaßen eines futuristischen Raumschiffs, eine tauchende Untertasse, in deren Schatten sich der P-Funk-Zeichner einen aquatischen Kalauer erlaubt hat: Drawn under tremendous pressure.

Der African Englishman Paul Gilroy verrät bereits in seinem Vorwort zu The Black Atlantic, Harvard University Press, 1993: The book concludes with a critical discussion of Afrocentrism and the way it has understood the idea of tradition as invariant repetition rather than a stimulus toward innovation and change. This chapter includes a meditation on the diaspora concept which was imported into Pan-African politics and black history from unacknowledged Jewish sources. I suggest that this concept should be cherished for its ability to pose the relationship between ethnic sameness and differentiation. An Tillmann: Das Ethnische erscheint hier, in der Perspektive des selbsterklärten Anti-Antiessentialisten, ausdrücklich nicht als biologische Konstante, sondern als unendlicher Prozeß einer sich ständig ändernden, aber nicht beliebig veränderbaren sozialen Konstruktion von Identität. Gilroy weiter: I also argue that exchanges between blacks and Jews are important for the future of black Atlantic cultural politics as well as for its history. Paul Gilroy, Soziologe, Goldsmith's College, London, beruft sich mit seinem Buch ja auch explizit auf Lukács, Adorno, Benjamin und Kafka. Mir fällt wieder ein, daß ich den Namen Kafka auf dem Etikett einer Red Planet Maxi gelesen habe. Ich rufe Wendy an und lasse sie Sander L. Gilmans 1995er Aufsatz Damaged Men heraussuchen; wenig später werden mir die gewünschten Seiten zugefaxt. Masculinity is a complex and even contradictory construction, and no Jewish writer of the early twentieth century is more implicated in the confusions and difficulties associated with being a feminized male Jew than Franz Kafka. Selbstverständlich hat Gilman, Professor für Germanistik, Vergleichende Literaturwissenschaft, Psychiatrie, Judaistik, Kulturgeschichte, Wissenschaftsgeschichte und Medizingeschichte an unserer Universität, die Vokabel masculinity in Anführungszeichen gesetzt. Franz Kafka, jedenfalls: Uranier, Angehöriger des Dritten Geschlechts. Am Anfang aller Dinge tauchte Mutter Erde aus dem Chaos und gebar im Schlaf ihren Sohn Uranos. Er blickte von den Bergen liebevoll auf sie herab und sprühte fruchtbaren Regen über die geheimen Öffnungen ihres Leibes. Da gebar sie das Gras, die Blumen und die Bäume und auch die Tiere und Vögel, die dazugehörten. Der gleiche Regen brachte die Flüsse zum Fließen und füllte die Tiefen, so daß Seen und Meere entstanden. Uranos zeugte mit Mutter Erde die

Titanen, nachdem er seine aufständischen Söhne, die Kyklopen, in den Tartaros geworfen hatte. Auf Rache sinnend, verleitete Mutter Erde die Titanen, ihren Vater anzugreifen. Geführt von Kronos, dem jüngsten der sieben, den die Mutter mit einer Sichel aus Feuerstein bewaffnet hatte, überraschten sie Uranos im Schlaf, entmannten ihn und warfen seine Genitalien ins Meer.

Nach den Meßergebnissen der Raumsonde Voyager 2 besteht die Atmosphäre des Planeten Uranus zu 88 Prozent aus Wasserstoff und zu 12 Prozent aus Helium. Ein Techno Label namens Uranus ist mir nicht bekannt. Gilmans Gedanken zu Kafkas uranischem Körper gehen nun vom Stand der Sexualwissenschaften des späten neunzehnten und frühen zwanzigsten Jahrhunderts aus, nach welchem jüdische Männer eine eigene Variante des Dritten Geschlechts bildeten. Deren beschnittene Körper wiesen auf ein ganz andersartiges, aus nichtjüdischer Sicht als psychopathologisch diagnostiziertes Konzept von hysterischer Männlichkeit hin, dessen biologischer Verkörperung ebenfalls von der arischen Norm abweichende, also pathologische Züge zugeschrieben wurden: So besäßen männliche Juden, welche, als die Erfinder der psychosomatischen Erkrankung, daran glaubten, daß der Körper eine Verlängerung der Psyche darstellte, wenn sie ihre Arme ausbreiteten, bei Kafka soll das auf jeden Fall so gewesen sein, proportional die gleiche Spannweite wie Frauen; bei Ariern fiele die Spannweite von Männern und Frauen dagegen sehr unterschiedlich aus. Entsprechend wiesen jüdische Frauen nicht selten ein breites Kreuz und ein schmales Becken auf, jüdische Männer aber schmale Schultern sowie breite Hüften. Folgerichtig sei die jüdische Rasse besonders anfällig für Homosexualität. Doch selbst in der homosexuellen Subkultur spielten jüdische Männer eine besondere Rolle und erhielten von ihren sogenannten

Freunden eindeutige Spitznamen wie Rebecca oder Sarah angeheftet.

Wir sind nach Virginia Beach hoch gefahren, haben uns für eine Nacht in einem Motel am Strand eingemietet, in der ungestümen Brandung gebadet und die Delphine draußen auf dem Wasser beobachtet. Im ehemaligen Gebäude der Küstenwache erhielten wir, von deutschen U-Boot-Memorabilien umgeben, die Nachricht vom offenbar gar nicht lange zurückliegenden Tod Horst Degens. Mein deutscher Akzent war dem bestimmt achtzigjährigen Museumswärter, der Vermilion und mich durch die beiden Stockwerke der Old Coast Guard Station führte, Anlaß genug gewesen, mich hierüber unaufgefordert aufzuklären. Es lag auch gar nichts Triumphierendes in seiner Stimme. Obwohl wir vor seinem Porträt standen, hatte ich überhaupt nicht daran gedacht, mich nach dem weiteren Schicksal des Kommandanten der U 701 zu erkundigen. An der Strandpromenade zeigte, von einer Menschentraube umringt, ein Akrobat aus Deutschland seine Künste. Zum Ausklang der Saison feiern die Leute hier alljährlich ein Neptune Festival, sagte Vermilion. Wieder im Motelzimmer, zog ich die örtlichen Gelben Seiten aus dem Nachtschrank und schlug die Master Sound Recording Studios nach, in denen die Neptunes und Timbaland ihre großartigen Schallplatten produziert haben. Ich bekam Robert Ulsh, den stolzen Besitzer, Manager sowie Hausingenieur des Studios, ans Telefon und verabredete mich mit ihm für heute vormittag vor Ort.

Vermilion steuert ihren zinnoberroten Volkswagen quer über den Parkplatz des riesigen Einkaufszentrums, fädelt ihn temperamentvoll in den stark befahrenen Virginia Beach Boulevard ein und nimmt dann die ruhigere Witchduck Road landeinwärts. Sie biegt nach rechts in die Princess Anne Road ein und bald wieder nach links in den Parliament Drive, der uns in ein ruhiges, gesichtsloses Gewerbegebiet führt. Wenige Minuten nach 11 Uhr läßt meine Freundin ihren Käfer vor einem schmucklosen, in an Kriegsschiffe gemahnendem Grau getünchten Gebäude im Challedon Drive ausrollen: The Master Sound Studios. Robert Ulsh ist ein netter Kaukasier, der hier seit 1979 wirkt, bereits Country & Western mit Glen Campbell und Crystal Gayle produziert hat, aber eben auch Rhythm & Blues und Rap mit Missy Elliott, seit sie dreizehn Jahre alt ist. Die Neptunes haben gerade an der Westküste zu tun; Robert zeigt mir ihr Trick-Bike, das in einem der Aufnahmeräume lehnt, und auch die kostbaren Master Tapes von Kelis' Kaleidoscope Album. An der linken Wand neben dem Mischpult prangt eine riesige Darstellung des Planeten Saturn. Alles wirkt sehr aufgeräumt, doch Ulsh entschuldigt sich andauernd dafür, daß alles so unaufgeräumt sei. Kelis Rogers sei eine ganz reizende Persönlichkeit, The Neptunes ein junges, aus Pharrell Williams und Chad Hugo bestehendes Duo, die beide aus dem hiesigen, rund zwei Millionen überdurchschnittlich stark auf Musik versessene Einwohner fassenden, nautisch-militärischen Ballungsgebiet von Norfolk respektive Virginia Beach kämen. Pharrell Williams sei afrikanischer Amerikaner und für die magischen Neptunes-Rhythmen zuständig, Chad Hugo ursprünglich Jazz-Saxophonist, philippinischer Abstammung und für die Neptunes-Melodien verantwortlich. Ein eigenes Album der beiden soll auch schon im Kasten sein. Nachdem Timbaland unlängst nach New York umgezogen ist, äußert Robert Ulsh große Erleichterung darüber, daß sich die Neptunes in Virginia Beach, am stillen Rudee Inlet, ein hübsches Eigenheim erbauen ließen. Vermilion zeigt sich an alledem nicht sonderlich interessiert. Sie sitzt draußen auf dem Kotflügel ihres Autos und entfernt die Schilder von ihren neuen Levi's Blue Jeans.

Auf der Heimfahrt geraten wir, südlich von Chesapeake, am Rand des Great Dismal Swamp, in einen schier endlosen Verkehrsstau. Vermilion berichtet erstmals davon, daß ihre Vorfahren, ganz hier in der Nähe, Sklavenhalter gewesen seien. Die afrikanischen Zwangsarbeiter hätten dabei für den Schiffbau bestimmtes Hartholz aus den Sümpfen ziehen müssen. Auf schwarzem Wasser sei es, zu Flößen gebündelt, weiter zur Sägemühle befördert worden. 1862 wurden die Versklavten durch die siegreichen Truppen der Union befreit, sagt Vermilion, nicht wenige von ihnen, speziell aus dieser Gegend, seien daraufhin Seeleute, sowohl in der Kriegs- als auch in der Handelsmarine, geworden. Noch heute findet der weiße, angelsächsische, protestantische Amerikaner nichts furchterregender, als den Nachfahren dieser Sklaven zu begegnen. In Chicagos Hochbahn wurde ich letztes Jahr Ohrenzeuge einer kaukasischen Konversation, bei der einer der beiden Gesprächspartner in dräuendem Tonfall davon sprach, einmal seinen Fuß versehentlich in eine Gegend gesetzt zu haben, in der ausschließlich alteingesessene afrikanische Amerikaner wohnten. Nicht eine Silbe Spanisch sei in diesen von blanker Angst und panischem Schrecken durchzogenen Straßen zu hören gewesen.

Kurz vor Rodanthe, einst Chicamacomico, wird der Asphalt des Highway 12 vom Meerwasser überspült. Einige Autos machen deshalb auf der Stelle kehrt; Vermilions Käfer aber nimmt die Furt ohne Probleme. Der fertiggestellte Parkplatz in der sandigen Schneise, durch die der Leuchtturm vom stürmischen Cape Hatteras entfernt wurde, ist noch immer nicht eröffnet worden; seit dem Memorial Day ist es jedoch gestattet, das verschleppte Bauwerk von innen zu besichtigen. Während wir von der luftigen Höhe des Leuchtturms aus auf die karge Landschaft, das vom Wind zerzauste Wäldchen, den schwindenden Strand, das aufgewühlte, heftig andrängende Meer zur einen und den silbrig schimmernden Sund zur anderen Seite hinunter schauen, läßt Vermilion ihre auf meinem Rücken liegende Hand unter den Bund meiner sandfarbenen Bermudas gleiten und verfällt leise in einen Refrain der englischen Combo Pram: Only the fish can live on the island of honeymoons. You'd have to be a mermaid to stay in your hotel room. Pram haben schon vor fünf Jahren ein ganzes Album über komische aquatische Lebensformen unter dem Titel Sargasso Sea veröffentlicht. Die Sargassosee als von internationalem Seemannsgarn umstrickte nautische Todesfalle irgendwo da draußen, mitten im blauen Atlantik, zwischen uns hier, Vermilion, und dem Schwarzen Kontinent, ein für die Seefahrt undurchdringlicher Dschungel aus im Golfstrom wogenden Meerespflanzen, mit einer märchenhaften Fauna, etwa dem Actor Frogfish und seiner Angelrute, dem galoppierenden Seepferdchen oder dem watschelnden Fledermausfisch. Eine Reisegruppe quält sich, nach Atem ringend, die enge Wendeltreppe hinauf. Erst auf der Fähre nach Ocracoke Island finden wir uns erneut von jenem gelassenen Menschenschlag, Sommerfrischler wie Einheimische, umgeben, der den kontemplativen Rhythmus dieser abgelegenen Insel bestimmt. Aus dem Autoradio erfahren wir von einem neuen Sturm südlich der Kapverdischen Inseln, der den über den Bermudas nach Osten abgedrehten Zyklon Alberto, den ersten der diesjährigen Saison, ablösen könnte. Nachdem wir das Auto bei einbrechender Dunkelheit vor dem Net House geparkt haben, werden wir auf unserem Weg nach drinnen von einem Mückenschwarm überfallen. Seit den verregneten Wochen, Ende Juli, Anfang August, läßt die Gemeinde jede Nacht verstärkt Nervengift gegen die Insekten versprühen. Hausbesitzer, die ihr Anwesen von dieser Maßnahme ausgenommen wissen wollen, können sich an die Ocracoke Mosquito Control Commission wenden. Als das Mückengitter fest verschlossen ist, schalte ich den Rechner ein und hole eine E-Mail Yolandas vom Server, in der es einerseits um Claude Youngs Pseudonym Golem Craft, andererseits um Mad Mikes ehrenamtliche Tätigkeit für Detroits Shalom Temple geht.

We know god made the trees, and the birds and the bees, and the sea for the fishes to swim in. We're also aware that he quite had a flair for creating exceptional women, eröffnete Noel Coward 1955 in Londons Café de Paris seine Eloge auf Marlene Dietrich. Ernest Hemingway hatte 1952 über die enigmatische Deutsche geschrieben: She is as lovely looking in the morning with a G.I. shirt, pants and combat boots as she is at night or on the screen. Yolanda: Marlene Dietrich is the German Anti-German. Norman, neulich auf der Love Parade, als Marlene Detroit: Im weißen Frack, auf dessen Rücken er mit roten Pailletten Motor City gestickt hatte. Auf dem rasierten Kopf trug er einen Cowboyhut à la Madonna Ciccone. Auf seinen Lippen: Sandwiches, der momentane Novelty Hit der Detroit Grand Pu Bahs, die sich aus dem afrikanischen Amerikaner Paris the Black Fu und dem kaukasischen Amerikaner Andy Toth zusammensetzen. Norman behauptet, Detroit Bass auf Anhieb von Miami Bass unterscheiden zu können; Resident Alien seien mit Sicherheit aus Miami. Heinrich ging, wie immer, als Heinrich. Ich als ich. Norman natürlich, wissenschaftlich gesehen, auch als Norman. Auf meinem Bildschirm: Hubert Fichtes Miami. Auf beiden Plattenspielern: Parallel Dimensions, das neue, bezaubernde, auf seinem Sound Signature Label erschienene Doppelalbum des Theo Parrish. Unüberhörbar die mit der Hand gespielten Trommeln auf Dreamer's Blues, dem eröffnenden Track; der Perkussionist, Jerrald James, ist auf der Hülle namentlich hervorgehoben. Heinrich vermeint, konkrete Voodoo Conga Patterns in seinem Spiel zu erkennen. Theo Parrish behauptet: The difference between imitation and emulation is specific experience. Hubert Fichte fragte sich: Wie soll man alles beschreiben? Und erfuhr an den atlantischen Gestaden der Neuen Welt: Eine Vaudouzeremonie ist alles. Akut. Geschichte. Struktur. Empedokles: Der Erde Schweiß ist das Meer. Vor meiner Reise in die Bibliothek zurückzubringen: Torsten Teicherts 1986er Dissertation über die poetische Konstruktion des Fremden und des Eigenen im Werk von Hubert Fichte. Die scheinbar exzessive literarische Beschäftigung mit sich selbst, immer wieder, immer neu, dabei die substantiell-inhaltliche wie narrativ-strukturale Infragestellung des Identitätszentrums, Wechsel, Maskierungen, Theaterrollen, Egorollen, poetische Imitationen, Kunstfiguren, Brüche im Leben, gedoppeltes, Blicke aufs Ganze: Das sind viele Teile, schreibt Torsten Teichert. In Klammern: Schon Georg Lukács bezeichnete das Selbständigmachen der Einzelheiten als wesentliche Form der Beschreibung.

Ein Tornado ist am Nachmittag über Ocracoke Island gezogen; fluchtartig haben sogar die drei jugendlichen Bademeister, die sich auf ihrem Hochsitz Spielfilme nacherzählten und in deren Schatten wir, ihnen lauschend, die Pause zwischen der mittäglichen und abendlichen Öffnungszeit des Café Atlantic verbrachten, den Strand verlassen. Allerlei Gegenstände wirbelten durch die Luft. Vermilion und ich stellten uns in dem Gemischtwarenladen unter. Ein Regentropfen glitzerte in Vermilions Davidstern. Neu im Regal: The Atlantic Turkey Shoot von James T. Cheatham, U-Boats off the Outer Banks in World War II. Jochen Mohr, Kommandant der U 124, nachdem er neun Schiffe vor den Outer Banks versenkt hat, in englischer Übersetzung: The new moon is black as ink / Off Hatteras the tankers sink / While sadly Roosevelt counts the score / Some fifty thousand tons. Von Bojen, Leuchtfeuern und anderen leichtsinnigen Illuminationen geleitet, seien die U-Boote mitunter so nah unter Land geraten, daß sich einzelne Bewohner der Küstenorte auf ihren Veranden ins Periskop nehmen ließen. Vor der Kasse erläuterte ich Vermilion die in The Atlantic Turkey Shoot abgedruckte Fotografie von der Beisetzung Lieutenant Thomas Cunninghams auf dem British Cemetery und weshalb sein Sarg mit ebenjenem Union Jack bedeckt ist, den er in Norfolk, ironically, genau den beiden Männern geschenkt hatte, die seinen Leichnam zwei Tage später am Strand von Ocracoke finden sollten. Endlich zog das Unwetter polternd über den Sund weiter, und Vermilion kehrte ins Café Atlantic zurück.

Auch am Abend bleibt die Wetterlage extrem gewittrig. Ein bißchen verängstigt, gleichzeitig in sehnsüchtiger Erwartung Vermilions, liege ich auf dem Futon, habe die Fensterläden geschlossen und schlage verschiedene mit rosa Zetteln markierte Passagen in Jerome R. Mintz' Standardwerk Hasidic People, A Place in the New World, nach: Über die missionarischen Mitzvah Tanks der Lubawitscher Chassidim und die Provokation, mit diesen, sei es auch nur auf dem Weg von Crown Heights nach Manhattan, durch Williamsburg zu fahren: Sie wurden mit Steinen beworfen. Über die gewaltsame Rasur des Lubawitscher Rabbis Pinchas Korf durch fünf Satmarer Männer. Über die Aktivitäten der CULTA, in Klammern: Coalition Unmasking Lubavitch Tactics Anonymous. Deren Begründer Jacob Cohen: Die Trennung der Geschlechter wird in der chassidischen Gemeinschaft strengstens überwacht, nur bei den Lubawitschern nicht. Lubawitscher kommen zusammen, Männer und Frauen in einem Raum. Genauso ihr Rebbe. Er verbringt Stunden damit, Frauen anzuschauen. Der Rebbe gibt den Damen die Hand, er spricht mit ihnen. Gemessen am chassidischen Lebensstil ist er einfach eine moderne, verdorbene Person. Ein Sex Maniac. Aufschlußreich auch die Auseinandersetzung der Lubawitscher mit den Satmarer Chassidim um die religiöse Einschätzung der israelischen Geiselbefreiung auf dem Flughafen von Entebbe, Uganda, 1976. Im Schutz der Dunkelheit landeten drei Frachtflugzeuge in Entebbe. Um die Terroristen abzulenken und auch Zeit zu gewinnen, fuhr ein Mitglied des israelischen Geheimdienstes, als Idi Amin, Ugandas Regierungschef, verkleidet, in einem Mercedes Benz vor. Woraufhin die israelischen Kräfte in einem Blitzangriff alle sieben Entführer töteten und einhundertdrei Passagiere befreiten. Der Lubawitscher Rebbe pries dies als ein Wunder, für den Satmarer Rebben dagegen war es völlig unvorstellbar, daß Gott ein Wunder durch israelische Soldaten und Agenten in Blackface zeitigen lassen könnte. Seite 105: In December 1979, the neighborhood learned of the desecration of Temple Emanu-El, the only Conservative synagogue in Borough Park. A swastika and anti-Semitic remarks were spray-painted on the exterior of the building. Credit for the desecration was claimed not by an anti-Semitic organization but rather by a representative of a so-called ultra-Orthodox group named TORAH, in Klammern: Tough Orthodox Rabbis and Hasidim. The group castigated the synagogue for not separating men and women at prayers and for not observing the Shabbes according to the Orthodox law.

Besonders antagonistisch kommen mir die Bewertungen des Holocaust durch die Satmarer respektive Lubawitscher Chassidim vor. Satmar: Der Holocaust als Bestrafung für die Übel des Zionismus. Lubawitsch: Die Tragödie des Holocaust als eine absolut nicht zu beantwortende Frage. Es gebe keine wie auch immer geartete menschliche Vernunft, die ein derart unbeschreibliches Leid erklären könne. Dazu, Blau auf Rosa, in Vermilions Handschrift, zitiert nach

Elie Wiesel, die Worte des Rabbis von Kotsk: Es gibt Wahrheiten, die durch die Welt übermittelt werden können. Es gibt tiefere Wahrheiten, die nur durch das Schweigen vermittelt werden können. Und, auf einer anderen Ebene, gibt es jene, die gar nicht ausgedrückt werden können. Nicht einmal durch das Schweigen. Bei Mintz lese ich, daß, obwohl zu Hause nur selten über die Shoah geredet wird, der Lebensstil der Überlebenden ganz von Ritualen der Trauer überschattet ist, von der wortlosen Erinnerung an die ermordeten Verwandten, auf deren Namen nicht selten die anwesenden Kinder getauft wurden, welche von diesem Klima des Schweigens wiederum stark beeinflußt werden. Seite 142: On a Friday night in September 1975, Israel Turner, an Orthodox Jew, was murdered by a holdup man just as he had reached his home on Empire Boulevard at 11:30 at night. Turner, fifty-four years of age, had just celebrated the Shabbes and the Sukkot holiday at the Lubavitch besmedresh. He tried to explain to the robber that he carried no money because of the religious holiday, and he called up to his wife who was in their first floor apartment. Turner's wife came to the window and pleaded with the robber: Leave him alone, he has no money. As she ran to the door she heard two shots, and when she reached her husband he was dying from a chest wound. As reported in the New York Times, a neighbor said Mrs. Turner was composed, even though she saw her husband fall before her. She told me that she and her husband had been inmates in the Auschwitz concentration camp, had seen members of their family tortured and had learned to have strength for things like this. Der Mord an Israel Turner wurde rasch aufgeklärt. Ein dreiundzwanzigjähriger Schwarzer hatte ihn getötet. Als die Beerdigungsprozession vor der Polizeiwache auf dem Empire Boulevard anhielt, begannen Passanten, Nazi-Parolen wie Heil Hitler oder Hitler was right zu skandieren. Clarence Norman, Sr.,

Minister of the First Baptist Church, bemerkte dazu: The Jews think the blacks are all muggers and rapists. And the blacks see the Jews as white people, as symbols of oppression. Tension could be removed by dialogue. Tatsächlich sollte es später sogar ethnisch gemischte Patrouillen in Crown Heights geben. Und 1989 würden die Chassidim gemeinsam mit den afrikanischen Amerikanern des Viertels, in sogenannter Regenbogenkoalition, für den schwarzen Bürgermeisterkandidaten David Dinkins votieren, der gegen den Juden Edward Koch antrat. Am Labor Day 1991 marschierten sechs Lubawitscher Chassidim neben Mayor Dinkins an der Spitze einer farbenfrohen, sich durch ihr Viertel ziehenden karibischen Straßenparade her. Unter ihren schwarzen Mänteln trugen sie kugelsichere Westen. Im Gegenzug machte Dinkins den eröffnenden Einwurf bei einem mannschaftlich integrierten Basketballturnier in der Bedford Avenue. Rabbi Joseph Spielman hielt dagegen: Ich habe kein Verhältnis zu den Schwarzen. Diese Basketballspiele sind nichts als Augenwischerei, Beschwichtigungsmanöver. Wir haben keine Antwort auf die Frage: Warum lebt ihr so zurückgezogen?

John Zorn, der sein subkultureller jüdischer Avantgarde verschriebenes Label mutig auf Tzaddik, den weisen Rebben, taufte, taucht das Mundstück seiner gleichsam beschnittenen Klarinette in eine an die indische Yoni, Sinnbild der Vulva, erinnernde Schale mit Wasser und erzeugt, mit puterrotem Kopf, einen beißenden Ton. Meine Frage lautet: Ließe sich John Zorn ästhetisch in eine Reihe mit Klarinettisten wie Mezz Mezzrow oder Artie Shaw, White Negroes des Jazz, stellen? Könnte sein aggressiver Ton womöglich schwärzer als der eher friedliche des Don Byron genannt werden? Auf jeden Fall maskuliner, findet Lee. Noch etwas: Wenn Don Byron die jiddische Musik des Klarinettisten und Orchesterleiters Mickey Katz nachspielt, versucht er seinem Ton dann eine andere Färbung zu geben, als wenn er Barney Bigard, den kreolischen Ellingtonian, oder den schwarzen Buster Bailey, der bei Benny Goodman Unterricht in klassischer Klarinette nahm, interpretiert? In Klammern: Imitiert? Emuliert? Und welche Rolle spielte der junge Mickey Katz, leiblicher Vater Joel Greys, in Phil Spitalny's All-Girl Orchestra? Vielleicht wird Deborah dazu etwas im Regenstein-Jazz-Archiv herausfinden können. Falls Phil Spitalny's All-Girl Orchestra überhaupt Jazz gespielt haben sollte, murmelt Lee und liest mir, über den Küchentisch gebeugt, mit einem bis an seine Knie reichenden Nachthemd angetan, eine Reportage aus der New York World vom 4. April 1931 vor, in der Mae West anläßlich des aufsehenerregenden Prozesses um ihre Komödie The Pleasure Man behauptet, sämtliche in der umstrittenen Inszenierung aufgetretenen Damenimitatoren seien inzwischen zur Kriegsmarine abgewandert. Übrigens: Seit wann steht eigentlich dieses komische Rekrutierungsbüro der U. S. Army auf New Yorks Times Square? Ich weiß es auch nicht, erwidere ich, und also fährt Lee fort: Bei aller Liebe zu Mae West; ein Drama wie The Pleasure Man, in dem Effeminiertheit und Homosexualität gleichgesetzt werden, mache politisch keinerlei progressiven Sinn. Mit Ausnahmen, wende ich ein, zum Beispiel Jean Genets multipel transgressives Stück Die Neger.

Auf meinem Bildschirm: Der statueske RuPaul, den ich überhaupt nicht als effeminiert empfinde, sondern, quasi dialektisch, als maskulin und feminin zugleich, in einer Werbeanzeige für Old Navy. Bestellen, während Lee längst in mein Bett gekrochen ist: RuPaul in Wigstock und RuPaul in Crooklyn. LeVar Burton in Star Trek und LeVar Burton in Roots. Slim Gaillard in Hellzapoppin' und Slim Gaillard in Two Joes From Brooklyn, Slim Gaillard in Roots, The Next Generation. Handschriftliche Notiz: Aus welchem Film stammen die Bilder, die Slim Gaillard in weißer Marineuniform zeigen? Siehe auch: Marlene Dietrich, 1940, als Frau in weißer Marineuniform. Raquel Welch, 1970, als Mann in weißer Marineuniform. Einfügen: Mit welchen Worten Sander L. Gilman ausführt, daß der Jude dem Nichtjuden, ganz wie das Weib dem Manne, in erster Linie als dessen Anderes, Ausgeschlossenes dient. Dieses Andere, von dem sich der Definitionsmächtige hierarchisch abhebt, erscheint als quasi flexible Konstante: Schächter oder Schlampe. Wenn ethnische Durchmischung zu rechtfertigen ist, wird der Jude als übertrieben rein dargestellt; wenn rassische Reinheit beansprucht wird, erscheint er als das schmutzigste Mischmasch. Wie der schwarze Halbjude Slim Gaillard. Kopieren: Das Zitat, in dem der als schwarz geltende Jazz-Pianist Willie the Lion Smith sein Blut als jüdisch, spanisch, indianisch, französisch und afrikanisch preist. Die Fotografien der Blackface Female Impersonators des neunzehnten Jahrhunderts, atemberaubend in orientalisch ornamentierte Mieder geschnürt, mit glitzernden Turbanen auf dem Haupt, gigantischen Ringen in der Nase. Suchen: Wie Richard Wagner, seines Zeichens Arier, hochmütig verbreitete, was Adolf Hitler und Henry Ford zu beiden Seiten des Atlantiks wieder aufgreifen würden: Obgleich der Jude so gut wie jede Nationalsprache der Welt zu beherrschen vorgibt, tut er dies überall als Alien. Was aber kann Sprache besseres widerfahren, als mittels Fremdheit produktiv gemacht zu werden? Yiddle on your fiddle, mein Choc'late Baby, play some Ragtime.

Prominente Ziegfeld Follies mit jüdischen Akzent: Al Jolson, Eddie Cantor, Fanny Brice. Barbra Streisand als Fanny Brice ruft in dem 1968er Spielfilm Funny Girl aus: I'm a Ziegfeld Girl. Tatsächlich baute Ziegfeld die Komödiantin wegen ihrer kräftigen Stimme in eine Hochzeitsszene ein.

Brice, Streisand, steckt sich ein Kissen unter das Kleid und schmeißt die Szene als vorlaute, hochschwangere Braut, deren groteske Erscheinung sich im denkbar größten Kontrast zu Ziegfelds, trotz funkelnder Kopfgepränge, fluffy Federboas und weiterer einschlägiger Accessoires, weitgehend aseptischen Broadway Mannequins befindet. Fanny Brice ist all das, was dem strengster männlicher Choreographie unterstehenden Ziegfeld Girl strikt verboten ist: Spontan, laut, derb, ethnisch, jüdisch. Linda Mizejewski schreibt in ihrem Buch Ziegfeld Girl, Duke University Press, 1999: As the American Girl rhetoric developed around Ziegfeld's Follies, the revue structure suggested an ideology as well as a style. Jewish, ethnic, and African American comedy, including blackface, in effect functioned as the contrast to the Glorified American Girl. Der schwarze Komiker Bert Williams durfte laut Vertrag zu keiner Sekunde gleichzeitig mit den Mädchen auf der Bühne sein. Diesen wiederum war es verwehrt, ihre kaukasisch bleichen Körper intensiverer Sonnenbestrahlung auszusetzen. Während die weiße Haut des Glamour Girls nordische Reinheit signalisieren sollte, wurde sie für amourös aufreizendere Nummern, in einer abgemilderten, gleichzeitig um signifikante Körperpartien erweiterten Form des Blackface, mit sogenanntem Café au lait Make-up abgedeckt. Einfügen: Pressefotos, auf denen Ziegfelds jüdische Ehefrau Anna Held ihr tägliches Milchbad nimmt. Neben der Illustrierten, dem Schaufenster und der Kinoleinwand, allesamt stumm, markierte die optisch wie akustisch opulente Broadway Revue des frühen zwanzigsten Jahrhunderts eine prominente Institution der öffentlichen amerikanischen Definition von Glamour: Also trachteten alle amerikanischen Backfische ganz verzweifelt danach, wie Ziegfeld Girls, Shubert Girls, Weber and Fields Girls oder Dillingham Girls zu werden. Sowie, vollkommen logisch, auch alle ehrgeizig emulierenden Female Impersonators danach, wenigstens so auszusehen; wobei sie gleichsam zu ihrer eigentlichen Berufung als Illusionisten gelangten: Denn das Ziegfeld Girl ist naturgemäß eine Illusion. Florenz Ziegfeld, wie es ein Rezensent oder eine Rezensentin einer seiner Biographien, ich weiß nicht, ob in glorifizierender oder despektierlicher Absicht, tat, als den Mann, der die Frauen erfand, zu apostrophieren scheint mir durchaus gerechtfertigt, denn Ziegfeld selbst hatte schon 1915 angegeben: I invented the showgirl, and therefore like any other inventor, am qualified to discuss and analyze the child of my brain. Linda Mizejewski notiert: A specified body, designated as white and heterosexual, was conflated with other desires; the body-we-should-want enacts the other things we should want: the society wedding, Anglo blondness, tourism, the Panama Canal.

Weber und Fields erweiterten den gegen Ende des neunzehnten Jahrhunderts am Broadway dominierenden rauhen irischen Klamauk um den feinsinnigen jüdisch-deutschen Witz, Ziegfeld, der von deutschen Lutheranern abstammte, fügte die freche französische Farce sowie sinnlich-sündige Revue-Elemente aus einschlägigen Pariser Einrichtungen wie den Folies Bergère hinzu und blies diese zu gewaltigen, lebenden Architekturen aus zunehmend amerikanisierten Frauenkörpern auf. Siegfried Kracauer erkannte: Diese Produkte der amerikanischen Zerstreuungsfabriken sind keine einzelnen Mädchen mehr, sondern unauflösliche Mädchenkomplexe, deren Bewegungen mathematische Demonstrationen sind. Träger der Ornamente ist die Masse. Nicht das Volk, denn wann immer es Figuren bildet, hängen diese nicht in der Luft, sondern wachsen aus der Gemeinschaft hervor. Die Massenbewegung der Girls steht im Leeren, ein Liniensystem, das nichts Erotisches meint, sondern allenfalls den Ort des Erotischen bezeichnet. Die Struktur des Massenornaments spiegelt die der gegenwärtigen Gesamtsituation wider. Der kapitalistische Produktionsprozeß ist sich Selbstzweck wie das Massenornament. Das Massenornament ist der ästhetische Reflex der von dem herrschenden Wirtschaftssystem erstrebten Rationalität. Wie gering immer der Wert des Massenornaments angesetzt werde, es steht seinem Realitätsgehalt nach über den künstlerischen Produktionen, die abgelegene höhere Gefühle in vergangenen Formen nachzüchten; mag es auch nichts weiter bedeuten, schrieb Kracauer 1927.

In der ersten Ziegfield Follies Show, 1907, im Jardin de Paris auf dem Dach des New York Theater, mit fünfzig Chorus Girls anstatt des bis dahin üblichen Dutzends, hatte sich immerhin alles um den imaginären, sozusagen transhistorischen Besuch des britischen Kapitäns John Smith und der indianischen Prinzessin Pocahontas in New York City gedreht. Pocahontas, anmutige Tochter des mächtigen Anführers Powhatan, war an der bereits unter den bösen europäischen Blick geratenen, jedoch kolonialistisch, im Gegensatz zur mysteriösen Lost Colony auf Roanoke Island, de facto noch unberührten, geschweige denn eroberten, deswegen im Wortschatz der längst nicht mehr nur auf die nautische Passage nach Indien erpichten Eindringlinge aus Übersee als jungfräulich geführten Chesapeake Bay des heutigen US-Staates Virginia zur Welt gekommen. Nachdem sie Captain Smith 1607, im Jahr der britischen Landnahme, dreihundert Jahre vor ihrem Auftritt bei den Ziegfeld Follies, das Leben gerettet haben soll, wird sie 1613, Jesus Christus als ihren persönlichen Retter anerkennend, auf den alttestamentarischen Namen Rebecca getauft. 1614 ehelicht sie den Engländer John Rolfe und segelt 1616 mit ihm und beider gemeinsamem Sohn Thomas nach Europa, wo sie 1617 im Alter von einundzwanzig Jahren an Tuberkulose stirbt. Irgendwie heiratet dann auch noch Sir Isaac Newton in ihren Stamm ein.

Ocracoke, 14. August 2000. Liebe Yolanda, Slim Gaillard sang: Carry me back to old Virginny, and I'll fight every inch of the way. Dann fand ich noch die folgende signifikante Äußerung Robin Ridingtons aus dem Jahr 1971: Da ich dem männlichen Geschlecht angehöre, hat mein Bericht zweifellos einen männlichen Ansatz und schildert eher die Perspektive eines Jungen, der im Land der Biber-Indianer aufwächst, als die eines Mädchens. Die Überwindung einer Kluft zwischen den Kulturen scheint mir schwierig genug, auch ohne den Anspruch, gleichzeitig die Kluft zwischen den Geschlechtern überwinden zu wollen. Wenn ich in diesem Bericht die Frauen vernachlässige, so impliziert dies nicht die Vernachlässigung der Frauen in der Kultur der Biber-Indianer. Zu Ziegfelds blonden Showgirls fällt mir ein, daß RuPaul demnächst gemeinsam mit Lil' Kim in einem vermutlich blondierten Remake von Bad Girls, dem alten Disco Hit Donna Summers für Casablanca, zu sehen und zu hören sein soll. Bevor gestern abend, vom Atlantik her, eine gewaltige Gewitterfront über die Insel zog, konnte ich endlich Mike Zwerins Artikel über Slim Gaillard aus der Herald Tribune vom 3. Januar 1984, demselben Jahr, in dem auch ich ihn interviewt habe, auftreiben. Groovy ist wahrscheinlich der einzige Begriff aus Gaillards das Englische mit dem Jiddischen, Spanischen, Italienischen, Griechischen, Armenischen und Japanischen amalgamierenden Vout-Sprache, der sich im verallgemeinerten Jive Talk durchsetzte. Nicht durchgesetzt: Das universale Suffix Oreenee. Wobei mich Vout-Formeln wie Boot-Ta-La-Za, Bingie-Bingie-Scootie, Ra-Da-Da-Da, Ding Dong Oreenee, Popity Pop, Yo Yo Yo oder Yip Roc Heresay stark an die Eröffnung von Rapper's Delight, dem weltweiten Hit der Sugarhill Gang, einundvierzig Jahre nach

Flat Foot Floogie, erinnern: Said a hip-hop, the hibbit, the hippidibby hip-hoppa you don't stop, rock it out to the boogie da bang-bang, boogie to the boogie da beat. Als Slim Gaillard einmal Gast in Bob Hopes Radio Show war, befragte der seinen anderen Gast, Marlene Dietrich, was sie von dem Hipster da neben ihr halte. Ihre Antwort: Vout. Selbst der Schauspieler Ronald Reagan soll diesen Ausdruck in Billy Bergs fidelem Nachtklub fallengelassen haben, bei einem furiosen Auftritt Gaillards, der in Hollywood auch den Spitznamen Dark Gable trug. Sozusagen: The Clark Gable of dark complexion. Was mir ganz entfallen war: Gemeinsam mit Flat Foot Floogie 1939 in die Zeitkapsel eingeschweißt wurde George Gershwins Rhapsody in Blue sowie, klar, Stars and Stripes Forever.

Marvin Kalb: I visited the cemetery the morning after President Reagan and Chancellor Helmut Kohl placed wreaths of reconciliation in front of its chapel. For years, the cemetery had been largely ignored; now, it was an instant shrine, a focus of political debate. Small flower pots marked many flat graves, 49 of them honoring Waffen SS troops. By the end of my visit, many hundreds of Germans and occasional Americans from the nearby Air Force base paused before the wreaths. Some took pictures. Mothers hushed children. A religious air seemed to saturate the scene. But look and listen: Six feet to the left of the President's wreath stood an equally impressive one. Across its banner: To the Waffen SS who fell at Leningrad. No more than a foot to the right of the Chancellor's was another wreath: For the fallen comrades of the Waffen SS. These two wreaths had been placed in the chapel, out of sight, hours before the President arrived. They were restored to their original places of honor only hours after he left. In the ensuing tranquility, the Waffen SS could again be honored in the springtime sun. A middle-aged visitor from

Nuremberg said the Waffen SS were simply soldiers, young conscripts doing their duty. A native of Bitburg, who looked to be in his 20's, expressed a view I was to hear with disturbing regularity: We Germans and Americans had been cooperating very well until the Jews began to make trouble. An old woman complained that Mr. Reagan had spent only eight minutes at the cemetery: You know why the visit had to be cut back? Because of the Jews. She stalked away to join a group of friends nodding in agreement. The Jews are seen as a group separate from Germans and Americans, an indigestible lump, a foreign body.

Vermilion und Cordula, in ihren einteiligen, hellblauen Badeanzügen, Strandtennis spielend, die begehrenden Blicke der drei Bademeister auf sich vereinigend. Seit zwei Tagen auch meinen vergleichenden Blick auf sich, auf ihre anmutigen Körper, ziehend: Die Amerikanerin, die Europäerin, die Ältere, die Jüngere, die Fliegerin, die Taucherin, die Geliebte, die Verflossene. Da haben sie ihr Match beendet und kommen näher, rufen mich Venus, zielen mit dem kleinen Gummiball auf meine Bermudas, werfen mir ihre Schläger vor die Füße. Eine jede umfaßt eine meiner Fesseln, und über den heißen Sand, unter dem Gelächter der Bademeister, schleifen sie mich, wobei mir mein neues beiges T-Shirt bis über die Brust nach oben rutscht, dem Wasser entgegen, in die tosende, salzige Brandung hinein, deren erste Welle mir sogleich schmerzhaft die Kiefern- und Stirnhöhle hinaufschießt. Später schwimmen wir alle drei in der atlantischen Dünung, hinter der Brandungslinie, bis zur Sandbank hinaus, und werden prompt von den Bademeistern zurückgepfiffen. Bei dem anschließenden Geplauder mit ihnen versuche ich auszumachen, wen sie wohl attraktiver finden, Vermilion oder Cordula. Als Amerikaner könnten sie an Cordulas behaarten Achselhöhlen Anstoß nehmen, überlege ich, oder an ihren für hiesige Verhältnisse auffallend kurzen Fingernägeln. Wir verabreden uns, am Abend zunächst Vermilion vom Café Atlantic abzuholen und dann zu sechst noch auf einen Pitcher Bier in Howard's Pub zu gehen.

Felix Mendelssohn-Bartholdy: Hebriden-Ouvertüre. Jean Sibelius: Les Océanides. Edward Elgar: Sea Pictures. Claude Debussy: La Mer. Gavin Bryars: The Sinking of the Titanic. Alles ausgeliehen, auf Kassetten gezogen und in einem gepufferten Kuvert nach Ocracoke geschickt. In Regenstein auf den Scanner gelegt: Das Schweigen der Sirenen, eine Erzählung aus Franz Kafkas Nachlaß, in der diese weiblichen Wesen eher von dem an den Schiffsmast geketteten Odysseus, der seine Ohren mit Wachs verstopft hat, verführt werden, als daß sie ihn verführen. Und tatsächlich sangen, als Odysseus kam, die gewaltigen Sängerinnen nicht, sei es, daß sie glaubten, diesem Gegner nur mit Schweigen beikommen zu können, sei es, daß der Anblick der Glückseligkeit im Gesicht des Odysseus, der an nichts anderes als an Wachs und Ketten dachte, sie allen Gesang vergessen ließ. Odysseus aber, um es so auszudrücken, hörte ihr Schweigen nicht, er glaubte, sie sängen, und nur er sei behütet, es zu hören. Flüchtig sah er zuerst die Wendungen ihrer Hälse, das tiefe Atmen, die tränenvollen Augen, den halbgeöffneten Mund, glaubte aber, dies gehöre zu den Arien, die ungehört um ihn verklangen. Bald aber glitt alles an seinen in die Ferne gerichteten Blicken ab, die Sirenen verschwanden förmlich vor seiner Entschlossenheit, und gerade als er ihnen am nächsten war, wußte er nichts mehr von ihnen. Sie aber, schöner als jemals, streckten und dehnten sich, ließen das schaurige Haar offen im Winde wehen und spannten die Krallen frei auf den Felsen. Sie wollten nicht mehr verführen, nur noch den Abglanz vom großen Augenpaar des Odysseus wollten sie so lange als möglich erhaschen. Dazu einige Abbildungen aus dem sechzehnten bis zwanzigsten Jahrhundert, auf denen die Sirenen eher Undinen sind, nämlich Flossen anstatt Krallen haben und also Weib und Fisch sind und nicht Weib und Vogel.

Aus Virginia erreichte uns heute morgen die Nachricht von dem rund sieben Wochen zurückliegenden Tod des Bluegrass-Musikers Floyd Atkins, bekannt als Chief Powhatan, weshalb allein wir auch auf ihn, Mitglied des Chickahominy-Stammes, stießen. Cordula und ich, nach wenigen Tagen bereits wieder vertraut miteinander wie einst in Mannheim, fuhren gegen Mittag mit Vermilions Volkswagen zu den im Norden der Insel eingepferchten Wildpferden, von denen nicht wenige Einheimische annehmen, sie entstammten Sir Walter Raleighs historischer Expedition; unser momentaner Nachbar, ein Quäker, der nach dem Zweiten Weltkrieg Penicillin in die DDR schmuggelte, behauptet sogar, sie ließen sich auf Cortés zurückführen. Dann aßen wir, nachdem wir den Käfer vor dem Café Atlantic abgestellt hatten, 10 Cent Steamed Shrimp im Pelican Restaurant, betrachteten in der Methodist Church das hölzerne Kreuz auf dem Altar, angefertigt aus einem Balken der Caribsea, Kutter der Küstenwache, versenkt durch die U 158 unter Erich Rostin am 11. März 1942 vor dem Cape Lookout, angespült in Ocracoke vor dem Elternhaus des James Baugham Gaskill, der mit der Caribsea untergegangen war, zu einem Kruzifix geschnitzt von Homer Howard, und sitzen nun auf Cordulas Bettkante im Silver Lake Inn, eine lokale Seekarte studierend, die wir auf unseren Oberschenkeln ausgebreitet haben. Ich berichte der Taucherin von dem Geisterschiff, das hier am 31. Januar 1921 gestrandet ist, ohne Besatzung an Bord, auch von den Passagieren fehlte jede Spur. Lediglich eine Katze, sagen die Leute, sei zwischen den festlich gedeckten Tischen des Speisesalons umhergestreift. Im Net House habe ich einige auf den Sommer 1918 datierte Fotografien von schweren eisernen U-Booten, wie sie unmittelbar vor den Outer Banks stolze, filigrane Segelschiffe aus dem neunzehnten Jahrhundert auf den Meeresgrund schicken: Binnen weniger Minuten waren die eben noch nach den himmlischen Lüften greifenden Takelagen unter der spiegelnden Wasseroberfläche des Atlantiks verschwunden. Als wir vor das Silver Lake Inn treten, zucken unablässig Blitze kreuz und quer über das abendliche Firmament. Ein sehr kräftiger, böiger Wind ist aufgekommen. Dichte Wasserschwaden treiben fast waagerecht durch das Dorf. Wir rennen los: Silver Lake Drive, Tuttles Lane. Als wir total durchnäßt ins Net House gelangen, ruft Vermilion aus dem Café Atlantic an, fragt, ob bei uns alles in Ordnung sei. Ein enormer Donnerschlag, elektroakustisch verzerrt in meinem linken Ohr, an das ich den Hörer halte, im rechten analog deutlich und sehr laut. Dann fällt in der gesamten Ortschaft der Strom aus.

Venus, mit nassen Locken, umgezogen, in seinem weißen afrikanischen Gewand, zählt mir auf Anhieb sieben im Zweiten Weltkrieg von den deutschen U-Booten U 66, U 71, U 124, U 160, U 332, U 404 und U 552 versenkte Wracks allein vor Ocracoke auf, nach denen ich in den nächsten Tagen tauchen könnte: Das gigantische Tankschiff Australia, den etwas kleineren Tanker Empire Gem, an dessen Position es bis heute nach rohem Petroleum stinken soll und der deshalb von Tauchenden the Smell Wreck genannt wird, die British Splendour, in die hinein es sich ganz leicht durch die von einem reichsdeutschen Torpedo in den Rumpf gerissene Öffnung tauchen lassen soll, die Dixie Arrow, die E. M. Clark, die Malchace und die Manuela. Die ohnedies berüchtigten atlantischen Gewässer der Outer Banks hätten 1942 die Bezeichnung Torpedo

Junction verpaßt bekommen. Ein in Ocracoke stationiertes Boot namens Osprey würde mich überall hinbringen, sagt Venus, der mir, die ich, wie er, noch eben bis auf die Haut vom Regen durchnäßt war, ein komfortables Velours-Kleid Vermilions, die jeden Augenblick nach Hause kommen müßte, ausgeliehen hat, das im Kerzenlicht, welches uns seit dem Stromausfall umgibt, geradezu sakral, findet Venus, schimmert, Kapitänin Jette Carr kenne die Positionen so gut wie sämtlicher Wracks, sie führe sogar das ganze Jahr über mit ihrem Charterboat hinaus. Wobei ich in erster Linie neugierig auf lebendige aquatische Kreaturen wie den nicht selten vier Meter langen Blue Marlin bin, auch den etwas kleineren White Marlin oder den Sailfish mit seinem hohen, blauen Fächer. Ich möchte mich mit der farbenfrohen Familie der Groupers treffen, deren Angehörige während ihres langen Lebens das biologische Geschlecht vom Weiblichen zum Männlichen wechseln, von denen der Jewfish der größte ist und zu denen auch der Sea Bass zählt; ich möchte die am Meeresboden residierende Familie der Drums, inklusive High-Hat, besuchen und natürlich die der sangesfreudigen Delphine. Ich möchte zu dem prächtigen Queen Triggerfish mit seinem sternförmigen, goldenen, permanenten Augen-Make-up und seinen von strahlendem Blau umrandeten Lippen hinabtauchen, zu dem gestreiften Wahoo, dem Yellowfin Tuna und dem Bluefin Tuna, King Mackerel und Spanish Mackerel, dem rosaroten Red Snapper, dem grünlichblauen Bluefish sowie dem großen, angeblich, wenn Menschen ihn verzehren, auf lebensgefährliche Weise giftigen Amberjack, obwohl er hier auf der Insel sowohl von den Fischern verkauft als auch von der Bevölkerung arglos verspeist wird.

Der italienische Dichter Giuseppe Tomasi di Lampedusa begegnet einer Sirene: Lang hingestreckt stützte sie den

Kopf mit den gekreuzten Händen und zeigte ruhig, ganz ohne Scham, die zarten Härchen in den Achselhöhlen, die beiden Brüste, den vollendet geformten Leib. Von ihr stieg ein Geruch auf, ein magischer Geruch nach Meer, nach ganz junger Wollust. Wir waren im Schatten, aber zwanzig Meter von uns entfernt gab sich die Meeresoberfläche der Sonne hin und schäumte vor Lust. Meine fast völlige Nacktheit verbarg meine Erregung nur schlecht. Auf dem Plakat zum Neptune Festival 2000 erkenne ich, in Rükkenansicht, eine langhaarige Frau neben einem nicht minder langhaarigen Mann. Wie verzaubert blicken die zwei vom Rudee Inlet aus auf den weiten Atlantik hinaus, über dem gerade, umgeben von größter Farbenpracht, die Sonne aufgeht. Beide Figuren verkörpern etwas Archaisches, Amphibisches. Dabei hat der Mann ein Surfbrett mit dem Logo des Neptune Festivals unter dem Arm und trägt einen Tauchanzug. Die Frau trägt nur einen Badeanzug. Ihr Haar sieht gepflegter aus als das eher verfilzte des Mannes. Der Künstler Louis Jones aus Virginia Beach bewirbt sein Gemälde wie folgt: The poster represents King Neptune of the future and new beginnings. It is a very hopeful and positive image which highlights all great things the beach has to offer, including peace, serenity and the dawn of a new day. Während ich diese Worte für Yolanda kopiere, kommen Cordula und Vermilion auf der Veranda, anhand einer Anfrage von Heinrich, auf den ökonomistischen Antikapitalismus der Postlinken zu sprechen. Ich höre Cordula sagen: Für diese Leute war sogar Auschwitz-Birkenau nichts als ein kapitalistischer Industriebetrieb in letzter Konsequenz, eine fordistische Fabrik wie Volkswagen in Wolfsburg. Und denke, daß in meinem Leben, selbst hier auf den Outer Banks, kein Tag vergeht, an dem mir nicht mindestens einmal das Wort Auschwitz, und mit diesem der gesamte gleichnamige Komplex, durch den Kopf schießt. Schließlich erscheint noch der Kommunismus lediglich als Variante des Kapitalismus, beendet Cordula ihren Gedankengang. Vermilion findet das auf Anhieb gar nicht so abwegig und spielt auf die verbreitete Vorstellung vom sogenannten Ende der Politik an, nach der sich politische Nachrichten heutzutage nur noch auf den Wirtschaftsseiten der Zeitungen finden lassen. Außerdem hätten sich selbst die nicht zu verachtenden Spielformen postmoderner Dissidenz von Anfang an mit verklärtem Blick auf die herrschenden monetären Wechselkurse zum kulturellen Ausdruck gebracht. Wovon Cordula, mit Studienplatz Berlin, ein Lied singen kann; und doch sind für sie marginale bohemistische Baustellen wie jene, an der ich hier seit bald anderthalb Jahren herumbastele, vom wachsenden Terror postfordistischer Ökonomie nach wie vor unberührt. I really don't know, antwortet Vermilion nachdenklich und erhebt sich aus ihrem Stuhl. Durch das große Fenster folgt mein Blick ihrer attraktiven Gestalt, wie sie ruhelos auf und ab geht, wohingegen Cordula sitzen geblieben ist und mit dem Saum ihres Kleids die Gläser ihrer Sonnenbrille putzt.

www.deportation-alliance.com: Kein Mensch ist illegal. Eine Kampagne gegen das niederträchtige Geschäft mit der gewaltsamen Abschiebung von Flüchtlingen. Zehntausende hilfloser Personen soll die Lufthansa, Deportation Class, bereits zum jeweiligen Ursprungsort ihres Unglücks zurückgeflogen haben. Immer häufiger beschweren sich Touristen an Bord der Maschinen, die sie in ihre Urlaubsländer transportieren, über die psychisch belastende Gegenwart weinender, gefesselter, von der prosperierenden Bundesrepublik Deutschland gnadenlos abgewiesener Asylbewerber. Wobei den Abgeschobenen die politische Motivation ihrer Flucht nach Deutschland einerseits mit fliegenden Fahnen, schwarz-rot-goldenen, abgesprochen wurde, wie andererseits der unchristliche Rücktransport in die elenden Länder, denen sie entstammen und aus deren wirtschaftlicher Armut sich unser wirtschaftlicher Reichtum nicht zuletzt speist, politisch begründet ist. Im sprichwörtlichen Umkehrschluß wird den Flüchtlingen, mit ihrer zynischen Auslieferung, unterschwellig doch noch ein politischer Status attestiert, mit dem sie gleichwohl nichts mehr anfangen können. Schon manchem Urlauber ist da bestimmt der Appetit auf die Bordmahlzeit vergangen, schreibt Heinrich, der gleichzeitig auf das Erscheinen von Jeff Mills' an die Cyber-Jugend gerichtetem Album Metropolis in der Allianz Axis-Tresor hinweist und sofort im Anschluß daran auf die faschistoide Ästhetik in Fritz Langs gleichnamigem Stummfilm sowie, mit speziellen Grüßen an Rudolf Klorzeiger und mich, deren postmoderne Rolle im Œuvre der Musikgruppe Kraftwerk, besonders auf der LP Die Mensch-Maschine von 1978, die auch ein Lied namens Metropolis enthält. Musik: Hutter, Schneider, Bartos. Worte: Hutter; wobei der Text allein aus der Vokabel Metropolis besteht. Produziert in Deutschland. Klar. Schöne Grüße zurück. Und: Gibt es eigentlich eine eindeutig definierte Demarkationslinie zwischen mißverständlich faschistoid und unmißverständlich faschistisch? Bevor ich den Rechner wieder ausschalte, möchte Cordula noch kurz die Adresse http://www.quixote.org anwählen: Das Moratorium gegen die rapide zunehmenden, oft nur auf Indizien fußenden Exekutionen von Insassen überfüllter US-amerikanischer Zuchthäuser. Rund einhundertfünfzig sind für dieses Jahr vorausgesagt. Mehr als doppelt so viele wie letztes Jahr, sagt Cordula. Wir verlassen das Netz, meine Ex-Freundin, die heute die Bekanntschaft einiger friedlicher, wenngleich neugieriger Haie gemacht hat, nimmt ihren mittlerweile getrockneten Tauchanzug von der Leine, und gemeinsam widmen wir uns der kulinarischen Zubereitung dreier unglaublich zarter Amberjack-Filets. Bis zu achtzig Kilogramm kann so ein Fisch wiegen, sagt Cordula. Da tritt Vermilion durch das Mückengitter; in ihren manikürten Händen hält sie je eine Flasche süßen Weins aus Kalifornien.

Get Along With You: Kelis präsentiert sich auf der Hülle ihrer neuen Single mit blaugrünem Afro. Korkenzieherlocken, findet Lee, der seit Stunden, vor seinen Teekisten kauernd, einen ganzen Stapel monatealter Modezeitschriften durchblättert. Auf dem Plattenspieler läuft ein Lied namens Colors von Black Electric, dem neuen Act aus Detroit, der konkrete R&B Vocals mit abstrakten Electro Sounds zu fusionieren versucht. Lee hält, gar nicht unlogisch, dagegen: Abstrakte R&B Vocals, konkrete Electro Sounds. Abstract Sex. Musique Concrète. Elaine Brown, Deputy Minister of Information des Southern California Chapter der Black Panther Party, äußerte sich auf der Hülle ihrer von dem Jazz-Pianisten Horace Tapscott arrangierten LP Seize The Time: I used to write about flowers and butterflies and love, that kind of bullshit. But now since I've joined the Panthers, my words are hard and concrete and there's no abstract, esoteric message. Außer vielleicht den lackierten Fingernägeln am Abzug ihres Maschinengewehrs, wendet Lee ein. Die irgendwie submarin coiffierten Sängerinnen von Black Electric sehen jedenfalls auf dem blauen Etikett ihrer EP ganz schön extraterrestrisch aus; sie tragen silberne Anzüge wie einst George Clinton, als er auf seinen Delphinen surfte. Tillmann: Die Vorstellung vom autonomen Subjekt, das sich mittels seiner aktiven Handlungen vergegenständlicht, sei von einer Vorstellung abgelöst worden, die das Individuum durch seine Fähigkeit zur Kontemplation, Reflexion und Erkenntnis beschreibt, Handlungen also nur noch vordergründige Bedeutungen zuspricht.

Lee überlegt sich, welche ästhetischen beziehungsweise politischen Erwägungen die Kosmetikfirma M.A.C. in ihrer Werbekampagne für den Lippenstift Viva Glam III dazu veranlaßt haben könnten, die sexuell ambigen Camp Stars RuPaul, seines Zeichens schwarz, schwul und femme, sowie K. D. Lang, weiß, lesbisch und butch, durch die R&B-Künstlerinnen Lil' Kim sowie Mary J. Blige, beide feminin und heterosexuell kodiert, abzulösen. Er fragt mich, wie sich dem Vorwurf begegnen lasse, geschminkte Lippen markierten, statt ein der aktiven bis emanzipativen Artikulation dienendes Organ zu umrahmen, eine lediglich passiver Rezeption dienliche Körperöffnung. So wie geschminkte Augen männlich formatierte, sexistische Blicke auf sich zögen, aber kaum zur Betonung autarker weiblicher Wahrnehmung taugten. Ich bezweifle, daß sich sprichwörtlich vielschichtige Fragen wie diese, auch angesichts der kommerziellen Strategien von M.A.C., so einfach beantworten lassen, und Lee, der auf den Bühnen Wicker Parks sowohl als Interpret RuPauls als auch K. D. Langs aufgetreten ist, stimmt mir erleichtert zu. Er fragt, ob ich, die ich tagtäglich Lippenstift auftrüge, Viva Glam III überhaupt schon einmal ausprobiert hätte. Als ich verneine, setzt er nach, ob ich, gegebenenfalls, eher einen durch RuPaul oder einen durch Lil' Kim beworbenen Lippenstift erwerben würde. Ich antworte: Wahrscheinlich eher einen durch Lil' Kim beworbenen. Was Lee nun ausgesprochen konservativ findet. Er schmollt: Diese Antwort hätte ich wirklich nicht von dir erwartet, Yolanda. Dann möchte er noch dringend wissen, ob ich, wenn er mit mir redet, in erster Linie auf seinen Mund oder auf seine Augen schaue. Anstelle einer weiteren womöglich unerwünschten Replik küsse ich Lee lieber mit meinen dunkelrot angemalten Lippen auf seine blassen, beinahe transparenten Lider.

Zu Ralph Ellisons Invisible Man: Pamela Dubel, weiß, ist Sozialarbeiterin im Louisiana Center for the Blind. Sie ist seit ihrem zweiten Lebensjahr blind. Gedulediah Sham Hasberry, schwarz, studiert Musik und Informatik in New Orleans. Er war die ersten drei Jahre seines Lebens blind. Nach mehreren chirurgischen Eingriffen konnte er eine Zeitlang ein wenig sehen. Mit fünfzehn Jahren verlor er sein Augenlicht nach einer mißlungenen Operation vollständig. Pam und Sham unterhalten sich. Pam: Wenn du jemanden kennenlernst, stellst du dir dann vor, ob er weiß oder schwarz ist? Sham: Manchmal. Pam: Ich auch. Manchmal hast du ein Bild vor Augen, obwohl du zum Beispiel die Augenfarbe oder die Haarfarbe nicht heraushören kannst. Oder kannst du das? Sham: Du müßtest extrem scharfsinnig sein. Pam: Du könntest im Zirkus auftreten. Sham: Der Freund, der mich hierher gefahren hat, hast du seine Stimme gehört? Als ich ihn kennenlernte, konnte ich zum Beispiel nicht sicher sagen, ob er schwarz oder weiß ist. Pam: Ist er schwarz oder weiß? Sham: Er ist ein sehr, sehr hellhäutiger Schwarzer. Pam: Ich hätte getippt, daß er weiß ist. Du täuschst dich oft, aber noch öfter liegst du richtig. Erschien es dir jemals absurd, daß Amerikaner in Schwarze und Weiße sortiert wurden, Kategorien also, die dir nicht zur Verfügung standen? Sham: Als ich klein war, hat mir mein Vater erklärt, daß Schwarz wie die Nacht sei und Weiß wie der Tag. Ich war geschockt, weil ich nicht so sein wollte wie die Nacht, kalt, ohne Sonne. Eine Zeitlang glaubte ich auch, daß Schwarze nachts unsichtbar seien und Weiße tagsüber nur schemenhaft zu erkennen sein müßten, wie Gespenster, oder wie tote Sterne. Sigmund Freud, wie er, laut Vermilion, den Schwarzen Kontinent mit dem menschlichen Unbewußten analogisiert, das Es als den dunklen, unaufgeschlossenen, durch negative Abgrenzung lokalisierten, zu kolonisierenden Teil unserer Persönlichkeit charakterisiert, als Kessel brodelnder Erregungen. Unorganisiert. Geschichtslos, differenzlos. Ohne Logik, ohne Moral, ohne Gesamtwillen. Pervers.

Pam: Erst mit der Zeit habe ich mitgekriegt, daß nicht alle Weißen genau die gleiche Hautfarbe haben. Sham: Hellbraun, Mittelbraun, Rosa, ein bräunliches Rot, Olivbraun. Pam: Das hat mich nie besonders irritiert; mir war immer klar, daß damit nur ein abstraktes Konzept gemeint war. Sham: Als ich anfing zu sehen, bin ich mit meiner Mutter durch ein Einkaufszentrum gelaufen, und plötzlich fiel mir diese Schwarz-Weiß-Sache wieder ein. Ich zeigte auf eine Frau und sagte: Mom, diese Frau ist rosa. Und sie sagte: Nein, sie ist weiß. Ein paar Schritte weiter sah ich in einem Schaufenster ein weißes Schild mit schwarzen Buchstaben darauf und sagte: Das ist weiß, richtig? Meine Mutter antwortete: Ja, das ist weiß. Dann zeigte ich auf die Schrift und sagte: Das ist schwarz, aber es ist nicht die gleiche Farbe wie die meiner Haut. Sie erklärte mir dann, daß es verschiedene Abstufungen von Schwarz und Weiß gebe, aber das hat mich noch mehr durcheinandergebracht, denn warum gibt es dann die Begriffe Rosa oder Braun? Pam: Ich verbinde Farben mit Objekten. Es ist fast unmöglich, eine Farbe an sich zu beschreiben. Dazu kommt, daß jede Farbe unterschiedliche Schattierungen hat, zum Beispiel Grün. Sham: Jägergrün. Pam: Limone. Türkis. Sham: Mag ich nicht. Pam: Bei Jägergrün denke ich an die Erde. Ich habe gelernt, daß Weiß eine Kontrastfarbe ist. Es hebt eine andere Farbe hervor. Es ist neutral, du kannst alles dazu tragen. Es ist die Abwesenheit von Farbe; so wurde es mir erklärt. Vermilion: Bestimmt von einem Weißen. Anwesenheit von Farbe erscheint demnach als Abweichung und legitimiert den Ruf nach der Ordnungskraft. Pam: Für mich war es wichtig zu lernen, welche Farben zusammenpassen. Was einem steht. Weiß paßt zu allem, Jeans passen zu allem. Marineblau ist eine gute Farbe, die sich leicht kombinieren läßt. Sham: Weiße Hosen solltest du nicht zu lange tragen, weil sie Staub anziehen, und du siehst darauf jeden Fleck. Pam: Gerade bei weißen Sachen solltest du im Geschäft genau nachfragen: Ist es wirklich weiß? Oder ist es cremefarben oder eierschalenfarben? Sham: Oder beige? Pam: Weiß und Beige sehen zum Beispiel nicht gut zusammen aus. Meine Lieblingsfarbe ist Rot. Sham: Meine Lieblingsfarbe ist Kobaltblau. Pam: Ich habe einen kobaltblauen Anzug. Vermilion: Magenta besitzt einen Anzug aus kobaltblauem Samtcord, um den ich sie von Anfang an beneidet habe. Sein Stoff ist elastisch, der Schnitt ausgesprochen figurbetont. Sham: Wenn ich das Gefühl beschreiben sollte, das ich mit Kobaltblau verbinde, würde ich es eine denkende Art von Blau nennen. Kennst du diese Figur, den Denker, mit der Hand am Kinn? Wenn ich ihn malen würde, wäre er kobaltblau. In Klammern: Kobalt als einer der von den europäischen Kolonialmächten ausgebeuteten Rohstoffe Afrikas.

Der deutsche Kulturkritiker Diedrich Diederichsen und die amerikanische Künstlerin Renée Green fahren in den frühen neunziger Jahren des zwanzigsten Jahrhunderts mit einem Auto von Silver Lake nach Santa Monica zur Vorstellung von Nelson Georges Buch Baps, B-Boys, Buppies & Bohos. Diederichsen macht sich Gedanken über ein geplantes deutschsprachiges Lesebuch zur Schwarzen Kulturkritik und fragt Green: Was hältst du von so einem Sammelband? Ich dachte gerade, was ich wohl denken würde, wenn ich hier einen Band mit Texten von Adorno, Benjamin und Löwenthal finden würde und er hieße Jewish-German Theory? Green, afrikanische Amerikanerin, antwortet: Ja, das wäre ungewöhnlich. Darauf Diederichsen: Welches Label würde man denn Leuten geben, die in diesem Sammelband zusammenkommen? Green: Vermutlich Cultural Studies, darunter würde man es im Laden finden.

Außerdem noch bei Black Studies und Critical Theory. Diederichsen: Wir haben uns ja lange überlegt, wie wir dieses Buch nennen sollten. Afroamerikanische Theorie? Das träfe auf Paul Gilroy nicht zu, der aus England kommt, und auf Todorov nicht, der nicht schwarz ist. Green: Man sollte vielleicht African Diasporic sagen. Es ist ja generell problematisch, irgend etwas als schwarz zu bestimmen wie, zum Beispiel, Black Popular Culture. Also, wie Stuart Hall ganz richtig fragte: Was ist das Schwarze in Schwarze Pop-Kultur? Was qualifiziert eine künstlerische Praxis als schwarz? Die Essays, die du da zusammengestellt hast, bringen Leute zusammen, die mit ziemlich unterschiedlichen Perspektiven sprechen. Aber alle, von Michele Wallace bis Henry Louis Gates, Jr., sprechen von Kultur. Das ist fast, als wolltest du sagen, daß Black eine kulturelle Angelegenheit ist. Black bezeichnet ja eine Fülle von Identitäten, die eine komplexe, gemischte und widersprüchliche Kultur widerspiegeln. Erinnerst du dich an den österreichischen Künstler, der neulich eine Bemerkung über meine Zähne und das Weiß in meinen Augen machte, mitten in einer Diskussion über meine Arbeit? Nun, vor kurzem sagte jemand in Deutschland etwas darüber, daß meine braune Iris von einem blauen Ring umgeben ist. Ein anwesender, germanisch aussehender Typ war völlig verblüfft: Wie kommt das? In beiden Fällen erklärte ich, daß ich die physische Seite der afrikanischen Diaspora verkörpere. Vergleiche auch mit Daniel Boyarins Formulierung: The Diaspora People as a Woman.

Georg Wilhelm Friedrich Hegel verbreitet sich über die geographischen Grundlagen der Weltgeschichte: Der eigentümlich afrikanische Charakter ist darum schwer zu fassen, weil wir dabei ganz auf das Verzicht leisten müssen, was bei uns in jeder Vorstellung mitunter läuft, die Kategorie der Allgemeinheit. Bei den Negern ist nämlich das Charakteristische gerade, daß ihr Bewußtsein noch nicht zur Anschauung irgendeiner festen Objektivität gekommen ist, wie zum Beispiel Gott, Gesetz, bei welcher der Mensch mit seinem Willen wäre und darin die Anschauung seines Wesens hätte. Es ist nichts an das Menschliche Anklingende in diesem Charakter zu finden. Die Neger besitzen daher diese vollkommene Verachtung der Menschen. Diese Völker sind lange Zeit ruhig, aber plötzlich gären sie auf, und dann sind sie ganz außer sich gesetzt. Die Zertrümmerung, welche eine Folge ihres Aufbrausens ist, hat darin ihren Grund, daß es kein Inhalt und kein Gedanke ist, der diese Bewegungen hervorruft, sondern mehr ein physischer als ein geistiger Fanatismus. Etwas anderes Charakteristisches in der Betrachtung der Neger ist die Sklaverei. Die Neger werden von den Europäern in die Sklaverei geführt und nach Amerika hin verkauft. Trotzdem ist ihr Los im eigenen Land fast noch schlimmer, wo ebenso absolute Sklaverei vorhanden ist. Oft hört man naive Klagen wie zum Beispiel die eines Negers in London, der darüber wehklagte, daß er nun ein ganz armer Mensch sei, weil er alle seine Verwandten bereits verkauft habe. Aus allen diesen verschiedentlich ausgeführten Zügen geht hervor, daß es die Unbändigkeit ist, welche den Charakter der Neger bezeichnet. Dieser Zustand ist keiner Entwicklung und Bildung fähig, und wie wir sie heute sehen, so sind sie immer gewesen. Der einzige wesentliche Zusammenhang, den die Neger mit den Europäern gehabt haben und noch haben, ist der der Sklaverei. Was wir eigentlich unter Afrika verstehen, das ist das Geschichtslose und Unaufgeschlossene, das noch ganz im natürlichen Geiste befangen ist und das hier bloß an der Schwelle zur Weltgeschichte vorgeführt werden mußte. Und also schrieb Frantz Fanon in Die Verdammten dieser Erde: Die koloniale Welt in die Luft sprengen, das ist von jetzt an ein sehr klares, sehr verständliches Aktionsbild; es kann von jedem einzelnen Kolonisierten übernommen werden. Die koloniale Welt auflösen heißt nicht, daß man nach dem Niederreißen der Grenzen Übergänge zwischen den beiden Zonen einrichten wird. Die koloniale Welt zerstören heißt nicht mehr und nicht weniger als eine der beiden Zonen vernichten, so tief wie möglich in den Boden einstampfen oder vom Territorium vertreiben. Lesezeichen: Des napoleonischen Kriegszeichners Denons Portrait der, respektive des, Sphinx von Gizeh, bevor ihr, ihm, französische Soldaten das Gesicht zerschossen. In Worten: Wulstige Lippen, breite Nase.

Micha Brumliks neues Buch heißt Deutscher Geist und Judenhaß. Frage: Bei vielen Denkern, selbst dem jüdischen Karl Marx, sind judenfeindliche Züge zu entdecken. Wie erklären Sie sich das? Antwort: Ich möchte drei Wurzeln benennen. Zuerst die unheilvolle Rolle des protestantischen Luthertums. Dort wird das Leiden der Menschen auf das jüdische Gesetz projiziert; Juden wurden in besonderem Maß zu Sündenböcken. Zweitens die Folgen der Französischen Revolution. Als Napoleon Deutschland eroberte, wurden in den Augen vieler deutscher Patrioten Judenemanzipation und französischer Imperialismus ein und dasselbe. Wer das eine bekämpfte, bekämpfte das andere. Diese beiden Motive verdichteten sich bei den evangelischen Akademikern zu einer allgemeinen Kulturkritik. Frei zu sein hieß für diese Leute, frei zu sein von überflüssigen Gewissenszwängen und von ausländischen Einflüssen; beides kulminierte im Bild des Judentums. Frage: Was sind die Schlußfolgerungen für die Gegenwart? Antwort: Ein Christentum, das wirklich ein neues Verhältnis zum Judentum finden will, muß auch die eigenen Grundlagen überdenken. Schließlich kann man sehen, daß Elemente der Kulturkritik, die man auch heute kennt, Kritik der Verschwörung dunkler Mächte, Kritik am vermeintlich jüdischen Kapitalismus, hier eine sehr dichte Form angenommen haben. Oft wird Kapitalismus mit Judentum gleichgesetzt. Frage: Man darf aber den Kapitalismus noch kritisieren, ohne damit Antisemit zu werden? Nicht im Vorlesungsverzeichnis: Jüdischer Selbsthaß im Marxismus. Heinrich: Ist der Kapitalismus nicht sowieso eigentlich protestantischer Natur?

Unterdessen reißt die Serie antisemitischer Anschläge auf jüdische Einrichtungen in Deutschland nicht ab: Brandanschlag auf die Synagoge in Düsseldorf, Nazi-Schmierereien am Denkmal für die ehemalige Synagoge in Halle, ein auf das Eingangsschild des jüdischen Friedhofs von Potsdam gemalter Galgen, Schändung des jüdischen Friedhofs von Schwäbisch Hall, Hakenkreuze an der KZ-Gedenkstätte Buchenwald. Darüber hinaus gerieten die mittlerweile regelmäßig eingehenden Meldungen über in Deutschland zu Tode geprügelte soziale Randfiguren gleichsam zur Normalität dieser Gesellschaft. Norman übersetzte aus der aktuellen Ausgabe des amerikanischen Reiseführers Explorer Germany: In abgelegenen Städten und Dörfern gibt es Nester von rechtsextremen Fanatikern, und wenn Sie unverkennbar Ausländer sind, sollten Sie nachts Nahverkehrszüge meiden. In Let's Go Germany läßt sich neuerdings über die deutsche Hauptstadt nachlesen: Farbige, Schwule und Lesben sollten Vorsicht walten lassen, wenn sie in den östlichen Vororten der Stadt oder spät nachts mit der S-Bahn unterwegs sind. Tatsächlich müssen deutsche Jugendliche, die Ausländer zu Tode hetzen, lediglich damit rechnen, zum Laubfegen verurteilt zu werden, bemerkt Heinrich, der, während ich das Frühstücksgeschirr abräume, noch einmal zusammenfaßt, was sich am 10. Juni 1944 im griechischen Distomon zugetragen hat.

Die Soldaten der 4. SS-Panzergrenadier-Division erreichten den Ort am Nachmittag. Die meisten Bewohner, zumal jene, die als Partisanen gegen die deutschen Besatzer kämpften, hatten das Dorf längst verlassen. Etwa dreihundert Menschen waren zurückgeblieben, darunter viele Greise, Frauen, auch Schwangere, Kinder und solche, die sich durch ihre Unschuld geschützt glaubten. Die SS-Leute stiegen auf dem Dorfplatz aus ihren Wagen, teilten sich in kleine Gruppen und schwärmten nach den Häusern aus, in der einen Hand ein Gewehr, in der anderen eine Pistole. Mit Fußtritten öffneten sie die Haustüren und erschossen alle Personen, die sie vorfanden, zuerst immer den Familienvater, dann seine Frau, dann die Kinder. Säuglingen wurden die Kehlen durchgeschnitten. Anschließend machten die Soldaten ein Kreuz an der Haustür, zum Zeichen, daß sich drinnen kein Lebender, keine Lebende mehr befand. Einzelne Frauen wurden ausgesondert und vor ihrer Tötung vergewaltigt. Ein ermordetes Baby wurde später mit der abgeschnittenen Brust seiner Mutter im Mund vorgefunden. Dem Dorfpfarrer stachen die Soldaten beide Augen aus. Dann köpften sie ihn. Es gab auch eine kleine Gruppe von fünf bis zehn Deutschen, welche die Häuser jeweils allein betraten. Sie deuteten den Bewohnern an, daß sie sich nicht zu fürchten brauchten, wenn sie unbewegt, ohne einen Laut von sich zu geben, verharren würden. Dann richteten sie ihre Waffe gegen die Zimmerdecke, schossen, verließen das Haus und zeichneten ihr Kreuz an die Tür. Distomon als eines von mehreren hundert griechischen Dörfern, die während der Besatzungszeit, 1941 bis 1944, von der todbringenden deutschen Wehrmacht in sogenannten Vergeltungsschlägen verwüstet wurden.

Paul Herbert Freyer: Der Tod auf allen Meeren. Ein Tatsachenbericht zur Geschichte des faschistischen U-Boot-Krieges. Militärverlag der Deutschen Demokratischen Republik, 1970. Von Cordula aus einem Ostberliner Antiquariat mit nach Ocracoke gebracht. So haben wir das in der BRD nämlich nicht gelernt: Faschistischer Krieg, faschistische Marine, faschistische U-Boote, faschistische Kommandanten. Beeindruckend explizit und wahrscheinlich überwiegend korrekt, urteilte ich, nachdem ich das Buch ausgepackt hatte. Womöglich aber auch einem preußisch-sozialistischen Rettungsversuch des Deutschen geschuldet, meinte Cordula. Von daher sei es womöglich doch angemessener, von deutscher Kriegführung sowie von deutscher Kriegsschuld zu sprechen. Das Deutscheste an euch scheint mir eure antideutsche Fixierung zu sein, setzte Vermilion hinzu. Woraufhin ich nachfragte: So wie du den jüdischen Selbsthaß als typisch jüdisch empfindest? Und Vermilion, ohne weitere Worte, nach draußen auf die Veranda ging. Erst dieser Tage, während schon wieder herbstliche Stürme über die Insel ziehen, Vermilion erneut die meisten Wochentage auf dem Festland, an der Universität, zubringt und Cordula längst Abzüge all ihrer submarinen Fotos geschickt hat, komme ich dazu, Freyers Werk eingehend zu studieren: Mit dem Sieg über den deutschen Imperialismus hätten die Völker der antifaschistischen Koalition auch die Voraussetzungen dafür geschaffen, die Bedrohung der Weltmeere und der Schiffahrt durch die Seestreitkräfte des deutschen Imperialismus für immer zu bannen. Aber nur den Werktätigen im Osten Deutschlands sei es mit Hilfe der sowjetischen Besatzungsmacht gelungen, eine Ordnung zu errichten, die allen imperialistischen Weltherrschaftsplänen den Boden entzog.

In Westdeutschland konstituiert sich bereits 1952 Der Deutsche Marinebund aufs neue. An seiner Spitze steht Otto Kretschmer, berüchtigter U-Boot-Kommandant aus dem Zweiten Weltkrieg. Ab 1955 besetzt er mit zahlreichen seiner alten Kameraden die oberen Ränge der BRD-Kriegsmarine. Auch Korvettenkapitän Erich Topp, der allein hier vor den Outer Banks die British Splendour, die Atlas, die Tamaulipas und die Byron D. Benson versenkte, ist, wie ich lese, ganz vorn mit von der Partie. 1957 wird das erste U-Boot der Bundesmarine in Dienst gestellt. 1958, zwei Jahre nach seiner Entlassung aus zehnjähriger Kriegsverbrecherhaft, tritt Admiral Karl Dönitz vor der U-Boot-Kameradschaft Groß-Hamburg auf. Als er 1963 ein Gymnasium in Geesthacht besucht, steht tags darauf in der Zeitung: Genauso wie Dönitz im Kriege seine U-Boot-Soldaten begeisterte und zu höchsten Leistungen anspornte, zog er auch diese Jugend schnell in seinen Bann. Paul Herbert Freyer merkt an, fünf Jahre später sei die Gegend um Geesthacht als Hochburg der Neonazis bekannt geworden. 1966 erklärt Dönitz unter stürmischem Beifall auf einer CDU-Veranstaltung in Düsseldorf, er sei von den Siegermächten in Nürnberg zu Unrecht verurteilt worden. Der forcierten Aufrüstung der westdeutschen Marine stehen unterdessen harte Realitäten gegenüber: Die baltische Rotbannerflotte, die Seekriegsflotte der Volksrepublik Polen und die Volksmarine der DDR. Gemeinsam mit den Land- und Luftstreitkräften werden sie den Ostseeraum wirksam zu schützen wissen und jeden Aggressor vernichtend schlagen, schreibt der deutsche Historiker Freyer, von dem ich gern wüßte, falls er noch lebt, welche Partei er heute wählt. Anschaulich und spannend erzählt Paul Herbert Freyer in seinem dokumentarischen Buch einzelne Kampfhandlungen des U-Boot-Kriegs nach: Das Luk auf der Brücke springt auf. Dem ersten verschlägt es den Atem. Und schon ist sein Kopf in Feuer getaucht. Als brennende Fackel klettert er über die Verschanzung, taub, geblendet, irr. Er erkennt nichts, ohnmächtig fällt er in die brennende See. Ist Freyer etwa selbst an Bord eines faschistischen U-Boots gewesen? Cordula meinte bei ihrer Ankunft im Net House, ein Buch über U-Boote zu verfassen ginge wahrscheinlich nie ganz ohne Faszination ab. File under Afrogermanic: The Seawolf, die einseitig bespielte Schallplatte der World Power Alliance.

Cyborg-Szenario: Die Persönlichkeit war in der Stahlröhre ausgelöscht. Nur der Sekundenzeiger, der Tiefenmesser, das Horchsignal, die Augenschärfe und die Umdrehungszahlen der Motoren zählten. Das Essen, die Notdurft, das schlafersetzende Dahindämmern waren der gleiche mechanische Vorgang wie Tiefenrudersteuern, Torpedopflege oder Wachen, im Stehen oder Liegen. Die Minuten, wenn die Lüfter Frischluft ins Boot saugten, waren für die meisten im Boot der einzige unmittelbare Kontakt mit der Außenwelt. Doch auch das war längst zum mechanischen Vorgang geworden. Die Lungen saugten sich voll Luft, und der speiüble Geschmack auf der Zunge verlor sich vorübergehend etwas. Das Hirn nahm diesen sich in bestimmten Abständen wiederholenden Wechsel bald nicht mehr wahr. Die sich vorn und achtern verjüngende Stahlröhre, von gewölbten Tauch- und Öltanks umkleidet, hatte in der Tat die Proportionen eines riesigen Sarges. Zweifellos sind die Strapazen für alle U-Boot-Besatzungen groß. Aber die Angehörigen der faschistischen U-Boot-Waffe hatten sich, ob bewußt oder unbewußt, zum Werkzeug in einem Aggressionskrieg machen lassen, und alle Anstrengungen, die sie leisteten, trugen dazu bei, die Gefährlichkeit dieses Instruments des deutschen Imperialismus zu erhöhen. Also zieht Freyer immer wieder objektiv auf: Von der Großaufnahme des Faschismus in die antiimperialistische Totale.

Vermischtes: Mariah Carey, schwarz, bereitet sich auf ihre Rolle als Wonder Woman, weiß, vor. Eine vorbeifahrende Hochbahn übertönt kurzzeitig die angenehmen Klänge von Sean Deasons neuer 12-inch. Auf dem Bildschirm meines Rechners flimmert, 1896, frisch eingetroffen aus Europa, die glamouröse Anna Held, wie sie, diskret und obszön zugleich, in ihrer angeblich mit frischer Milch gefüllten Badewanne liegt. Florenz Ziegfeld hatte Manhattans Broadway eine mondäne Schönheit aus Paris angekündigt, jedoch unterschlagen, daß sein Star dort in Jacob Adlers Jiddischem Theater gespielt hatte sowie in Warschau geboren war als Tochter eines französischen Juden und einer polnischen Katholikin. Wusch Ziegfeld seine Heldin in Vollmilch gleichsam rein? War ihr jüdischer Körper womöglich gar kein weißer Körper? Andererseits unterstrich vor allem der frühe Ziegfeld immer wieder auch die exotische Seite seiner Mädchen, ließ sie in luftige orientalische Schleier wickeln und ihre Augen fett mit Kohle umranden. Linda Mizejewski: The desirable image is a white woman, not an Asian woman, but the desirability depends on an association with another race. The sexuality performed by Anna Held was constituted by racial hybridity: middle-class whiteness crossed with a marginal, possibly threatening Other. Helds jüdische Abstammung war schon bald ein offenes Geheimnis in New York, und es zirkulierten Karikaturen, auf denen auch der Lutheraner Ziegfeld als Jude herhalten mußte. Schier unglaublich das Bühnenfoto, auf dem Anna Helds leicht bekleideter Oberkörper in einem geflochtenen Korb steckt, der sich, ohne Boden, um ihre Taille legt, aus der, genauer, etwas tiefer: ihrem Schoß, der lebensgroße, künstliche Torso eines livrierten Negersklaven ragt. Auf seinem Schädel prangt ein eichelförmiger Afro. Seine Beine stecken in schwarz-weiß gestreiften langen Hosen und sind natürlich ihre Beine. Wodurch wohl in erster Linie die Illusion erzeugt werden sollte, ein unter seiner Last schmerzvoll vornüber gebeugter Schwarzer trage eine verzückt dreinblickende weiße Herrin auf dem Rücken, bei vielen Zuschauern aber den Eindruck entstehen ließ, die Jüdin Anna

Held besitze unten herum ein dunkles zweites, anderes Selbst, einen afrikanischen siamesischen Zwilling. Schließlich trennte sich Florenz Ziegfeld eiskalt von seiner osteuropäischen Diva, entwarf das blonde, nordische, das nordamerikanische Ziegfeld Girl und ehelichte es 1914 in der Gestalt von Billie Burke. Die übrigens bis auf die Knochen antideutsch gesinnt war. Öffnen: Ziegfelds deutsches Elternhaus in Chicago.

Meine provisorische Erklärung für den Cyber R&B aus Virginia Beach lautet heute morgen: Abstrakte Sonic Fiction, dialektisch verfugt mit den konkreten Erzählungen sogenannter autonomer Subjekte. Mal sehen, ob sich damit weiterkommen läßt. Beinahe bereits überholt erscheint mir jedenfalls Kodwo Eshuns Satz: Techno lives in the world of HipHop but HipHop doesn't live in the world of Techno. Yolanda breitet sich abermals seitenlang über Florenz Ziegfeld aus. Über seinen anwachsenden Ekel vor osteuropäischen Immigrantinnen und in die USA eingeschleusten Frauenrechtlerinnen, etwa der von Henry Miller verehrten anarchistischen Aktivistin Emma Goldman. Selbstverständlich hatte Ziegfeld auch etwas gegen den neuartigen Typus des Vamp einzuwenden: Vampire seien, soll er gesagt haben, nun einmal keine Haustiere. Aus seinem Ensemble würden sich die kleinen und agilen Chorus Girls besser zum Heiraten eignen als die großen statuesken Showgirls. In dem Stück Whoopee erweist sich der vermeintliche Halbindianer, den das weiße Mädchen heiratet, zu aller Erleichterung, dann doch als lediglich stark gebräunter Pionier. Es gibt auch eine interessante Nummer, in der die Darstellerinnen der Indianerinnen für einen kurzen Augenblick ihre Tücher lüften, um darunter elegante Abendkleider zum Vorschein zu bringen. Die Haut eines Ziegfeld Girls durfte, selbst wenn dies gegen die Mode ging, kein bißchen sonnengebräunt sein, ihre Augenlider durften kein bißchen schwer sein, der Durchmesser ihrer Nasenlöcher durfte nicht groß sein, ihre Oberlippe nicht lang und ihre Lippen nicht füllig, damit sie bloß nicht für ein Choc'late Baby gehalten werden konnte. Außerdem mußte ihr Nasenrücken gerade sein, wie mit dem Lineal gezogen. Marian Levy benannte sich in Paulette Goddard um. Jüdische Künstlerinnen wie Sophie Tucker oder Fanny Brice mußten mit pechschwarz gefärbten Gesichtern burleske Coon Songs plärren. Auch Eddie Cantor fand sein Fach bei den Ziegfeld Follies als effeminierter Possenreißer. Dabei stammte fast alle Musik auf dem Broadway von jüdischen Komponisten. Cole Porter bildete diesbezüglich zwar eine Ausnahme und war zudem als Antisemit bekannt, doch als Richard Rodgers und Lorenz Hart ihn in seinem venezianischen Palast besuchten, flüsterte er ihnen unverhohlen sein Erfolgsrezept zu: Ich schreibe jüdische Melodien. Night and Day, Begin the Beguine, Love for Sale, My Heart Belongs to Daddy: Alles von Grund auf jüdische Melodien. Die, wie so viele Musical Hits, eine parallele Karriere als afrikanisch-amerikanisch resignifizierte Jazz Standards antraten.

Ausführlich rekapituliert Yolanda, wie Ziegfeld seine ihm ergebenen jungen Darstellerinnen, die er stolz als seine persönliche Züchtung betrachtete, in aufreizende Badeanzüge steckte und schließlich auch ins Wasser schickte, damit sich ihre glorifizierten Frauenkörper noch deutlicher unter ihren ohnedies penibel maßgeschneiderten Textilien abzeichneten. Es soll auch Szenen gegeben haben, in denen Ziegfelds Girls als Kriegsschiffe kostümiert waren; wovon ich wirklich gern mal Fotografien sähe. Die Kostüme, schreibt Yolanda, hätten überhaupt zunehmend den Charakter von Objekten erhalten: Kokons, Schmetterlinge, Glühbirnen, Droschken, Windmühlen. Dabei legte Ziegfeld Wert auf die verschwenderische Qualität selbst der unsichtbaren, stets von ihm höchstpersönlich selektierten Kleidungsstücke: Sämtliche seiner Mädchen trugen Unterröcke aus irischem Leinen und Schlüpfer wie Schuhe aus reiner Seide. Anna Helds Korsett war darüber hinaus mit echten Rubinen besetzt. Lillian Lorraines Strümpfe sollen 275 Dollars gekostet haben. Bessie Love trug in Broadway Melody einen gläsernen Zylinder zu ihrem tief dekolletierten, in Anlehnung an einen Frack geschnittenen Hemdhöschen. Psychologisch interessant erscheint Yolanda auch Ziegfelds Versessenheit, die Häupter seiner Darstellerinnen des Weiblichen mit gespreizten Pfauenfedern, dem Sinnbild männlicher Eitelkeit, zu schmücken. Frage: Auf wessen Netzhaut werden solche Inszenierungen zu Camp? In Klammern: Camp bezeichnet ja zunächst eine Kulturtechnik des dissidenten Lesens und kann diese dann seinerseits zur Darstellung bringen. Präzisieren: Camp und der homosexuelle Blick, Camp und der heterosexuelle Blick. Der an Vermilions Universität lehrende John M. Clum hat vergangenes Jahr ein ganzes Buch über die Begeisterung von Schwulen für das Musical Theater veröffentlicht. Klären: Was hatte Madonna Ciccone sexualpolitisch im Sinn, als sie das Ziegfeld Girl in ihrer Girlie Show verwendete?

Fünf Worte ritzte DJ Bone in das Vinyl seiner Unleashed EP: Where words fail music speaks. Irving Berlin schrieb einen Song namens A Pretty Girl Is Like a Melody. Hedy Lamarr als Ziegfeld Girl in dem Film Ziegfeld Girl sagt zu ihrem Mann: It is a little silly. You just put on some beads or something and walk up and down. Ziegfeld selbst, dessen Anderes seine Mädchen, laut Yolanda, zu verkörpern hatten, womöglich wäre ebenso passend zu sagen: als dessen Anderes er sie einkleidete, ist in dem Streifen, durchaus logischerweise, nicht zu sehen. Er ist die Stimme aus dem Dunklen, das unsichtbare, geile Auge. Busby Berkeley fuhr mit seiner männlichen Kamera durch einen Tunnel aus Hunderten paramilitärisch in Reihe und Glied gespreizter Mädchenbeine. The image of woman as image. Es soll, sowohl bei Ziegfeld als auch bei Berkeley, gigantische menschliche Vorhänge gegeben haben, die aus nichts als dekorativen Mädchen bestanden. Adolf Hitler, wird kolportiert, sei von Berkeleys berühmtem Wasserfall aus unzähligen ineinander verschränkten weiblichen Körpern begeistert gewesen. Hier ließe sich ein Verweis auf Leni Riefenstahls homosexuelle Inszenierungen des Sportiven, beziehungsweise des Ethnischen, anbringen. Sowie Cordulas wiederholt geäußerte Frage aufwerfen: Welchen Geschlechts ist Riefenstahls Kamera? Vier Bücher von ihr besitzt Cordula: Schönheit im Olympischen Kampf, 1937; Korallengärten, 1978; Mein Afrika, 1982; Fünf Leben, 2000. In Klammern: Riefenstahl, sexy Tomboy, älteste lebende Taucherin der Welt, genießt es offensichtlich selbst mit bald hundert Jahren, ihre noch immer tollen Beine herzuzeigen. In der nach wie vor anstehenden Verfilmung ihres Lebens wäre, meinte Cordula, wie schon Yolanda, Madonna Ciccone aus Detroit, die den Zuschlag in dieser Sache eben nicht erteilt bekam, bestimmt sehr überzeugend gewesen. Heinrich will sogar eine gewisse Ähnlichkeit zwischen beiden Frauen erkannt haben.

Ein Foto von 1928 kommt mir in den Sinn, auf dem Leni Riefenstahl gemeinsam mit Marlene Dietrich, die ihre Zigarettenspitze wie eine Pfeife im Mund stecken hat, und dem asiatischen Hollywood Star Anna May Wong posiert, in einer mit Pailletten bestickten Robe, die wie eine Karosserie wirkt. Josef von Sternberg, der dieses Bild aufgenommen haben könnte, hätte die spätere Freundin Hitlers ja auch gern mit nach Hollywood genommen. Einige jüngere, im unmittelbaren Zusammenhang mit diversen Protagonisten des High Camp stehende Fotos fallen mir noch ein, auf denen Leni Riefenstahl, die, nach Eva Brauns, laut

Riefenstahl gefälschtem, von Luis Trenker, Riefenstahls ehemaligem Filmpartner, in Umlauf gebrachtem Tagebuch, mit Hitler kinky Sex gehabt haben soll, von Mick Jagger in den Arm genommen wird; auf denen sie, verzaubert von der transgressiven Atmosphäre seiner Factory, neben dem großen Andy Warhol sitzt; auf denen sie nicht Hitler und Goebbels in Berlin besucht, sondern Siegfried und Roy in Las Vegas. Vergleiche auch: Hitlers und Goebbels' Begeisterung für Walt Disneys Mickey Mouse. Hitler soll gleich 1933 zu Riefenstahl gesagt haben: Ich schätze Sie als Künstlerin hoch ein, Sie haben eine seltene Begabung, und ich möchte Sie auch nicht beeinflussen. Aber eine Diskussion über das jüdische Problem kann ich mit Ihnen nicht führen. Siehe ferner, wie Adolf Hitler dem Ziegfeld Girl Lina Basquette nachsteigt, die ihn, in ihren Memoiren, mit den Worten zurückweist: Please, Adolf, I beg you. Think about Eva.

Hubert Fichte, jetzt auf CD, mit den zu Herzen gehenden Originaltönen seiner Interviews aus dem Palais d'Amour, Hamburg, 1969, mit Ulli, Wolli, Sandra und Johnny. Fichtes Stimme klingt durch und durch sympathisch, seine Art zu sprechen wirkt auf mich ganz wie von heute. Gisela Lindemann kategorisierte ihn als multiplen Außenseiter: Uneheliches Kind, Halbjude, Homosexueller, der mit einer Frau zusammenlebt und um die Welt reist und außerdem gern auch noch ein Schwarzer wäre. Dem Meer verfallen: Elisabeth Mann Borgese, Thomas Manns jüngste Tochter. Die sieht ihrem Vater ja irre ähnlich, sagt, während er sich hastig in seine Jacke wirft und kurz über meine Zeitung beugt, Heinrich. Elisabeth Mann Borgese ist Autorin, Pianistin, Mathematikerin, Soziologin, Ozeanologin und als solche Begründerin des International Ocean Institute. Vor ihrer Münchner Lesung ließ sie sämtliche Termine platzen, weil sie im Vorbeifahren am Deutschen Museum bemerkt hatte, daß dort ein Film über Delphine gezeigt wurde, den sie sich auf der Stelle anschauen mußte. Ihre ältere Schwester Monika befand sich im September 1940, mit Kurs auf Amerika, an Bord des Dampfers City of Benares, als das Schiff von einem deutschen U-Boot torpediert wurde und Monikas Ehemann, den ungarischen Kunsthistoriker Jenö Lányi, mit in die Tiefe riß. 1948 brachte Thomas Mann die depressive Monika in einem anthroposophischen Heim unter, 1953 zog sie nach Capri um, wo sie ihr Herz an einen Fischer verlor. Heinrich drückt mir einen Kuß auf den Mund, holt sein Rennrad vom Balkon und macht sich auf dem Weg zur Technischen Universität, wo er eine Vorlesung zur Erforschung des Antisemitismus anhören will. Leni Riefenstahl wehrt sich unterdessen weiterhin strikt gegen die Verfilmung ihres Lebens durch Jodie Foster. Foster plane, einen Film abseits der Grundlage ihrer Memoiren zu machen, klagte die Deutsche in einem Interview mit der britischen Zeitung Sunday Telegraph. Sie werde dem US-Star die Rechte zur Verfilmung ihrer Autobiographie nicht verkaufen. Ein Sprecher Jodie Fosters bemerkte dazu: Wenn Jodie den Film realisiert, wird sie es ohne Beteiligung Leni Riefenstahls tun.

Kaum ist Heinrich aus dem Haus, klingelt das Telefon, und Norman ruft aus Krakau an. Voller Überschwang preist er die Eleganz der polnischen Jugend, wobei ihm, der etwas außer Atem wirkt, ganz generell die Kultur der Polen, über die in deutschen Fernsehprogrammen lediglich dreckige Witze gerissen würden, um einiges hedonistischer, quasi französischer vorkomme als die immer wieder ins Barbarische abgleitende deutsche. Dann schwärmt Norman fort von Krakaus barocker Architektur sowie dem Föhn, der seit Tagen sehr mild aus den Karpaten weht, von empfindsamen Spaziergängen, allein am stillen Ufer der Weichsel, vom, im Gegensatz zu unseren Plastikstühlen, äußerst bequemen Korbgestühl der ständig maximal besetzten Straßencafés, von den ins Auge fallenden, offenbar obligatorischen Nylonstrumpfhosen der jungen Mädchen, von einer rauschenden Clubnacht, bei der Jörg Burger, The Modernist, aufgetreten ist, und einem nächtlichen Bummel durch Kazimierz, das ehemalige Judenviertel, einstmals die größte jüdische Siedlung Europas und vor wenigen Jahren noch Drehort von Spielbergs Spielfilm Schindler's List; auch Schindlers Emailwaren-Fabrik lasse sich irgendwo noch besichtigen. Norman will sie sich aber nicht ansehen, denn Oskar Schindler, der gute Nazi, sei nichts als ein Great White Father gewesen, und die Verfilmung seiner Biographie entsprechend revanchistisch, da sie nahelegt, die Nazis hätten die Juden zwar, durch eine Verkettung tragischer Umstände, versklavt und umgebracht, im tiefsten Herzen aber geliebt. Auschwitz und Birkenau sind nur dreißig Meilen von hier entfernt, erklärt Norman, aber er kann sich einfach nicht dazu durchringen, dorthin zu fahren. Ich spielte mit dem Gedanken, mir einen Mietwagen zu nehmen und alles auf eigene Faust anzuschauen, sagt er, die unterschiedlichen Lager, die Gehöfte der SS, die Überbleibsel der Buna-Werke, doch die Leute hier warnten mich vor dem katastrophalen Zustand der Landstraßen; sie behaupteten, ich würde für jede Strecke mehrere Stunden brauchen. Außerdem würde ich mich mit Sicherheit verfahren.

Es gibt natürlich Pauschalangebote, zu denen ich mich, sagt Norman, ebensowenig entschließen kann, bei denen Omnibusse zunächst Krakaus Hotels nach amerikanischen respektive israelischen Touristen abklappern und anschließend sowohl Auschwitz als auch Birkenau ansteuern, wo du dann das komplette Programm, von der Ausstellung bis zu den Gaskammern, mitnehmen kannst. An der Rezeption meines Hotels liegt ein Prospekt aus, dessen erste

Worte, wenn du ihn aufschlägst, Welcome to Poland lauten, unmittelbar gefolgt von dem berüchtigten Ortsnamen Auschwitz-Birkenau über einem Farbfoto, auf dem sich, vor strahlend blauem Himmel, der schmiedeeiserne Schriftzug Arbeit macht frei lesen läßt. Die Haare der Häftlinge wurden, wie ich von meinen Großeltern weiß, von der Nürnberger Filzfabrik Alex Zink zu Matratzen und Steifleinen verarbeitet; Haut wurde zu Lampenschirmen gemacht und Zahngold zu klingender Münze. Angeblich wirst du auf dem KZ-Gelände immer auch von irgendwelchen politischen Idioten belästigt. Wenn du Studierender bist und deinen Ausflug zur Gedenkstätte Auschwitz-Birkenau mit der Besichtigung der Salzmine von Wieliczka zusammenlegst, kostet dich das weniger als die Hälfte des regulären Preises. Sowohl das Konzentrations- und Vernichtungslager als auch das Bergwerk wurden 1978 auf die UNESCO-Liste des Weltkulturerbes gesetzt.

Nikolaus Kopernikus, der unser noch immer gültiges Weltbild entwarf, sagt Norman, hat hier studiert. Der junge Joseph Conrad wohnte in dieser Stadt bei seinem Onkel. Die Nobelpreisträgerin Wisława Szymborska lebt seit ihrem neunten Lebensjahr hier. Tadeusz Kantor, der die Wogen der Baltischen See dirigieren ließ, starb hier vor zehn Jahren. Krzysztof Penderecki, Komponist des vielzitierten Oratoriums Dies Irae für die Ermordeten von Auschwitz, aber auch einer 4. Symphonie für die französische Regierung sowie einer 5. Symphonie im Auftrag der Regierung Süd-Koreas, studierte und lehrte hier. Der 1933 in Paris geborene Roman Polański, dessen Mutter in Auschwitz vergast wurde und dessen Vater das Konzentrationslager von Mauthausen überlebte, war mit seinen Eltern als Kleinkind hierher gezogen und wurde später gerade noch rechtzeitig aus dem Krakauer Ghetto geschmuggelt. Andrzej Wajda ist von hier. Genauso Sławomir Mrożek. Der Papst studierte hier Polonistik, spielte zur Zeit der deutschen Besatzung auf einer Untergrundbühne Theater und stieg im sozialistischen Polen bis zum Krakauer Erzbischof auf. Seine große Liebe soll hier auch noch wohnen, sagt Norman. Die verflossene Geliebte Karol Wojtyłas sei in Krakau so richtig berühmt.

Ein einziges KZ habe er, Norman, erst besichtigt, und das liege eher idyllisch in einer bewaldeten Mulde unterhalb einer mittelalterlichen Burgruine, unmittelbar vor der deutsch-tschechischen Grenze. Das Lager habe sich dort terrassenförmig die Hänge hinauf erstreckt, zu beiden Seiten des Tals, in dem bis heute das Gebäude der Kommandantur mit dem charakteristischen Tordurchgang, mehrere Wachtürme, das Waschhaus, der Gefängnistrakt und weiter unten, am gurgelnden Bach, die Hinrichtungsstätte sowie das Krematorium des Konzentrationslagers stünden, ganz abgesehen von einer sehr beklemmenden, gigantischen, mit Gras bewachsenen Aschenpyramide. Die Leute aus dem weiter unten gelegenen Dorf redeten bis heute von der rötlichen Färbung des Bächleins. Nach der Befreiung des Konzentrationslagers durch unsere Armee, sagt Norman, wurden zunächst Displaced Persons in den ehemaligen Baracken der Häftlinge einquartiert, später sogenannte Heimatvertriebene, die sich auf diesem von Blut getränkten Boden zur Zeit des sogenannten Wirtschaftswunders neue Eigenheime errichten durften. Stell dir vor, Cordula, wie sich also in mehreren Rängen, mit unmittelbarer Aussicht auf eine der unseligen Stätten des unbestritten größten Verbrechens der menschlichen Geschichte, kleinbürgerliche Wohnsiedlungen am Berg hinauf ziehen: Ein bewohntes KZ. Auch die rustikalen Anwesen der SS seien sämtlich belegt. In dem ehemaligen SS-Kasino befinde sich heute eine Kneipe. In der Schlucht von Babij Yar bei Kiew habe die SS allerdings, von der Wehrmacht ausdrücklich unterstützt, mit rund dreiunddreißigtausend Juden an einem einzigen Tag so viele Menschen umgebracht, wie in Flossenbürg im Lauf von sieben Jahren offiziell zu Tode gekommen seien; wobei es bis heute keine Zahlen über die dort in primitiven Stallungen massenhaft verreckten sowjetischen Kriegsgefangenen gebe. Auschwitz-Birkenau: Mindestens eine Million Tote. Seine Nerven hätten sich in den letzten Jahren spürbar verschlechtert, erzählt Norman am Telefon, bereits die Schilderungen einzelner Schicksale aus der Nazi-Zeit brächten ihn immer häufiger, oft vor den Augen Anwesender, zum Weinen, und während er, gemeinsam mit seinen lieben Eltern, den Rundgang durch das Konzentrationslager Flossenbürg noch einigermaßen unbeschadet überstanden habe, könne er sich vorstellen, Auschwitz-Birkenau 2000 ganz einfach nicht mehr gewachsen zu sein.

Zwei faksimilierte Zeitungsmeldungen aus Deutschland hat mir Yolanda heute morgen übermittelt. Die erste, auf den 26. Oktober datiert, handelt davon, daß Israels Marine das dritte U-Boot aus der in Deutschland gebauten Dolphin-Serie erhalten hat. Wie eine Sprecherin des israelischen Militärs bestätigte, sei das Kriegsschiff zwei Tage zuvor im Hafen der nordisraelischen Mittelmeerstadt Haifa eingetroffen und dort feierlich begrüßt worden. Die Kosten des Bootes trügen beide Länder; was auch immer das bedeutet. Und was sind das für Matrosen, fragt, in ihrem neuen, sandfarbenen Pullover, von hinten über meine unbekleideten Schultern gebeugt, Vermilion, die da auf dem Foto an Deck zwischen den Querflossen des U-Boots stehen: Deutsche oder israelische? Hat die deutsche Marine das Boot nach Israel überführt? Oder wurde es von der israelischen Marine in Deutschland abgeholt? Gibt es Juden in der heutigen deutschen Kriegsmarine? Frauen in der israelischen? Wurde jemals ein Torpedo von einer Frau abgefeuert? Zweite Zeitungsmeldung, von heute, dem 30. Oktober 2000, leider ohne Foto: Mit einer lauten Kinderrassel hat ein achtzigjähriger Mann am Freitag die erste Aufführung eines Orchesterwerks von Richard Wagner in Israel gestört. Der Dirigent des Symphonieorchesters von Rishon Lezion, Mendi Rodan, ließ sich aber nicht beirren und führte das Siegfried-Idyll stur, ohne jede weitere Unterbrechung, zu Ende. Der Störer wurde aus dem Saal gewiesen. Er stammt, wie er sagte, aus Polen und hat als einziger seiner Familie den Massenmord der Nazis an den Juden überlebt. Auf die Frage, warum er die Rassel mitgebracht hatte, antwortete er: Weil ich keine Bombe finden konnte. Vermilion, deren Davidstern mich im Nacken kitzelt, fragt sich, welche Vokabel Yolanda heute morgen wohl in ihre Suchmaschine eingegeben haben mochte. Die Nachrichten würden zur Zeit ja eher von den gewaltsamen Auseinandersetzungen zwischen Palästinensern und Israelis beherrscht. Ob ich auch registriert hätte, daß die USA dabei gar nicht mehr auf der israelischen Seite stünden. Laut Cordula war es während der letzten Wochen ziemlich aufschlußreich, wie sich, angesichts der deprimierenden politischen Entwicklung im Nahen Osten, die deutsche Öffentlichkeit mal wieder sehr schnell in dezidiert antisemitische Stellung brachte. Wie auf Abruf, fand Cordula. Der Spiegel schrieb: Mit jedem Toten kehrt das Bild vom häßlichen Israeli zurück, der seinen Staat ohne jede Rücksicht verteidigt. Etwas eilig verabschiedet sich Vermilion von mir; eigentlich wollte sie bereits in der Morgendämmerung nach Durham aufgebrochen sein. Ich gehe ins Bad, dusche, rasiere und frisiere mich und kleide mich an. Dann biegt, in schwungvollem Bogen, der FedEx-Lieferwagen um die Ecke. Wird er Kraftwerks EXPO 2000 in den Remixes von DJ Rolando, Underground Resistance und François Kevorkian an Bord haben?

DJ Rolandos Computerstimme singt die Worte: Detroit, Germany; den Rest können wir leider nicht verstehen. Das gesamte Arrangement, dessen Wiedererkennungswert weniger in der kompositorischen Struktur des Stückes EXPO 2000 als in den synthetischen Streichern von Knights of the Jaguar liegt, die Tillmann hier sogar an Das Boot von U 96 erinnern, bleibt deutlich hinter der Eleganz des Originals aus Düsseldorf zurück. Mike Banks intoniert auf dem, wie ich finde, gelungeneren Underground Resistance Mix: We saw electric Germany; they saw electric Detroit. Während sich lovely Lee am besten mit dem hedonistischen François K + Rob Rives Mix anfreunden konnte, ist mein liebster Track, unter kreativer Mitwirkung des Munchman, der zutiefst submarine, fast unbarmherzig bassige UR Infiltrated Mix. Kultur der abgrundtiefen Bässe: Die stammt, sagt Wanda, nun wirklich nicht aus Deutschland. Desgleichen wurden die Japanese Telecom Tracks des Gerald Donald auf beiden Seiten des Atlantiks überzeugend neu gemixt. Unbedingt herausbekommen: Ob der historische Detroiter Club The Liedernacht, wie im Rough Guide to Techno, tatsächlich The Leidernacht buchstabiert wurde.

Andererseits bin ich seit Tagen mit etwas ganz anderem beschäftigt. Etwa damit, daß sich amerikanische Juden im frühen zwanzigsten Jahrhundert, auch außerhalb ihrer zunehmenden Erfolge in der kaukasischen Blackface Minstrelsy, gern gegenseitig mit Nigger ansprachen: Nigger Benny, Nig Rosen, Niggy Rutman, Nigger Ruth. Nigger als jüdischer Spitzname, der auf die Möglichkeit anspielte, daß die Juden selbst einmal von viel dunklerer Hautfarbe gewesen sein konnten und daneben, durchaus positiv gefaßt, als Selbstbezeichnung von White Negroes jüdischer Abstammung kursierte, die an der kulturellen Konstruktion genuin amerikanischer Musik, vom Coon Song über

Ragtime bis zum Jazz, beteiligt waren. Das jiddische Blatt Forverts betonte 1923, daß, wenn von amerikanischer Musik die Rede sei, eigentlich Negermusik gemeint sei. Jazz erscheint somit als die nationale Identität stiftende Übersetzung der musikalischen Grammatik einer Rasse durch die Mitglieder einer anderen Rasse; die Juden gleichsam als Rassenübersetzer. Ich suchte nach überlieferten Augenzeugenberichten jener Momente, in denen das Publikum aufschrie, weil Sophie Tucker oder Al Jolson mit ihren, wie üblich, schwarzgefärbten Gesichtern die Handschuhe auszogen, um ihre schneeweißen Unterarme zu entblößen. Irving Berlin, dem nachgesagt wurde, zu Hause einen kleinen Negerjungen versteckt zu halten, will seine Hits ausschließlich auf den schwarzen Tasten, den, wie er sagte, Nigger Keys seines Klaviers, komponiert haben. George Gershwin, dem Isaac Goldberg attestierte, es sei vor allem der Jude in ihm gewesen, der ihn zum herausragenden Urheber amerikanisch-negroider Musik gemacht habe, bezeichnete seine erste Oper, Blue Monday, als seine Nigger Opera. Frage: Wann fiel zum ersten Mal der Begriff Shylocks of Tin Pan Alley? In den zwanziger Jahren des vergangenen Jahrhunderts markierte der jüdische White Negro jedenfalls eine zentrale Figur der subkulturellen Intelligenz. Und während jüdische Hipster wie die Klarinettisten Artie Shaw oder Mezz Mezzrow den ungeschliffenen Jive Talk der schwarzen Bevölkerung Harlems und der South Side Chicagos für ihre bohemistischen bis avantgardistischen Zwecke emulierten, baute, im ethnischen Gegenzug, darin Slim Gaillard verwandt, der schwarze Pianist Willie the Lion Smith, der sich selbst als Juden bezeichnete und den depressiven Artie Shaw wie einen verlorenen Sohn in Harlem aufnahm, zunehmend jiddische Floskeln in seine öffentlichen wie privaten Auftritte ein. Wobei das Jiddische seinerseits auch das Andere des Hebräischen bedeutete: Die Sprache des Marktplatzes, der

Küche, der Weiber. Der schwarze Slang der Straße dagegen ist, glaube ich, immer, im herkömmlichen Sinn, männlich. Siehe: Die lesbischen Königinnen des Blues. Auch: Die autonomen Flittchen des Rap.

Der Künstler Henry Botkin, seines Zeichens als Maler sogenannter Negro Subjects unterwegs, nimmt 1934 seinen Cousin, den Komponisten George Gershwin, mit nach Folly Beach, South Carolina. Der Mitreisende zeigt sich, dort angekommen, auf Anhieb begeistert, läßt sich einen Bart wachsen und sein Haupthaar verfilzen. Sein stets entblößter Oberkörper wird von einem Reporter der Zeitung Charleston News and Courier als schwarz beschrieben. Bald stimmt Gershwin in die religiösen Shouts der Gullahs ein. Er beginnt sich in weißer Gesellschaft zu langweilen und dient dieser gleichzeitig als glaubwürdige Quelle schwarzer Kultur. Er schreibt seine Oper Porgy and Bess. Mezz Mezzrow, der sich in der Gewißheit wiegt, König Salomo, Moses sowie die Königin von Saba seien Farbige gewesen, und der mit seiner afrikanisch-amerikanischen Ehefrau als White Negro in Harlem lebt, hat die ethnische Identität eines Schwarzen so sehr verinnerlicht, daß er davon ausgeht, alle Leute, denen er begegnet, müßten ihn auch äußerlich unweigerlich für einen Schwarzen halten. An den orthodoxen Juden der Lower East Side Manhattans stellt Mezzrow ein ausgeprägtes Faible für den Blues fest und erklärt das damit, daß sich Juden und Schwarze im gleichen Mißverhältnis zur herrschenden angloamerikanischen Gesellschaft befänden. Auf seiner Klarinette möchte Mezz ebendiesen Umstand sozialer Unterdrückung zum beseelten Ausdruck bringen, schreibt Tillmann. Eine noch augenfälligere Parallele scheint ihm aber beider Gruppen Jahrhunderte respektive Jahrtausende währende Diaspora zu bilden. So soll Marcus Garvey seine nationale Sammlungsbewegung, die zum Ziel hatte, daß afrikanische

Amerikaner auf dem Seeweg nach Afrika heimkehrten, immer wieder ausdrücklich mit dem Zionismus in Zusammenhang gebracht haben. Im Gefängnis wird Mezz Mezzrow an einem hohen jüdischen Feiertag von seinen jüdischen Mitgefangenen darum gebeten, ihren Chor zu leiten. Er zeigt sofort verständnisvollstes Interesse an ihrer Musik; in Wirklichkeit kennt er sie seit frühester Kindheit in- und auswendig. Was die angebliche Reaktion seiner Mitinsassen betrifft, läßt sie sich in Really the Blues, Mezzrows Autobiographie, wie folgt nachlesen: They can't understand how come a colored guy digs the spirit of their music so good. Die Ironie an der Sache ist nun, daß der Erfolg der Juden in der Unterhaltungsindustrie einerseits darauf basierte, daß sie, vornehmlich zur Unterhaltung der Weißen, diese damit gleichsam umarmend, schwarzes Kulturgut adaptierten, andererseits, eben mit Hilfe dieser harmlosen Adaption, die soziale Leiter bis zu ihrer Anerkennung durch die Weißen, und zwar als gleichfalls Weiße, emporklimmen durften. Inwiefern, frage ich Tillmann, soll all das nun eigentlich etwas mit Johann Gottfried Herders Definition authentischer Volkstümlichkeit zu tun haben? Jüngster Literaturhinweis aus dem Frankfurter Lektorat: Stimmen der Völker in Liedern, gesammelt, geordnet und übersetzt von Herder in den siebziger Jahren des achtzehnten Jahrhunderts. Herder, den eine Seereise zum Sinneswandel von der Aufklärung zum Sturm und Drang bewogen haben soll.

Die afrikanisch-amerikanischen Musiker Porter Grainger und Bob Ricketts veröffentlichten in den zwanziger Jahren des zwanzigsten Jahrhunderts eine Broschüre mit dem Titel How to Play and Sing the Blues Like the Phonograph and Stage Artists, in der sie behaupteten, jüdische Musiker könnten den Blues am besten nachempfinden. Schon im schluchzenden Timbre des Kantors liege jener lamentierende Ton, den der Vortrag schwarzer Musik zur Voraussetzung habe. Ich habe aber, ehrlich gesagt, in sakraler jüdischer Musik noch keine Blue Notes gehört. Auch wenn Harold Arlens Vater beim ersten Hören einer Schallplatte Louis Armstrongs in Jiddisch ausgerufen haben soll: Wo hat er denn das her? Und Max Kaminsky behauptete, er hätte bereits 1924 auf seiner Trompete Bebop-Figuren gespielt, die er in der Synagoge aufgeschnappt hätte. Bebop-Figuren sind doch per se dekonstruktivistisch. Aldous Huxley schilderte die Jazz-Szene seiner Zeit als dominated by young Hebrews playing mournfully sagging, seasickishly undulating melodies. Und noch 1994 wird der jüdische Musik spielende schwarze Jazz-Klarinettist Don Byron in der New York Times wie folgt charakterisiert: As he pumps his torso back and forth to the music, his dreadlocks sway, and Byron looks to all the world like a rabbi. Eine zentrale Rolle in dieser mir grundsätzlich suspekten Gleichsetzung von jüdischem und schwarzem Pathos spielte im frühen zwanzigsten Jahrhundert auch eine gleichsam luxuriöse, nostalgische Melancholie, die mir von Isaac Goldbergs phallologischer Definition des jüdischen Weltschmerzes als Melancholia Judaica, die den Juden gleich nach seiner Beschneidung befalle, herzukommen scheint und die ich so gar nicht mit dem stets modernen, dabei tief beseelten, doch traditionell unsentimentalen afrikanisch-amerikanischen Idiom in Zusammenhang bringen kann. Wobei mich Deborah auf Louis Armstrongs tiefschwarze 1927er Einspielung des Melancholy Blues mit dem Klarinettisten Johnny Dodds hinwies. Und Dodds habe das Stück kurz zuvor auch schon in eigener Regie aufgenommen. Die Blues-Sängerin Ethel Waters liebte es, das jiddische Lied Eli, Eli vorzutragen. Lionel Hampton übernahm zionistische Volkslieder in das Repertoire seiner donnernden R&B Big Band. Und also befand Wynton Marsalis gegen Ende des zwanzigsten Jahrhunderts: Jazz has always been a fine art in that it addresses a song, like a Gershwin song, as if it's a piece of folk material. You take the melody and perform the art of Jazz on it, and turn it into a piece of Jazz.

Dann fügte Yolanda noch einen fragmentarischen Exkurs über die auffallend unmännlichen Attribute, die der schillernden Persönlichkeit des Kantors zugeschrieben würden, hinzu. Etwa, daß viele von ihnen im glockenreinen Sopran sängen. Wie, andersherum, die Stimmen jüdischer Frauen oft mit denen von Kantoren verglichen würden. Auch die Melancholia Judaica, als eine Melancholie der Sensibilität, der Nostalgie, des Verlustes, sei im klassischen Sinn weiblich kodiert. Nachdem Al Jolson unter den Verdacht der Bisexualität geraten war, stritt einer seiner Freunde dies energisch ab, ergänzte seine Aussage aber im selben Atemzug mit den Worten: Allerdings mag er farbige Mädchen. Jeffrey Melnick, orthographischer Verbesserungsvorschlag des Microsoft Word-Textverarbeitungsprogramms: Jeffrey Manlike, faßte zusammen: Whether seen as submissively effeminate or pathologically oversexed, the body of the Jewish man was often understood as a deformation of manhood. Daniel Boyarin fragte: Is it a fluke that the Jew that I identify with is a Jewess? Is it accidental that in describing myself, the two most prominent attributes would be Jew and feminist? Logisch: Männer, die keine Männer sind, als Partner von Frauen, die keine Frauen sind. In der vielerorts als bereits wieder geschieden beschworenen kulturellen Ehe zwischen den amerikanischen Juden und den afrikanischen Amerikanern, die von der Minstrelsy des späten neunzehnten Jahrhunderts bis zur Bürgerrechtsbewegung des mittleren zwanzigsten Jahrhunderts dauerte, nahmen die Juden regelmäßig die Rolle der Gattin ein. Yolanda zitiert einen Prozeßbeobachter aus der jüngsten Vergangenheit, der die Unmännlichkeit eines jüdischen Rechtsanwalts unverblümt mit dem maskulinen, in erster

Linie sexuelle Leistungsstärke signalisierenden Charisma seines schwarzen Gegenübers kontrastiert. Als die Juden nach dem Zweiten Weltkrieg in der urbanen, saturierten WASP-Gesellschaft angekommen waren, überließen sie die innovative Anverwandlung afrikanisch-amerikanischer Kultur zu offensiver Effemination entschlossenen Rednecks aus den verarmten Südstaaten der USA sowie blassen Jugendlichen aus der britischen Arbeiterklasse: Einerseits des Atlantiks die quasi gebärfreudigen Hüften Elvis Presleys, andererseits des Atlantiks die schulmädchenhaften Pagenfrisuren der Rolling Stones. Warum gibt es so viele prominente Fälle öffentlicher Überschreitung ethnischer Grenzen, bei denen, gleichsam zwangsläufig, auch jene der sexuellen Identität verletzt werden? Eine gravierende Fragestellung, die in dem Vorschautext zu unserem Buch, well, ziemlich vernachlässigt wurde, schreibt Yolanda. Ob ich mir nicht für die Klappe, möglichst bis morgen, einige prägnante Sätze zu diesem Komplex einfallen lassen könnte? Da mir aber momentan, um 3 Uhr nachts, überhaupt nichts in den Sinn kommen will, feile ich zunächst meine Fingernägel, verlasse dann meinen Arbeitsplatz und trete auf die kühle Veranda hinaus, um mich ein weiteres Mal in der süßen Betrachtung des Leuchtturms zu verlieren.

Serge Klarsfeld: Beate, my wife, and myself decided to join a protest of a group of militants of our Association of Sons and Daughters of Deported Jews in France at Bergen-Belsen several hours before the Bitburg ceremony. When Reagan arrived we planned to undertake a final, and as we knew, useless, effort of dissuasion in order to make the international media witness our demonstration. Many others went to Bitburg directly: we preferred to go to Bergen-Belsen which is much further away from Paris than Bitburg. At this camp, Jews suffered and were murdered. It is, therefore, closer to our hearts than a German military cemetery. Our motor car succeeded, during the night of the 4th to the 5th of May, to slip into the landing area of the presidential helicopter. We did not agree to leave the restricted area, in spite of the demands of the German police. They were forced, several moments before the arrival of the President, to attack the lines of us deportees and children of the deported in order to remove us by force. This violent police action against the militants, who wore the yellow star, was filmed by the regional television networks and transmitted to the entire world as were our slogans and banners. In the Fall of 1983, Chancellor Kohl had already expressed his wish to see the Waffen SS rehabilitated as regular combatants. His declaration had already aroused certain emotions in Israel. But in the beginning of 1984, when Kohl visited Israel officially, the red carpet was extended for him without any request or condition that he withdraw his statement. At the entrance of Yad Vashem, where Kohl went to meditate, I personally saw Israelis beaten by Israeli policemen when they attempted to protest as Kohl's car passed. A truly depressing spectacle.

Am 4. Oktober 1943 sprach in der polnischen Stadt Posen der SS-Reichsführer Heinrich Himmler die folgenden Worte zu seinen SS-Truppen: Es ist grundfalsch, wenn wir unsere ganze harmlose Seele mit Gemüt, wenn wir unsere Gutmütigkeit, unseren Idealismus in fremde Völker hineintragen. Das gilt, angefangen von Herder, der die Stimmen der Völker wohl in einer besoffenen Stunde geschrieben hat und uns, den Nachkommen, damit so maßloses Leid und Elend gebracht hat. Cordula möchte heute morgen wissen, ob es Adolf Hitler oder Joseph Goebbels war, der versucht hatte, Leni Riefenstahl dazu zu bewegen, den afrikanisch-amerikanischen Sportler Jesse Owens aus ihrem Olympia-Film herauszuschneiden. Nach 1945 soll sie sich ja genauso geweigert haben, Hitler aus dem Film zu entfernen. Yolanda beschreibt eine bewegende Szene aus einem alten Spielfilm, in der das sehr kleine weiße Mädchen Shirley Temple unglaublich groovy mit dem langen schwarzen Entertainer Bill Bojangles Robinson aus Richmond, Virginia, tanzt. Außerdem hat sie, über die Regenstein Library, für unseren Anmerkungsteil herausbekommen, daß der kreolische Klarinettist Jimmie Noone und der jüdische Klarinettist Benny Goodman in Chicago bei demselben Franz Schoepp Unterricht genommen haben. Nächste Woche will mir Yolanda einerseits empirische Untersuchungen zu dem sprunghaft angestiegenen Interesse afrikanischer Amerikaner an der Erforschung ihres Stammbaums auf das Erscheinen von Alex Haleys Roots hin, andererseits historische Quellen zur Auflösung der traditionellen Vaterrolle des schwarzen Mannes während, nach, beziehungsweise seit der Sklaverei zukommen lassen.

Ich fand unterdessen, für unsere bibliographischen Angaben, jene Stelle wieder, wo Renée Green Diedrich Diederichsen erläutert, warum der von Roland Barthes erklärte Tod des Autors, in Klammern: des autonomen Subjekts, in den Kreisen afrikanisch-amerikanischer Künstler keine große Rolle spiele: Wie solle sich ein Autor umbringen lassen, der nie als Autor etabliert gewesen sei? Woraufhin Diederichsen kokett auf Stuart Hall rekurriert, der gesagt haben soll: Ich hatte immer schon diese postmodernen Gefühle, habe mich immer schon dezentriert gefühlt, doch heute, wo ihr alle so dezentriert seid, fühle ich mich richtiggehend zentriert. Judith Butler hielt dagegen, das Subjekt zu dekonstruieren heiße nicht, es zu verneinen oder zu verwerfen. Die Dekonstruktion beinhaltet lediglich, daß wir alle Bindungen an das, worauf sich der Terminus Subjekt bezieht, suspendieren und daß wir die sprachlichen

Funktionen betrachten, in denen es bei der Festigung und Verschleierung von Autorität dient. In bestimmtem Sinn konstituiert sich das Subjekt durch einen Prozeß der Ausschließung und Differenzierung, möglicherweise auch der Verdrängung, der in der Folge durch den Effekt der Autonomie verschleiert und verdeckt wird. In diesem Sinn stellt die Autonomie die logische Konsequenz einer verdrängten Abhängigkeit dar. Cordula behauptet: Autonom ist immer nur die Musik. Butler: Dies bedeutet, daß das autonome Subjekt die Illusion seiner Autonomie nur insofern aufrechterhalten kann, als es den Bruch, aus dem es sich konstituiert, verdeckt. Diese Abhängigkeit und dieser Bruch beziehen sich auf immer schon gegebene soziale Beziehungen, die der Bildung des Subjekts vorausgehen und sie bedingen. Es gibt keinen reinen Platz außerhalb der Macht, von dem aus die Frage nach Gültigkeit gestellt werden könnte, und wo die Frage nach Gültigkeit gestellt wird, ist dies immer schon eine Handlung der Macht. Alles, was wir tun könnten, sei, die diskursiven Gepflogenheiten, die uns bedingten, performativ durchzuarbeiten. Später kommt Renée Green, Diederichsen und sie befinden sich übrigens im Museum of Contemporary Art, noch auf Michele Wallace, die Autorin von Black Macho and the Myths of the Superwoman, zu sprechen: Wie die sich über Musik äußere, habe mit der geschichtlichen Erfahrung zu tun, daß die einzigen von der allgemeinen Kultur anerkannten Beiträge afrikanischer Amerikaner die Musik sowie die darstellenden Künste seien, während sie aus der gesellschaftlichen Sphäre des Betrachtens und damit, klar, auch der bildenden Kunst ebenso traditionell ausgeschlossen seien. Simone de Beauvoir hat ja schon 1947 in ihrem Amerika-Tagebuch sehr eindringlich auf die perfiden Parallelen zwischen den sozialen Stellungen von Negern und Frauen in den USA hingewiesen.

Go Down Moses: Das Moses-Motiv bei Zora Neale Hurston. Das Moses-Motiv bei Ishmael Reed. Bei Peter Michels fand ich eine aufschlußreiche Vorgeschichte zur Operation Moses, der abenteuerlichen Heimholung schwarzer Juden aus Äthiopien durch den israelischen Geheimdienst vom November 1984 bis zum Januar 1985: Henry Aaron Stern, der Sohn einer deutsch-jüdischen Familie aus Untereichenbach, Hessen-Kassel, 1820 geboren, gab im Alter von zwanzig Jahren seinen jüdischen Glauben auf, nachdem er in London mit der Gesellschaft zur Förderung des Christentums unter den Juden in Kontakt gekommen war. 1844 ging er als christlicher Missionar nach Palästina. Der anglikanische Bischof in Jerusalem ernannte ihn zum Diakon. 1859 wurde er nach Äthiopien entsandt, um dort die sagenumwobenen Falaschen vom jüdischen zum christlichen Glauben zu bekehren. Mit der Einwilligung des äthiopischen Kaisers Theodorus bereiste er ein Jahr lang die Region um den Tana-See, der in derselben Gegend, nämlich jener, in welcher der Blaue Nil entspringt, liegen muß, in der Leni Riefenstahl über hundert Jahre später ihre virilen Nuba-Fotomodelle aufspürte, nach Cheikh Anta Diop steht dort überhaupt die Wiege der Zivilisation, und veröffentlichte 1861 in London seinen ersten Reisebericht, den in den bis zu unserer Abgabe verbleibenden Wochen noch herauszufinden wir keinen Aufwand scheuen sollten, Yolanda. Sterns Bemühungen um die Missionierung der verlorenen jüdischen Stämme in Afrika sollen es jedenfalls gewesen sein, die das weiße Judentum erstmals auf den Plan riefen, sich seinerseits um die konkrete Wiedergewinnung der Falaschen zu kümmern. Malcolm X, dem Schwarzen Islam abgeschworen, schrieb 1964 aus Ghana: So, wie die amerikanischen Juden politisch, ökonomisch und kulturell in Harmonie mit dem Weltjudentum sind, ist es für die Afroamerikaner an der Zeit, ein integrierter Teil der weltweiten panafrikanischen Bewegung zu werden.

Selbst wenn wir mit unserem Körper in Amerika bleiben und dort für die Rechte kämpfen, die uns die Verfassung verspricht, müssen wir geistig und kulturell doch nach Afrika zurückkehren.

Im Attachment kannst Du Rabbi Shlomo Ben Levys Ausführungen zur aktuellen, wie Vermilion sagt: fakultativen, da nicht direkt auf rassischen Determinanten basierenden, Black Jewish Community in America, deren Angehörige sich entweder Black Jews, Hebrews oder Israelites nennen, nachlesen, auch sein Bedauern über den ausbleibenden Dialog zwischen den weißen und den schwarzen Juden Amerikas, denen verschiedene Churches of God zugerechnet werden, außerdem die nationalistische Nation of Yahweh aus Florida und The Kingdom of God, das ich unter der Überschrift Original Hebrew Israelites kannte, begründet in Chicago durch den Busfahrer Ben Ammi Carter, und später, nach einem zwar freiwilligen, aber erbärmlichen, Vermilion sagt: ironischen, auf jeden Fall tragisch ausgegangenen Intermezzo im liberianischen Urwald, widerwillig, da sie ihr Judentum nicht unter medizinischen Beweis stellen konnten, von Israel aufgenommen, wo sie tatsächlich auf die dort als primitiv verspotteten Falaschen stießen, deren Männer sich einer symbolischen nachträglichen Beschneidung durch die Entnahme eines Tropfens Blut aus dem Penis hatten unterziehen müssen, des weiteren die jamaikanischen Rastafarians, die sehr interessanten Nubian Islamic Hebrews aus Brooklyn sowie die paramilitärische Israeli School of Universal Practical Knowledge aus Harlem.

All diesen gemeinsam scheint der feste Glaube daran zu sein, daß die alten Hebräer, und unter ihnen unser Jesus Christus, von schwarzer Hautfarbe gewesen sind. Marcus Garvey, um 1920: Wenn der weiße Mann die Vorstellung von einem weißen Gott hat, laßt ihn seinen Gott verehren, wie er will. Wir als Neger haben ein neues Ideal gefunden. Wenn unser Gott auch keine Farbe hat, halten wir es doch für menschlich, daß jeder durch seine eigene Brille schaut. Peter Michels, 1999: Selbst Beethoven wird von vielen Schwarzen als Angehöriger der eigenen Volksgruppe gesehen und wurde von seinen Zeitgenossen ja auch Der schwarze Spanier genannt. Vermutlich war er, wie sein Lehrer Haydn, Mulatte. Fast alle Biographen Beethovens verweisen auf seine dunkle Haut und sein krauses Haar. Yolanda: Vor dreißig Jahren bekam meine Tante Shirley einmal von Studentinnen einen ganzen Eimer Wasser über den Kopf geschüttet, damit sich ihre künstlich geglätteten Haare zu einem natürlich krausen Afro zurückbildeten. Fragwürdig vorgekommen sei ihr dabei schon damals die dichotomisch aufgestellte Begrifflichkeit künstlich versus natürlich. Merkwürdig, schreibt Michels, sei es auch, daß sich viele Schwarze von Beethovens Musik stärker angesprochen fühlten als von den Werken jedes anderen europäischen Klassikers. Fußnote: Ludwig van Beethovens Sterbehaus in Wiens Schwarzspanierstraße, in dem sich auch der jüdische Selbsthasser Otto Weininger das Leben nahm.

Heftige Schneestürme ziehen über die Stadt; auf dem Flughafen soll cinc Maschine sogar von der Landebahn gerutscht sein. Mit Wanda nach Dienstschluß in Hyde Park, in ihrem thailändischen Stammlokal. Zunächst, während wir auf unsere Bestellung warten, über Sun Ra und Ornette Coleman als junge R&B Sidemen debattierend, dann über die geschichtliche Gleichzeitigkeit von konkretem Rhythm & Blues und abstraktem Bebop, an der wir jene von HipHop und Techno messen, und schließlich, während des Essens, über die musikwissenschaftlich kursierende These, daß der Rhythmus in der europäischen Musik römisch-katholischen, die Melodie dagegen lutheranisch-protestantischen Ursprungs sei. Und was das für die aktuelle Vermengung von Rhythmus und Melodie im R&B bedeuten könnte. Der Terminus Rhythm & Blues bezeichnete ja schon vor einem halben Jahrhundert die individuelles Leiden in allgemeine Tanzbarkeit überführende Rhythmisierung des Blues, der eine zwar aus Afrika, in Klammern: Wiege des Rhythmus, stammende, aber doch ganz stark der Melodie verschriebene Kunstform war. Siehe auch die Blue Notes in Dvořáks Symphonie Aus der Neuen Welt, sage ich, während draußen, vor dem großen, von exotischen Küchendämpfen beschlagenen Fenster, eine Gruppe Weihnachtsmänner durch den Schnee stapft. In Köln produzieren jetzt alle wie wahnsinnig Boogie-Woogie Tracks, bemerkt Wanda, die ihr Haar unter einem putzigen Kopftuch nostalgisch toupiert trägt. Cordulas portugiesische Freundinnen, berichte ich, waren vor wenigen Tagen auf der Love Parade in Tel Aviv. Dann zieht Wanda die Fotokopie eines rund fünfzig Jahre alten Flugblatts aus ihrer Handtasche, auf dem zu lesen steht: Danger. Negroes of Chicago. Tenants, property owners and business men. This is the zero-hour for Negroes. Don't be duped again by land-grabbers who seek to herd you like Indians or Jews to reservations or concentration camps. Wake up and fight or suffer the fate of Indians or Jews. The handwriting is on the wall, the alarm is sounding, join in the struggle to save your homes. Let them build houses on vacant lots. Don't let the planers tear down the homes of the poor to build for the rich. No Negro home on the South Side is safe. The master plan goes from 12th to 63rd. Mass meeting, lobby of City Hall, Friday, March 18th, 9:30 a.m. Könnte fast von heute sein.

Als nächstes präsentiert mir Wanda eine vergilbte Fotografie, auf der eine Horde Weißer das Automobil eines

Schwarzen, der in ihre Gegend ziehen will, umstürzt. In Calumet Park wurde jedes Auto, an dessen Antenne kein weißes Taschentuch wehte, von Weißen attackiert. Weiße Taschentücher auch an den Pforten jener abnehmenden Anwesen, die noch ausschließlich von Weißen bewohnt wurden. In Englewood hatten sich alle Fremden vor den wild gewordenen alteingesessenen Anwohnern des Viertels auszuweisen, weiß Wanda; wobei Schwarze und Juden zunächst gleichermaßen mißhandelt worden seien. Als die rasant anwachsenden, sozusagen explodierenden schwarzen Slums der South Side das Michael Reese Hospital und das Gelände des Illinois Institute of Technology zu umspülen begannen, kaufte das IIT panisch alle möglichen umliegenden Grundstücke auf, um sich, so Wanda, einen Puffer zwischen hehrer Forschung und sozialer Wirklichkeit zu verschaffen. Und bald darauf war auch unsere Universität, im tieferen Süden, unmittelbar betroffen. Nachdem sich die ethnische Homogenität des sie umgebenden weißen Viertels, in dem übrigens auch viele Juden lebten, offensichtlich nicht länger aufrechterhalten ließ, verfiel die Leitung der University of Chicago auf das Patentrezept, sie nannten es Noble Experiment, einer Integrated Neighborhood Hyde Park, bei dem die Kategorie der Klasse an die Stelle der Rasse trat. Interessant auch der damalige Einwand Kardinal Egans, der sich nicht zuletzt deshalb gegen die von der Hyde Park Community forcierte Säuberung der diese umzingelnden Slums einsetzte, weil er befürchtete, das entwurzelte Elend könne daraufhin von seinen katholischen Vierteln Besitz ergreifen, genauer: die katholischen Gemeinden von ihrer jeweiligen Scholle vertreiben. Im Gegensatz zu den eher provisorischen Sprengeln der Protestanten sehe sich die Erzdiözese eben nicht in der Lage, ihre aus Stein gemauerten Kathedralen einfach so an anderer Stelle neu zu errichten. Der Katholizismus ist und bleibt, sagt Wanda, die selbst Katholikin ist, eine geradezu klassische unamerikanische Aktivität. Dann geriet die Chicago Housing Authority auch noch in den Verdacht kommunistischer Planwirtschaft. Senator McCarthy sollte sich da mal drum kümmern, verlangten einige weiße Blätter der Stadt. Die schwarze Presse nahm, bei aller grundsätzlichen Bejahung des staatlichen Sozialwohnungsbaus, eine eher ambivalente Haltung ein. Angesichts der achtundzwanzig Robert Taylor Homes, in deren jedes beinahe eintausend afrikanische Amerikaner, davon rund drei Viertel Kinder, gepfercht wurden, sei das nur zu verständlich, sagt Wanda. Schließlich wurde die neue South Side, the Second Ghetto, um ein Vielfaches größer als die abgerissenen Elendsviertel der Rassenunruhen von 1919.

Also bevölkerte Poseidon, dem die Insel Atlantis zum Lose fiel, dieselbe mit seinen eigenen Nachkommen, die er mit einem sterblichen Weibe der Insel erzeugte. Diese sowie ihre Nachfahren beherrschten viele Menschenalter hindurch noch viele andere im Atlantischen Meere gelegene Inseln und dehnten auch ihre Herrschaft über die innerhalb der Säulen des Herakles nach uns zu Wohnenden bis nach Ägypten und Thyrrhenien hin aus. Zeus in Platons fragmentarischem Bericht als der gerechte Bestrafer der hochmütig gewordenen Atlanter. Die bei Aristoteles nachzulesende, auf den apokalyptischen Untergang von Atlantis hin eingetretene Verschlammung des Atlantischen Ozeans, wodurch dieser angeblich Jahrhunderte hindurch nicht schiffbar gewesen sei. Die nach Homer in den Tiefen des Atlantiks anzusiedelnde Unterwelt, der Hades. Alles nicht zu vernachlässigen und auch hinreichend belegt. Der weit da draußen, südlich des Cape Lookout, auf Grund liegende Zerstörer Schurz, benannt nach dem deutschen, in die USA ausgewanderten und hier zum mächtigen Politiker aufgestiegenen Vormärz-Revolutionär Carl Schurz, bereits 1894 im Deutschen Reich vom Stapel gelaufen. 1914 eskortierte dieses zunächst auf den Namen Geier getaufte Schiff der kaiserlich deutschen Kriegsmarine einen deutschen Dampfer von Tsingtao nach Honolulu, geriet dabei durch die japanische Kriegsmarine in arge Bedrängnis und floh in die rettenden Arme der neutralen US-Amerikaner. Nachdem sich die Mannschaft des Zerstörers Geier vehement über die tropische Hitze Hawaiis beklagt hatte, wurde im Januar 1916 angeordnet, das Schiff, von dem aus die ganze Zeit munter, unter den zackig schmetternden, jegliche Verdachtsmomente zerstreuenden Klängen der Bordkapelle, in alle Himmelsrichtungen Funkspionage betrieben worden war, nach San Francisco zu verlegen. Als amerikanische Sicherheitskräfte die Geier schließlich beschlagnahmten, legte die deutsche Mannschaft noch eben schnell im Maschinenraum Feuer.

Im Juni 1917, zwei Monate nach dem Eintritt der USA in den Ersten Weltkrieg, wurde der Zerstörer unter seinem neuen, nach wie vor deutschen Namen in den Dienst der U. S. Navy genommen und gegen seine ehemaligen Eigentümer in die Schlacht geschickt. Am frühen Morgen des 18. Juni 1918 befand sich die Schurz vor der von deutschen U-Booten heimgesuchten hiesigen Küste. Im dichten Nebel kollidierte sie, ganz friedlich, mit dem amerikanischen Tanker Florida und ging an Ort und Stelle unter. Um ein Menschenalter später in unserem, laut Yolanda und Lee, noch immer viel zu umfangreichen Anmerkungsteil wieder aufzutauchen. Bereits gestern in den elektronischen Papierkorb verschoben: Wie Korvettenkapitän Johann Mohr mit der U 124 im März 1942 vor den Outer Banks den Tanker Esso Nashville demolierte sowie die Tanker E. M. Clark, W. E. Hutton, Naeco und Papoose versenkte. In letzter Minute aufgetrieben: Mae West im Matrosenanzug, 1918. Mae West und Marlene Dietrich auf dem Paramount-Gelände, 1935, West in einer Abendrobe, Dietrich im Blazer. Parker Tylers Vorwort zu Jon Tuskas The Films of Mae West, 1973. Eine Zeitungsreportage über Mae Wests Bauchtanz zu den Klängen des St. Louis Blues in ihrem Theaterstück Sex, 1926. Zora Neale Hurston schrieb 1934 in ihrem Aufsatz Characteristics of Negro Expression: I noted that Mae West in Sex had much more flavor of the turpentine quarters than she did of the white bawd. I know that the piece she played on the piano is a very old Jook composition. Honey Let Yo' Drawers Hang Low had been played and sung in every Jook in the South for at least thirty-five years. Auf meinem Bildschirm: Die Bauchtänzerin Little Egypt mit langem, offensiv offen getragenem Haar, Weltausstellung Chicago, 1893. Speichern. Schließen. Der Computer wird heruntergefahren. Der Bildschirm erlischt. Auf dem Tapetentisch: A Fine Line, Arias & Lieder, Don Byrons neue CD. In der Boom Box: The Signifyin' Monkey, jene afrikanisch-amerikanische narrative Figur, die, so Henry Louis Gates, Jr., zwischen zwei Sprachräumen lebt, das zweistimmige Wort beherrscht, in der zweiteiligen, nicht jugendfreien Version von Johnny Otis, White Negro, im Jahr 1968 eingespielt unter dem Pseudonym Snatch and the Poontangs. Siehe auch Michail Bachtin: Literatur und Karneval, 1985.

Re-make / Re-model. Durch ihren elektrischen Lockenstab hat mir Vermilion eine Frisur zugefügt, mit der ich mich unmöglich in Howard's Pub blicken lassen kann. Also bleibe ich heute ausnahmsweise hier und warte geduldig ab, daß meine Freundin, die sich bei Howard's außerdem die aktuelle Entwicklung der umstrittenen Stimmenauszählung nach der Präsidentenwahl auf dem Großbildschirm ansehen will, mit zwei frisch zubereiteten Hamburgern ins Net House zurückkehren wird. Wir befürchten, daß der auf das Exekutieren afrikanischer Amerikaner versessene George W. Bush in das Weiße Haus einziehen könnte. Yolanda will sich in der kommenden Woche einen Flug nach Frankfurt reservieren lassen; das Lektorat scheint geradezu darauf zu brennen, sie kennenzulernen. Auch ein Wiedersehen mit Heinrich steht auf ihrem Plan. Die beiden wollen im Januar gemeinsam für ein paar Tage nach Bitburg fahren. Während Cordula in Hamburg eine Reihe von Interviews für eine Publikation zum fünfzehnten Todestag Hubert Fichtes machen wird. Mit Hans Christian Andersens Kleiner Seejungfrau liege ich bäuchlings, die widerspenstige Haarpracht notdürftig hinter dem Kopf zusammengebunden, unter der wärmenden, zinnoberroten Decke auf dem Futon. Weit draußen im Meer ist das Wasser so blau wie die Blätter der schönsten Kornblume und so klar wie das reinste Glas, aber es ist sehr tief, tiefer als irgendein Ankertau reicht; viele Kirchtürme müßten aufeinander gestellt werden, um von dem Grunde bis über das Wasser hinauszureichen. Da unten wohnt das Meervolk.

Die Erde selbst war der feinste Sand, aber blau wie Schwefelflammen. Über dem Ganzen lag ein wunderlich blauer Schimmer; man hätte eher glauben können, daß man hoch oben in der Luft stünde und nur den Himmel über und unter sich habe, als daß man auf dem Grunde des Meeres sei. Aus dem Dänischen ins Deutsche gebracht von Mathilde Mann; in Doktor Faustus zitiert von Thomas Mann. Die kleine Seejungfrau war ein wunderliches Kind, still und nachdenklich, und während ihre Schwestern ihre Gärten mit den sonderbarsten Dingen schmückten, die sie von gestrandeten Schiffen bekommen hatten, wollte sie außer den rosenroten Blumen, die der Sonne dort hoch oben glichen, nur eine schöne Marmorstatue haben, ein wunderschöner Knabe war es, aus weißem, klarem Stein gehauen, wie die Aphrodite von Melos, und bei einer Strandung auf den Meeresgrund geraten. Neben die Statue pflanzte sie eine rosenrote Trauerweide, die wuchs herrlich und hing mit ihren frischen Zweigen darüber bis zu dem blauen Sandboden hinunter, wo der Schatten violett erschien und ebenso wie die Zweige in beständiger Bewegung war. Während ich Vermilions Volkswagen im Muschelkies vorfahren höre, kommt es in Andersens Text zu dem Pakt mit der Meerhexe, die der Seejungfrau verspricht: Ich will dir einen Trank bereiten, damit mußt du, ehe die Sonne aufgeht, an das Land schwimmen, dich an das Ufer setzen und ihn austrinken, dann trennt sich dein Schwanz ab und schrumpft zu dem ein, was die Menschen niedliche Beine nennen, aber das tut weh, es ist, als wenn ein scharfes Schwert dich durchzuckte. Stecke deine kleine Zunge heraus, dann schneide ich sie an Zahlungs Statt ab, und du sollst den kräftigen Trank haben. Mit einem empfindlich kalten Luftzug tritt Vermilion ins Net House, wirft ihre wattierte, hellblaue Jacke neben mich und gibt mir, wozu sie kurz in die Hocke geht, einen flüchtigen Kuß auf den Scheitel.

Als die Sonne auf die See herabschien, erwachte die kleine Seejungfrau und fühlte einen brennenden Schmerz, vor ihr aber stand der schöne, junge Prinz; er richtete seine kohlschwarzen Augen auf sie, so daß sie die ihren niederschlug; da sah sie, daß ihr Fischschwanz verschwunden war und daß sie die niedlichsten kleinen, weißen Beine hatte, die nur ein kleines Mädchen haben kann, oder ein großes Mädchen wie Leni Riefenstahl, denke ich, oder Marlene Dietrich, aber sie war ganz nackt, darum hüllte sie sich in ihr dichtes, langes Haar. Siehe dagegen das knabenhaft kurze, geglättete Haar Josephine Bakers aus St. Louis, Missouri; ihre, zumindest in Europa, andauernd ausgestellten Brüste. Vermilion hat sich mittlerweile an den Küchentresen gesetzt, uns lauwarme Coca-Cola eingeschenkt und die Tüte mit den beiden Hamburgern aufgerissen. Josephine Baker in den Chocolate Dandies. Josephine Baker neben Fanny Brice in den Ziegfeld Follies. Ihre

Auftritte in der Pariser Revue Nègre. André Levinsons Worte: Josephine ist kein groteskes schwarzes Tanzmädchen mehr, sondern jene schwarze Venus, die den Dichter Baudelaire in seinen Träumen heimsuchte. Josephine Baker als Französin in dem von Deutschen besetzten Frankreich. In der Résistance. Im Geheimdienst. Als Fliegerin. Als Leutnant. Josephine Baker live in Kopenhagens Tivoli.

Heilige Drei Könige. Im ICE, an einem Tisch, auf dem ich einen Stadtplan Hamburgs entfaltet habe. Darauf die De:Bug vom Dezember, in der Achim Szepanski neue Tendenzen in Minimal Techno und House verkündet. Mehr denn je glühender Verfechter einer musikalischen Immanenz, behauptet er, Musik sei nicht länger Repräsentation, sie kopiere nichts, sei nichts als eine frei flottierende Form, ein Reales, das sich selbst präsentiere. Und obwohl Musik, als Sprache, signifikant sei, besitze sie kein Signifikat. Basta. Die Expressivität von Musik beruhe auf nichts als ihrem nicht expressiven Charakter. Dann kommt Szepanski auf sein jüngstes Label zu sprechen: Force Tracks will House ohne Referenzen sein, man theoretisiert tonal, Sound wird generativ, in und durch sich selbst. Gefolgt von jener Stelle, die ich unbedingt Venus und Yolanda zukommen lassen muß: Stimmen erscheinen auf Force Tracks nicht mehr als Samples, sondern sie werden direkt eingesungen. Ich falte die De:Bug zusammen und entdecke in den Planquadraten B4 und B5, oberhalb der Elbe, den Nienstedtener Friedhof. Ziehe Hubert Fichtes Forschungsbericht, den XV. Band seiner Geschichte der Empfindlichkeit, aus meiner Jackentasche: Dulu hatte ihm den Vers des Empedokles auf kariertes Rechenpapier geschrieben, die Vokabeln darunter. Einmal hatte sie sich, aus dem Gedächtnis heraus, geirrt. Thamnos ist nicht die Pflanze, sondern das Gebüsch, der Baum. Euonos ist der Raubvogel. Er hatte es mit dem Diktionär noch einmal übersetzt:

Schon irgendeinmal nämlich war ich Knabe und Mädchen und Baum und Raubvogel und auch das Salzwasser. Salzflut steht bei Diels. Empedokles meint, entwicklungsgeschichtlich richtig, nichts weiter als Seefische. Schon irgendeinmal nämlich war ich Knabe und Mädchen und Baum und Raubvogel und auch aus der See ein stummer Fisch. Die mir liebste Übersetzungsvariante lautet: Einst bin ich ein Knabe, ich bin auch ein Mädchen gewesen, Busch und Vogel und Fisch, der warm aus den Wassern emporschnellt. Auf Fichtes Grabstein soll das Fragment im griechischen Original stehen.

Thomas Meinecke
Seine Bücher im Suhrkamp Verlag

The Church of John F. Kennedy

Roman. 1996
edition suhrkamp 1997

»Das gibt es also auch! Da wollen doch die Klagen nicht enden, die deutsche Literatur der Gegenwart sei dünnblütig und verstiegen, den eigenen Nabel beschauend statt weltoffen und erfahrungsgesättigt, griesgrämig ernst statt selbstironisch – und dann kommt dieser Thomas Meinecke daher, hebt erzählerisch den Unterschied zwischen E und U auf, indem er einen kuriosen Quasi-Privatgelehrten auf eine Reise von Louisiana nach Pennsylvania schickt, die an Spaß nichts zu wünschen übrig läßt und dennoch so was wie einen – man verzeihe das Wort! – ideellen Kern hat, und wenn man Meineckes Buch zuklappt, hat man ein einverstandenes, aber eben nicht doofes Grinsen auf dem Gesicht und denkt: prächtig komisch, und obendrein habe ich was gelernt!« *Jörg Drews*

Holz

Erzählung. 1999
suhrkamp taschenbuch 3013

»Das Timing ist perfekt, der Sprachstil eine Ohrfeige für alle Vertreter des Expressionistisch-Lautmalerischen und das Buch an sich mein liebstes des Jahres, auch und gerade im internationalen Vergleich.« *Hans Nieswandt*

Mode & Verzweiflung

1998
suhrkamp taschenbuch 2821

»Thomas Meineckes skurrile Zeitgeiststudien sind kurze Prosatexte, deren Direktheit, Eingängigkeit und Tempo sie zu literarischen Popsingles machen. Er hat sie wie Kassiber eingeschmuggelt in die literarische E-Kultur.«

Hubert Winkels

Tomboy

Roman. 1998
suhrkamp taschenbuch 3118

»Thomas Meinecke setzt das Feeling der Pop-Musik und das Theorie-Feeling aktueller Selbstbefragung nebeneinander. Dabei geht es nicht unbedingt nur um »Erkenntnis«, sondern vor allem um Lust. Er überreizt die Künstlichkeit, bis sie kenntlich wird. Eine Tonspur geht in die andere über, Authentizität ist nur Spielmaterial. Meinecke zeigt, wie sich die Diskurse verstricken, wie die Personen in ihren Redefixierungen verschwinden. Und er nimmt eine ironische Distanz ein, die das Ganze als Versuchsanordnung kenntlich macht.« *Helmut Böttiger*